O País dos Cegos

H. G. Wells

O País dos Cegos
e outras histórias

Seleção dos contos, tradução e prefácio de
Braulio Tavares

ALFAGUARA

Copyright © by The Literary Executors of the Estate of H. G. Wells
Todos os direitos desta edição reservados à
Editora Objetiva Ltda.
Rua Cosme Velho, 103
Rio de Janeiro — RJ — Cep: 22241-090
Tel.: (21) 2199-7824 — Fax: (21) 2199-7825
www.objetiva.com.br

Capa
Thiago Lacaz

Revisão
Beatriz Sarlo
Eduardo Rosal
Cristhiane Ruiz

Editoração eletrônica
Abreu's System Ltda.

CIP-BRASIL. CATALOGAÇÃO-NA-FONTE
SINDICATO NACIONAL DOS EDITORES DE LIVROS, RJ

W48i

    Wells, H. G.
       O país dos cegos e outras histórias / H. G. Wells; tradução, prefácio e notas Braulio Tavares. – [1. ed.] – Rio de Janeiro: Objetiva, 2014.

       342p.   ISBN 978-85-7962-273-1

       1. Conto inglês. I. Tavares, Braulio, 1950. II. Título.

13-05634.   CDD: 823
                                CDU: 821.111-3

Sumário

Prefácio	7
O País dos Cegos	15
A estrela	55
O encouraçado terrestre	69
A história do falecido sr. Elvesham	97
A Loja Mágica	119
O império das formigas	133
O ovo de cristal	153
O Novo Acelerador	175
Pollock e o homem do Porroh	193
O estranho caso dos olhos de Davidson	213
O Senhor dos Dínamos	225
Os Invasores do Mar	237
A história de Plattner	251
A marca do polegar	275
Filmer	285
O desabrochar da estranha orquídea	307
A ilha do epiórnis	317
A Pérola do Amor	333
Referências bibliográficas	339
Notas	341

Prefácio

A obra de H. G. Wells (1866-1946) é em geral comparada à de Júlio Verne (1828-1905), por serem os dois autores considerados os inventores da ficção científica (FC) do século XX. É uma comparação que tem rendido enfoques proveitosos: Verne como o racionalista afeito à tecnologia e às narrativas verossímeis, e Wells como o contador de histórias extraordinárias, aliando a imaginação fantástica à especulação científica. Do ponto de vista da obra por inteiro, no entanto, Wells se parece menos com Verne do que com outros romancistas britânicos do fim da Era Vitoriana do século XIX e o começo do século XX.

Este grupo de escritores inclui Arthur Conan Doyle (1859-1930), Joseph Conrad (1857-1924), E. M. Forster (1879-1970), Rudyard Kipling (1865-1936), G. K. Chesterton (1874-1936), Robert Louis Stevenson (1850-1894), Arthur Machen (1863-1947) e outros. São autores pertencentes ao *mainstream* literário, mas que também produziram, sem atitude programática, sem defesa explícita do gênero, obras fantásticas ou de ficção científica. Tal como eles, Wells se alternou entre essas narrativas e a narrativa realista tradicional, sem nenhum esforço aparente. Sua produção de contos reflete esse ecletismo, embora, também aqui, possa ser argumentado que seus textos mais brilhantes estão no campo do fantástico. Dos seus mais de setenta contos, selecionamos dezoito para esta coletânea, cuja primeira intenção é incluir os principais textos curtos de FC do autor, com algumas amostras dos seus textos de fantasia, terror, mistério policial e aventura. Wells não fazia questão de pertencer a nenhum gênero específico. No conto como no romance, usava a fórmula que mais lhe convinha no momento.

Quase todos estes contos foram publicados profissionalmente, pois Wells escrevia para ganhar a vida. Tal como os autores de *pulp fiction* da geração posterior à sua, enviava histórias para diferentes revistas ou jornais até conseguir publicá-las. Tinha uma prosa rápida, objetiva, capaz de descrever em traços rápidos e vigorosos um ambiente ou um indivíduo. Seus contos o mostram também como um bem-humorado observador de tipos humanos, tal como em vários dos seus romances. Ele tem uma identificação instintiva com os personagens populares, e quando os satiriza o faz sem afetação nem esnobismo.

No prefácio de uma reedição de seus contos, Wells mostra como seu amadurecimento como contista, na década de 1890, se deu no contexto de uma intensa produção de histórias curtas na Inglaterra, em revistas e jornais de grande visibilidade:

Surgiam contos por toda parte. Kipling estava escrevendo histórias curtas; Barrie, Stevenson, Frank Harris; Max Beerbohm escreveu pelo menos um conto perfeito, "The Happy Hypocrite"; Henry James explorou seu estilo maravilhoso e inimitável; e entre outros nomes que me ocorrem, como um punhado de joias misturadas que se extrai de uma bolsa, são George Street, Morley Roberts, George Gissing, Ella D'Arcy, Murray Gilchrist, E. Nesbit, Stephen Crane, Joseph Conrad, Edwin Pugh, Jerome K. Jerome, Kenneth Grahame, Arthur Morrison, Marriott Watson, George Moore, Grant Allen, George Egerton, Henry Harland, Pett Ridge, W. W. Jacobs (que, sozinho, parece inesgotável). Ouso dizer que poderia lembrar outros tantos nomes, sem muito esforço.

É recorrente, nos contos de Wells, um "eu" narrativo anônimo, que mal toma parte na história, e parece tê-lo recolhido de alguém meio às pressas, sem muita interferência a não ser para deixar claro que "Fulano disse isto, Sicrano afirmou aquilo". Esse "eu" implícito surge nos seus contos sob a forma de expressões como "conforme já relatei", "podemos especular agora, com relativa segurança, que...". Essa voz narradora, esse personagem sem rosto e sem nome que conta as histórias, aparece em "Filmer", "O ovo de cristal", "Os invasores do mar", "A história de Plattner" etc. O texto é pontuado por expressões como: "Este detalhe só veio a ser entendido depois, pelas pessoas envolvidas" ou "àquela altura não se sabia ainda que...". É uma pontuação meio invisível no texto, mas que aparece com verossimilhança (pelo tom de relato, de jornalismo) e o tempo todo ajuda a semear expectativas lá na frente, para impedir o leitor de largar o livro. Um recurso do folhetim, uma espécie de *flash-forward* que mostra algo do futuro sem revelá-lo por inteiro.

Wells não faz como Jorge Luis Borges, que cita o próprio nome e se infiltra, à la Hitchcock, na história que conta, mas esse Eu default aparece de maneira recorrente, não problemática. É um intermediário, um observador, um mediador entre aquele fato extraordinário e a possível incredulidade do leitor. É um quase nada, é como o furinho no obturador da máquina de tirar retratos, por onde passa a imagem de uma paisagem inteira.

Muitos contos de Wells mostram o relacionamento brutal entre os homens brancos e os nativos de regiões "selvagens". A relação desdenhosa com a mão de obra subdesenvolvida, que Wells expusera em *A ilha do dr. Moreau* (1896), se repete aqui em "A ilha do epiórnis", "O senhor dos dínamos", "O império das formigas", "Pollock e o homem do Porroh" etc. Se os negros são mostrados com certo bestialismo caricatural, isto não é para glorificar os brancos que contracenam com eles. Estes também recebem um olhar corrosivo, sendo mostrados como brutais, bitolados, egoístas; em muitos casos são os desencadeadores das próprias catástrofes.

"O País dos Cegos" é uma parábola clássica da relação entre um indivíduo de visão superior e o ambiente reacionário ou obtuso. Wells publicou a primeira versão deste conto em 1904. Nela, o homem que enxerga vê-se cada vez mais pressionado e perseguido no vale habitado pelos cegos, e incapaz de traduzir em resultados práticos sua aparente superioridade. Ao ver-se ameaçado com a perda da visão, ele foge e morre na neve da montanha. A versão que incluímos neste livro é a segunda, de 1939, quando Wells decidiu reescrever o seu final. O novo desfecho mostra o clima de tensão da época, e a condição de presciência que Wells sabia possuir, como um dos homens que viram a "tragédia anunciada".

"A ilha do epiórnis", que é de 1894, pode ter tido alguma influência sobre o romance *O Mundo Perdido* (*The Lost World*) de Conan Doyle, que é de 1912. A convivência entre o homem e um animal perigoso lembra o conto "Uma paixão no deserto", de Balzac (1830), mas o de Wells tem momentos quase de comédia pastelão. "O encouraçado terrestre" é um conto precursor sobre tanques de guerra; mesmo que outros já tivessem sido escritos antes, a especulação tecnológica de Wells é engenhosa, indicando curiosidade, pesquisa e entusiasmo de sua parte. Além do mais, faz uma comparação perspicaz entre as tropas convencionais e os novos exércitos da era tecnológica.

"A marca do polegar", também de 1894, surgiu no auge dos atentados anarquistas do fim do século retrasado, apenas quatro dias depois de Sadi Carnot, presidente da França, sofrer um atentado que lhe custou a vida. O conto de Wells deve ser um dos primeiros textos de ficção policial em que uma impressão digital é utilizada para identificar um criminoso, e o faz com argumentos bastante convincentes. Durante a vida de Wells foram feitos os primeiros avanços na datiloscopia, que só a partir da virada do século viria a ser usada como hoje. Na época, a ideia deve ter surpreendido e impressionado muitos leitores.

Wells antecipou-se nisso ao próprio Conan Doyle, de quem certamente era leitor. Seu cientista-detetive não parece com Sherlock Holmes, mas tem um raciocínio igualmente preciso. Doyle tinha usado impressões digitais, mas não com essa finalidade, em textos como *O signo dos quatro* (1890), "O homem do lábio torcido" (1891) e "A caixa de papelão" (1893), onde manchas de polegares sujos são vistos em cartas, pacotes etc., indicam apenas que estes foram manuseados. Só bem depois de Wells publicar seu conto Doyle fez Holmes identificar um criminoso graças a isso, em "O construtor de Norwood"

(1903). Talvez Doyle não conhecesse o conto de Wells; diz-se que a sugestão para que usasse uma digital como prova veio de seu amigo Bertram Fletcher Robinson. Em todo caso, o uso de Wells é bastante oportuno, e pioneiro.

Vários contos de Wells têm um tipo de história muito frequente na *pulp fiction*. É o que podemos chamar de uma ideia bizarra, que vem e que se vai, sem dar explicações. O elemento fantástico aparece, é examinado por vários ângulos, depois some, e fica tudo por isso mesmo. Com mais tempo e mais tranquilidade, Wells talvez pudesse ter criado em torno de boas ideias assim ("O estranho caso dos olhos de Davidson", "O ovo de cristal", "A história de Plattner", "Os invasores do mar") uma noveleta do porte de *A Máquina do Tempo*.

"O senhor dos dínamos" é uma história de crime; o que tem de diferente é a justaposição entre uma tecnologia *steampunk* e o misticismo primitivo. Uma fagulha elétrica resultante da aproximação entre as duas pontas do imperialismo europeu: o saber científico-tecnológico e a dependência da mão de obra colonial, semiescrava, capaz de, com um gesto, sabotar de forma irremediável e suicida o poder do colonizador. Wells, como mostrou em *A guerra dos mundos* (1898), não tem muita piedade da sua Grã-Bretanha, e se diverte ironizando as fragilidades dos poderosos.

Uma das melhores e mais antologizadas histórias de Wells é "A estrela", onde, em poucas páginas, ele cita ou deixa implícitas dezenas de lugares, centenas de pessoas; algumas demoram-se durante um ou dois parágrafos, mas logo surgem outras. Seu protagonista é a humanidade. Essa narrativa panorâmica, cujo ponto de vista abarca o planeta por inteiro, também se tornou um modelo na FC, e autores como Olaf Stapledon e Arthur C. Clarke a levaram bem mais além de Wells. Menos conhecido é um conto como "Filmer", a curiosa e verossímil exploração psicológica de um Santos Dumont que não deu certo. (Um dos elogios mais recorrentes ao nosso navegador aéreo é que ele unia, como poucos, a engenhosidade do cientista e a ousadia e tranquilidade do aventureiro.) E "A pérola do amor", uma espécie de parábola oriental, é um conto que foi devolvido a Wells por um editor norte-americano com a confissão de que não sabia o que fazer com ele. Não é ficção científica, não é fantástico, mas pode servir como uma parábola da criação artística, mostrando a distância entre a emoção que desencadeou o processo e o resultado final dele.

As melhores histórias de Wells têm narrativa clara, nítida, bem-concatenada, e, mesmo que hoje alguns dos seus truques nos pareçam comuns (a troca mágica de corpos, a loja de brinquedos fantásticos, o feitiço que castiga um incrédulo, a planta assassina, o fenômeno espantoso que aparece e logo desaparece, o homem projetado em outra dimensão), é porque serviram de modelo tanto para as revistas de *pulp fiction* quanto para seriados de TV como *Além da imaginação* ou *Quinta dimensão*.

Sobre a arte do conto, Wells afirmou, no prefácio citado anteriormente:

A minha ideia da arte do conto é que seja a arte de produzir algo que brilhe e que emocione; pode ser algo horrível ou patético ou engraçado ou belo ou profundamente revelador, mas tem apenas um traço essencial, de que possa ser lido em voz alta num espaço de tempo entre quinze e cinquenta minutos. (...) Não importa se seu tema é humano ou não humano, não importa se deixa o leitor mergulhado em pensamentos profundos ou apenas contente e superficialmente satisfeito. Algumas coisas se prestam melhor ao formato do conto do que outras, e o usam com mais frequência; mas um dos prazeres da arte de escrever contos é tentar o impossível.

Braulio Tavares

O País dos Cegos

O País dos Cegos

A mais de trezentas milhas do Chimborazo, a cem das neves do Cotopaxi, nas brenhas mais selvagens dos Andes do Equador, onde as rochas desgastadas pela geada e pelo sol se erguem, em vastos pináculos e falésias, por cima da neve, existiu um dia um vale misterioso entre as montanhas chamado o País dos Cegos. Era uma terra lendária, e até pouco tempo atrás muita gente duvidava de que fosse mais do que uma simples lenda. Rezava a história que muitos anos atrás o vale estava aberto ao mundo exterior, de tal maneira que homens capazes de enfrentar as contínuas avalanches podiam acabar cruzando aqueles desfiladeiros ameaçadores e atravessar uma passagem gélida até chegar àqueles prados tranquilos; e não há dúvida de que por aquela passagem homens vieram e ali se instalaram, uma ou outra família de mestiços peruanos, fugindo da libidinagem e da tirania de algum maligno governante espanhol. Veio então a estupenda erupção do Mindobamba, quando em Quito a noite durou dezessete dias, as águas ferveram em Yaguachi e se encheram de peixes mortos boiando até Guayaquil; por toda parte ao longo da costa do Pacífico houve deslizamentos de terra, degelos bruscos, inundações repentinas; e um lado inteiro da crista do velho Arauca rolou abaixo por entre estrondos, e isolou para sempre o País dos Cegos, ou pelo menos foi o que pareceu, deixando-o fora do alcance da curiosidade humana.

Mas, prosseguia a história, um desses antigos habitantes encontrava-se por acaso do lado de cá do desfiladeiro quando o mundo sofreu esses abalos; com isto foi obrigado a esquecer a esposa, o filho e todos os amigos e as posses que afirmava ter do outro lado, e começar vida nova longe daquelas altitudes.

16

Ele tinha um motivo especial para justificar sua volta daquele reduto longínquo, para onde fora carregado um dia amarrado ao dorso de uma lhama, junto a um fardo de utensílios, quando era criança. O vale, dizia ele, guardava em si tudo que o coração humano podia desejar: água limpa, pastos, um clima estável, barrancos de um solo escuro e fértil com numerosos arbustos que davam excelentes frutas, e, num dos lados, grandes florestas de pinheiros que protegiam a encosta dos deslizamentos de terra. Bem no alto, um semicírculo de picos cobertos de neve, de uma rocha cinza-esverdeada, contemplava aquele luminoso jardim; mas as correntes de água da geleira desciam na direção das encostas mais afastadas, e era muito raro que alguma avalanche chegasse àquele ponto. No vale em si eram raras tanto a chuva quanto a neve; mas as fontes naturais proporcionavam pastos verdes e abundantes que um sistema de irrigação pacientemente construído espalhava em redor. A água excedente era recolhida num pequeno lago na parte inferior daquele anfiteatro natural, e dali se precipitava com um rugido atroador numa caverna profunda. Os colonos, disse o homem, viviam muito bem ali. Seus animais eram bem-cuidados e se multiplicavam. Havia apenas uma coisa a prejudicar sua felicidade, e no entanto era algo que a comprometia grandemente; alguma propriedade sinistra daquele ar puro e revigorante. Uma doença estranha se abatera sobre eles, fazendo com que todas as crianças ali nascidas — sem falar em várias outras mais velhas — ficassem cegas, de tal modo que o vale parecia destinado a ser um dia habitado apenas por cegos.

E, disse ele, fora em busca de alguma cura ou antídoto contra essa enfermidade que ele, com infinitos esforços, perigos e dificuldade, tinha conseguido transpor o desfiladeiro. Naquele tempo, em casos assim os homens não raciocinavam em termos de gérmens e de infecções, mas em termos de pecados; e pareceu-lhe que a razão daquele flagelo era o fato de que os primeiros imigrantes, não tendo entre si um sacerdote, não tinham se dado o trabalho de erguer ali uma capela, logo que chegaram ao vale. Ele queria que uma capela — um santuário barato, prático, bem-cuidado — fosse erguida no vale; queria que houvesse ali relíquias e testemunhos de uma fé poderosa: objetos sagrados, medalhas misteriosas, orações. Em sua bolsa tinha trazido uma barra de prata cuja procedência recusou-se a revelar; afirmou, com a insistência de quem não está acostumado a mentir, que não havia prata alguma no vale. Segundo ele, os colonos tinham reunido todo seu dinheiro e ornamentos, que não tinham serventia lá no alto, para que ele pudesse pagar por algum tipo de socorro sobrenatural contra a doença que os afligia. Posso imaginar aquele jovem montanhês, queimado de sol, macilento, ansioso, agarrando com força a aba do chapéu, um homem totalmente desacostumado ao modo de ser do mundo aqui embaixo, contando esta história a algum padre atento e perspicaz, antes da grande erupção; posso imaginá-lo por fim tentando regressar, cheio de remédios piedosos e infalíveis contra aquela enfermidade, e o terrível desalento com que deve ter contemplado aquela vastidão desmoronada, e ainda sujeita a abalos, no local onde antes se abria um desfiladeiro. Mas o resto da história de seus infortúnios não chegou até mim; sei apenas que ele morreu nas minas, onde cumpria algum tipo de pena. Não sei que crime terá cometido.

Mas a ideia de um vale habitado por um povo cego tinha o tipo de apelo à imaginação de que uma lenda necessita para se propagar. Estimula a fantasia. Cria seus próprios detalhes.

E em tempos recentes essa história recebeu uma confirmação de maneira notável. Agora, conhecemos a história do País dos Cegos desde o seu início até o seu final trágico e recente.

Sabemos agora que, no meio da pequena população daquele recanto isolado e esquecido, o contágio tinha prosseguido. Mesmo as crianças maiores andavam tateando, quase cegas; as menores enxergavam mal e mal; e os que nasciam ali já eram incapazes de ver. Mas a vida era relativamente fácil naquele recanto cercado pela neve, distante do resto do mundo, um lugar sem espinheiros e sem roseiras-bravas, onde a comida brotava dos arbustos no tempo certo, onde não havia insetos perigosos nem outro animal a não ser uma raça dócil de lhamas que eles usavam como besta de carga através dos leitos dos rios minguantes nos desfiladeiros por onde tinham vindo. A primeira geração tinha sofrido de uma miopia tão leve que mal se notava a diferença. Conduziam para lá e para cá as crianças que tinham a vista prejudicada, até que todas conheciam às maravilhas o vale inteiro; e quando por fim a visão se extinguiu de todo entre eles, o grupo continuou a viver. Tiveram tempo inclusive para desenvolver um controle do fogo às cegas, o que faziam através do uso cuidadoso de fornos feitos de pedra. Eram uma linhagem simples de gente, no início: analfabetos, com apenas um leve resíduo da civilização dos espanhóis, mas trazendo consigo um pouco das artes do velho Peru e de sua filosofia perdida. As gerações se sucederam. Esqueceram muitas coisas; inventaram muitas outras. Suas tradições a respeito do mundo mais vasto de onde tinham vindo foram tomando colorações míticas e imprecisas. Em tudo, menos na visão, eram fortes e hábeis; por fim as chances de nascimento e hereditariedade produziram um indivíduo dotado de mente original, capaz de persuadi-los com a fala; e depois outro. Estes dois passaram, mas deixaram um legado atrás de si. A pequena comunidade aumentou em tamanho e em compreensão das coisas, capaz de encarar e resolver todos os problemas sociais e econômicos que surgiram, de maneira sensata e pacífica. Chegou a época em que nasceu uma criança pertencente à décima quinta geração após a daquele montanhês que deixou o vale com uma barra de prata para ir buscar a ajuda de Deus, e que nunca voltou. E então aconteceu que um homem chegou a essa comunidade, vindo do mundo exterior, e perturbou suas mentes. Viveu entre eles por vários meses, e escapou por pouco ao seu desastre final.

Era um montanhista de uma região próxima a Quito, um homem que viajara pelo mar e conhecera o mundo, recrutado por um grupo de ingleses liderados por Sir Charles Pointer, que viera do Equador para escalar montanhas; sua função foi substituir um dos três guias suíços, que adoecera.

Fizeram pequenas escaladas aqui e ali, e finalmente decidiram tentar a subida do Parascotopetl, a "montanha apodrecida", o Matterhorn dos Andes, e foi ali que ele veio a se perder do mundo exterior e a ser dado como morto.

Todos que sabiam algo de alpinismo tinham prevenido a pequena expedição contra as rochas traiçoeiras daquela cadeia de montanhas, mas aparentemente não foi a queda de uma rocha que surpreendeu esse homem, chamado Nunez, mas um acúmulo de neve pendente. O grupo tinha feito uma ascensão difícil e quase vertical até o sopé da última e maior elevação, e preparara um abrigo noturno sobre uma pequena plataforma rochosa no meio da neve, quando o acidente aconteceu. De repente, sem que se ouvisse o menor ruído, perceberam que Nunez desaparecera. Gritaram, e não tiveram resposta; voltaram a gritar, a assobiar, fizeram buscas no pouco espaço de que dispunham, mas o alcance de seus movimentos era muito limitado. Não havia lua, e as lanternas elétricas de que dispunham tinham pouco alcance.

Quando o sol nasceu, viram os sinais de sua queda. Ele não poderia sequer ter gritado. Tinha sumido nas profundezas. Deslizara na direção leste, até uma face desconhecida da montanha; lá embaixo, tinha se chocado com uma montanha de neve acumulada, e dali foi rolando até o fundo no meio de uma avalanche. Seu rasto ia até a borda de um tremendo abismo, e dali em diante não se via mais nada. Lá, muito ao longe, mal visível a tanta distância, podiam ver árvores que se erguiam num vale estreito e remoto — o lendário País dos Cegos. Mas eles não imaginavam que aquele era o País dos Cegos, e não eram capazes de distingui-lo de qualquer outra faixa de terra fértil perdida entre as montanhas. Abalados por aquela catástrofe, abandonaram naquela tarde seu projeto de escalada, e, antes que pudessem organizar outra tentativa, Pointer, que financiava a expedição, recebeu uma mensagem pedindo seu retorno urgente para resolver assuntos pessoais. Até hoje o Parascotopetl tem uma crista que não foi conquistada; o abrigo de Pointer vai se desfazendo aos poucos, no meio da nevasca.

E o homem que caiu no abismo sobreviveu.

No final da encosta ele caiu por mais de trezentos metros, no meio de uma enorme bola de neve, e chocou-se com uma encosta nevada de inclinação ainda maior que a anterior. Por ali continuou a rolar, atordoado, insensível, mas, milagrosamente, sem um só osso partido em todo o corpo; ali os gradientes da inclinação foram diminuindo e por fim ele rolou e ficou estendido, imóvel, sob a montanha difusa das massas geladas que o tinham acompanhado e salvo sua vida. Voltou a si com a sensação desorientada de que estava doente em sua cama; depois entendeu a situação em que se encontrava e abriu caminho, com algumas pausas para descansar, até que conseguiu enxergar as estrelas. Ficou deitado algum tempo, imaginando onde estaria e o que lhe acontecera exatamente. Apalpou os membros, que doíam bastante mas estavam ainda inteiros. Descobriu que muitos botões da sua roupa tinham desaparecido, e que o casaco estava revirado por cima da cabeça. Sua faca não estava mais no bolso, e seu chapéu se perdera, embora ele costumasse mantê-lo amarrado por baixo do queixo. O rosto estava arranhado; tinha cortes e contusões por toda parte. Lembrou-se de que dera alguns passos à procura de pedras soltas para aumentar a parede do abrigo. Sua machadinha também desaparecera.

Ergueu os olhos e viu, exagerada pela luminosidade lívida da lua nascente, a tremenda altura de onde caíra. Durante algum tempo ficou deitado, apenas olhando aquela imensa e pálida falésia que se erguia à sua frente, e que pouco a pouco emergia das trevas. Como o luar atingia primeiro a sua parte mais alta, ela parecia erguer-se para o alto, a partir da base. Sua beleza fantasmagórica, cheia de mistério, o manteve distraído por algum tempo, até que foi tomado por um paroxismo de riso que o fez soluçar...

Depois de um longo intervalo, percebeu que estava próximo à borda inferior daquela área coberta de neve. Abaixo, no fim do que lhe pareceu uma encosta relativamente suave, viu a mancha escura e irregular de rochas cobertas de turfa. Ficou de pé com dificuldade, com dores no corpo inteiro, e desceu, com as pernas afundando na neve fofa, até chegar ao trecho coberto de turfa, onde deixou-se cair, mais do que se deitou, ao abrigo de um rochedo. Bebeu um pouco do cantil que trazia num bolso interno e adormeceu no mesmo instante...

Foi acordado pelo canto dos passarinhos nas árvores lá embaixo.

Sentou-se, muito empertigado, e percebeu que estava numa elevação, ao pé de um enorme precipício, cortado por aquele sulco profundo por onde ele e a neve tinham descido. À sua frente, outro paredão de rochas eriçadas se erguia de encontro ao céu. A ravina entre essas elevações se estendia de leste a oeste e estava inundada pela luz da manhã, que iluminava na direção oeste a massa desmoronada da montanha que bloqueava a passagem para o mundo exterior. Abaixo de onde ele se encontrava parecia haver um precipício igualmente íngreme, mas, no meio da ravina, avistou um sulco profundo por onde escorria a água da neve derretida, uma descida que um homem desesperado ousaria tentar. Foi mais fácil do que imaginara, e ele acabou escorregando até uma outra pequena e desolada elevação de terra, e em seguida, após uma escalada não muito trabalhosa, até uma encosta coberta de árvores. Tentou orientar-se e virou o rosto na direção leste, porque sabia que estavam naquela direção os pastos verdes que tinha avistado; e agora podia distinguir ali um aglomerado de cabanas de pedra de um formato que não lhe era familiar. Seguiu ao longo da ravina; às vezes seu avanço se assemelhava ao de quem segue ao longo da face de um muro, agarrando--se onde consegue. Depois de algum tempo os raios do sol nascente foram interceptados por um vasto bastião; o canto dos pássaros sumiu a distância, e o ar à sua volta ficou frio e escuro. Chegou por fim ao talude e notou entre as rochas, pois era um homem observador, uma samambaia que brotava das fendas, parecendo agarrar-se a elas com mãos verdes. Ele arrancou e mastigou uma ou duas folhas, achando o gosto agradável. Havia arbustos por perto, mas sem frutas formadas.

Era por volta do meio-dia quando ele emergiu da sombra da ravina para a luz do sol. Agora estava a apenas algumas centenas de metros do prado verde que cobria o vale. Estava cansado, o corpo entrevado; sentou-se à sombra de um rochedo, voltou a encher seu cantil quase vazio com a água de uma fonte, bebeu, descansou por algum tempo antes de iniciar sua descida na direção do casario.

As cabanas pareceram estranhas aos seus olhos, e na verdade o aspecto geral do vale foi se tornando, quanto mais ele o examinava, esquisito e pouco familiar. A maior parte do terreno estava coberta por aquela relva verde e reluzente, salpicada de belas flores, irrigada com um cuidado extraordinário e mostrando sinais de cultivo permanente. Lá no alto, circundando todo o vale, erguia-se um muro, e o que lhe pareceu ser uma canaleta de escoamento, arredondada, que recolhia a neve derretida, e de onde se espalhavam canaletas menores para irrigar o prado. Nas encostas que se elevavam além do muro passeavam lhamas, mordiscando folhas por entre os poucos arbustos. Aqui e acolá erguiam-se, de encontro ao muro, barracos que deviam servir de abrigo ou de local de alimentação para as lhamas. Os canais de irrigação convergiam para um canal principal no centro do vale, o qual desembocava num pequeno lago, no meio de um semicírculo de precipícios; e esse canal central era acompanhado por uma mureta à altura do peito. Essa mureta dava uma aparência estranhamente urbana àquele lugar remoto, uma aparência reforçada pelo fato de que por todos os lados se espalhavam, de maneira bem-organizada, numerosos caminhos pavimentados com pedras verdes, cinzentas, pretas, brancas, cada um deles margeado por um pequeno meio-fio. As casas na parte central do vilarejo não se pareciam nem um pouco com as aglomerações desordenadas das aldeias de montanha que ele já tinha visto; formavam uma fila contínua de cada lado de uma rua central incrivelmente limpa; aqui e ali, nas fachadas de cores variadas, aparecia uma porta, mas nem uma só janela se via em suas fachadas lisas. As cores das fachadas lhe deram a impressão de uma extraordinária irregularidade, estando recobertas por uma espécie de gesso que às vezes era cinza, às vezes pardo, às vezes cor de ardósia ou marrom-escuro; e foi diante da visão dessas tonalidades desencontradas que a palavra "cego" veio pela primeira vez à mente do explorador. "O sujeito que fez este trabalho", pensou ele, "deve ter sido cego como um morcego".

Desceu por uma trilha inclinada e se deteve a certa distância do muro que circundava o vale, perto do local onde a canalização de água se despejava no pequeno lago. Podia ver agora certo número de homens e mulheres descansando sobre montes de capim, como que fazendo a sesta; na parte mais afastada do prado, perto do vilarejo, várias crianças deitadas; e um pouco mais perto vinham três homens com varas atravessadas sobre os ombros, carregando baldes de água, ao longo de uma veredazinha que conduzia do muro até as casas. Estes últimos vestiam trajes feitos de pelo de lhama, com cintos e botas de couro, e usavam uma espécie de gorro com abas nos lados e na parte detrás. Seguiam um atrás do outro em fila indiana, caminhando devagar e bocejando de vez em quando, como homens que passaram a noite em claro. Sua aparência produzia uma impressão de prosperidade e respeito, e, depois de um momento de hesitação, Nunez avançou e ficou o mais visível que pôde em cima de um rochedo, de onde soltou um chamado que produziu mil ecos que se espalharam por todo o vale.

Os três homens pararam e moveram as cabeças como se estivessem olhando ao redor. Viraram o rosto numa direção, depois em outra, enquanto Nunez gesticulava abertamente. Mas eles não pareciam vê-lo por mais que ele se mostrasse, e, depois de algum tempo, virados para a montanha mais afastada do lado direito, gritaram como que em resposta. Nunez ergueu a voz mais uma e mais outra vez, e, quando gesticulava em vão, a palavra "cego" veio mais uma vez à sua mente. "Esses coitados devem ser cegos", disse ele.

Quando por fim, depois de muitos berros e de muita irritação, Nunez cruzou o córrego por uma pontezinha, atravessou um portão que havia no muro e aproximou-se deles, percebeu que eram mesmo cegos. A essa altura já tinha entendido que aquele devia ser o País dos Cegos mencionado nas lendas. Essa noção se instalara em seu espírito, e com ela a sensação de estar mergulhado numa grande aventura digna de inveja. Os três homens estavam parados, sem olhar para ele, mas com os ouvidos virados na sua direção. Estavam muito próximos uns dos outros, como quem tem um pouco de medo, e Nunez pôde ver suas pálpebras fechadas e murchas, como se os globos oculares tivessem encolhido por baixo delas. Havia no rosto deles uma expressão próxima do assombro.

— Um homem — disse um deles, num espanhol que mal era possível reconhecer. — É um homem... ou um animal que anda como um homem... está descendo das rochas.

Mas Nunez avançou com os passos confiantes de um jovem que avança para conquistar a vida. Todas as antigas histórias sobre o vale perdido e o País dos Cegos tinham brotado em sua mente, e entre os seus pensamentos retornava o antigo provérbio, como se fosse um estribilho:

Em terra de cego, quem tem um olho é Rei.
Em terra de cego, quem tem um olho é Rei.

E ele se dirigiu aos homens de maneira cortês, e com os olhos bem atentos.

— De onde ele vem, irmão Pedro? — um deles havia perguntado.

— Descendo das rochas.

— Das montanhas é que estou vindo — disse Nunez —, do país que fica do outro lado delas, e onde os homens podem ver. Perto de Bogotá, onde moram centenas de milhares de pessoas, e onde a cidade se estende a perder de vista.

— Vista?... — murmurou Pedro. — Vista?

— Ele está vindo — disse o segundo cego — do lado de lá das rochas.

Nunez percebeu que os casacos deles eram costurados, cada um, com pontos em estilos diferentes.

Foi surpreendido quando os três homens, ao mesmo tempo, fizeram um gesto com a mão na sua direção. Ele recuou um passo diante daqueles dedos estendidos.

— Venha conosco — disse o terceiro cego, que acompanhou seu recuo e conseguiu segurá-lo com firmeza.

Os três homens seguraram Nunez e o apalparam de cima a baixo, sem dizer mais nada até que terminaram seu exame.

— Cuidado aí! — exclamou ele, quando um dedo foi enfiado no seu olho, e percebeu a estranheza deles diante daquele órgão, com suas pálpebras trementes. Os homens continuaram a examiná-lo.

— Uma criatura estranha, Correa — disse o que se chamava Pedro. — Veja como o cabelo dele é áspero. Parece pelo de lhama.

— É rude como as rochas de onde veio — disse Correa, experimentando a barba crescida de Nunez com uma mão macia e um pouco úmida. — Talvez fique mais suave. — Nunez debateu-se um pouco ante aquele exame, mas os homens o seguravam com firmeza.

— Cuidado — disse ele novamente.

— Ele fala — disse o terceiro homem. — Com certeza é um homem.

— Epa! — exclamou Pedro, tocando o tecido áspero do casaco.

— E como você surgiu no mundo? — perguntou Pedro.

— Eu *vim* do mundo. Vim através das montanhas, das geleiras, daquela direção ali, a meio caminho do sol. Vim do mundo grande que começa aqui, é uma viagem de doze dias até o mar.

Eles mal pareciam escutá-lo.

— Os pais nos disseram que há homens que são feitos pelas forças da Natureza — disse Correa. — Pelo calor das coisas, e a umidade, e o apodrecimento... o apodrecimento.

— Vamos levá-lo aos anciãos — disse Pedro.

— Gritem primeiro — disse Correa —, para que as crianças não se assustem. Este é um momento extraordinário.

E eles gritaram; Pedro foi à frente, conduzindo Nunez pela mão na direção das casas. Nunez puxou a mão.

— Eu posso ver — disse.

— Ver? — disse Correa.

— Sim, ver — disse Nunez, virando-se para ele ao falar, e tropeçando no balde de Pedro.

— Os sentidos dele são imperfeitos — disse o terceiro cego. — Ele tropeça e fala palavras sem sentido. Levem-no pela mão.

— Como quiserem — disse Nunez, e sorriu enquanto era conduzido.

Eles pareciam não saber o que era a visão.

Bem... no devido tempo, ele lhes ensinaria.

Ouviu pessoas gritando, e viu certa quantidade de vultos agrupados no meio da rua principal do povoado.

Este seu primeiro encontro com a população do País dos Cegos exigiu mais, dos seus nervos e da sua paciência, do que tinha imaginado. O lugar pareceu-lhe maior à medida que se aproximava, e o reboco irregular das paredes ainda mais estranho. Um grande número de crianças, homens e mulheres (algumas das mulheres e mocinhas, ele notou com satisfação, tinham rostos muito agradáveis, mesmo com os olhos fechados e fundos) aproximaram-se, agarrando-o, apalpando-o, tocando-o com mãos macias e sensíveis, farejando-o, escutando com atenção cada palavra que ele dizia. Algumas das adolescentes e das crianças, contudo, mantinham-se distantes, como se estivessem com medo, e sem dúvida a voz dele parecia rouca e grosseira diante do tom mais suave da fala deles. Seus três guias mantinham-se ao seu lado, numa atitude meio de proprietários, e repetiam o tempo todo: "Um selvagem que veio das rochas."

— De Bogotá — disse ele. — Bogotá, que fica além das montanhas.

— Um selvagem, usando palavras selvagens — disse Pedro. — Ouviram isso, *Bogotá*? A mente dele ainda não está formada. Ele mal sabe falar.

Um garoto aproximou-se e beliscou a mão de Nunez.

— Bogotá! — gritou, com zombaria.

— Sim! É uma cidade, e não um vilarejo como o de vocês. Eu venho do vasto mundo, onde os homens têm olhos e podem ver.

— O nome dele é Bogotá! — gritaram.

— Ele tropeçou — disse Correa. — Tropeçou duas vezes quando vínhamos.

— Vamos levá-lo para os anciãos.

E eles o obrigaram a entrar por uma porta, num aposento escuro como breu a não ser por um fogo aceso na extremidade oposta. A multidão se amontoou à entrada, bloqueando quase totalmente a luz do dia, e antes que ele pudesse se orientar acabou tropeçando nos pés de um homem sentado. Ao estender o braço enquanto caía atingiu o rosto de alguém; sentiu o impacto contra a carne macia do rosto do outro e ouviu um grito de raiva; por um instante, lutou contra numerosas mãos que o agarraram. Era uma luta desproporcional; por fim ele aceitou a situação, e ficou quieto.

— Eu caí — disse. — Não consigo ver no meio deste escuro. Quem pode?

Houve uma pausa, como se as pessoas amontoadas à sua volta tentassem entender suas palavras.

Então a voz de Correa disse:

— Ele ainda está em formação. Ele tropeça quando anda, e a fala dele está cheia de palavras que não querem dizer nada.

Outros homens fizeram comentários que ele mal escutou ou mal compreendeu.

— Posso sentar? — perguntou, quando se fez uma pausa. — Não vou mais lutar.

Eles conferenciaram e deixaram que se erguesse.

A voz de um homem mais idoso que os outros começou a interrogá-lo, e Nunez viu-se tentando explicar o que era o grande mundo de onde tinha caído, e o céu e as montanhas e a visão e outras maravilhas, diante daqueles anciãos sentados nas trevas no País dos Cegos. E eles não acreditavam ou não entendiam o que ele falava; era algo que não correspondia à sua expectativa. Não conseguiam sequer entender grande parte das suas palavras. Durante catorze gerações aquelas pessoas tinham vivido na cegueira, isoladas do resto do mundo que era capaz de ver; os nomes de todas as coisas relativas à visão tinham se esmaecido e mudado; a história do mundo exterior também esmaecera e mudara até transformar-se numa lenda para crianças; e eles tinham deixado de se interessar por qualquer coisa além dos penhascos rochosos que os rodeavam em círculo. Homens cegos mas de inteligência superior tinham surgido entre eles e questionado os resíduos das crenças e tradições que eles conservavam desde a época em que eram capazes de ver, e tinham descartado todas essas coisas como fantasias inúteis, substituindo-as por explicações novas e mais sensatas. Uma grande parte da sua imaginação tinha murchado juntamente com seus olhos, e eles tinham criado novas imaginações para si mesmos, com seus ouvidos e suas pontas de dedos cada vez mais sensíveis. Devagar, Nunez começou a perceber que sua expectativa de encontrar deslumbramento e reverência diante de sua origem e dos seus dons não se sustentava; e depois que sua pobre tentativa de explicar para eles o que era a visão foi posta de lado como a versão confusa de um ser imaturo tentando descrever as maravilhas de suas sensações incoerentes, ele cedeu, frustrado, e ficou a ouvir as instruções.

O mais idoso dos cegos explicou-lhe o que era a vida e a filosofia e a religião, e como o mundo (ou seja, aquele vale) tinha sido no princípio um espaço oco entre as rochas onde surgiram, primeiro, coisas inanimadas desprovidas do dom do tato, e delas surgiram a grama e os arbustos, e depois disso as lhamas e outras criaturas dotadas de pouca inteligência, e depois os homens e finalmente os anjos que podiam ser ouvidos cantando e produzindo sons de asas, mas que não podiam ser tocados, o que deixou Nunez muito intrigado até que se lembrou dos pássaros.

O ancião prosseguiu, explicando a Nunez de que modo "à mercê da Sabedoria acima de nós" o tempo fora dividido em quente e frio, que são para os cegos os equivalentes ao dia e à noite, e como era bom dormir durante o quente, e trabalhar durante o frio, de modo que, àquela hora, se não fosse pela chegada dele, todo o vilarejo dos cegos estaria dormindo. Afirmou que Nunez devia ter sido criado especialmente para aprender e para servir à sabedoria que eles haviam adquirido, e apesar de sua incoerência mental e seu comportamento desajeitado deveria ter coragem e fazer o possível para ser um bom discípulo; e diante dessas palavras todas as pessoas em volta produziram murmúrios de encorajamento. Disse em seguida que a noite — porque os cegos chamam de noite o seu dia — já estava adiantada, e era conveniente que voltassem todos a dormir. Perguntou a Nunez se ele sabia dormir, e Nunez respondeu que sim, mas que antes de dormir gostaria de comer.

Trouxeram comida: leite de lhama numa tigela e um pão rústico e salgado, e o levaram para um lugar isolado onde poderia comer sem ser ouvido, e onde deveria dormir depois, até que o frio do entardecer da montanha acordasse todos para o começo de um novo dia. Mas Nunez não conseguiu adormecer. Em vez disso, ficou sentado no local onde os outros o deixaram, descansando o corpo e revirando na mente as circunstâncias inesperadas de sua chegada ali.

De vez em quando soltava uma risada, às vezes divertindo-se, outras vezes com indignação.

— Mente mal formada! — disse. — Sentidos imperfeitos! Mal sabem eles que estão insultando aquele que o céu enviou para ser seu rei e seu senhor. Estou vendo que tenho de mostrar-lhes a voz da razão. Deixe-me pensar... deixe-me pensar.

Ainda estava pensando quando o sol se pôs.

Nunez tinha um olhar capaz de apreciar a beleza, e pareceu-lhe que o clarão sobre as neves e as geleiras que se erguiam por todos os lados do vale era a coisa mais bela que já vira. Seus olhos foram daquele espetáculo glorioso e inacessível para o vilarejo e os campos irrigados que mergulhavam rapidamente na luz crepuscular, e de repente uma onda de emoção apossou-se dele, e ele agradeceu a Deus, do fundo do coração, pelo dom da visão que lhe fora concedido.

Ouviu uma voz que o chamava da direção da casa dos anciãos.

— Ei, você, Bogotá! Venha aqui!

Ergueu-se com um sorriso. Iria mostrar àquele povo, de uma vez por todas, o que a visão era capaz de fazer por um homem. Iriam à sua procura mas não seriam capazes de achá-lo.

— Não vai se mover, Bogotá?

Ele riu em silêncio, e deu dois passos furtivos para fora do caminho.

— Não pise na grama, Bogotá, não é permitido.

Nunez mal ouvira o som dos próprios passos, e deteve-se, surpreso.

O dono daquela voz veio correndo ao longo das pedras de cor desigual que calçavam o caminho. Nunes voltou a pisar na trilha.

— Estou aqui — disse.

— Por que não veio quando o chamei? — disse o cego. — Tem que ser conduzido, como uma criança? Não pode escutar o caminho enquanto anda?

Nunez riu.

— Posso vê-lo — disse.

— Não existe essa palavra, "ver" — disse o cego após uma pausa. — Pare com essa bobagem e siga o som dos meus pés.

Nunez o seguiu, um tanto aborrecido.

— Minha hora vai chegar — falou.

— Você vai aprender — respondeu o cego. — Há muita coisa para se aprender neste mundo.

— Ninguém nunca lhe disse que "em terra de cegos quem tem um olho é rei"?

— O que é "cegos"? — perguntou o cego, distraidamente, por cima do ombro.

Quatro dias se passaram; e o quinto dia encontrou o Rei dos Cegos ainda incógnito, um mero estrangeiro desajeitado, inútil, no meio dos seus súditos.

Ele descobriu que era muito mais difícil proclamar seu reinado do que imaginara, e nesse ínterim, enquanto planejava seu golpe de Estado, fez tudo que lhe disseram para fazer e aprendeu os usos e costumes do País dos Cegos. Trabalhar e circular durante a noite pareceu-lhe algo irritante, e decidiu que esta seria a primeira coisa a ser modificada em seu pequeno reino.

Aquelas pessoas levavam uma vida simples e laboriosa, com todos os elementos da virtude e da felicidade conforme essas ideias são entendidas entre os homens. Labutavam, mas não em excesso; tinham comida e roupas suficientes para suas necessidades; tinham dias e períodos de descanso; davam muita importância à música e ao canto, e entre eles existia amor e existiam crianças.

Era maravilhosa a confiança e a precisão com que se moviam dentro do seu mundo tão bem-organizado. Porque, vejam bem, tudo tinha sido disposto de modo a atender suas necessidades; cada uma das alamedas que se irradiavam a partir do centro do vale tinha o mesmo ângulo em relação às outras, e todas se distinguiam das demais por diferentes entalhes ao longo do meio-fio; todos os obstáculos e as irregularidades das alamedas e do gramado tinham sido removidos há muito tempo; todos os métodos e os procedimentos ali empregados derivaram com naturalidade das necessidades especiais das pessoas. Seus sentidos tinham se tornado extraordinariamente aguçados; eram capazes de ouvir e interpretar um gesto de um homem a dez passos de distância — podiam até ouvir as batidas de seu coração. Há muito que a entonação da voz substituíra, para eles, a expressão facial; e o toque substituíra o gesto, e o seu trabalho com a enxada e a pá e o ancinho era tão livre e confiante quanto o de qualquer jardineiro. Seu olfato era extraordinariamente aguçado; eram capazes de distinguir cheiros individuais tão prontamente quanto um cachorro, e dedicavam-se a cuidar das lhamas, que viviam no alto, entre as rochas, e desciam até a muralha em busca de comida e abrigo, com desenvoltura e segurança. Foi somente quando por fim tentou se impor que Nunez descobriu com que facilidade e confiança eles eram capazes de se mover.

Ele se rebelou somente depois de tentar persuadi-los.

De início, em várias ocasiões, tentou falar a eles sobre o sentido da visão.

— Olhem aqui vocês — disse ele. — Há algumas coisas ao meu respeito que vocês não entendem.

Uma ou outra vez um ou dois deles lhe deram ouvidos; sentaram-se com a cabeça baixa e os ouvidos voltados atentamente para ele, ainda que com um sorriso vagamente irônico nos lábios, enquanto ele fazia o possível para explicar-lhes o que era "ver". Entre seus ouvintes havia uma moça que tinha os olhos menos vermelhos e menos afundados do que os outros, de modo que ele podia quase imaginar que ela estava apenas de olhos fechados, e era principalmente a ela que tentava convencer.

Falou das belezas da visão, da contemplação das montanhas, do céu e da aurora, e eles o escutavam com uma divertida incredulidade que aos poucos foi se tornando condenatória. Disseram-lhe que na verdade não existia montanha alguma, e que aquela área rochosa onde as lhamas pastavam era sem dúvida o fim do mundo; as rochas ali tornavam-se cada vez mais íngremes, formavam pilares e dali se uniam para formar o teto cavernoso do universo, de onde caíam tanto o orvalho quanto as avalanches; e quando ele sustentou teimosamente que o mundo não tinha um fim nem um teto como eles supunham ficaram todos chocados e disseram que os pensamentos dele eram maus. Na medida em que ele conseguiu descrever-lhes o céu, as nuvens e as estrelas, seu mundo pareceu a todos um vácuo estarrecedor, um terrível vazio em lugar do teto uniforme sobre todas as coisas, no qual eles acreditavam; era um artigo de fé entre eles que o teto da caverna, por cima das rochas, era escrupulosamente liso ao toque. Eles o chamavam de Sabedoria Superior.

Ele percebeu que de algum modo os deixara chocados ao falar de nuvens e de estrelas, e decidiu deixar este aspecto de lado; passou a tentar demonstrar-lhes a importância da visão. Certa manhã, viu Pedro no caminho numerado como Dezessete, vindo na direção das casas do centro, mas ainda longe demais para poder ser pressentido pelo ouvido ou pelo olfato, e disse isto a eles, avisando:

— Daqui a pouco Pedro estará aqui.

Um velho comentou que Pedro não tinha nada que fazer no caminho Dezessete, e então, como que em confirmação a essas palavras, ao chegar mais perto Pedro atravessou na direção do caminho Dez, por onde retornou, com passos lépidos, rumo à muralha exterior. Eles zombaram de Nunez quando Pedro não apareceu, e depois, quando ele questionou Pedro para esclarecer o fato, Pedro o encarou, negando tudo, e depois ficou tratando-o de maneira hostil.

Então Nunes conseguiu a permissão deles para subir pelos prados até a muralha, levando consigo um indivíduo que concordou em acompanhá-lo, e ao qual ele prometeu descrever com detalhes tudo o que acontecia em volta das casas. Ele comentou algumas idas e vindas, mas as coisas que pareciam realmente significativas para aquele povo aconteciam dentro ou por trás daquelas casas sem janelas; foram estas as únicas coisas a respeito das quais ele foi interrogado na volta, e a respeito delas ele tinha pouco ou nada a responder; foi depois do fracasso desta tentativa, e da zombaria que os outros não conseguiram conter, que ele recorreu à força. Pensou em agarrar uma pá de repente, derrubar um ou dois deles, e assim, num combate franco, provar a vantagem de quem enxerga. Foi até o ponto de agarrar a pá, mas nesse momento descobriu uma coisa nova a respeito de si mesmo. Descobriu que era incapaz de golpear um cego a sangue frio.

Hesitou, e percebeu que todos sabiam que ele tinha agarrado a pá. Estavam alertas, com a cabeça meio de lado, o ouvido voltado na sua direção, esperando para ver o que ele faria em seguida.

— Solte essa pá — disse um deles, e Nunez sentiu uma espécie de horror indefeso. Quase chegou a obedecer. De repente, empurrou um deles de encontro à parede de uma casa, e fugiu correndo para longe do vilarejo.

Correu em diagonal ao longo de um dos prados, deixando um rastro de grama pisoteada atrás de si, e por fim sentou-se ao lado de um dos caminhos pavimentados. Sentia algo da euforia que toma conta de um homem no começo de uma fuga, mas ainda maior era a sua perplexidade. Começou a perceber que alguém não pode sequer brigar à vontade com criaturas que estão numa base mental diferente da sua. A distância, viu uma fileira de homens empunhando pás e bastões sair do meio das casas e avançar, numa linha que se alargava ao longo de vários caminhos em volta dele. Avançaram devagar, falando constantemente uns com os outros, e a todo instante o grupo inteiro parava para aspirar o ar e apurar o ouvido.

Na primeira vez que fizeram isto, Nunez riu. Mas depois não riu mais.

Um deles encontrou as pegadas dele na grama, e seguiu o rastro, abaixando-se e tocando as marcas.

Por uns cinco minutos ele viu o cordão humano se estender devagar, e então sua vaga disposição de agir sem demora tornou-se frenética. Ficou de pé, deu um ou dois passos na direção do muro circular, virou-se, recuou alguns passos. Os homens continuavam formando uma linha em quarto crescente, imóveis e à escuta.

Ele também ficou imóvel, ainda segurando a pá, com força, com ambas as mãos. Deveria atacá-los?

A pulsação do sangue em seus ouvidos parecia repetir aquela cadência: "em terra de cegos quem tem um olho é rei..."

Deveria atacá-los?

Voltou a olhar para a muralha às suas costas, alta, inacessível; inacessível por causa de seu revestimento liso, mas exibindo aqui e ali pequenas aberturas; e olhou para a linha dos perseguidores que se aproximava. Por trás deles, outros homens começavam a emergir das casas.

Deveria atacá-los?

— Bogotá! — gritou um dos homens. — Bogotá! Onde está você?

Ele agarrou a pá com mais força, e avançou pelo prado, descendo na direção das casas, e quando começou a se mover eles convergiram na sua direção. "Vou bater neles se me alcançarem, por Deus, juro que vou", disse ele consigo. E em voz alta:

— Olhem aqui, eu vou fazer o que quiser aqui neste vale. Estão me ouvindo? Vou fazer o que quiser, e ir aonde quiser!

Estavam avançando mais rápido na direção dele, apalpando o caminho, mas ainda assim com rapidez. Era como brincar de cabra-cega com todos de olhos vendados menos um.

— Agarrem-no! — gritou um homem.

Ele se viu dentro do arco de um grupo menor de perseguidores. Pensou que devia mostrar-se ativo, resoluto.

— Vocês não entendem! — gritou, com uma voz que tinha a intenção de ser forte e resoluta, mas que lhe saiu esganiçada. — Vocês são cegos, e eu posso ver! Me deixem em paz!

— Bogotá! Largue a pá, e não pise na relva!

Esta última ordem, grotesca na sua familiaridade bem-educada, produziu nele uma explosão de raiva.

— Vou machucar vocês! — gritou ele, soluçando de tensão. — Por Deus do céu, vou machucar vocês. Me deixem em paz!

Começou a correr, sem saber direito para onde ir. Correu para longe do cego que estava mais próximo, porque não suportava a ideia de golpeá-lo. Parou um instante e depois deu uma arrancada, procurando fugir ao círculo que se fechava. Foi na direção de uma brecha mais larga, e os homens de ambos os lados, percebendo com rapidez o som dos seus passos, fecharam-lhe a passagem. Ele avançou mas, ao perceber que seria agarrado, desferiu um golpe, *swish!* — e a pá atingiu o alvo. Ele sentiu o choque macio de encontro à mão e ao braço, e o homem caiu com um grito de dor; e ele passou.

Passou! Mas logo estava de novo próximo das casas, e os cegos, girando suas pás e seus bastões, vinham correndo, com uma rapidez calculada, de todas as direções.

Ouviu passos atrás de si bem a tempo, e viu um homem alto que vinha sobre ele, atraído pelo seu som. Perdeu a calma e arremessou a pá, que passou a um metro do antagonista. Girou sobre si mesmo e fugiu, quase gritando ao esquivar-se de outro.

Estava tomado de pânico. Correu furioso numa direção e depois em outra, negaceando com o corpo quando era preciso, e tropeçando ao tentar olhar em todas as direções ao mesmo tempo. Por um instante foi ao chão e eles ouviram sua queda. Avistou a distância uma pequena portinhola na muralha circular, e foi como se tivesse enxergado o Paraíso. Partiu naquela direção o mais depressa que pôde. Nem sequer olhou para os perseguidores até chegar lá, e logo estava atravessando a ponte, escalando as rochas até certa altura, para a surpresa e o desagrado de uma jovem lhama, que fugiu aos saltos, e ali deixou-se cair, arquejante, tentando respirar.

E assim terminou o seu golpe de Estado.

Nunez ficou do lado externo da muralha do vale dos Cegos durante duas noites e dois dias, sem comida, sem abrigo, meditando sobre aquele imprevisto. Havia arbustos em volta, mas os frutos estavam verdes, duros, amargos. Sentiu-se enfraquecido depois de comê-los. Perdeu o ânimo. Enquanto vagava ele repetiu de vez em quando, e sempre com uma nota de sarcasmo, o provérbio desmontado: "Em terra de cegos, quem tem um olho é rei." Pensava principalmente em como combater e dominar aquele povo, e foi se tornando claro para ele que não havia nenhuma maneira praticável de conseguir isso. O cancro da civilização estava incrustado nele desde Bogotá, e ele não conseguia ver-se assassinando um homem cego. Claro que se fizesse isto poderia ditar os termos, ameaçando matar a todos. Claro — se pudesse aproximar-se deles o bastante para fazê-lo. E mais cedo ou mais tarde teria que dormir!

Tentou também encontrar algum alimento entre os pinheiros, preparar um canto confortável sob os galhos para quando caísse a geada, e, sem muita confiança, atrair uma lhama e matá-la, talvez com uma pedra, e por fim tentar comer sua carne. Mas as lhamas não confiavam nele, olhavam-no com olhos castanhos cheios de suspeita, e cuspiam no chão quando ele se aproximava. O medo tomou conta dele no segundo dia, uma fadiga imensa e acessos de tremores. Por fim ele se arrastou até junto da muralha do País dos Cegos e tentou propor um acordo. Arrastou-se até perto do riacho, chamando em voz alta, até que dois cegos vieram através do portão ao seu encontro.

— Eu estava louco — disse ele. — Mas é só porque fui criado há pouco tempo.

Eles disseram que assim estava muito melhor.

Ele afirmou que agora estava mais consciente e que se arrependia de tudo o que tinha feito.

Então ele chorou, sem querer, porque sentia-se muito fraco e doente, e eles viram nisso um sinal positivo.

Perguntaram-lhe se ele ainda achava que era capaz de "ver".

— Não — disse ele —, isso era uma loucura. Essa palavra não quer dizer nada, menos do que nada!

Perguntaram-lhe o que existia lá no alto.

— A cerca de dez vezes a altura de um homem existe um teto sobre o mundo, um teto de rocha, de sabedoria, muito, muito liso...

— Ele explodiu novamente em um choro histérico.

— Antes de me perguntarem mais coisas, me deem comida, se não vou morrer.

Ele esperava sofrer algum castigo severo, mas os cegos mostraram-se capazes de uma grande tolerância. Viram na sua rebelião apenas mais uma prova de estupidez e inferioridade; e depois de darem-lhe algumas chicotadas, determinaram que ele passasse a executar as tarefas mais simples e mais pesadas que havia lá, e ele, não encontrando outra maneira de ganhar a vida, obedeceu a todas as ordens.

Esteve doente por vários dias, e eles o trataram com dedicação. Isto aumentou sua obediência. Mas eles insistiam em que ficasse deitado no escuro, e isto fazia Nunez sentir-se miserável. Então, os anciãos vieram até ele e lhe falaram sobre a leviandade irresponsável de sua mente, e o censuraram severamente por suas dúvidas quanto ao teto de rocha que cobria aquele seu caldeirão cósmico, a tal ponto que ele começou de fato a pensar se não estaria sendo vítima de uma alucinação quando não via esse teto acima da cabeça.

Assim, Nunez portou-se com humildade e tornou-se um cidadão igual aos outros do País dos Cegos, e aquelas pessoas deixaram de ser um grupo indistinto e tornaram-se indivíduos que lhe eram familiares, enquanto o mundo para além das montanhas tornava-se cada vez mais irreal e remoto. Havia Yacob, que era seu patrão, um homem bondoso desde que ninguém o contrariasse; havia Pedro, o sobrinho de Yacob; e havia Medina-saroté, a filha mais nova de Yacob. Ela não era muito querida entre o povo dos cegos, porque seu rosto tinha traços muito marcados, e lhe faltava a maciez agradável que constituía o ideal de beleza feminina dos cegos; mas Nunez a achou bonita desde o princípio, e, depois de algum tempo, a coisa mais bonita em toda a criação. Suas pálpebras cerradas não eram afundadas e vermelhas como era normal encontrar no vale, mas davam a impressão de que podiam se abrir a qualquer momento; e ela tinha cílios, o que ali era considerado uma grave desfiguração. Sua voz era forte, e isto não agradava aos ouvidos sensíveis dos rapazes do vale. E por isto ela não tinha namorado.

Chegou então um momento em que Nunez pensou que, se pudesse conquistá-la, se resignaria a viver naquele vale o resto dos seus dias.

Ele a vigiou; aproveitou todas as chances para lhe prestar pequenos serviços, e depois de algum tempo notou que ela o observava. Um dia, numa reunião durante o dia de descanso, sentaram-se lado a lado sob a luz delicada das estrelas, e havia uma doce música no ar. A mão de Nunez pousou sobre a dela e ele se atreveu a apertar-lhe os dedos. Então, com muita meiguice, ela retribuiu o gesto. E outro dia, quando estavam fazendo refeições no escuro, ele percebeu que a mão dela o procurava, e nesse instante a chama do fogo voltou a arder e ele pôde ver a ternura no rosto da moça.

Ele procurou uma ocasião para conversar.

Aproximou-se dela um dia, quando ela estava sentada a fiar, sob o luar do verão. A luz a envolvia numa aura de prata e de mistério. Nunez sentou-se aos seus pés e disse-lhe que a amava, e o quanto ela lhe parecia bela. Ele tinha a voz de um homem apaixonado, falava com uma ternura reverente que beirava o deslumbramento, e ela nunca tinha sido tocada antes por aquele tipo de adoração. Não lhe deu nenhuma resposta clara, mas era visível que as palavras de Nunez tinham lhe agradado.

Depois disso ele conversava com ela sempre que tinha uma chance. O vale tornou-se o único mundo que existia para ele, e o mundo por trás das montanhas, onde os homens trabalhavam e cuidavam de seus afazeres sob o sol, não parecia mais do que um conto de fadas que ele um dia haveria de narrar para ela. Com muita hesitação e timidez ele falou a ela a respeito da visão.

A princípio ela encarou isto como a mais poética das fantasias, e escutou suas descrições das estrelas e das montanhas e da doce beleza de seu próprio rosto à luz branca da lua como se aquilo fosse um prazer proibido. Ela não acreditava, ela mal conseguia entender, mas deliciava-se com aquilo de um modo misterioso, e ele tinha a impressão de que ela entendia tudo.

O amor de Nunez foi perdendo em fascinação e ganhando em coragem. Depois de certa altura ele estava decidido a pedir a mão dela a Yacob e aos anciãos do povoado, mas ela tinha medo, e eles adiavam. E foi uma de suas irmãs quem acabou dizendo a Yacob que Medina-saroté e Nunez estavam namorando.

Desde o início houve uma forte oposição ao casamento dos dois; não tanto porque eles a valorizavam muito, mas porque tinham Nunez como uma criatura à parte, um idiota, um incompetente, abaixo do nível de um homem. As irmãs dela fizeram uma oposição ferrenha, porque acreditavam que aquilo iria contribuir para desvalorizar todas elas; e o velho Yacob, mesmo já tendo criado certa afeição por aquele servo desajeitado mas obediente, balançou a cabeça e disse que aquilo não podia ser. Os homens mais jovens irritaram-se com a ideia de sua raça poder vir a ser corrompida, e um deles chegou ao ponto de insultar e agredir Nunez. Ele reagiu. Então, pela primeira vez ele sentiu alguma vantagem em poder enxergar, mesmo na penumbra, e depois daquela briga ninguém mais se atreveu a levantar a mão contra ele. Mas todos continuavam achando o casamento dos dois impossível.

O velho Yacob tinha uma ternura especial por sua filha mais nova, e ficou triste ao senti-la chorar em seu ombro.

— Minha querida, você não vê que ele é um idiota? Ele tem ilusões, e não consegue fazer nada direito.

— Eu sei — soluçou Medina-saroté. — Mas ele está melhor do que era antes! Está aprendendo. E ele é forte, meu pai, e carinhoso, mais forte e mais carinhoso do que qualquer outro homem neste mundo. E ele me ama. E eu o amo também, pai.

O velho Yacob aborreceu-se muito ao ver como ela estava inconsolável, e, além disso — o que o aborreceu ainda mais — havia muitas coisas que ele apreciava em Nunez. Assim, ele foi ao aposento sem janelas onde se reunia o conselho dos anciãos e acompanhou seus debates. No momento oportuno, disse:

— Ele está bem melhor do que antes. É possível que um dia possamos considerá-lo tão são quanto nós.

Tempos depois, um dos anciãos, que meditou profundamente, teve uma ideia. Ele era um grande médico no meio daquele povo, um curandeiro, e tinha uma mente muito filosófica e inventiva; a ideia de curar Nunez das suas excentricidades o atraía. Um dia, quando Yacob estava presente, ele voltou a abordar o assunto de Nunez.

— Examinei Bogotá — disse —, e o caso dele está me parecendo mais claro. Acho bem possível que ele venha a se curar.

— É o que eu sempre esperei — disse o velho Yacob.

— A mente dele foi afetada — disse o médico cego.

Houve um murmúrio de assentimento entre os anciãos.

— Sim, mas *o quê* a afetou?

— Ah! — exclamou o velho Yacob.

— Isto — disse o médico, respondendo sua própria pergunta. — Estas coisas extravagantes a que chamamos de olhos, cuja função é criar essa depressão macia e agradável em nosso rosto; eles estão doentes, no caso de Bogotá, e de uma maneira que afeta sua mente. Os olhos dele são muito inchados, possuem cílios, e eles parecem se mover; em virtude disto, sua mente parece estar num estado permanente de irritação e distração.

— É mesmo? — disse o velho Yacob. — E então?

— Acho que posso dizer com razoável segurança que, para curá-lo completamente, tudo que temos a fazer é uma cirurgia simples — ou seja, remover esses órgãos que o estão incomodando.

— E depois ele ficará são?

— Ficará perfeitamente são, e um cidadão admirável.

— Graças ao céu pela Sabedoria abaixo dele! — disse o velho Yacob, e foi imediatamente comunicar a Nunez as suas esperanças.

Mas o modo como Nunez reagiu à boa notícia lhe pareceu frio e decepcionante.

— Alguém iria pensar — disse ele —, pelo modo como reage, que você não se importa com a minha filha.

Foi Medina-saroté quem convenceu Nunez a enfrentar os cirurgiões cegos.

— *Você* está querendo — disse ele — que eu perca a minha visão?

Ela assentiu.

— A visão é o meu mundo — disse ele.

Ela abaixou a cabeça.

— Existem muitas coisas belas, pequenas coisas belas: as flores, os liquens entre as rochas, a leveza e a suavidade que se enxerga num pedaço de pelo, o céu tão amplo percorrido pelas nuvens, os crepúsculos, as estrelas. E existe *você*. Bastaria você para fazer valer a pena o fato de eu ter a visão, para ver seu rosto tão doce e tão tranquilo, seus lábios tão meigos, suas mãos tão queridas cruzadas uma na outra... Foram estes meus olhos que você conquistou, estes olhos que me mantêm preso a você, e é contra eles que esses idiotas querem agir. Eu vou poder tocar você, ouvir você, mas nunca poderei vê-la novamente. Vou ter que ficar preso abaixo desse teto de rocha e pedra e escuridão, esse teto horrendo que faz vocês abaixarem a cabeça... Não, não é possível que você esteja me pedindo isso!

Ela estremeceu quando o ouviu referir-se com aqueles termos à Sabedoria Superior. Tapou os ouvidos com as mãos. Uma dúvida desagradável tinha brotado nele. Ele parou, e deixou aquela questão em suspenso.

— Eu gostaria — disse ela —, às vezes... — Fez uma pausa.

— Sim?... — disse ele, com apreensão.

— Eu gostaria às vezes que... que você não falasse assim.

— Assim como?

— É sua imaginação. Eu gosto de muitas coisas nela, mas não quando você fala da Sabedoria Superior. Quando você falava das flores e das estrelas era diferente. Mas agora...

Ele sentiu-se gelar.

— *Agora?* — perguntou em voz baixa.

Ela estava sentada, muito quieta.

— Você acha... você quer dizer que... eu ficaria melhor, eu talvez melhorasse...

Ele estava aos poucos percebendo tudo. Sentiu raiva, é claro, raiva diante do destino estúpido que o arrastava, mas também simpatia pela falta de compreensão dela, uma simpatia não muito distante da piedade.

— *Querida* — disse ele, e podia ver na palidez do rosto dela o quanto seu espírito se debatia entre coisas que não conseguia expressar. Ele a abraçou, beijou sua orelha, e os dois ficaram em silêncio por algum tempo.

— E se eu concordasse com isso? — sussurrou ele por fim, com suavidade.

Ela jogou os braços em volta dele, chorando.

— Oh, se fizesse isso! — soluçou. — Se ao menos concordasse!

— Você não tem nenhuma dúvida?

— Oh, meu querido! — respondeu ela, apertando as mãos dele com fervor. Depois continuou: — Vão machucá-lo, mas só um pouco... E você vai passar por essa dor, meu querido, por *mim*... Oh, meu amor, se o coração e a vida de uma mulher podem pagar tal sacrifício, eu o farei. Meu querido, meu querido da voz tão rude e tão carinhosa... eu lhe recompensarei.

— Então, que seja — disse ele.

E em silêncio ele se afastou. Naquele momento, não conseguiria ficar ao lado dela.

Ela ouviu os passos lentos que se afastavam, e algo na cadência deles fez com que desatasse a chorar.

Ele tinha a intenção de ir para algum lugar isolado onde os prados estavam belos, cobertos de narcisos brancos, mas enquanto caminhava ele ergueu os olhos e viu o amanhecer, o amanhecer que, como um anjo numa armadura de ouro, surgia pelas encostas...

Pareceu-lhe que, diante de um esplendor como aquele, ele próprio, aquele mundo de cegos no vale, e seu amor, e tudo o mais não eram muito melhores do que a escuridão de um formigueiro.

Não foi na direção dos narcisos, como tinha pensado. Em vez disso continuou em frente, passou através da muralha e subiu para as rochas, e seus olhos não abandonaram em momento nenhum o gelo e a neve iluminados pelo sol.

Ele contemplou aquela beleza infinita, e sua imaginação alçou voo por cima dela, rumo às coisas que nunca mais poderia enxergar.

Pensou naquele enorme mundo, livre e visível, ao qual iria renunciar para sempre; o mundo que era o seu, e que ficava por trás daquele círculo de montanhas; e ele teve um vislumbre daquelas encostas mais distantes, cada qual mais afastada, e de Bogotá, um lugar de belezas estonteantes e múltiplas, um deslumbramento durante o dia, um mistério luminoso à noite, um lugar de palácios e fontes e estátuas e brancas mansões, estendendo-se a meia distância com toda sua beleza. Ele pensou como durante um dia ou dois alguém poderia atravessar desfiladeiros e chegar cada vez mais perto das suas ruas e avenidas tão movimentadas. Pensou na viagem pelo rio que se seguiria, da grande Bogotá até o mundo ainda maior que havia além dela, através de vilas e cidades, florestas e desertos, o rio avançando dia após dia até que suas margens se afastassem e os navios a vapor surgissem espadanando água e aparecesse por fim o mar — o mar sem limites, com seus milhares de ilhas e os navios apenas visíveis a grande distância, em viagens incessantes ao redor do mundo imenso. E ali, sem a barreira das montanhas, era possível ver o céu — o verdadeiro céu, e não o pequeno disco que era visível dali, mas um grande arco de um azul indescritível, o azul das profundezas, onde as estrelas flutuavam e giravam no infinito.

Seus olhos examinaram a cadeia das montanhas com uma agudeza maior do que antes.

Ocorreu-lhe de repente que há muitos dias não olhava na direção das encostas, das geleiras e das ravinas por onde tinha deslizado e caído até chegar se arrastando àquele vale. Olhou agora; mas não conseguiu encontrá-las. Algo tinha acontecido. Algo ocorrera capaz de mudar e obliterar os pontos de referência, tão familiares, do caminho por onde descera. Ele não conseguia acreditar; esfregou os olhos e olhou de novo. Talvez tivesse esquecido. Talvez alguma nevasca recente tivesse alterado as linhas e as formas das superfícies à mostra.

Em outro local, também, havia ladeiras que ele tinha observado com muita atenção, porque às vezes a ideia da fuga tinha sido muito forte em seu espírito. Elas também tinham mudado? Ou sua memória estaria lhe pregando uma peça? Em certo ponto, lá no alto, a mais de duzentos metros, ele tinha memorizado um longo veio saliente de cristal verde que fazia um traçado oblíquo para cima, mas, que pena, desaparecia de repente. Talvez fosse possível subir ao longo dele, mas dali em diante não havia possibilidade. Naquele lado, tudo continuava como antes? Mas, e nos outros lugares?

De súbito ele ficou de pé, com um arquejo de horror escapando pela garganta.

— *Não!* — disse em voz baixa, o corpo encurvado. — Não! Aquilo estava ali, desde antes!

Mas ele sabia que não estava.

Era uma longa cicatriz de rocha recém-exposta, que corria ao longo da face da encosta em sua parte mais larga. Acima e abaixo dela via-se a rocha desgastada pelo tempo. Ele ainda lutava contra aquela ideia. Mas ali estava a prova, clara, indiscutível. Não podia haver dúvida sobre o significado daquela cicatriz de rocha *nua*. Uma massa enorme daquela estupenda muralha rochosa tinha se desprendido. Pendia talvez um metro para diante e estava sendo mantida momentaneamente por alguma desigualdade das rochas que a prendiam. Talvez se segurasse por enquanto, mas não havia dúvida de que tinha se afastado. Será que voltaria a ficar firme, na posição atual? Não podia saber. Examinou as superfícies, a distância. No alto, viu alguns filetes claros de água que escorriam das camadas de neve para dentro dessa rachadura recente. Abaixo, a água já brotava livremente de uma dúzia de pontos abaixo da massa rochosa que se desprendera. E então ele viu que outras fissuras menores tinham aparecido no paredão.

Quanto mais ele estudava a face rochosa, mais percebia o quanto aquela ameaça era iminente. Se aquele movimento continuasse, o vale estava condenado. Ele esqueceu seus problemas pessoais e experimentou uma imensa preocupação por aquela pequena comunidade à qual viera a pertencer. O que deveriam fazer? O que podiam fazer? Abandonar as casas devido àquela ameaça? Construir outras, nas encostas que estavam agora por trás dele? E como ele poderia convencê-los a agir assim?

Suponhamos que aquelas rochas, nas quais se apoiava a massa que se desprendera, viessem a *ceder*?

A montanha desabaria — e ele visualizou a possível avalanche acompanhando sua trajetória com as mãos estendidas — ali, e depois, ali, e depois naquela outra parte. Desabaria por cima do lago e além dele. Talvez sepultasse completamente o vilarejo. Seria a destruição de toda a vida naquele vale. Era preciso fazer alguma coisa. Preparar abrigos? Organizar uma possível evacuação? Ele próprio deveria ficar ali de sentinela, dia após dia? Mas como explicar aos outros?

Se ele descesse para lá agora, bem tranquilo, bem humilde, sem nervosismo, falando em voz baixa e com humildade diante deles... Se dissesse: "Sei que sou um tolo, sou uma criatura desprezível, sou indigno de tocar a borda da roupa do menor dos sábios entre vocês. Mas eu lhes peço que, pelo menos esta vez, acreditem na minha visão! Às vezes até um idiota como eu *percebe* coisas. Deixem-me fazer mais alguns testes sobre minha capacidade de ver. Porque a verdade, a grande verdade, é que eu sei de um grande perigo que estamos correndo e posso ajudar vocês a enfrentá-lo..."

Mas como poderia convencê-los? Que provas poderia dar, depois dos fracassos anteriores? Digamos que ele descesse, com aquela ameaça ainda vívida em sua mente. Digamos que *insistisse*.

Visão. Olhar. Essas meras palavras seriam para eles uma ofensa. Talvez nem permitissem que ele falasse. E mesmo que ele pudesse contar tudo, talvez já fosse muito tarde. Na melhor das hipóteses talvez conseguisse apenas que o assunto fosse debatido entre eles. Certamente se irritariam, pois como era possível contar aquilo sem questionar a Sabedoria Superior? Talvez o agarrassem e resolvessem pôr fim às suas impertinências arrancando de uma vez os seus olhos, e o único resultado de sua intervenção seria que ele estaria cuidando de suas órbitas ensanguentadas quando a catástrofe acontecesse. Talvez a montanha ainda se sustentasse por semanas ou até meses, mas talvez não esperasse muito tempo. Agora mesmo podia estar se rachando. Agora mesmo o calor do sol podia estar dilatando aquelas rochas maciças, derretendo o gelo que as mantêm unidas. Agora mesmo os filetes contínuos de água podiam estar alargando as fissuras.

De repente ele viu, viu distintamente, uma nova rachadura se abrir naquela massa verde e brilhante, e através do vale estalou um som como o do tiro que dá o sinal para uma corrida. A montanha estava se movendo *agora*! Não havia tempo a perder. Não havia tempo para fazer planos.

— Pare! — gritou ele. — Pare! — E pôs as mãos nos ouvidos, como se tentasse deter aquela catástrofe lenta e inexorável. Era absurdo, mas ele acreditou ter gritado: — Espere um instante!

Correu direto para a pontezinha que dava acesso ao portão, e dali desceu correndo rumo às casas, agitando os braços e gritando.

— A montanha está caindo! — berrou. — A montanha inteira vai desabar sobre vocês! Medina-saroté! Medina-saroté!

Entrou com estardalhaço na casa do velho Yacob e atirou-se sobre as pessoas adormecidas. Sacudiu-as, gritou, indo de uma para outra.

— Enlouqueceu de novo — exclamaram eles, irritados, e mesmo Medina-saroté recuou diante do seu nervosismo.

— Venha, venha — insistiu ele. — Está desmoronando agora. A montanha está desmoronando. — Agarrou o pulso dela com dedos de aço. — Venha! — gritou com tal autoridade que ela, cheia de terror, obedeceu.

Do lado de fora da casa havia um grupo de pessoas despertadas pelo barulho e pelos gritos, e cerca de vinte homens já começavam a cercar a casa e impedir sua passagem.

— Deixem-me passar! Deixem-me passar! — gritou ele. — E venham comigo, lá para cima, antes que seja tarde demais.

— Isso é demais. Esta é sua última blasfêmia! — gritou um dos anciãos. — Agarrem-no! Segurem-no!

— Estou lhes dizendo, a montanha vai desmoronar. Está caindo agora mesmo, enquanto vocês me seguram.

— A Sabedoria Superior que nos ama e nos protege *não pode* desmoronar.

— Ouçam. Estão ouvindo esse barulho?

— Já ouvimos barulhos como esse, antes. A Sabedoria está mandando um aviso. É por causa das suas blasfêmias.

— E o chão? Está tremendo!

— Irmãos, expulsem-no daqui! Para fora do vale! Fomos tolos em abrigá-lo por tanto tempo. Seus pecados são mais do que nossa Providência pode suportar.

— Garanto a vocês, os rochedos estão desabando! A montanha inteira vai vir abaixo. Escutem e poderão ouvi-los rachando e caindo.

Ele percebeu uma voz rouca e mais forte do que toda aquela balbúrdia, sobrepondo-se à voz dele.

— A Sabedoria Superior nos ama. Ela nos protege de todos os perigos. Nenhum mal pode nos atingir enquanto ela velar por nós. Fora daqui! Expulsem-no. Que ele recolha consigo os nossos pecados, e vá embora!

— Vá embora, Bogotá! — gritou um coro de outras vozes. — Vá embora!

— Medina-saroté! Venha comigo! Vamos embora deste lugar!

Pedro lançou braços protetores por sobre os ombros da prima.

— Medina-saroté — gritou Nunez. — Medina-saroté!

Lutou com ferocidade enquanto eles o empurraram por um caminho na direção da muralha. Agora, eles demonstravam toda a crueldade de que são capazes os homens quando estão com medo, porque o som crescente da avalanche das rochas os deixava atemorizados. Cada um tentava superar os outros em manifestações de repúdio a Nunez. Esmurraram seu rosto, chutaram suas canelas, seus tornozelos, seus pés. Alguns o espetaram com suas facas. Ele tinha perdido de vista Medina-saroté e por causa dos golpes também não conseguia ver o vagaroso desabamento das encostas; além disso o sangue escorria de um corte na testa, mas as vozes ao seu redor pareceram perder a força quando o rumor da queda das rochas foi se somando até se transformar num estrondo profundo e contínuo. Ele chorou enquanto gritava por Medina-saroté, pedindo-lhe que fugisse, mas eles continuaram a arrastá-lo.

Empurraram-no pela portinhola e depois por uma ladeira pedregosa, com violência deliberada, espantando para todos os lados um bando de lhamas que pastavam. Ele ficou no chão, feito um trapo.

— Fique aí, e morra de fome — disse um dos homens. — Você e suas... *visões*.

Ele levantou a cabeça para uma última réplica.

— Estou lhes dizendo. Vocês vão morrer antes de mim.

— Seu *imbecil*! — disse o homem com quem ele lutara, e voltou para chutar seu corpo várias vezes. — Nunca vai ter juízo? — Mas ao sentir que Nunez levantava-se, cambaleando, ele voltou às pressas para junto dos companheiros.

Nunez ficou de pé, oscilando como um bêbado.

Seus membros estavam sem força. Ele fez o possível para limpar o sangue que banhava seu rosto. Olhou para a montanha prestes a desmoronar, olhou para o imenso pedaço de rocha que vira pela manhã, e depois, com o rosto cheio de desespero, para o vale condenado à destruição. Mas não tentou subir a encosta. "Do que me adianta ir sozinho?", pensou. "Mesmo que eu pudesse. Só vou morrer de fome, lá no alto."

E de repente avistou ao longe Medina-saroté, que vinha à sua procura. Ele emergiu da portinhola e gritou seu nome. De algum modo ela tinha conseguido escapar e viera ao seu encontro.

— Bogotá, meu amor — gritou ela. — O que fizeram com você? Oh, *o que* foi que *fizeram* com você?

Ele foi cambaleando ao seu encontro, chamando seu nome.

Um instante depois as mãos dela tocavam seu rosto, e ela o ajudava a limpar o sangue, procurando com cuidado os cortes e os ferimentos.

— Você precisa ficar aqui agora — disse ela, arquejante. — Precisa ficar aqui por algum tempo. Até se arrepender. Até que você aprenda a se arrepender. Por que se comportou de uma maneira tão louca? Por que disse aquelas blasfêmias horríveis? Você não sabe o que diz, mas como eles vão entender isso? Se voltar agora vai ser morto com certeza. Vou lhe trazer comida. Fique aqui.

— Nenhum de nós pode ficar aqui. *Olhe*!

Ela prendeu a respiração ao ouvir aquela palavra horrível, "olhe", prova de que ele ainda estava dominado pela loucura.

— Ali! Aquele estrondo!

— O que é?

— Uma avalanche de rochas está deslizando pelo prado, e elas são apenas as primeiras. *Olhe* para elas. Escute o ruído delas, rolando, chocando-se umas com as outras! O que acha que esses sons querem dizer? *Ali*, e ali? Rochas! Estão rolando e batendo umas nas outras, pela parte de baixo do prado, entrando no lago, e as águas do lago estão transbordando e começando a invadir as casas. Venha, meu amor! Venha! Não faça perguntas, venha!

Ela hesitou por um momento. O ar estava invadido por um som ameaçador como o de uma tempestade. Ela jogou-se nos braços de Nunez.

— Estou com medo — disse.

Ele a apertou de encontro a si e, com força renovada, começou a subir a encosta, guiando os passos dela. O rosto da moça estava manchado pelo sangue dele, mas não havia tempo para cuidar disso. A princípio ela se apoiava nele com toda força, mas depois, percebendo o esforço que isto lhe causava, passou a ajudá-lo e apoiá-lo também. Soluçava ao caminhar, mas obedeceu.

Tudo em que ele pensava agora era atingir aquela plataforma rochosa distante, mas a certa altura teve que parar para recobrar o fôlego, e somente então olhou para o vale lá embaixo.

Ele viu que o sopé da encosta estava deslizando para dentro do lago, empurrando as águas na direção das casas mais afastadas do centro, e que a avalanche de rochas estava ficando mais rápida e mais volumosa. Elas se espalhavam pelo chão, saltando, ricocheteando, e algo em seu movimento dava a horripilante sensação de que estavam perseguindo vítimas. Esmagavam árvores e arbustos, derrubavam paredes e casas, e ainda assim a massa principal da montanha, que estava perdendo o seu suporte, ainda estava para desabar. Já começava a se rachar e a se desprender, e viam-se pequenos vultos saindo das casas e correndo em todas as direções...

Pela primeira vez Nunez alegrou-se de que Medina-saroté fosse cega.

— Suba, querida! — disse ele. — Suba!

— Não entendo.

— Suba!

Um bando de lhamas apavoradas passou correndo por eles.

— É tão inclinado, aqui... Por que esses animais estão fugindo conosco?

— Porque eles entendem. Porque eles sabem que estamos com eles. Vamos, abra caminho entre eles. Suba.

A montanha erguia-se sobre o vale condenado, numa atitude de ameaça. Por alguns tensos instantes, Nunez não escutou um som. Tudo nele estava concentrado nos olhos. Então veio o desabamento, e uma onda de choque atordoante impactou seu peito como o soco de um punho gigante. Medina-saroté foi atirada de encontro às rochas e agarrou-se a elas. Nunez teve a visão fugaz de um oceano de rochas e de terra e de fragmentos de alamedas e de paredes e de casas, derramando-se numa torrente irresistível que vinha na sua direção. Um borrifo de água trazido pela ventania o deixou empapado; ele e a moça foram cobertos por uma chuva de lama e pedregulho. A torrente de lama elevou-se, recuou e então manteve-se estacionária, enquanto pilares majestosos de poeira e de neblina ergueram-se solenemente, agigantando-se por sobre suas cabeças, desdobrando-se e expandindo-se por cima deles até que eles se viram mergulhados num nevoeiro que lhes irritava a pele. O silêncio voltou a pairar sobre o mundo, e o vale dos Cegos sumiu para sempre diante dos seus olhos.

Lívidos até a medula, os dois sobreviventes continuaram subindo até a borda da rachadura cristalina, e ali ficaram agachados.

Quando, horas depois, o véu rodopiante de névoa e poeira foi ficando menos denso e eles puderam mover-se de novo e planejar o que fariam, Nunez avistou através de um rasgão na neblina, muito longe, uma região coberta de rochas desmoronadas e, no V formado entre dois trechos da montanha que desmoronara, encostas verdejantes no sopé, e muito além delas um vislumbre cintilante do mar.

Dois dias depois, ele e Medina-saroté foram encontrados por dois caçadores que tinham vindo explorar o cenário da catástrofe. Estavam tentando descer para o mundo exterior, e à beira da exaustão. Tinham sobrevivido de água, raízes e alguns frutos silvestres. Quando os caçadores os chamaram aos gritos, caíram desmaiados.

Sobreviveram para contar a história, e se instalaram em Quito, com a família de Nunez. Ele ainda vive lá. É um próspero comerciante, e muito honesto. Ela é uma mulher afetuosa e tranquila. Seus bordados e seus trabalhos em vime são extraordinários, embora, é claro, ela não saiba fazer uso da cor, e fale espanhol com um sotaque antiquado, agradável ao ouvido.

Com grande ousadia, ao meu ver, os dois tiveram quatro filhos; todos são robustos e resistentes como o pai, e todos enxergam.

Ele fala às vezes sobre suas experiências, quando lhe dá na veneta, mas a esposa não diz quase nada. Um dia, contudo, ela estava sentada ao lado de minha mulher quando Nunez e eu tínhamos saído, e falou um pouco sobre a época em que cresceu, no vale, e da sua infância cheia de felicidade e de uma fé inocente. Falava disso com visível pesar. Tinha sido uma vida de uma rotina quieta, livre de todo tipo de preocupação.

Era evidente o amor que tinha pelos filhos, e percebia-se também que para ela as crianças e muitas outras coisas no ambiente que a cercava eram difíceis de entender. Ela nunca fora capaz de amar e proteger as crianças como amara e protegera Nunez.

Minha esposa arriscou uma pergunta que há muito tempo queria fazer.

— Você nunca consultou um oftalmologista — começou ela.

— Nunca — disse Medina-saroté. — Eu nunca quis ver.

— Mas as cores... as formas e a distância!

— Não vejo utilidade para suas cores ou suas estrelas — disse Medina-saroté. — Não quero perder minha fé na Sabedoria Superior.

— Mas depois de tudo o que aconteceu? Não tem vontade de ver Nunez, de saber como ele é?

— Mas eu sei como ele é, e vê-lo talvez acabasse nos afastando um do outro. Ele não estaria tão próximo de mim. A beleza do mundo de *vocês* é uma beleza complicada, que dá medo, e o meu mundo é muito simples e próximo. Eu prefiro que Nunez veja por mim, porque ele não sabe o que é ter medo.

— Mas, a *beleza*! — exclamou minha esposa.

— Talvez as coisas sejam belas — disse Medina-saroté —, mas deve ser algo terrível poder *ver*.

A estrela

O anúncio foi feito no primeiro dia do ano-novo, por três observatórios, de modo quase simultâneo: o movimento de Netuno, o planeta mais afastado do Sistema Solar,[1] tinha se tornado bastante errático. Ogilvy já chamara a atenção para um atraso suspeito na velocidade desse astro, em dezembro. Tal notícia dificilmente iria interessar a um mundo cujos habitantes, em sua maioria, ignoravam a existência do planeta Netuno, e, com exceção da comunidade astronômica, a descoberta subsequente de um minúsculo ponto de luz na região daquele planeta perturbado não causou muita excitação a ninguém. Os cientistas, no entanto, consideraram extraordinária aquela descoberta, mesmo antes de ficar evidente que o novo corpo celeste estava aumentando rapidamente de tamanho e de luminosidade, que seu movimento era bem diferente dos deslocamentos regulares dos planetas, e que a deflexão de Netuno e de seu satélite estavam assumindo proporções nunca vistas.

Poucas pessoas sem informação científica são capazes de ter ideia do enorme isolamento do nosso Sistema Solar. O sol, os grãos de poeira que são seus planetas, a nuvem que são os asteroides, seus cometas impalpáveis, tudo isto flutua no meio de uma imensidade vazia que desafia a imaginação. Além da órbita de Netuno existe apenas o vácuo até onde penetrou a observação humana: sem calor, sem luz, sem som, uma vastidão vazia ao longo de vinte milhões de vezes um milhão de milhas. Esta é a menor estimativa da distância que é preciso atravessar para se alcançar a estrela mais próxima. E, com exceção de alguns cometas que são mais insubstanciais do que a mais débil das chamas, não é do conhecimento humano que qualquer tipo de matéria tenha atravessado esse golfo de espaço, até que no princípio do século XX esse estranho astro errante apareceu. Era uma vasta massa de matéria, volumosa, pesada, brotando sem aviso da escuridão misteriosa do céu, rumo à radiação do Sol. No segundo dia, era claramente visível, a qualquer instrumento óptico decente, como uma fagulha de diâmetro apenas perceptível, na constelação de Leão, perto de Regulus. Pouco tempo depois, um binóculo de ópera era capaz de percebê-la.

No terceiro dia do ano-novo, os leitores dos jornais dos dois hemisférios ficaram sabendo pela primeira vez da verdadeira importância daquela extraordinária aparição celeste. "Uma Colisão Planetária", essa foi a manchete principal de um jornal londrino, divulgando a opinião de Duchaine de que aquele estranho planeta novo iria provavelmente colidir com Netuno. Os principais articulistas puseram-se a glosar este tema, de modo que na maioria das capitais mundiais, em 3 de janeiro, criou-se uma expectativa, ainda que vaga, quanto a um iminente fenômeno a ocorrer nos céus; e quando a noite sucedeu ao pôr do sol em volta do globo, milhares de homens ergueram os olhos para o céu, onde viram apenas as velhas e familiares estrelas, nas posições que sempre ocuparam.

Até que amanheceu em Londres, com Pollux se pondo e as estrelas no alto tornando-se mais pálidas. Era um amanhecer de inverno, e a luz fraca do dia se filtrava e se impunha no ar, enquanto o brilho dos lampiões a gás e das velas lançava um clarão amarelado pelas janelas, revelando a presença inquieta dos grupos de pessoas na rua. Mas o policial, bocejando de sono, a avistou; as multidões atarefadas nos mercados se quedaram de boca aberta, operários indo apressados para o trabalho, leiteiros, motoristas dos carros de distribuição dos jornais, boêmios voltando para casa cansados e pálidos, vagabundos sem-teto, vigias em suas guaritas e, no campo, lavradores caminhando para a roça, caçadores furtivos voltando para casa... Por cima de toda aquela vastidão ainda semiescurecida ela podia ser vista — e no alto-mar, pelos marinheiros à espera da aurora: uma grande estrela branca, erguendo-se de repente no lado oeste do firmamento!

Era mais brilhante do que qualquer uma das estrelas do céu; mais brilhante do que a estrela da tarde em sua luminosidade mais intensa. Reluzia, grande e branca; não apenas um pontinho de luz coruscante, mas já era um pequeno disco, redondo e luminoso, uma hora após o raiar do dia. E naqueles lugares ainda não alcançados pela ciência os homens a olhavam com medo, falando entre si de guerras e de pestes anunciadas por esses sinais de fogo nos céus. Bôeres corpulentos, hotentotes escuros, negros da Costa do Ouro, franceses, espanhóis, portugueses, todos se detinham na luz cálida do sol observando o declínio daquela estrela nova e estranha.

E em uma centena de observatórios tinha havido uma excitação contida, quase redundando em algazarra, quando os dois corpos celestes convergiram um para o outro; e uma correria apressada para preparar aparelhos fotográficos e espectroscópios, e mais esta e aquela máquina, para registrar essa visão inédita e espantosa, a destruição de um mundo. Porque era um mundo, um planeta irmão da Terra, e na verdade muito maior do que ela, que havia sido vitimado por aquela morte chamejante. Netuno tinha sido atingido bem de frente pelo estranho planeta do espaço exterior, e o calor da colisão tinha imediatamente transformado os dois sólidos globos em uma única e vasta massa incandescente. Ao redor do mundo inteiro naquele dia, duas horas antes do amanhecer, ergueu-se a enorme e pálida estrela branca, cujo brilho esmaeceu apenas quando começou a descer no oeste e o sol ergueu-se do lado oposto. Por toda parte os homens se maravilharam à sua visão, mas de todos que a avistaram nenhum se maravilhou mais do que os marinheiros, vigias habituais das estrelas, que, viajando em mar alto, nada sabiam da sua aproximação e a viam agora erguendo-se como uma lua anã, escalando o céu rumo ao zênite, onde flutuava por algum tempo e depois descia no ocidente, com o avanço da noite.

Na vez seguinte em que se ergueu nos céus da Europa, por toda parte havia observadores nas encostas das colinas, nos tetos das casas, nos espaços abertos, de tocaia na direção do leste, esperando o nascer da grande estrela nova. Ela se ergueu precedida por uma luminosidade branca, como a luz de um fogo branco, e aqueles que a tinham visto erguer-se na noite anterior gritaram, ao vê-la: "Está maior!", exclamaram eles, "Está mais brilhante!". E de fato a lua em quarto crescente mergulhava no oeste, e em tamanho aparente não era possível comparar as duas, mas mesmo em toda sua largura a lua não produzia tanto brilho quanto o minúsculo círculo da estranha estrela nova.

"Está mais brilhante!", exclamavam as pessoas aglomeradas na rua. Mas na meia-luz dos observatórios os astrônomos prendiam a respiração e se entreolhavam. *"Está mais próxima"*, murmuravam eles. *"Mais próxima!"*

E outra voz, e depois mais outra repetia: "Está mais próxima", e os telégrafos começavam a tiquetaquear, e a mensagem zunia ao longo dos fios, e em um milhar de cidades linotipistas taciturnos a digitavam nas teclas. "Está mais próxima." Homens que escreviam em seus gabinetes eram tomados de súbito por essa ideia e abaixavam a caneta; homens que conversavam em mil lugares diferentes percebiam de súbito a possibilidade grotesca contida naquelas palavras: "Está mais próxima." A mensagem se espalhou pelas ruas que despertavam do seu sono e foi gritada nas alamedas cobertas de geada, pelos vilarejos silenciosos; homens que a leram nas fitas agitadas do teletipo paravam no umbral iluminado das portas e gritavam para os passantes: "Está mais próxima!" Belas mulheres, ruborizadas e deslumbrantes, ouviam a notícia sendo repetida em tom brincalhão entre uma dança e outra, e fingiam uma expressão de inteligência e de um interesse que estavam longe de sentir. "Mais próxima. Que coisa! Como é interessante! Como as pessoas precisam ser inteligentes, para ficar sabendo de coisas assim!"

Vagabundos solitários enfrentavam a noite de inverno murmurando aquelas palavras para seu próprio conforto, olhando para o céu. "Ela precisa estar mais perto, porque a noite está fria como a caridade. De qualquer modo, *estar* mais próxima não nos aquece nem um pouco."

"O que significa para mim uma estrela nova?", chorava a mulher, ajoelhada junto do morto querido.

O estudante, acordando cedo para estudar para a prova, começou a examinar o problema, vendo a grande estrela branca erguer-se larga e brilhante através do desenho da geada nos vidros da janela. "Centrífuga, centrípeta", murmurou ele, com o queixo apoiado na mão. "Pare um planeta no meio do seu trajeto, retire sua força centrífuga, e então? A força centrípeta toma conta, e ele cai na direção do sol! E isto..."

"Será que *estamos* no trajeto? Fico pensando..."

A luz daquele dia se dissipou como a dos anteriores, e as vigílias tardias no meio da escuridão gelada viram erguer-se de novo a estranha estrela. Estava agora tão brilhante que a própria lua parecia apenas um reflexo pálido de si mesma, pendendo, enorme, para o lado do pôr do sol. Numa cidade da África do Sul um homem importante acabava de se casar, e as ruas estavam todas claras para o seu regresso com a noiva. "Até os céus se iluminaram", disse um bajulador. Sob o Trópico de Capricórnio, um casal de namorados negros, desafiando os animais selvagens e os maus espíritos pelo amor um do outro, agachou-se no meio de um canavial onde esvoaçavam vaga-lumes. "Essa é a nossa estrela", murmuraram eles, e se sentiram estranhamente confortados pelo doce brilho daquela luz.

O professor de matemática, sentado em seu gabinete, empurrou para longe as folhas de papel. Seus cálculos estavam quase concluídos. No pequeno frasco de vidro ainda restava um pouco da droga que o mantivera desperto e ativo ao longo daquelas quatro noites. Todos os dias, sereno, explícito, paciente como sempre, ele dera aula aos alunos e depois voltara para se entregar aos cálculos. Seu rosto estava grave, um pouco desgastado e macilento devido ao esforço e à droga. Durante algum tempo, pareceu perdido em seus pensamentos. Depois ergueu-se e foi à janela, fazendo a persiana erguer-se com um estalo. Suspensa no céu por sobre os tetos amontoados, as chaminés e as torres da cidade, brilhava a estrela.

Ele a fitou como alguém que olha nos olhos um inimigo corajoso. "Você pode me matar", disse após um silêncio. "Mas eu posso ter você, e todo o resto do universo, aliás, aqui

— dentro deste meu pequeno cérebro. E não vou mudar. Nem mesmo agora."

Olhou para o pequeno frasco. "Não vou precisar mais dormir", disse. No dia seguinte, ao meio-dia em ponto, ele entrou no auditório, pôs o chapéu junto à borda da mesa, como era seu hábito, e escolheu cuidadosamente um pedaço de giz. Corria entre seus alunos a piada de que ele era incapaz de falar sem ter um giz entre os dedos, e uma vez tinha se quedado, impotente, diante da turma, porque alguém escondera o giz. Ele adiantou-se e olhou, por sob as sobrancelhas cerradas, as fileiras superpostas de rostos jovens à sua frente, e falou como era seu costume, em frases simples e bem-articuladas.

— Surgiram circunstâncias, circunstâncias que estão além do meu controle — disse ele, e fez uma pausa. — Elas vão me impedir de levar até o fim o curso que planejei. Parece-me, cavalheiros, se é que posso colocar a questão de um modo tão direto, que o Homem existiu em vão.

Os alunos se entreolharam. Tinham ouvido direito? Ele estaria louco? Aqui e ali viram-se sobrancelhas erguidas e lábios sorridentes, mas um ou dois rostos continuaram voltados para o rosto calmo do professor, emoldurado por cabelos grisalhos.

Ele se virou para o quadro negro, concentrando-se num diagrama, como lhe era habitual.

— O que foi isso sobre existir em vão? — sussurrou um estudante para o colega.

— Escute — foi a resposta do outro, fazendo um gesto na direção do mestre.

E aos poucos eles começaram a entender.

Naquela noite a estrela ergueu-se mais tarde, porque seu próprio movimento pelo espaço a carregara através da constelação de Leão na direção de Virgem, e seu brilho era tão forte que o céu inteiro ficou de um azul luminoso quando ela se ergueu, e todas as outras estrelas sumiram, com exceção de Júpiter perto do zênite, Capela, Aldebarã, Sirius e as duas estrelas da Ursa Maior que apontam para o norte. Era uma estrela muito bela e muito branca. Em várias partes do mundo, naquela noite, foi vista rodeada por um halo de luz pálida. Estava visivelmente maior; no ar claro e refrativo dos trópicos parecia ter quase um quarto do tamanho da lua. Ainda havia geada no chão da Inglaterra, mas o mundo estava tão brilhantemente iluminado como se aquilo fosse uma lua cheia no meio do verão. Era possível ler um livro àquela luz, e nas cidades as chamas de gás queimavam amareliças e pálidas.

E por toda parte, naquela noite, o mundo ficou desperto, e através de toda a Cristandade um murmúrio se espalhou pelos ares como um zumbido de abelhas na colmeia, e esse murmúrio inquieto se transformou num clangor ao chegar nas cidades. Era o bimbalhar de sinos em um milhão de torres e de campanários, dizendo ao povo que não dormisse mais, que não pecasse mais, e que se reunisse nas igrejas para rezar. E no alto, ficando maior e mais brilhante enquanto a Terra girava sobre si mesma e a noite avançava, erguia-se a estrela luminosa.

As ruas e as casas estavam iluminadas nas cidades, os estaleiros resplandeciam de luzes, e todas as estradas que levavam ao campo ficaram acesas e cheias de gente durante a noite. E nos mares de todas as terras civilizadas espalhavam-se navios com motores barulhentos e navios com velas enfunadas, cheios de homens e de criaturas vivas, todos olhando na direção do mar e do norte. Porque àquela altura o alarme do professor de matemática já tinha sido telegrafado através do mundo inteiro, e traduzido numa centena de idiomas. O novo planeta e Netuno, fundidos num abraço fatal, vinham rodopiando pelo espaço, cada vez mais depressa, na direção do sol. A cada segundo aquela massa ardente percorria cem milhas, e a cada segundo sua terrível velocidade aumentava. No trajeto que percorria agora, deveria passar a cerca de cem milhões de milhas da Terra, e mal a afetaria. Mas nas proximidades de sua trajetória, tendo sido apenas levemente perturbado até então, encontrava-se o grande planeta Júpiter e suas luas, girando com esplendor em volta do sol. E cada instante ficava mais forte a atração entre a estrela flamejante e o maior dos planetas. E qual seria o resultado dessa atração? Inevitavelmente, Júpiter seria desviado de sua órbita para uma órbita elíptica, e sua atração arrastaria a estrela ardente para longe do caminho que vinha percorrendo rumo ao sol, descrevendo "uma trajetória curva" que a levaria a colidir, ou pelo menos a passar muito próxima da Terra. "Terremotos, erupções vulcânicas, ciclones, tsunamis, inundações e uma temperatura em contínua elevação até não sei que limite", profetizara o professor de matemática.

E lá no alto, confirmando suas palavras, brilhava ela, solitária, lívida e fria, a estrela que trazia a catástrofe final.

Muitos que a observaram sem parar durante aquela noite tiveram a vívida impressão de que ela estava chegando mais perto. E naquela noite também o clima mudou, e a geada que tinha coberto toda a Europa Central, a França e a Inglaterra começou a derreter.

Mas não se deve pensar que porque falei de gente rezando a noite inteira, gente superlotando os navios, gente fugindo para as montanhas, que o mundo inteiro estava tomado de terror por causa da estrela. Para falar a verdade, o hábito e a rotina ainda governavam o mundo, e, a não ser pelas conversas nos momentos de lazer e pelo esplendor da noite, nove em cada dez seres humanos continuavam dedicados às suas ocupações costumeiras. Em todas as cidades as lojas, à exceção de uma ou outra, abriam e fechavam no horário de sempre, o médico e o agente funerário exerciam seus ofícios, os operários se aglomeravam nas fábricas, soldados se exercitavam, eruditos estudavam, amantes iam em busca um do outro, ladrões ocultavam-se e fugiam, políticos preparavam suas armações. As oficinas dos jornais trabalhavam a noite inteira, e muitos padres, nesta igreja e naquela, recusavam-se a abrir seus recintos sagrados para alimentar o que eles consideravam um pânico insensato. Os jornais insistiam em lembrar a lição do ano 1000, porque naquela época, também, as pessoas tinham temido o fim. A estrela não era estrela; era mero gás, um cometa. E se fosse uma estrela não podia se chocar com a Terra. Não havia precedentes para uma coisa assim. O bom senso se reforçava por toda parte, irônico, sarcástico, inclinando-se a fustigar os demasiado medrosos. Naquela noite, às 7h15 de Greenwich, a estrela estava em seu ponto mais próximo de Júpiter. E então o mundo iria ver que rumo tomariam as coisas. As previsões sombrias do professor de matemática eram consideradas por muitos como uma ambiciosa publicidade para si mesmo. E no fim o bom senso, um tanto afogueado pelas discussões, provava sua convicção imutável simplesmente recolhendo-se ao leito; e do mesmo modo o barbarismo e a selvageria, também cansados da novidade, voltavam às suas preocupações noturnas, e a não ser por um cão que uivava aqui e acolá o mundo animal ignorava a estrela.

E, contudo, quando por fim os observadores europeus viram a estrela se erguer, com uma hora de atraso, é verdade, mas não maior do que tinha aparecido na noite anterior, havia bastante gente acordada para rir do professor de matemática, e para considerar que o perigo tinha passado.

Mas daí em diante o riso cessou. A estrela cresceu. Cresceu de tamanho com uma terrível constância, hora após hora, um pouco maior a cada hora que passava, um pouco mais perto do zênite à meia-noite, e cada vez mais brilhante, até transformar a noite num segundo dia. Se ela tivesse continuado em linha reta rumo à Terra, em vez de numa trajetória curva; se não tivesse perdido velocidade em Júpiter, teria transposto aquela distância em um dia, mas no fim precisou de cinco dias inteiros para se aproximar de nosso planeta. Na noite seguinte já tinha um terço do tamanho da Lua antes de se pôr diante dos olhos dos ingleses, e o degelo estava garantido. Ergueu-se sobre a América quase do tamanho da Lua, com um clarão branco que ofuscava a todos, e *quente*; e um sopro de vento morno ergueu-se agora no momento em que ela surgia, ganhando força, e na Virginia, no Brasil, e por todo o vale de St. Lawrence brilhou de forma intermitente através de uma pesada cortina de trovoadas, relâmpagos cor de violeta, e um granizo como nunca antes se vira. Em Manitoba, veio o degelo, com inundações arrasadoras. E em todas as montanhas da Terra, naquela noite, a neve e o gelo começaram a derreter, e os rios que desciam dos planaltos vinham espessos e turbulentos, e logo, nos trechos superiores, arrastando troncos de árvores que rodopiavam, e corpos de homens e de animais. Os rios se avolumaram cada vez mais sob aquele brilho fantasmagórico, e acabaram por transbordar dos seus limites, fazendo a população dos vales fugir.

Ao longo da costa da Argentina e por todo o Atlântico Sul as marés eram mais altas do que tinham sido na memória dos homens, e em muitos casos as tempestades empurravam as águas terra adentro por dezenas de quilômetros, submergindo cidades inteiras. E o calor aumentou a tal ponto naquela noite que o nascer do sol foi como a chegada de uma sombra. E então começaram os terremotos, até que por toda a América desde o Círculo Ártico até o Cabo Horn os despenhadeiros estavam desabando, rachaduras se abrindo, casas e muralhas sendo vítimas da destruição. Uma banda inteira do Cotopaxi se desfez durante uma vasta convulsão, e uma torrente de lava brotou por ali, tão alta e larga e líquida e veloz que lhe bastou apenas um dia para atingir o mar.

E assim a estrela, com a lua a reboque, deslocou-se através do Pacífico, arrastando as tempestades atrás de si como se fossem um manto, e o enorme tsunami que as acompanhou, espumante, ávido, abateu-se sobre uma ilha após outra, varrendo delas todo o sinal da presença humana. Até que veio a última onda de todas, por entre uma luz ofuscante e com um bafo de fornalha, rápida, terrível, uma parede de água com mais de vinte metros de altura, rugindo, faminta, rumo à costa da Ásia, e arrojando-se continente adentro através das planícies da China. Por algum tempo a estrela, agora mais quente, maior e mais brilhante do que o sol em toda sua força, exibiu-se com um clarão impiedoso por sobre aquele país vasto e populoso; cidades e vilarejos com seus pagodes e suas árvores, estradas, campos cultivados, milhões de pessoas insones olhando com terror indefeso para o céu incandescente; e depois, grave e profundo, veio o rugido da inundação. Foi assim com milhões de pessoas naquela noite — uma fuga para lugar nenhum, com os membros enfraquecidos pelo calor, a respiração curta e escassa, e por trás delas a inundação como uma muralha rápida e branca que se aproximava. E depois a morte.

A China estava banhada por aquela luz branca, mas sobre o Japão e Java e todas as ilhas da Ásia Oriental a grande estrela era uma bola vermelha de fogo, por causa do vapor, da fumaça, das cinzas que os vulcões cuspiam para saudar sua chegada. Por cima corriam a lava, os gases quentes e as cinzas, e por baixo a massa fervilhante do maremoto, enquanto a Terra inteira estremecia e ribombava com os terremotos profundos. Logo, até as neves imemoriais do Himalaia e do Tibete estavam se derretendo e escorrendo através de dez milhões de canais, convergindo para as planícies de Burma e do Industão. As copas emaranhadas das florestas da Índia ardiam em mil pontos diferentes, e por entre as águas impetuosas que se escoavam entre os troncos viam-se vultos escuros ainda se debatendo e refletindo as línguas vermelhas do fogo. E numa confusão desorientada multidões de homens e mulheres fugiam ao longo dos rios rumo à última esperança do homem — o mar aberto.

E a estrela ficava cada vez maior, e mais quente, e mais brilhante, com uma rapidez terrível. O oceano tropical perdera toda sua fosforescência, e o vapor se erguia com chiados em colunas fantasmagóricas por entre as ondas escuras que se abatiam sem cessar, juncadas de navios açoitados pela tormenta.

E então deu-se um prodígio. Pareceu, a todos que na Europa esperavam pelo nascer da estrela, que o mundo tinha cessado sua rotação. Em milhares de espaços abertos, nas terras altas e nas terras baixas, as pessoas que haviam fugido das inundações, dos desmoronamentos e das avalanches esperaram em vão que ela surgisse. As horas se sucederam, num terrível suspense, mas a estrela não se ergueu. Os homens puderam avistar de novo as velhas constelações que tinham imaginado perdidas para sempre. Na Inglaterra o céu estava limpo e quente, embora o chão estremecesse sem parar, mas, nos trópicos, Sirius, Capela e Aldebarã eram visíveis através de um véu de vapor aquecido. E quando por fim a grande estrela se ergueu, com dez horas de atraso, o Sol também surgiu por trás dela, e no centro de seu resplendor branco via-se um disco negro.

Sobre a Ásia a estrela estava com atraso em seu movimento no céu, e depois, de repente, quando ela flutuava sobre a Índia, sua luz tornou-se mortiça. Toda a planície indiana desde a boca do Indus até a do Ganges era naquela noite uma vastidão arrasada coberta de águas cintilantes, de onde se erguiam templos e palácios, montanhas e colinas, escuras de gente. Cada minarete estava coberto por um amontoado de pessoas, que caíam de uma em uma nas águas turbulentas, à medida que o calor e o desespero as abatia. Da terra inteira parecia elevar-se um clamor, e de repente uma sombra se lançou sobre aquela fornalha de terror, e um sopro de vento frio, e um turbilhão de nuvens, surgiram no ar subitamente mais fresco. Os homens ergueram olhos quase cegos para a estrela, e viram que um disco negro cruzava a face luminosa. Era a Lua, surgindo entre a estrela e a Terra. E, enquanto os homens gritavam a Deus agradecendo aquele alívio, no horizonte ao leste, com uma rapidez estranha, inexplicável, apareceu o Sol. E então a estrela, o Sol e a Lua foram arrastando-se juntos pelo firmamento.

Ocorreu então que, aos olhos dos observadores europeus, a estrela e o Sol surgiram muito próximos um do outro, ergueram-se juntos no espaço durante algum tempo, indo cada vez mais devagar até se imobilizarem no zênite, estrela e Sol fundidos num único clarão. A Lua já não eclipsava a estrela, mas estava invisível num céu brilhante como aquele. E embora a maioria dos sobreviventes visse isto através do embrutecimento gerado pela fome, fadiga, pelo calor e o desespero, ainda havia homens capazes de perceber o significado daqueles sinais. A estrela e a Terra tinham passado pelo seu ponto mais próximo, tinham cruzado uma pela outra, e a estrela passara. Já estava se afastando, cada vez mais depressa, no último trecho de sua jornada para baixo, rumo ao Sol.

E então as nuvens se fecharam, tapando a visão do céu, e os trovões e os relâmpagos teceram um véu ao redor do mundo; através da Terra inteira despejou-se uma catadupa de chuva tal como a humanidade nunca vira, e enquanto os vulcões explodiam vermelhos, de encontro à abóbada de nuvens, as torrentes de lama se derramavam. Por toda parte a água corroía a terra, deixando ruínas cobertas de lama, e a terra ficou juncada de destroços, como uma praia fustigada pela tempestade e coberta de tudo que flutua, e os corpos mortos dos homens, dos animais e das crianças. Durante dias as águas varreram a terra, arrancando o solo, as árvores e as casas, no seu trajeto, produzindo pilhas gigantescas de destroços, abrindo fendas ciclópicas através do terreno. Estes foram os dias de escuridão que sucederam à estrela e ao calor. E ao longo deles, e durante muitas semanas e meses, os terremotos prosseguiram.

Mas a estrela tinha ido embora, e os homens, empurrados pela fome e pouco a pouco recobrando a coragem, podiam agora arrastar-se de volta às suas cidades em ruínas, seus celeiros embaixo da terra, seus campos empapados. Alguns poucos navios que escaparam às tempestades daquele tempo retornaram, atônitos, estonteados, abrindo caminho com todo cuidado por entre as novas marcas e o novo desenho de portos que eles antes haviam conhecido muito bem. E quando as tormentas amainaram, os homens perceberam por toda parte que os dias agora eram mais quentes do que antes, e o Sol estava maior, e a Lua, encarquilhada até ficar um terço de seu antigo tamanho, demorava agora oitenta dias para ir de Nova a Nova.

Mas sobre a nova fraternidade que em seguida brotou entre os homens, ou sobre o modo como se salvaram leis, livros e máquinas, ou sobre a estranha mudança que se deu na Islândia, na Groenlândia e nas costas da Baía de Baffin, de modo que os marinheiros que ali aportaram as encontraram verdes e férteis, e mal puderam acreditar em seus olhos... sobre nada disto esta história vai falar. Nem sobre as deslocações da espécie humana, agora que a Terra estava mais quente, rumo ao sul ou ao norte, rumo aos polos da Terra. Esta história vai falar apenas da vinda e da passagem da Estrela.

Os astrônomos marcianos — porque existem astrônomos em Marte, embora sejam criaturas muito diferentes dos homens — ficaram, é claro, profundamente interessados nessas coisas. Interpretavam tudo de acordo com seu ponto de vista, é claro. "Considerando a massa e a temperatura do míssil que foi arremessado através do nosso Sistema Solar na direção do Sol", escreveu um deles, "é espantoso o pouco dano que a Terra, por pouco não atingida por ele, acabou sofrendo. O desenho familiar dos continentes e as massas oceânicas permanecem intactos, e sem dúvida a única diferença parece ter sido a retração da coloração branca (que se supõe consistir de água gelada) em redor de cada polo". O que serve apenas para demonstrar o quanto as mais vastas das catástrofes humanas podem parecer pequenas, à distância de alguns milhões de milhas.

O encouraçado terrestre

1.

O jovem tenente, estirado no chão ao lado do correspondente de guerra, admirava a tranquilidade idílica das linhas inimigas, através do binóculo.

— Pelo que posso ver — disse, por fim —, apenas um homem.

— O que ele está fazendo? — perguntou o correspondente de guerra.

— Olhando para nós de binóculo — disse o jovem tenente.

— E isto é uma guerra!

— Não — disse o jovem tenente —, isto é Bloch.

— O jogo está empatado.

— Não. Eles precisam ganhar, senão perdem. Um empate significa vitória para nós.

Já tinham discutido a situação política umas cinquenta vezes, e o correspondente de guerra estava cansado disto. Ele espreguiçou-se, esticando os membros.

— Aaaah, suponho que sim — disse, bocejando.

Flut!

— O que foi isso?!

— Ele atirou em nós.

O correspondente de guerra moveu-se até uma posição mais protegida.

— Ninguém atirou nele — queixou-se.

— Será que eles pensam que vamos ficar tão entediados aqui que acabaremos voltando para casa?

O correspondente de guerra não respondeu.

— Há a colheita, é claro...

Estavam ali havia um mês. Desde as primeiras agitações após a declaração de guerra as coisas vinham desacelerando cada vez mais, até parecer que a máquina que movia os acontecimentos tinha quebrado. No início, tudo ocorrera precipitadamente; o Exército invasor cruzara a fronteira, assim que saíra a guerra fora declarada, em meia dúzia de colunas paralelas, por trás de uma nuvem de ciclistas e de cavalaria, dando a impressão de que marchariam direto para a capital; a cavalaria defensora conseguiu detê-los, crivando-os de balas e forçando-os a abrir o flanco. Depois, ocupou a próxima posição de acordo com o figurino, por uns dois dias, até que durante a tarde, *bump*! Lá estava o invasor novamente de encontro a suas linhas de defesa. Não tinha sofrido os danos que todos esperavam: avançava, pelo que era possível perceber, de olhos abertos, com seus batedores farejando as armas inimigas. E ali se instalou, sem sequer esboçar um ataque. Começou a preparar trincheiras para se abrigar, como se pretendesse ficar por ali até o fim dos tempos. Era vagaroso, mas muito mais previdente do que o mundo tinha chegado a supor. Mantinha seus comboios bem abrigados, e protegia a marcha vagarosa de sua infantaria o bastante para evitar que sofresse danos pesados.

— Mas ele devia atacar — insistia o jovem tenente.

— Ele vai nos atacar ao amanhecer, em algum ponto ao longo das nossas linhas de defesa. Quando você menos esperar, vai ver as baionetas vindo na direção das trincheiras — dissera o correspondente de guerra até uma semana atrás.

O jovem tenente piscou ao ouvir isso.

Uma manhã, os homens que os defensores colocaram quinhentos metros à frente das trincheiras, para descarregar sua munição sobre qualquer ataque noturno, cederam a um pânico desnecessário e abriram fogo contra o nada por dez minutos. Então, o correspondente de guerra entendeu o significado daquela piscadela.

— O que faria você se fosse o inimigo? — perguntou o correspondente de guerra, de repente.

— Se eu tivesse homens como os que tenho agora?

— Sim.

— Tomaria nossas trincheiras.

— Como?

— Ora! Bastaria arrastar-se metade da distância à noite, antes da lua nascer, e aproximar-se do pessoal que mandamos lá para a frente. Disparar sobre eles se tentassem mudar de posição, e abater alguns durante o dia. Ficar conhecendo de cor aquele terreno, abrigar-se o dia inteiro naqueles buracos, e na noite seguinte chegar mais perto. Há um trecho ali adiante, um terreno com elevações, onde eles poderiam chegar facilmente até a distância ideal para uma arremetida contra nós. Levaria uma ou duas noites. Tudo isso seria brincadeira para os nossos rapazes; foram preparados para isto... Armas? Granadas e coisas assim não são capazes de deter homens determinados.

— E por que não *fazem* isso?

— Eles não são idiotas, eis o problema. A verdade é que são uma multidão de sujeitos urbanos sem muito estofo. São funcionários públicos, operários de fábrica, estudantes, homens civilizados. Sabem ler, sabem se expressar, são capazes de fazer todo tipo de coisa, mas em matéria de guerra são uns pobres amadores. Não têm condições físicas de resistência, e pronto. Nunca dormiram ao ar livre uma só noite em suas vidas; nunca beberam outra coisa senão água filtrada, fornecida pelas companhias urbanas; nunca deixaram de fazer três refeições por dia desde que abandonaram a mamadeira. Metade dos homens da cavalaria deles nunca havia passado a perna sobre um cavalo, até serem convocados, seis meses atrás. Cavalgam como se estivessem andando de bicicleta... olhe bem para eles! São uns pobres diabos neste jogo, e sabem disso. Nossos meninos de catorze anos estão muitos pontos acima deles. Muito bem...

O correspondente de guerra ficou pensativo, apoiando o nariz de encontro aos nós dos dedos.

— Se uma civilização decente — disse ele — não é mais capaz de produzir melhores soldados do que... — Ele se interrompeu por cortesia, mas um pouco tarde. — Quero dizer...

— Do que a nossa vida ao ar livre — disse o jovem tenente.

— Exatamente — disse o correspondente de guerra.

— Se é assim, a civilização tem que parar.

— É o que parece estar acontecendo — admitiu o jovem tenente.

— A civilização tem a ciência, como você sabe — disse o correspondente de guerra. — Ela inventou e fabrica os fuzis e as pistolas, e todas as coisas que vocês utilizam.

— Coisas que os nossos bons caçadores, criadores de gado e tudo o mais, os que derrubam reses e dão pancadas nos negros, sabem usar dez vezes melhor do que... espere, *o que foi aquilo*?!

— O quê? — disse o correspondente de guerra. Vendo seu companheiro empunhar rapidamente o binóculo, ele pegou também o seu. — Onde? — perguntou, varrendo com o visor as linhas inimigas.

— Não é nada — disse o jovem tenente, ainda observando.

— O que não é nada?

O jovem tenente abaixou o binóculo e apontou com o dedo.

— Pensei ter visto alguma coisa ali, por trás dos troncos daquelas árvores. Alguma coisa escura. Mas não tenho como saber o que era.

O correspondente de guerra dedicou-se a um intenso escrutínio.

— Não foi nada — disse o jovem tenente, rolando para ficar de rosto para cima, contemplando o céu, que escurecia rapidamente com o anoitecer. E generalizou: — Nunca mais haverá nada. A menos que...

O correspondente de guerra o olhou com ar interrogativo.

— Que aconteça alguma coisa errada com os seus estômagos, algo próprio de quem vive sem um sistema adequado de esgotos.

Um som de cornetas se ouviu vindo das tendas por trás deles. O correspondente de guerra deslizou pela encosta arenosa até chegar embaixo, onde ficou de pé. Ouviu-se uma detonação vinda de certa distância, do lado esquerdo.

— Olá! — disse ele. Depois de hesitar um pouco, rastejou de volta para o posto de observação. — Disparar a esta hora é muita falta de educação.

O jovem tenente esteve pouco comunicativo durante algum tempo. Depois voltou a apontar para o aglomerado de árvores a distância.

— Um dos nossos grandes canhões — disse. — Estava disparando para lá.

— Para a coisa que não era nada?

— Bem, de qualquer modo existe alguma coisa ali.

Os dois homens ficaram em silêncio, espreitando pelos binóculos.

— Logo agora quando há pouca luz — queixou-se o tenente, e ficou de pé.

— Acho que vou ficar aqui mais um pouco — disse o correspondente de guerra.

O tenente balançou a cabeça.

— Não há nada para ver — disse, num tom de quem pede desculpas, e desceu o barranco até as trincheiras, onde seu pequeno grupo de soldados, de rostos bronzeados e membros ágeis, entretinha-se em contar histórias. O correspondente de guerra também se levantou, observou por um instante o grupo atarefado na trincheira, dedicou talvez mais vinte segundos de atenção àquelas árvores enigmáticas, e depois voltou a olhar o acampamento.

Ficou imaginando se seu editor aceitaria uma matéria sobre como alguém tinha avistado uma forma escura por trás de um grupo de árvores, e como um canhão tinha sido disparado por alguém na direção dessa miragem; seria trivial demais para publicação?

— É o único lampejo de uma sombra de interesse durante dez dias inteiros — disse o correspondente de guerra.

E em seguida: — Não, vou escrever aquela outra matéria, intitulada "A guerra é algo superado?".

Voltou a examinar as linhas negras que convergiam em perspectiva, o traçado das trincheiras feitas pelo inimigo, que se sucediam e se protegiam mutuamente. As sombras e a névoa envolviam aqueles contornos a perder de vista. Aqui e ali brilhava uma lanterna, e ali e acolá viam-se grupos de homens atarefados em volta de pequenas fogueiras.

— Nenhuma tropa do mundo seria capaz — disse ele em voz baixa.

Estava deprimido. Ele acreditava que havia coisas na vida mais valiosas do que a eficiência na guerra; acreditava que no âmago da civilização, apesar de todos os seus contratempos, de toda a sua esmagadora concentração de forças, de todas as injustiças e sofrimentos, existia algo que poderia ser uma esperança para o mundo; e a ideia de que um povo, apenas vivendo ao ar livre, eternamente caçando, afastando-se dos livros, das obras de arte e de tudo que torna a vida mais profunda, esperasse poder resistir e interromper aquela evolução até o fim dos tempos, abalava sua alma civilizada.

Como que em harmonia com seus pensamentos, uma fila de soldados das linhas de defesa aproximou-se, passando por ele sob o clarão de uma lanterna balouçante que clareava o caminho.

Ele observou seus rostos sob aquele clarão avermelhado, e um deles se destacou por um instante, um tipo de rosto muito comum entre as tropas dos defensores: um nariz malformado, lábios sensuais, olhos claros com uma expressão sagaz e alerta, chapéu de aba larga, descaído para um lado e enfeitado com a pena de pavão de um Don Juan rústico transformado em soldado; a pele áspera e queimada de sol, um corpo musculoso, o passo largo, franco, e uma mão que se cerrava com firmeza sobre o fuzil.

O correspondente de guerra retribuiu a saudação do grupo e seguiu seu caminho.

— Grosseiros — murmurou ele. — Um bando de indivíduos grosseiros e espertos. E vão derrotar os homens mais civilizados, no jogo da guerra!

Da luz rubra que vinha das barracas mais próximas ergueu-se primeiro uma voz, e depois um coro de meia dúzia de vozes fortes, entoando em uníssono os versos de uma canção patriótica especialmente banal e cheia de sentimentalismo.

— Ora, *dane-se* — murmurou o correspondente de guerra, com amargura.

2.

Foi perto das trincheiras do lugar conhecido como Hackbone's Hut que a batalha começou. Ali, o solo se estendia amplo e nivelado entre as linhas de soldados, sem oferecer abrigo sequer para um lagarto. Para os homens sobressaltados e cheios de sono que acorriam para as trincheiras, aquilo parecia mais uma prova da tão comentada inexperiência do inimigo. A princípio o correspondente de guerra não pôde acreditar no que ouvia, e praguejou dizendo que ele e o desenhista de guerra, que, ainda semiadormecido, tentava enfiar as botas com uma mão à luz do fósforo que segurava com a outra, estavam sendo vítimas de uma alucinação coletiva. Então, depois de mergulhar a cabeça num balde de água fria, sua inteligência despertou de vez enquanto se enxugava. Ele apurou o ouvido.

— Diabos! — disse. — Desta vez é algo mais sério do que tiros para nos assustar. Parece o barulho de dez mil carros cruzando uma ponte de lata. — Um som mais profundo veio se somar ao ruído lá fora. — Metralhadoras! — exclamou ele. E em seguida: — Canhões!

O desenhista, com uma bota já calçada, lembrou-se de olhar as horas, e saiu pulando num pé só em busca do relógio.

— Ainda falta meia hora para amanhecer — disse ele. — Você estava correto a respeito desse tipo de ataque, afinal...

O correspondente de guerra saiu da barraca, certificando-se de que trazia um pedaço de chocolate no bolso.

Deteve-se por alguns instantes enquanto seus olhos se acostumavam à escuridão da noite.

— Escuro como o breu — disse ele. Esperou até os olhos distinguirem algumas formas e correu na direção do espaço escuro entre duas barracas próximas. O desenhista, que vinha atrás dele, tropeçou na corda de uma barraca e caiu. Eram duas e meia da madrugada, numa noite que parecia a mais escura de todos os tempos. De encontro a um céu que parecia de seda negra e opaca viam-se os fachos das lanternas do inimigo, uma algaravia de luzes faiscantes.

— Estão tentando ofuscar os nossos atiradores de fuzis — disse o correspondente de guerra, esperando que o artista se erguesse. Os dois partiram de novo, num trote moderado. — Olá! — exclamou ele de repente. — Tem fossos, aqui.

Os dois pararam.

— São essas malditas lanternas — disse o correspondente de guerra.

Eles viam as luzes indo numa direção e depois na outra, e homens marchando por entre as trincheiras. Pensaram em acompanhá-los, e então o artista começou a enxergar melhor na escuridão da noite.

— Se conseguirmos entrar aqui — disse ele — e for apenas uma vala, vai nos levar direto para o alto da encosta.

Foi o que fizeram. Nas barracas lá embaixo as luzes se acendiam, e voltavam a se apagar quando os soldados emergiam de dentro delas. Por mais de uma vez os dois tropeçaram nas irregularidades do terreno, cambalearam, reergueram-se. Mas pouco a pouco foram se aproximando do alto da elevação. No ar por cima deles aconteceu algo que soou como um tremendo acidente ferroviário, e estilhaços de granada choveram à sua volta como punhados de granizo.

— Por ali! — gritou o correspondente de guerra; logo eles calcularam que tinham atingido o ponto mais alto da colina, e mergulharam num mundo de escuridão profunda e clarões frenéticos, um mundo onde o som era a coisa mais importante.

À direita e à esquerda deles, e por toda parte, ouvia--se aquele estrondo contínuo, como um exército inteiro disparando ao mesmo tempo, um ruído a princípio caótico e monstruoso, mas que depois, recortado por pequenos clarões, reflexos, sugestões, parecia ir ganhando uma forma definida. O correspondente de guerra teve a impressão de que o inimigo devia ter atacado em linha e em massa — e neste caso ou estava sendo dizimado ou já o teria sido por completo.

— A aurora e os mortos — disse ele, com seu instinto para criar manchetes. Falou baixinho para si mesmo, mas depois, gritando, conseguiu passar a ideia para o artista. — Eles devem ter querido atacar de surpresa — disse.

Era notável o modo como a fuzilaria se mantinha intensa. Depois de algum tempo, ele começou a distinguir uma espécie de ritmo naquele barulho infernal. Começava a declinar perceptivelmente, decrescendo até alcançar o que comparativamente podia ser considerado uma pausa, uma pausa de interrogação. "Ainda não morreram todos?", parecia perguntar aquela pausa. A linha coruscante dos disparos dos fuzis ia se atenuando, se fragmentando, até que o impacto profundo dos canhões inimigos, duas milhas além, soava na escuridão. E de repente, a leste ou a oeste, alguma coisa deflagrava de novo o pipocar frenético dos fuzis.

O correspondente de guerra ficou imaginando alguma teoria de conflitos que explicasse aquele padrão de atividade, e de súbito percebeu que ele e o artista estavam iluminados por uma luz vívida. Pôde ver a encosta onde estavam e diante deles a silhueta escura de uma linha de fuzileiros descendo às carreiras na direção das trincheiras mais próximas. Viu que uma chuva fina começava a cair, e que lá adiante, próximo às linhas inimigas, havia um espaço vazio onde homens ("nossos homens?...") corriam em desordem. Viu um daqueles homens erguer os braços e tombar. E uma outra coisa, negra e brilhante, que emergia maciçamente por trás da linha faiscante dos disparos; e por trás dela, distante, um olho branco e calmo varria o mundo. *Whit, whit, whit*, fez alguma coisa cortando o ar em torno deles, e o artista correu para se abrigar, com o correspondente de guerra nos seus calcanhares. Granadas explodiram bem do seu lado, e os dois homens projetaram-se no chão, achatando-se numa vala, e logo a claridade e tudo o mais tinha desaparecido de novo, deixando apenas uma vasta nota de interrogação pairando na noite.

O correspondente de guerra rastejou até uma distância em que podia fazer-se ouvir.

— Que demônio era aquilo? Derrubou nossos homens!

— Alguma coisa negra — disse o artista —, e parecendo uma fortaleza. A menos de duzentos metros da primeira trincheira. — Ele procurou na mente um termo de comparação. — Alguma coisa entre uma casamata enorme e uma tampa de terrina gigantesca.

— E os homens fugiram! — disse o correspondente de guerra.

— *Você* fugiria se uma coisa como aquela, ainda mais ajudada por um holofote, aparecesse como um predador, uma coisa de pesadelo, no meio da noite.

Os dois rastejaram até o que lhes pareceu ser a borda da colina e ficaram observando aquela escuridão impenetrável. Durante algum tempo não puderam distinguir coisa alguma, mas logo uma convergência súbita das lanternas de ambos os lados revelou novamente o vulto daquela coisa estranha.

Naquela luz pálida e bruxuleante ela tinha a aparência de um enorme inseto negro, um inseto do tamanho de um encouraçado naval, rastejando em diagonal rumo à primeira linha de trincheiras e atirando através de escotilhas em sua parte lateral. As balas se chocavam com violência contra sua carapaça, como granizo num teto metálico.

Num piscar de olhos tudo escureceu de novo e o monstro sumiu na escuridão, mas o recrudescer da fuzilaria denunciava sua aproximação gradual das trincheiras.

Os dois começaram a trocar algumas frases quando uma bala jogou terra no rosto do artista e eles decidiram rastejar de volta para o abrigo das trincheiras. Com persistência, alcançaram a segunda linha antes que a luz da aurora permitisse enxergar melhor em torno. Encontraram-se por entre uma multidão de fuzileiros impacientes, todos discutindo acaloradamente sobre o que poderia acontecer em seguida.

A engenhoca inimiga tinha infligido baixas sobre as tropas das linhas avançadas, ou pelo menos era o que parecia; mas eles não acreditavam que isto continuasse a acontecer.

— Quando raiar o dia vamos capturar todos eles — disse um soldado corpulento.

— Eles? — perguntou o correspondente de guerra.

— Dizem que há uma porção deles rastejando diante das nossas linhas avançadas. E daí?

A escuridão se esvaía de maneira tão imperceptível que em nenhum instante alguém poderia afirmar que enxergava em volta. Os fachos das lanternas cessaram de varrer o espaço. As monstruosidades inimigas eram formas negras sobre fundo escuro, mas iam pouco a pouco se tornando mais distintas. O correspondente de guerra, mastigando distraído um pedaço de chocolate, pôde finalmente ter uma visão geral da batalha sob o céu melancólico. Seu foco central era um aglomerado de catorze ou quinze grandes silhuetas desajeitadas, vistas em perspectiva decrescente ao longo da primeira linha de trincheiras, a intervalos de cerca de trezentos metros, e visivelmente abrindo fogo contra os fuzileiros. Tinham chegado tão perto que os canhões dos defensores haviam parado de atirar, e somente a linha externa das trincheiras se mantinha em atividade.

A segunda linha protegia a primeira, e, à medida que a luminosidade foi crescendo, o correspondente de guerra pôde ver os fuzileiros que combatiam aqueles monstros, ajoelhados em grupos maiores ou menores, ao longo dos barrancos que se intercalavam às trincheiras contra a possibilidade de uma carga de infantaria. As trincheiras mais próximas às grandes máquinas estavam vazias, a não ser pelos vultos contorcidos de homens feridos ou mortos; os defensores tinham sido empurrados para a direita ou para a esquerda assim que a parte fronteira do encouraçado terrestre se projetou sobre a trincheira. O correspondente de guerra pegou o binóculo, e foi logo rodeado por um grupo de soldados cheios de curiosidade.

Todos queriam espiar, todos faziam perguntas, e, quando ele anunciou que os soldados refugiados nos barrancos pareciam impossibilitados tanto de avançar quanto de recuar, e estavam se abrigando do fogo em vez de lutar, achou melhor ceder o binóculo a um cabo corpulento e incrédulo. Ouviu uma voz estridente, e virou-se para ver um soldado magro e macilento falando com o artista.

— Aqueles homens lá embaixo estão encurralados — dizia o homem. — Se recuarem vão ter que se expor a fogo direto.

— Eles não estão atirando muito, mas cada tiro deles acerta o alvo.

— Quem?

— Os sujeitos dentro daquela coisa. Mas os que estão subindo...

— Subindo onde?

— Estamos evacuando as trincheiras onde é possível. Nossos homens estão subindo em zigue-zague... Muitos foram derrubados... Mas quando limparmos a área vai ser nossa vez. Aí sim! Aquelas coisas não são capazes de ultrapassar uma trincheira ou se abrigar nela; e antes que possam recuar nossos canhões vão arrasá-las. Vão fazê-las em pedaços. Vê só? — O otimismo brilhava em seus olhos. — Então vamos ajustar as contas com aqueles vagabundos dentro delas...

O correspondente de guerra pensou por algum tempo, avaliando aquela ideia. Então ocupou-se em reaver o binóculo das mãos do cabo corpulento.

A luz do dia se espalhava, as nuvens iam embora, e um resplendor amarelo-limão por entre as formas do horizonte ao leste prenunciava o nascer do sol. Ele observou de novo o encouraçado terrestre. Vendo-o naquele amanhecer lúgubre e acinzentado, parado em diagonal no início da encosta, sobre a borda da trincheira mais avançada, a impressão de um navio à deriva era ainda maior. A máquina aparentava ter um comprimento de vinte e cinco a trinta metros, vista a uma distância de duzentos e cinquenta metros. Sua lateral, com três metros de altura, era de um metal liso que assumia intrincadas estruturas por baixo dos beirais de sua carapaça, semelhante à de uma tartaruga. Essas estruturas eram uma combinação de escotilhas, canos de fuzis e tubos de telescópios, tanto verdadeiros quanto simulados, impossíveis de distinguir uns dos outros. A máquina tinha se detido numa posição de domínio sobre a trincheira, que agora estava vazia, a não ser por dois ou três grupos de homens agachados, e os mortos caídos aqui e acolá. Por trás de si, ao longo da planície, ela deixara a grama marcada por duas linhas de rastros pontilhados semelhantes àqueles que certas criaturas marinhas deixam na areia da praia. À esquerda e à direita daqueles rastros espalhavam-se homens mortos ou feridos, homens que ela abatera quando retrocediam de suas posições avançadas, sob as luzes projetadas pelas linhas do Exército invasor. Agora ela se quedava com a parte fronteira projetando-se sobre a trincheira que conquistara, como se fosse uma criatura viva planejando o próximo passo do seu ataque.

Ele abaixou o binóculo e procurou ter uma visão geral da situação. Aquelas criaturas noturnas tinham evidentemente conquistado a primeira linha de trincheiras e isso motivara uma pausa no combate. Na claridade cada vez maior ele podia perceber, por um tiro ocasional ou a rápida aparição de um vulto, que os fuzileiros das tropas defensoras tinham se concentrado na segunda e na terceira linhas de trincheiras na subida suave da colina, em tais posições que lhes permitiam um fogo entrecruzado convergindo contra a engenhoca. Os homens em volta dele falavam sobre os canhões.

— Estamos na linha de fogo dos canhões lá no alto — disse o homem magro, aduzindo, em tom confiante: — Mas logo vão deslocar um deles para disparar contra essa coisa.

— Isso — resmungou o cabo.

Bang! Bang! Bang! Whirrrrr... Foi como se todos tivessem dado um pulo assustado ao mesmo tempo, e num instante os fuzis pareciam estar disparando todos por conta própria. O correspondente de guerra e o artista logo se viram como dois ociosos, agachados por trás de uma linha de dorsos ocupados de homens que descarregavam pentes de munição sobre o inimigo. O monstro tinha começado a se mover. Continuou movendo-se a despeito do granizo de chumbo que chovia sobre seu dorso, produzindo fagulhas. A coisa cantarolava consigo mesma um ritmozinho mecânico, *tuf-tuf, tuf-tuf, tuf-tuf,* e projetava pequenos jatos de vapor pela parte traseira. Tinha repuxado para cima sua carapaça, como fazem certos moluscos que rastejam; ergueu-a como se fosse uma saia e por baixo dela revelou — *pés*! Eram pés rombudos, maciços, cuja forma tanto lembrava um botão quanto uma maçaneta; coisas largas e achatadas, semelhantes às pernas de um elefante ou de uma lagarta; e quando aquela "saia" se ergueu ainda mais, o correspondente de guerra, que a examinava de novo através do binóculo, viu que aqueles pés pareciam pender da circunferência de uma grande roda. Seus pensamentos retroagiram velozmente até Victoria Street, em Westminster, e ele se viu novamente nos tempos tranquilos da paz, procurando assunto para uma entrevista.

— Senhor... Sr. Diplock — disse ele. — Ele os chamava de *"Pedrails"*...[2] É estranho encontrá-los aqui, agora!

O atirador ao seu lado ergueu a cabeça e os ombros, numa atitude investigativa, para atirar com mais precisão, já que era natural presumir que a atenção do monstro estaria sendo atraída para a trincheira bem à sua frente, mas subitamente seu corpo foi arremessado para trás, com uma bala no pescoço. Seus pés foram jogados para o alto, e ele sumiu do campo de visão do observador. O correspondente de guerra se encolheu ainda mais, mas, depois de um rápido olhar para a confusão que se formara às suas costas, voltou a concentrar sua atenção no binóculo, porque a coisa começara a colocar um pé atrás do outro, avançando pouco a pouco por cima da trincheira. Somente uma bala na cabeça faria o correspondente de guerra parar de observar aquilo.

O homem magro de voz estridente parou de atirar, virou-se e insistiu no que dissera:

— Eles não vão poder avançar — disse. — Eles...

Bang! Bang! Bang! As explosões abafaram todos os outros sons.

O homem magro continuou falando, mas depois de algumas palavras calou-se, balançou a cabeça para reiterar a impossibilidade de qualquer coisa ultrapassar uma trincheira como a que havia lá embaixo, e retomou sua atividade.

E durante todo esse tempo a maciça máquina estava avançando. Quando o correspondente de guerra voltou a apontar o binóculo em sua direção, ela já estava atravessada sobre a trincheira, e aqueles seus estranhos pés estavam forçando a subida na margem oposta, tentando encontrar terreno firme para tomar impulso. Por fim ela encontrou apoio no terreno, e continuou a arrastar-se para cima até que a maior parte do seu enorme corpo foi galgando o barranco e finalmente se firmou por inteiro do lado oposto. Ali se deteve por um momento, ajustou sua "saia" metálica, descendo-a mais para perto do solo, produziu um ruído enervante de *tut, tut*, e abruptamente pôs-se em marcha a uma velocidade de talvez seis milhas por hora, diretamente rumo à suave encosta em cujo topo estava postado o seu observador.

O correspondente de guerra ergueu o corpo apoiando-se no cotovelo e lançou para o artista um olhar naturalmente interrogativo.

Por alguns instantes os homens à sua volta mantiveram suas posições e continuaram a disparar com fúria. Então o homem magro deslizou para trás precipitadamente, e o correspondente de guerra disse ao artista "vamos", e pôs-se em movimento ao longo da trincheira.

Quando desceram, perderam de vista a imagem das trincheiras no flanco da colina sendo transpostas pelo que lembrava uma dúzia de enormes baratas; e concentraram-se naquela passagem estreita, cheia de homens amontoados, a maioria dos quais estava batendo em retirada, embora um ou outro se mantivesse parado ou fizesse menção de ir na direção oposta. Ele nenhuma vez se virou para ver a parte dianteira do monstro surgir sobre a borda da trincheira; nem sequer se preocupou em manter-se próximo do artista. Logo começou a ouvir o sibilar das balas ao seu redor, e viu o homem que ia à sua frente cambalear e tombar de vez, e no instante seguinte era apenas mais um numa multidão frenética de homens acotovelando-se para entrar num desvio transversal que abrigava os defensores de alto a baixo da colina.

Era como uma fuga em pânico num teatro cheio. Através de gestos e fragmentos de frases ele percebeu que lá adiante outro daqueles monstros já tinha alcançado a segunda linha de trincheiras.

Durante um bom tempo ele perdeu totalmente o interesse no curso geral da batalha, e tornou-se apenas um modesto egoísta, cheio de pressa e de concentração, procurando chegar ao ponto mais remoto da retaguarda, por entre uma multidão desorganizada de fuzileiros perplexos que corriam com o mesmo propósito. Avançou tropeçando pelas trincheiras, reuniu toda a sua coragem e correu como um louco pelo trecho descampado, passou por momentos de pânico em que lhe pareceu pura loucura não avançar como um quadrúpede, e momentos de vergonha em que ousou ficar de pé e olhar em volta para avaliar a evolução da batalha. E era apenas um entre milhares de homens que naquela manhã se comportaram de maneira similar. No alto da colina ele se deteve junto a uma moita de arbustos, e por alguns minutos conseguiu deter-se e avaliar os acontecimentos.

Àquela altura o dia já tinha nascido por completo. O céu cinzento já se tornara azul, e das grandes massas de nuvens da alvorada restavam apenas alguns farrapos de matéria esbranquiçada. O mundo lá embaixo revelava-se brilhante e com uma singular nitidez. A colina talvez não estivesse a mais de trinta e poucos metros acima do nível geral do terreno, mas naquela região tão plana isto era o bastante para proporcionar uma visão bastante extensa. Para o lado norte, viam-se as imagens minúsculas e distantes dos acampamentos, os vagões bem-organizados, todo o equipamento de um grande exército; viam-se também oficiais galopando de um lado para outro e homens em atividade desordenada. Aqui e acolá, porém, havia homens organizando-se em formação, e a cavalaria começava a se postar na planície além das barracas. A maior parte dos homens que tinham escapado das trincheiras ainda se movia para a retaguarda, dispersa como carneiros sem um pastor, espalhando-se pelas encostas. Aqui e ali eles se concentravam numa tentativa de tomar uma atitude qualquer, mas a tendência geral era de evitar qualquer concentração. Na direção do sul via-se o intrincado desenho das trincheiras e das defesas, através do qual aquelas tartarugas de ferro, catorze ao todo, se espalhavam ao longo de uma linha de cerca de cinco quilômetros, e agora avançavam à velocidade de um homem trotando, enquanto disparavam metodicamente sobre os inimigos e desfaziam os derradeiros nódulos de resistência. Aqui e ali viam-se pequenos grupos de homens, cercados pelos flancos e impossibilitados de fugir, acenando com a bandeira branca; e as bicicletas da infantaria do Exército invasor avançavam agora por campo aberto, expondo-se sem ser molestadas, prontas para completar o trabalho iniciado pelas grandes máquinas. A uma visão geral, os defensores já eram um exército batido. Um mecanismo totalmente blindado contra balas, capaz de num só impulso transpor uma trincheira de dez metros, e aparentemente capaz de disparar balas de fuzil com precisão infalível, era claramente o vencedor inevitável contra qualquer coisa que não fossem rios, precipícios e canhões.

Ele olhou o relógio.

— Meu Deus! Quatro e meia! Quanta coisa pode acontecer em duas horas. Aqui está nosso bendito Exército sendo atropelado, e duas horas atrás... E mesmo assim os nossos benditos palermas não usaram seus canhões!

Ele examinou a colina, à esquerda e à direita, com o binóculo. Virou-se de novo para o encouraçado terrestre mais próximo, que agora avançava em diagonal na sua direção, a uma distância de menos de trezentos metros, e depois avaliou o terreno por onde bateria em retirada se não quisesse ser capturado.

— Não vão fazer nada — disse, e olhou para o inimigo.

E então escutou ao longe, à sua esquerda, o ribombo surdo de um canhão, logo seguido por uma fuzilaria cerrada.

Ele hesitou, mas decidiu ficar ali.

3.

O Exército defensor tinha confiado basicamente nos seus fuzis, para a eventualidade de sofrer um ataque direto. Seus canhões estavam ocultos em diferentes pontos, sobre a colina ou por trás dela, prontos para entrar em ação caso a artilharia inimiga abrisse fogo para preparar um ataque. A ofensiva ocorreu durante a madrugada, e, quando os artilheiros conseguiram deixar os canhões prontos para funcionar, os encouraçados terrestres já estavam na área das trincheiras mais avançadas. Existe uma relutância natural em abrir fogo numa direção em que homens do próprio Exército estão dispersos, e muitos dos canhões, que estavam ali apenas para brecar um avanço da artilharia inimiga, não estavam numa posição adequada para alvejar alguma coisa na segunda linha de trincheiras. Depois desse ponto, o avanço dos encouraçados terrestres foi rápido. O general dos defensores viu-se de repente obrigado a inventar um novo tipo de guerra, em que os canhões tinham de combater sozinhos, cercados por uma infantaria dispersa que batia em retirada. Ele mal teve meia hora para conceber um plano de ação. Não respondeu os chamados urgentes que chegavam, e o que aconteceu naquela manhã foi que o avanço dos encouraçados terrestres forçou o confronto, e cada canhão, cada bateria fez o que lhe foi possível dentro das circunstâncias. De modo geral, cada um fez muito pouco.

Alguns canhões conseguiram disparar dois ou três tiros, outros, um ou dois, e a percentagem de erros foi acima da média. Os morteiros, é claro, de nada adiantaram. Os encouraçados terrestres, em cada caso, seguiram mais ou menos a mesma tática. Assim que um dos canhões entrava em ação, o monstro se virava em sua direção, para mirar com maior precisão, e atirava, não na direção do canhão, mas na de algum ponto no seu flanco onde os artilheiros pudessem ser atingidos. Poucos disparos feitos pelos canhões produziram algum efeito; somente uma das grandes máquinas foi posta fora de combate, e foi aquela que enfrentava as três baterias pertencentes à brigada do lado esquerdo. Três outras que foram atingidas ao se aproximar dos canhões foram atravessadas pelos tiros, sem que isso as inutilizasse. O correspondente de guerra não chegou a ver o momento em que a maré vitoriosa dos atacantes foi contida na ala esquerda; viu apenas a luta pouco eficaz da meia bateria 96B bem à sua direita, observando-a durante mais tempo do que permitia sua margem de segurança.

Assim que ouviu as três baterias abrindo fogo à sua esquerda ele percebeu um tropel de cavalos vindo do lado abrigado da encosta, e por fim avistou primeiro um canhão, e depois outros dois sendo conduzidos para se posicionar no lado norte da colina, fora da visão do enorme vulto metálico que agora subia em diagonal rumo ao topo, interpondo-se entre os restos de infantaria que permaneciam ao seu flanco e embaixo da encosta.

A meia bateria fez a volta e se alinhou, com cada canhão detendo-se, soltando-se dos cavalos, preparando-se para entrar em ação...

Bang!

O encouraçado terrestre estava visível por sobre o topo da colina, expondo sua parte traseira, vasta e escura, aos artilheiros. Ele parou, como se hesitasse.

Os dois outros canhões dispararam, e então o seu imenso antagonista fez a volta e exibiu-se em plena visão, de frente, recortado contra o céu, e aproximando-se a toda velocidade.

Os artilheiros, frenéticos, apressaram-se a disparar novamente. Estavam tão próximos que o correspondente de guerra podia ver a expressão excitada em seus rostos através do binóculo. Enquanto observava, viu um homem tombar no chão e percebeu pela primeira vez que o encouraçado estava respondendo ao fogo.

Por um momento o enorme monstro negro avançou a passo acelerado na direção dos artilheiros, que trabalhavam o mais depressa que podiam. Então, como se obedecendo a um impulso de generosidade, ele virou sua lateral para os inimigos, quando estava a menos de quarenta metros. O correspondente de guerra virou o binóculo na direção dos artilheiros e percebeu que eles estavam sendo abatidos um a um, com rapidez impressionante.

Por um instante aquilo pareceu formidável, para no instante seguinte parecer horrível. Os artilheiros estavam caindo aos montes em volta dos seus canhões. Tocar num deles significava morte certa. Bang!, disparou o canhão da esquerda, um tiro que se perdeu sem direção, e foi apenas o segundo tiro disparado pela meia bateria. Um momento depois, uma meia dúzia de artilheiros sobreviventes erguia as mãos por entre a massa informe de corpos mortos ou feridos, e o confronto chegava ao fim.

O correspondente de guerra hesitou entre permanecer escondido nos arbustos, à espera de uma oportunidade para render-se de forma honrosa, e fugir por uma ravina próxima que acabara de avistar. Se se rendesse, seria o fim de suas chances de enviar uma matéria, mas se conseguisse escapar teria alguma oportunidade. Decidiu seguir a ravina e aproveitar a confusão do acampamento para agarrar o primeiro cavalo que aparecesse.

4.

Diversas autoridades vieram a apontar limitações nos primeiros encouraçados terrestres, sob inúmeros aspectos, mas não há dúvida de que eles foram de grande utilidade no dia em que entraram em ação. Eram, principalmente, veículos longos, estreitos, com armações de aço muito fortes carregando os motores, e montados sobre oito pares de grandes rodas de *pedrails*, cada uma delas com cerca de três metros de diâmetro e dotada de tração, montada em longos eixos livres para se mover em torno de um eixo comum. Esse arranjo lhes proporcionava um máximo de adaptabilidade aos contornos do terreno. Eram capazes de percorrer nivelados um terreno, tendo um desses pés plantados sobre uma elevação e outro dentro de uma cavidade, e podiam se manter eretos e firmes mesmo avançando de lado sobre uma encosta íngreme. Os maquinistas a pilotavam sob o comando do capitão, que tinha aberturas para observação situadas em torno de toda a parte superior, por cima do "saiote" de placas de ferro de doze polegadas que protegia a máquina; ele podia também fazer subir e descer uma torre de comando instalada por entre os vigias no centro da parte metálica superior. Soldados armados de fuzis ocupavam pequenas cabines individuais de construção peculiar, suspensas em torno da estrutura principal, à maneira de uma charrete irlandesa.[3] Seus fuzis, contudo, eram peças de armamento muito diferentes das armas mais simples utilizadas pelos seus adversários.

Em primeiro lugar, eram fuzis automáticos, capazes de ejetar o cartucho vazio e carregar um novo a partir de um pente de balas a cada vez que um tiro era disparado, até que a munição se esgotasse. Tinham o sistema de mira mais notável que se pode imaginar, um sistema capaz de projetar, dentro da cabine onde estava o atirador, uma imagem pequena e luminosa, como de uma câmara escura. Esta imagem estava marcada com duas linhas em cruz, e a interseção dessas linhas assinalava o ponto a ser alvejado. Quanto ao sistema de mira, era projetado de forma engenhosa. O atirador ficava diante de uma mesa, tendo na mão um instrumento semelhante a um compasso, o qual era aberto e fechado de acordo com o tamanho aparente da imagem projetada pelo homem, desde que fosse um indivíduo de estatura normal, que ele queria alvejar. Um fio semelhante ao das lâmpadas elétricas ligava esse instrumento ao fuzil, e quando o compasso se abria ou fechava a arma era apontada mais para o alto ou mais para baixo. Mudanças na visibilidade, por causa do aumento de umidade na atmosfera, eram compensadas pelo uso engenhoso do categute[4], essa substância meteorologicamente sensível; e, quando o encouraçado terrestre avançava, a mira sofria uma deflexão de modo a compensar a direção do movimento. O atirador permanecia no escuro dentro da cabine, observando a pequena imagem projetada na mesa à sua frente. Numa mão segurava o compasso para avaliar a distância, e com a outra segurava algo parecido à maçaneta de uma porta. Ao girar essa maçaneta, o fuzil lá no alto girava horizontalmente para um lado ou para o outro, e a imagem projetada mudava de acordo, como um panorama animado. Quando avistava um homem que queria alvejar, ele o trazia para o centro das linhas cruzadas, e apertava um botão semelhante ao das campainhas elétricas, situado no centro da maçaneta. Assim o tiro era disparado. Se por acaso o atirador errasse o alvo, bastava-lhe mover um pouco a maçaneta, ou reajustar o compasso, e voltar a apertar o botão, para acertar na segunda tentativa.

Esse fuzil e seu sistema de mira emergiam de um vigia exatamente igual a numerosas outras que percorriam, em fileira tripla, toda a cobertura de metal do encouraçado terrestre. Cada vigia exibia um fuzil e uma mira de imitação, de modo que os verdadeiros só poderiam ser atingidos por acaso, e se isto acontecesse o jovem soldado encarregado dele exclamaria "Ora essa!", acenderia a luz elétrica, puxaria a arma avariada para dentro da cabine e faria o conserto, ou a trocaria por um novo fuzil se o dano fosse muito grande.

É preciso ter em mente que essas cabines ficavam suspensas a uma confortável distância do movimento dos eixos, e na parte interior das grandes rodas de onde pendiam as "patas de elefante" dos *pedrails*; por trás das cabines, ao longo da parte central do monstro, ficava situada uma galeria central para a qual elas se abriam internamente, e ao longo da qual funcionavam os grandes e compactos motores. Era como uma comprida passagem ao longo da qual essa maquinaria pulsante ficava instalada, e o capitão se postava bem no meio, junto à escada que conduzia à torre de comando, e dali dirigia os maquinistas silenciosos e alertas, através de sinais, na maior parte do tempo. A pulsação e o ruído ensurdecedor dos motores se misturavam ao pipocar dos fuzis e ao clangor intermitente das balas que atingiam a blindagem externa. De vez em quando ele girava a roda que fazia sua torre de comando elevar, subia na escada até que os maquinistas não podiam mais vê-lo da cintura para cima, e depois descia dando novas instruções. Duas pequenas lâmpadas elétricas eram toda a iluminação nesse espaço, colocadas de modo a tornar o capitão bem visível a todos os seus subordinados; o ar era espesso com o odor de óleo e de gasolina, e, se o correspondente de guerra fosse subitamente transferido do espaço aberto lá fora para as entranhas daquele aparelho, iria julgar ter sido lançado em outro mundo. O capitão, é claro, via os dois lados da batalha. Quando erguia a cabeça para observar pela torre de comando lá estava o amanhecer enevoado, as trincheiras estupefatas e em desordem, os soldados que corriam e tombavam, os prisioneiros cabisbaixos, os canhões abatidos; quando voltava a descer para dar instruções de "meia velocidade", "um quarto de velocidade", "fazer meia volta para a direita" e assim por diante, estava na penumbra cheirando a óleo da sala de máquinas mal iluminada. Junto a ele, de ambos os lados, ficavam as extremidades de dois tubos acústicos, por onde a todo instante ele instruía um ou outro lado daquela estranha máquina a "concentrar fogo à frente, sobre os artilheiros" ou "neutralizar a trincheira cem metros à direita".

Ele era um homem jovem, bastante saudável, mas nem um pouco queimado de sol, um tipo muito fácil de encontrar na marinha de Sua Majestade: alerta, inteligente, calmo. Ele, seus maquinistas e seus atiradores se concentravam em seu trabalho como homens calmos e razoáveis. Não exibiam nada da agitação vigorosa dos que são pouco inteligentes e apressados; aquela pressão sanguínea excessiva, o esforço histérico que tantas vezes é interpretado como o estado mental mais adequado à prática de ações heroicas.

Esses jovens técnicos sentiam, pelo inimigo que estavam combatendo, uma relativa piedade e um menosprezo quase absoluto. Viam os homens grandes e saudáveis que estavam abatendo a tiros exatamente como esses mesmos homens grandes e saudáveis veriam um tipo inferior de negro. Desprezavam-nos por estarem envolvidos numa guerra; desprezavam profundamente suas fanfarronices patrióticas e sua emotividade; desprezavam-nos, acima de tudo, por sua matreirice tacanha e pela falta de imaginação quase brutal demonstrada em seu estilo de guerrear. "Se *querem* fazer a guerra", pensavam esses jovens, "por que diabo não o fazem de uma maneira sensata?". Incomodava-os a suposição de que suas próprias tropas eram estúpidas demais para fazer outra coisa senão jogar o jogo proposto pelo inimigo, a suposição de que eles iriam pagar o alto preço dessa loucura de acordo com regras estabelecidas por homens sem imaginação. Incomodava-os saber que estavam sendo obrigados ao esforço de construir máquinas para matar gente, e de saber que suas opções eram massacrar essas pessoas ou suportar suas provocações truculentas; incomodava-os toda a insondável imbecilidade que é a guerra.

Enquanto isso, com algo da precisão mecânica de um funcionário eficiente anotando um livro-razão, o atirador movia sua maçaneta e apertava seus botões...

O capitão do Encouraçado Terrestre Número Três tinha estacionado no topo daquela colina, perto da semibateria que tinha capturado. Seus prisioneiros estavam enfileirados nas proximidades, à espera dos ciclistas que vinham buscá-los. Ele percorreu com a vista o campo de batalha daquela manhã vitoriosa, através de sua torre de comando.

Leu os sinais que os generais lhe faziam.

— Cinco e Quatro devem se postar entre os canhões à nossa esquerda e evitar que sejam tomados de volta. Sete, Onze e Doze, mantenham a posse dos canhões que tomaram; Sete, fique numa posição tal que controle os canhões tomados por Três. Depois precisamos dar um passo adiante, não é assim? Seis e Um, acelerem até dez milhas por hora e deem a volta a esse acampamento até o nível do rio. Vamos embrulhar todos num pacote só — exclamou o jovem oficial. — Ah, aqui estão! Dois e Três, Oito e Nove, Treze e Catorze, distribuam-se numa linha a mil jardas um do outro, esperem minha ordem, e depois avancem devagar, para cobrir o avanço das bicicletas da infantaria contra qualquer carga de cavalaria deles. Isso, muito bem. Mas, onde está Dez? Olá! Dez deve ser consertado e pôr-se em movimento o mais depressa possível. Avariaram Dez!

A disciplina entre essas novas máquinas de guerra tinha um tom profissional, não pedante, e a cabeça do capitão emergiu da torre de comando para dizer aos seus homens:

93

— É isso mesmo, rapazes. Eles acertaram Dez. Não é muito grave, acho, mas de qualquer modo ele estancou.

Isto, contudo, ainda deixavam treze daqueles monstros em ação, para liquidar de vez o destroçado exército inimigo.

O correspondente de guerra, descendo furtivamente pela ravina, olhou para a orla do barranco e os viu, deitados, acenando mensagens congratulatórias uns para os outros, com bandeirolas coloridas. As laterais dos monstros brilhavam como ouro à luz do sol da manhá.

5.

As aventuras pessoais do correspondente de guerra se encerraram com sua rendição por volta da uma hora da tarde, e àquela altura ele já roubara um cavalo, fora arremessado ao chão, e escapara por pouco de ser atropelado; em seguida descobrira que o animal estava com a perna quebrada, e o executara com um tiro de revólver. Tinha passado algumas horas na companhia de um esquadrão de fuzileiros desanimados, discutira com eles a respeito de topografia, e depois saíra a passear numa direção que deveria tê-lo conduzido para perto da margem do rio mas não o fez. Além disso, ele tinha comido todo seu chocolate e não conseguira encontrar nada para beber. E o calor estava insuportável. Por trás de um muro de pedras arrebentado, mas convidativo, ele tinha visto a distância os cavaleiros do Exército, que se defendiam tentando arremeter contra os ciclistas cada vez mais próximos protegidos pelos encouraçados terrestres. Percebeu que os ciclistas podiam bater em retirada sobre o solo turfoso com boa margem de velocidade sobre os cavaleiros para desmontarem de vez em quando e dispararem uma fuzilaria terrivelmente precisa; e estava persuadido de que aqueles cavaleiros, depois de arremeterem com todas as suas forças, tinham se detido logo além do seu campo de visão, e estavam se rendendo. Foi coagido a mover-se sem demora por um avanço de uma daquelas máquinas, que ameaçou botar abaixo o muro que o protegia. E tinha acabado de descobrir uma ferida inquietante no calcanhar.

Agora ele se encontrava num local coberto de cascalho e arbustos, sentado e contemplando com ar meditativo o próprio lenço, que por alguma razão extraordinária tinha nas últimas vinte e quatro horas adquirido uma coloração das mais ambíguas.

— É a coisa mais branca que tenho — murmurou ele.

Tinha sabido o tempo inteiro que estava cercado pelo inimigo a leste, oeste, norte e sul, mas quando ouviu os encouraçados Número Um e Seis fazendo soar suas vozes mortíferas, metódicas, a menos de meia milha ao norte, ele decidiu propor seu armistício pessoal antes de correr maiores riscos. Decidiu amarrar sua bandeira branca erguida num arbusto e recolher-se a uma posição de discreta obscuridade até que alguém se aproximasse. Ao perceber a aproximação de vozes, ruídos e o barulho inconfundível de um corpo de cavalaria, pôs o lenço no bolso novamente e saiu para ver o que estava acontecendo.

O som do tiroteio tinha cessado, e quando se aproximou ouviu vozes, vozes de soldados da velha guarda, simples, rudes, mas valorosos e de coração nobre, praguejando com todo vigor.

Saiu dos arbustos para uma extensa planície, e viu ao longe um renque de árvores que assinalava a margem do rio.

A visão que se abriu aos seus olhos foi a de uma estrada com uma ponte ainda intacta, e uma ponte de via férrea mais para a direita. Dois encouraçados terrestres estavam postados, como se fossem dois grandes galpões inofensivos, numa atitude antecipatória da paz, à direita e à esquerda do seu campo visual, controlando totalmente cerca de duas milhas em torno do rio. A poucos metros dos arbustos ele avistou os remanescentes da cavalaria dos defensores, cobertos de poeira, em desordem, com expressão de desalento, mas ainda assim um belo grupo de homens. A meia distância, três ou quatro homens e cavalos estavam recebendo atendimento médico, enquanto o grupo compacto de oficiais observava aqueles inéditos mecanismos com profundo desagrado. Todos tinham perfeita consciência da presença dos outros doze encouraçados, e da multidão de soldados da cidade, em bicicletas ou a pé, que agora se organizavam os prisioneiros e das armas capturadas, atarefados mas eficientes, cercando a retaguarda como uma grande rede.

— Xeque-mate — disse o correspondente de guerra, caminhando pelo campo aberto. — Mas estou me rendendo na melhor das companhias. Vinte e quatro horas atrás pensei que a guerra era impossível, e agora esses vagabundos capturaram um exército inteiro! Ora, ora! — Ele recordou sua conversa com o jovem tenente. — Se não existe um limite para as surpresas da ciência, é nas mãos das pessoas civilizadas que elas estão, é claro. Enquanto a sua ciência progredir elas necessariamente estarão à frente das pessoas do campo. Mesmo assim...

Ele pensou no que poderia ter acontecido com o jovem tenente.

O correspondente de guerra era um daqueles indivíduos inconsistentes que sempre torcem pelo lado mais fraco. Quando viu todos aqueles cavaleiros vigorosos, queimados do sol, sendo desarmados, desmontados e dispostos em filas; quando viu seus cavalos sendo levados embora, desajeitadamente, por aqueles ciclistas de tão pouca aptidão equestre a quem haviam se rendido; quando viu aqueles paladinos alquebrados contemplando aquela cena ultrajante, ele esqueceu por completo que tinha chamado aqueles homens de "um bando de grosseiros e espertos" e desejara sua derrota havia menos de vinte e quatro horas. Um mês atrás, ele vira aquele regimento, no auge do seu orgulho, partindo para a guerra, e escrevera sobre sua terrível intrepidez, sobre como era capaz de atacar em formação aberta com cada homem disparando de sua sela, e varrer da sua frente tudo o que encontrasse num campo de batalha, em qualquer tipo de formação, a pé ou a cavalo. E esse regimento tivera que combater contra algumas dezenas de jovens, em suas máquinas de uma deslealdade atroz!

"A Humanidade contra as Máquinas", foi uma manchete adequada que lhe ocorreu. O jornalismo coagula a mente humana em forma de frases.

Ele se aproximou dos prisioneiros enfileirados o máximo que as sentinelas permitiram, examinando-os, comparando sua compleição atlética com o físico mais leve dos seus captores.

— Degenerados espertos — murmurou. — Urbanoides anêmicos.

Os oficiais prisioneiros estavam a pouca distância, e ele podia ouvir a voz alta de tenor do coronel. O pobre homem tinha desperdiçado três anos de trabalho estafante, com o melhor material do mundo, aperfeiçoando aquela carga de cavalaria com tiros disparados da sela; e agora perguntava, com frases recheadas dos palavrões cabíveis naquelas circunstâncias, o que alguém poderia fazer diante daquelas geringonças de ferro.

— Canhões — disse alguém.

— Eles podem rodear os canhões maiores. Não podemos mudá-los de posição para acompanhar seus deslocamentos, e os canhões menores, bem, eles passam por cima. Vi isso acontecer. Talvez se possa pegá-los de surpresa em um momento ou em outro... assassinar os brutos, quem sabe...

— Podíamos fabricar outros iguais.

— O quê? Mais geringonças de ferro? Nossas?!

"Intitularei meu artigo", pensou o correspondente de guerra, "'A Humanidade contra as Geringonças de Ferro', e começarei citando esse cavalheiro".

E ele era um jornalista demasiado hábil para estragar seu efeito de contraste registrando que meia dúzia de homens jovens e relativamente leves em pijamas azuis, junto ao seu vitorioso encouraçado terrestre, tomando café e comendo biscoitos, também trazia nos seus olhos e na sua atitude alguma coisa não degradada, alguma coisa que os mantinha no nível de um homem.

A história do falecido sr. Elvesham

Contarei esta história por escrito, não na esperança de que alguém acredite nela, mas, se for possível, para dar uma chance de fuga à próxima vítima. Ela, talvez, possa lucrar alguma coisa com a minha desventura. Meu próprio caso é sem esperança, e agora eu estou, até certo ponto, resignado a aceitar o meu destino.

Meu nome é Edward George Eden. Nasci em Trentham, em Staffordshire, onde meu pai trabalhava como jardineiro. Perdi minha mãe aos três anos de idade e meu pai aos cinco; meu tio, George Eden, adotou-me como filho. Era um homem solteiro, autodidata, e bastante conhecido em Birmingham como jornalista bem-sucedido. Educou-me com generosidade, estimulou minha ambição para ir em busca do sucesso, e ao morrer, o que aconteceu quatro anos atrás, deixou para mim toda a sua fortuna, um total de cerca de quinhentas libras esterlinas, depois de pagos todos os impostos. Eu tinha dezoito anos. Ele me aconselhou, em seu testamento, a usar aquele dinheiro para completar minha educação. Eu já escolhera a medicina como minha carreira profissional, e graças à sua generosidade póstuma e à minha sorte em ser vencedor de um concurso de bolsas de estudo, tornei-me estudante do curso médico do University College, em Londres. Na época em que a presente história teve início, eu morava num pequeno quarto alugado no andar superior do 11-A na University Street, um quarto cheio de correntes de ar, com mobília modesta, que dava para os fundos das instalações da Shoolbred. Eu vivia e dormia naquele quartinho, porque estava ansioso para fazer render cada centavo dos meus recursos.

Estava levando um par de sapatos para consertar numa tenda de sapateiro em Tottenham Court Road quando encontrei pela primeira vez o homem baixinho, de rosto amarelado, com quem minha vida passaria a estar indissoluvelmente ligada. Ele estava parado no meio-fio, olhando para o número na porta, com ar dubitativo, quando a abri. Seus olhos — eram olhos cinzentos, inexpressivos, raiados de vermelho sob as pálpebras — pousaram no meu rosto, e suas feições imediatamente assumiram uma expressão de corrugada amabilidade.

— O senhor surgiu no momento mais adequado — disse ele. — Eu havia esquecido o número de sua casa. Como vai, sr. Eden?

Fiquei um tanto surpreso em ser tratado com tamanha familiaridade, porque nunca antes tinha posto os olhos naquele homem. Fiquei contrariado, também, por ter sido surpreendido com um par de botas embaixo do braço. Ele percebeu minha falta de cordialidade.

— Ah, está imaginando que diabo sou eu, não é mesmo? Sou um amigo, posso lhe garantir. Já o vi antes, embora o senhor não tenha me visto. Há algum lugar onde possamos conversar um pouco?

Hesitei. Meu quarto no andar de cima não era um lugar para onde se pudesse convidar um estranho.

— Talvez — falei — possamos caminhar pela rua. Infelizmente não posso... — Meu gesto explicou tudo antes mesmo que eu completasse a frase.

— Isso mesmo — disse ele, olhando a rua numa direção, depois na outra. — Pela rua? Para lá, ou para cá? — Guardei minhas botas na passagem, e ao sairmos ele falou: — Olhe só, este assunto que tenho com você é meio complicado de explicar. Venha almoçar comigo, sr. Eden. Sou um homem idoso, muito idoso, e não sou muito bom para dar explicações. Minha voz é fraca, e com este barulho do tráfego...

Ele pousou no meu braço uma mão magra e um pouco trêmula.

Eu não era tão velho que um homem mais idoso não pudesse me pagar um almoço. Mas ao mesmo tempo não me sentia à vontade com um convite tão abrupto.

— Eu preferiria... — comecei a dizer.

— Mas eu prefiro — disse ele, interrompendo-me.
— E sem dúvida meus cabelos brancos merecem uma certa deferência.

Concordei, e o acompanhei.

Ele me levou ao Blavitiski's; tive que reduzir meu passo habitual para poder caminhar lado a lado com ele; e depois, durante um almoço que eu jamais provara igual, ele evitou minhas perguntas, e tive um pouco mais de tempo para observar melhor sua aparência. Seu rosto bem-barbeado era magro e cheio de rugas, seus lábios engelhados pousavam sobre uma dentadura postiça, e seu cabelo branco era ralo e um tanto comprido; ele me pareceu um homem pequeno, embora eu reconheça que a maior parte das pessoas me parece de baixa estatura; e seus ombros eram curvados. Olhando-o, não pude deixar de perceber que ele também me observava com um olhar avaliador; seus olhos corriam sobre mim com certa expressão de cobiça, indo dos meus ombros largos às minhas mãos bronzeadas, e erguendo-se novamente até meu rosto coberto de sardas.

— E agora — disse ele, quando acendemos nossos cigarros — vamos ao assunto que nos trouxe aqui. — Ele fez uma pausa. — Devo dizer-lhe, em primeiro lugar, que sou um homem muito idoso. — Fez uma pausa. — E acontece que tenho bastante dinheiro, um dinheiro que terei de deixar para alguém, mas não tenho filhos que possa tornar meus herdeiros.

Comecei a pensar em algum conto do vigário, e decidi ficar em estado de alerta para proteger o que me restava de minhas quinhentas libras. Ele começou a falar longamente sobre sua vida solitária, e a dificuldade em dar um destino adequado ao seu dinheiro.

— Examinei este e aquele plano — disse. — Organizações de caridade, instituições beneficentes, programas de bolsas de estudo, bibliotecas, e acabei chegando a uma conclusão. — Cravou os olhos no meu rosto. — Preciso encontrar um indivíduo jovem, ambicioso, de boas intenções, e pobre; mas sadio do corpo e da mente, e fazer deste jovem o meu herdeiro, deixar para ele tudo o que tenho. — Ele repetiu: — Deixar para ele tudo o que tenho. De modo que ele se veja livre de todas as ansiedades que ocuparam seu espírito até agora, e adquira liberdade e poder de influência.

Tentei parecer desinteressado. Com evidente hipocrisia, falei:

— E o senhor quer minha ajuda, meus serviços profissionais talvez, para encontrar essa pessoa.

Ele sorriu, e me deu um tal olhar por cima do cigarro que soltei uma gargalhada diante do modo como desmascarou meu fingimento.

— Que bela carreira um homem pode seguir nessas condições! — disse ele. — Sinto inveja ao pensar que tudo aquilo que acumulei vai ser gasto por outro homem. Mas há condições a cumprir, é claro. Ele deve, por exemplo, passar a usar meu próprio nome. Não se pode querer ganhar tudo sem dar alguma coisa em troca. E eu preciso conhecer a fundo todos os aspectos de sua vida antes de aceitá-lo como herdeiro. Ele *deve* ser sadio. Devo conhecer bem os seus traços hereditários, saber como morreram seus pais e seus avós, examinar a fundo sua vida privada e seu comportamento moral...

Isto começou a relativizar um pouco minhas comemorações íntimas.

— Devo então presumir — falei — que eu...?

— Sim — disse ele. — Você. *Você*.

Não falei nada. Minha imaginação estava dançando, arrebatada, e meu ceticismo inato estava impotente para controlar seus voos. Não havia uma só partícula de gratidão em minha mente; eu não sabia o que dizer nem como dizê-lo.

— Mas por que eu, justamente eu? — perguntei finalmente.

Ele explicou que ouvira o professor Haslar falar a meu respeito, dizendo que me considerava um rapaz sadio e equilibrado, e que o seu desejo era, na medida do possível, deixar sua fortuna para alguém de comprovada saúde e integridade.

Este foi o meu primeiro encontro com aquele homenzinho. Ele mantinha um certo mistério em torno de si; não quis me dizer como se chamava, e, depois que respondi mais algumas de suas perguntas, deixou-me parado na porta do Blavitiski. Percebi que, ao pagar o almoço, ele puxou do bolso um punhado de moedas de ouro. Sua insistência a respeito de uma perfeita saúde física era curiosa. Pelo acordo que firmamos naquele almoço, no dia seguinte fiz um vultoso seguro de vida na Loyal Insurance Company, e fui exaustivamente examinado pelos médicos dessa companhia durante a semana seguinte. Mesmo assim ele não ficou satisfeito, e insistiu que eu deveria ser reexaminado pelo famoso Dr. Henderson. Era a sexta-feira da semana de Pentecostes quando ele chegou a uma decisão. Foi à minha casa no começo da noite, pouco antes das nove, numa hora em que eu estava mergulhado em equações de química, preparando-me para minha prova do Exame Preliminar. Desci ao seu encontro, e o encontrei no portal, iluminado pela luz fraca do lampião a gás, que projetava no seu rosto uma mistura grotesca de sombras. Parecia ainda mais encurvado do que na primeira vez em que eu o encontrara, e seu rosto estava mais fundo.

Sua voz vibrava de emoção.

— Está tudo satisfatório, sr. Eden — disse ele. — Tudo muito, muito satisfatório. E nesta noite, nesta noite especial, o senhor vai jantar comigo, para celebrar seu... seu acesso. — Foi interrompido por um acesso de tosse. — Não vai ter que esperar muito, na verdade — continuou, passando um lenço sobre os lábios, e agarrando meu braço com a outra mão, uma mão longa e ossuda. — Certamente não vai ter muito que esperar.

Fomos até a rua e chamamos um cabriolé. Lembro vividamente cada detalhe daquele passeio, o nosso rápido avanço pelas ruas, o vívido contraste entre a iluminação a gás, as lâmpadas a óleo e as luzes elétricas, as multidões percorrendo as ruas, o local em Regent Street onde descemos, e o suntuoso jantar que nos foi servido ali. A princípio eu estava pouco à vontade, percebendo os olhares que os garçons, todos bem-vestidos, dirigiam às minhas roupas descuidadas; não sabia o que fazer com os caroços das azeitonas; mas aos poucos o champanhe foi me aquecendo o sangue, e minha autoconfiança ressurgiu. De início, o velho falou apenas de si mesmo. Já me dissera seu nome, durante o trajeto: era Egbert Elvesham, o grande filósofo, cujo nome me era familiar desde que eu era colegial. Parecia-me inacreditável que esse homem, cuja inteligência desde cedo tinha fascinado a minha, que essa abstração se erguesse de súbito à minha frente, nessa figura decrépita que agora já me era familiar. Atrevo-me a dizer que qualquer jovem que em certo momento se viu no meio de celebridades experimenta um pouco desse desapontamento. Ele me falou a respeito do futuro que a interrupção do fio de sua existência faria passar para as minhas mãos: casas, direitos autorais, investimentos; eu jamais imaginara que os filósofos fossem tão ricos. Ele me observava beber e comer, com um olhar de inveja.

— Que capacidade de viver o senhor tem! — disse; e depois, com um suspiro, que me pareceu um suspiro de alívio:
— Não vai demorar muito.

— Oh, sim — falei, inebriado pelo champanhe. — Pode ser que eu tenha um futuro. Um futuro muito agradável, graças ao senhor. E terei a honra de herdar seu nome. Mas o senhor tem um passado. Esse passado vale por todo o meu futuro.

Ele balançou a cabeça e sorriu, pareceu-me então, agradecendo, com um laivo de tristeza, a admiração que eu manifestara.

— Esse futuro — disse ele —, gostaria de trocá-lo?
— O garçom aproximou-se trazendo o licor. — Não se incomodaria, talvez, de assumir não apenas meu nome, minha posição, mas seria capaz de por vontade própria assumir também a minha idade?

— Desde que acompanhada de suas realizações — falei, cortesmente.

Ele sorriu de novo.

— Kümmel para os dois — disse ao garçom, e passou a prestar atenção no pequeno embrulho de papel que tirou do bolso. — Esta hora, este momento após o jantar, é o momento das pequenas coisas. Aqui está um pouco da minha sabedoria inédita. — Ele desembrulhou o papelzinho com dedos amarelados e trêmulos, e mostrou um pó de coloração rosada. — Isto é... bem, você pode adivinhar o que é. Mas ponha um pouco disso no Kümmel, e você estará no Paraíso. — Seus olhos grandes e acinzentados se fixaram nos meus com uma expressão inescrutável.

Foi um pouco chocante para mim descobrir que aquele grande mestre entregava-se à degustação de licores, mas preferi fingir interesse nessa sua fraqueza, pois já estava bêbado demais para fazer pose de moralista.

Ele dividiu o pó entre nossos copos e, levantando-se de repente, com uma dignidade estranha e insuspeitada, estendeu a mão, e eu o imitei; nossos copos tiniram um no outro.

— A uma rápida sucessão — disse ele, e ergueu o copo aos lábios.

— Isto não — falei. — Isto, não.

Ele fez uma pausa, ainda com o copo à altura do queixo, e seus olhos brilharam ao cruzar com os meus.

— A uma vida longa — falei.

Ele hesitou.

— A uma vida longa — repetiu, com uma súbita casquinada de riso, e ainda com os olhos fitos um no outro, viramos de uma vez só os pequenos copos. Ainda olhando nos olhos dele, no momento em que bebi o líquido tive uma curiosa sensação, e muito intensa. O primeiro impacto fez minha mente entrar num furioso tumulto; era como se alguém estivesse agitando fisicamente meu cérebro, e um zumbido penetrante encheu meus ouvidos. Não notei nenhum sabor em minha boca, nem percebi o aroma que me invadia as narinas; vi apenas a intensidade daqueles olhos cinzentos ardendo nos meus. A bebida, a confusão mental, o barulho e o redemoinho em minha cabeça, tudo isso pareceu durar um tempo interminável. Impressões vagas e curiosas de coisas semiesquecidas dançavam e se desvaneciam nas franjas da minha consciência. Por fim ele quebrou o encanto. Com um suspiro brusco e repentino ele colocou o copo na mesa.

— Bem, e então? — disse.

— É glorioso — respondi, embora a rigor não tivesse saboreado a bebida.

Minha cabeça girava. Sentei-me. Minha mente era um caos. Então minha percepção foi se aclarando e ganhando nitidez, e eu vi as coisas como se as enxergasse em um espelho côncavo. Os modos do meu companheiro tinham mudado, ele parecia agora nervoso e apressado. Puxou o relógio da algibeira e o girou nos dedos, enquanto fazia uma careta, exclamando:

— Onze e sete! Agora à noite tenho que... Sete e vinte e cinco! Waterloo! Preciso sair agora mesmo.

Pediu a conta e vestiu às pressas o casaco. Garçons prestativos vieram ajudá-lo. Um instante depois estávamos nos despedindo, diante de um cabriolé, e eu continuava a experimentar aquela sensação absurda de minuciosa nitidez, como se — como posso dizer? — como se eu estivesse não apenas olhando, mas *sentindo* tudo através de um binóculo de ópera virado ao contrário.

— Aquela coisa... — disse ele. Pôs a mão na testa. — Eu não devia tê-lo feito beber aquilo. Vai dar-lhe uma dor de cabeça de rachar, amanhã. Espere um instante. Tome aqui. — Ele me estendeu uma latinha pequena, com aparência de um pó de Seidlitz. — Tome isto aqui com água, antes de se deitar. Aquilo que lhe dei era uma droga. Veja bem: não o tome senão quando já estiver indo para a cama. Vamos, outro aperto de mão... Ao futuro!

Agarrei sua mão descarnada. Ele me deu mais um "adeus!", com as pálpebras pendendo sobre os olhos, e achei que ele também se ressentia do efeito do coquetel que tínhamos tomado.

Ele pareceu sobressaltar-se com um pensamento e, tateando no bolso de dentro do casaco, puxou outro pacote, desta vez de formato cilíndrico, como um bastão de barbear.

— Tome — disse. — Quase me esquecia. Não abra isto antes de nos encontrarmos amanhã, mas leve-o consigo agora.

Era tão pesado que quase me escapou dos dedos quando o recebi.

— Tudo bem! — falei, e ele me sorriu através da janela do cabriolé, quando o cocheiro chicoteou o cavalo. Era um embrulho em papel branco, com lacre vermelho nas duas extremidades e ao longo de toda sua extensão. "Se não for dinheiro", pensei, "é platina ou cobre".

Guardei-o cuidadosamente no bolso, e ainda com a mente rodopiando caminhei na direção de casa, por entre os transeuntes desocupados que passeavam por Regent Street, e as ruas afastadas e escuras para além de Portland Road. Recordo vividamente as sensações daquela caminhada, por mais estranhas que fossem. Eu estava tão alterado que não podia deixar de perceber meu estranho estado mental, e imaginei se o que eu acabara de tomar era ópio — uma droga muito distante da minha experiência. É difícil, agora, descrever o caráter peculiar do meu estranhamento mental — talvez "desdobramento mental" possa exprimi-lo aproximadamente. Quando eu avançava por Regent Street tinha a esquisita impressão de que era a Estação de Waterloo, e tive um estranho impulso de entrar na Politécnica como se fosse um homem que entra num trem. Esfreguei os olhos, e vi-me em Regent Street. Como posso descrever aquela impressão? É como quando olhamos para um ator experiente, ele nos encara, então muda a expressão do rosto e transforma-se em outra pessoa. Seria extravagante demais se eu dissesse que, aos meus olhos, Regent Street fez exatamente isto? Então, persuadido de que estava novamente em Regent Street, comecei a sentir-me desnorteado por recordações fantásticas que me assaltavam. "Trinta anos atrás", pensei, "foi ali que discuti com meu irmão". Então explodi numa gargalhada, para o espanto e a diversão de um grupo de notívagos. Trinta anos atrás eu não existia, e nunca em minha vida tive um irmão. Aquela substância que eu tomara era sem dúvida loucura concentrada, porque continuei a sentir a dor pela perda daquele falecido irmão. Quando cheguei em Portland Road, a loucura assumiu outra forma. Comecei a evocar lojas que já não existiam, e a comparar a rua com o que fora tempos atrás. Pensamentos confusos e desorientados são compreensíveis, depois de toda a bebida que eu tinha ingerido, mas o que me deixava perplexo eram aquelas memórias fantasmas, estranhamente vívidas, que brotavam na minha mente, e não somente as memórias que surgiam, mas as que desapareciam também. Parei diante da Stevens', a loja de artigos ligados a História Natural, e remexi na memória tentando lembrar o que aquilo tinha a ver comigo. O ônibus passou, o barulho que produziu era o barulho de um trem. No meu esforço de memória eu parecia estar mergulhando num poço muito escuro e remoto. Por fim, murmurei: "É claro, ele me prometeu três rãs para amanhã de manhã. Como pude esquecer?"

Será que ainda existem aquelas lanternas mágicas para crianças, em que uma imagem se dissolve em outra? Lembro-me de que uma imagem começava como uma espécie de fantasma, bem diáfana, e ia crescendo em luminosidade até se sobrepor à outra. Do mesmo modo me parecia que aquele conjunto fantasmagórico de novas sensações estava lutando para desalojar as percepções do meu Eu natural.

Atravessei Euston Road rumo a Tottenham Court Road, perplexo, e um pouco assustado, e mal reparei no trajeto pouco usual que estava seguindo, pois em geral costumo cortar caminho através da malha de ruazinhas secundárias. Virei a esquina em University Street, e descobri que tinha esquecido o número de minha casa. Somente com muito esforço me veio à mente o número 11-A, e ainda assim parecia algo que uma pessoa, há muito tempo esquecida, me dissera alguma vez. Tentei colocar minha mente em foco, repassando os fatos do jantar daquela noite, e mesmo que disso dependesse minha vida não teria sido capaz de evocar o rosto do meu companheiro de mesa; via-o apenas como uma silhueta pouco nítida, como alguém veria a si próprio refletido no vidro de uma janela através da qual olhasse. Superposta à imagem dele, no entanto, eu tinha uma curiosa visão exterior de mim mesmo, sentado à mesa, corado, com os olhos brilhantes, loquaz.

— Preciso tomar aquele outro pó — murmurei. — Isto está ficando impossível.

Procurei minha vela e meus fósforos na extremidade errada do saguão; e depois fiquei em dúvida sobre o andar onde ficava meu quarto.

— Estou bêbado — falei — sobre isto não há dúvida.

— E cambaleei com exagero escada acima, como se quisesse demonstrar minha proposição.

Ao primeiro olhar, quando entrei, meu quarto me pareceu pouco familiar. "Que bagunça!", pensei, e fiquei olhando em torno. O esforço me fez voltar a mim um pouco, e aquela aparência fantasmagórica foi se tornando mais familiar e concreta. Ali estava o velho espelho, com minhas anotações sobre albumina enfiadas no canto da moldura; e minhas velhas roupas de uso diário, jogadas no chão. E no entanto aquilo não me parecia totalmente real. Eu sentia infiltrar-se na minha mente, de certa forma, a persuasão absurda de que aquilo era o vagão de passageiros de um trem que tinha acabado de se deter, e que eu estava olhando pela janela, numa estação desconhecida. Agarrei a grade da cama com força, para me certificar de sua realidade.

— É clarividência, talvez — murmurei. — Preciso escrever para a Psychical Research Society.

Coloquei sobre a escrivaninha o pacote de moedas que tinha recebido, sentei na cama, e comecei a tirar as botas. Era como se a imagem da minha presente situação estivesse pintada por cima de outra, e esta outra estivesse tentando emergir.

— Maldição! — exclamei. — Estou perdendo o juízo, ou estou em dois lugares ao mesmo tempo? Semidespido, derramei num copo d'água o segundo pó e o bebi de um gole. Era efervescente, e tinha um colorido âmbar. Antes de me deitar eu já estava com a mente mais calma. Senti o travesseiro de encontro ao meu rosto, e devo ter adormecido logo em seguida.

Acordei bruscamente, no meio de um sonho cheio de animais estranhos, e vi que estava deitado com o rosto para cima. Acho que todos já experimentaram aquele tipo de pesadelo de emoções intensas do qual escapamos, despertos, mas estranhamente acovardados. Minha boca tinha um gosto esquisito, meus membros estavam fatigados, e eu tinha uma sensação de desconforto cutâneo. Fiquei deitado, com a cabeça afundada no travesseiro, esperando que passasse aquela sensação de estranheza e terror, e eu pudesse adormecer novamente, pouco a pouco. Mas, em vez disso acontecer, aquelas sensações estranhas foram se tornando cada vez mais fortes. A princípio eu não conseguia perceber nada de errado comigo. Havia um pouco de luz no quarto, tão pouco que era o mesmo que estar praticamente no escuro, e a mobília era visível como manchas ainda mais escuras dentro da treva que reinava ali dentro. Fiquei olhando em torno, com meus olhos por cima da borda do lençol que me cobria.

Veio-me à mente a ideia de que alguém tinha entrado no quarto para roubar meu pacote de dinheiro, mas depois de algum tempo em que fiquei alerta, respirando com regularidade para imitar um sono profundo, percebi que era uma fantasia. Ainda assim, a certeza incômoda de que havia algo errado continuou a me inquietar. Com esforço ergui minha cabeça do travesseiro, e olhei em torno, por entre a treva. Não conseguia perceber o que havia. Olhei as formas escuras à minha volta, as formas maiores e menores que indicavam cortinas, mesa, lareira, estante, e assim por diante. Então comecei a perceber algo pouco familiar entre aquelas formas sombrias. A cama tinha sido mudada de posição? Naquela direção devia estar minha estante de livros, e no entanto erguia-se ali algo envolto numa mancha clara, algo que não parecia com a minha estante, por mais que eu mudasse meu ângulo de mirada. E era algo grande demais para ser minha camisa jogada sobre uma cadeira.

Dominando uma sensação infantil de terror, joguei os lençóis para um lado e pus as pernas para fora da cama. Mas, em vez de passarem a borda de minha cama baixa e estreita, minhas pernas mal atingiram a borda do colchão. Dei outro passo, por assim dizer, e acabei conseguindo sentar na borda da cama. Ali do lado deveria estar uma vela, e minha caixa de fósforos sobre a cadeira quebrada. Estendi a mão e toquei — nada. Agitei a mão no meio da treva, e acabei tocando alguma coisa que pendia no ar, alguma coisa pesada, macia, de textura espessa, que ao meu toque produziu um som roçagante. Agarrei aquilo e puxei; parecia ser uma cortina que pendia por sobre a cabeceira da minha cama.

Agora eu estava plenamente desperto, e começando a perceber que estava num quarto estranho. Fiquei atônito. Tentei lembrar os fatos da noite anterior, e os encontrei agora, curiosamente, muito vívidos na minha memória: o jantar, a entrega dos pequenos pacotes, minha sensação de ter tomado alguma droga, o tempo que levara para me despir, a sensação fria do travesseiro de encontro ao meu rosto. Senti uma dúvida repentina. Isso tinha sido na noite passada, ou uma noite antes? De qualquer modo, aquele quarto me era estranho, e eu não conseguia imaginar como tinha ido parar ali.

Aquela silhueta pálida e difusa ia se tornando cada vez mais clara, e percebi que era uma janela; junto dela vi um espelho de toalete em forma oval, refletindo o vago clarão da aurora que se infiltrava por entre as persianas. Fiquei de pé, e me surpreendi ao ver como me sentia enfraquecido e pouco firme. Com as mãos trêmulas estendidas, caminhei devagar até a janela, esbarrando de passagem com o joelho numa cadeira. Tateei em volta do espelho, que era grande, com suportes de latão bem-trabalhados, procurando a cordinha da persiana. Não achei nenhuma. Acabei achando o puxador, e com o estalo de uma mola a persiana foi puxada para cima.

Achei-me então contemplando uma paisagem que era completamente estranha para mim. A noite era encoberta, e através dos flocos acinzentados e maciços das nuvens já se esgueirava a luz suave do amanhecer. Na borda do céu, a redoma de nuvens já estava tingida de vermelho. Embaixo, tudo permanecia escuro e indistinto, colinas difusas a distância, uma massa amorfa de edifícios com torres pontudas, árvores como borrões de tinta derramada, e abaixo da janela o desenho simétrico de arbustos escuros e alamedas de um cinzento pálido. Era uma paisagem tão pouco familiar que achei estar ainda sonhando. Toquei com as mãos a pia de toalete; parecia ser feita de madeira polida, e estava coberta de acessórios; havia pequenos frascos de vidro e um pincel de barba. Toquei também num objeto estranho que estava pousado sobre um pires, uma coisa em forma de ferradura, incrustada de uma fila de pequenos pedaços duros e lisos. Não consegui achar nem fósforos nem um castiçal.

Voltei a examinar o quarto onde me encontrava. Agora que a persiana estava erguida, os vagos espectros de sua mobília emergiam da escuridão. Havia uma enorme cama rodeada de cortinados, e a lareira para onde os pés da cama apontavam tinha um largo aparador que reluzia como o mármore.

Apoiei meu corpo na pia de toalete, fechei os olhos, abri-os de novo, e tentei pensar. Tudo aquilo era demasiado real para ser um sonho. Comecei a imaginar que talvez houvesse um hiato na minha memória, devido ao estranho licor que eu tomara na véspera; que eu já tivesse entrado de posse da minha herança, talvez, e por algum motivo tivesse perdido a memória de tudo que me acontecera desde que essa proclamação fora feita. Talvez, se eu esperasse um pouco, as coisas fossem se esclarecendo. E no entanto o meu jantar na véspera, com o velho Elvesham, me parecia singularmente vívido e recente. O champanhe, os garçons atenciosos, o pó, os licores... Seria capaz de apostar minha alma em que aquilo não acontecera mais do que algumas horas atrás.

E então aconteceu uma coisa tão trivial e ao mesmo tempo tão terrível para mim que não posso evitar estremecer quando lembro aquele instante. Falei alto. Disse: "E como diabo vim parar aqui...?" *E aquela não era a minha voz.*

Não, não era a minha, era uma voz fina, com a articulação presa, e a ressonância em meus ossos faciais era diferente. Para readquirir confiança esfreguei as mãos uma na outra, e senti as dobras da pele frouxa, os ossos sem firmeza denunciando idade avançada.

— Com certeza — falei, com aquela voz horrível que tinha se instalado em minha garganta —, com certeza isso é um sonho!

E com uma rapidez que até parecia involuntária levei os dedos à boca. Meus dentes tinham desaparecido. As pontas dos dedos deslizaram pela superfície flácida e murcha das gengivas. Senti uma tontura de terror e de repulsa, e em seguida uma violenta necessidade de me ver, de constatar imediatamente toda a extensão daquela mudança abominável que tinha se abatido sobre mim. Cambaleei até o aparador e tateei à procura de fósforos. Ao fazê-lo, um acesso de tosse áspera me brotou da garganta, e me aconcheguei ao roupão grosso de flanela que me envolvia o corpo. Não encontrei fósforos ali, e percebi nesse momento o quanto minhas extremidades estavam geladas. Fungando e tossindo, gemendo um pouco, talvez, voltei para a cama às apalpadelas.

— É um sonho — voltei a sussurrar, enquanto subia na cama —, é certamente um sonho.

Era um ato senil ficar repetindo aquilo. Puxei as cobertas por cima do meu corpo, por sobre minhas orelhas, enfiei minha mão enrugada sob o travesseiro e tomei a decisão de tentar adormecer novamente. Claro que era um sonho. De manhã, o sonho teria passado, e eu me levantaria, novamente jovem e vigoroso, para desfrutar da minha mocidade e dos meus estudos. Fechei os olhos, respirando de modo regular, e vendo-me ainda desperto, comecei devagar a contar as potências sucessivas de três.

Mas o que eu mais desejava não aconteceu. Não consegui dormir. E aos poucos fui ficando persuadido da realidade inescapável daquela mudança ocorrida em mim. Daí a pouco estava com os olhos abertos, as potências de três tinham sumido da minha memória, os dedos voltando a tocar minhas gengivas desdentadas, e eu sabia que era agora, sem sombra de dúvida, um homem muito velho. De alguma maneira inexplicável, eu tinha mergulhado de vez através da minha própria vida e chegara à velhice; de algum modo havia sido roubado do que podia haver de melhor na existência, o amor, a luta, a força, a esperança. Agarrei-me ao travesseiro e tentei me convencer de que era possível alguém ter uma alucinação daquela natureza. Imperceptivelmente, implacavelmente, o dia começou a raiar.

Por fim, perdendo a esperança de adormecer, voltei a sentar na cama e olhei ao meu redor. A luz fria da manhã tornava visível todo o quarto. Era espaçoso e bem-mobiliado, muito mais bem-mobiliado do que qualquer outro em que eu já tivesse dormido até então. Uma vela e alguns fósforos estavam agora visíveis sobre um pequeno pedestal, num recesso. Joguei para o lado as cobertas, e, tremendo no frio cortante da manhã, embora estivéssemos no verão, ergui-me e acendi a vela. Então, tremendo horrivelmente, tanto que o pequeno cone de metal para extinguir a chama chocalhava em seu suporte, caminhei a passos trôpegos até o espelho e vi — *o rosto de Elvesham*! Aquela visão não foi menos horrível pelo fato de que eu, de maneira confusa, já esperava por ela. Ele sempre me parecera um indivíduo fisicamente frágil e digno de pena, mas visto assim agora, vestindo apenas aquele rústico roupão de flanela, que se abria ao meio e mostrava os tendões do seu pescoço magro, visto agora como meu próprio corpo, me produzia uma indescritível sensação de desolação e decrepitude. As faces encovadas, as mechas desordenadas de cabelos brancos, os olhos amarelados e cheios de fadiga, os lábios enrugados e trêmulos, sendo que o inferior exibia uma faixa rósea da mucosa interna, e deixava à mostra aquelas horríveis gengivas escuras. Vocês, que são um corpo e uma mente juntos ao longo de todos os seus anos de vida, não podem imaginar o que aquela prisão maligna representava para mim. Ser jovem, estar cheio dos desejos e das energias da juventude, e ver-se preso, prestes a ser destruído no interior daquele corpo que não passava de uma ruína vacilante...

Mas estou me afastando do curso da minha história. Durante algum tempo devo ter ficado estarrecido com essa metamorfose que se abatera sobre mim. Já era dia claro quando consegui organizar meus pensamentos. De alguma maneira inexplicável eu tinha sido vítima daquela mudança, embora não pudesse saber como aquilo tinha ocorrido, a não ser que por algum tipo de mágica. E quando refleti, percebi a diabólica engenhosidade do plano de Elvesham. Pareceu-me claro que, se eu me encontrava no corpo dele, ele certamente tinha se apossado do *meu*, ou seja, da minha força, do meu futuro. Mas como eu poderia prová-lo? Enquanto pensava, tudo aquilo voltava a me parecer tão inacreditável, mesmo para mim, que minha razão vacilava, e eu tinha que me beliscar, apalpar minhas gengivas desdentadas, olhar-me no espelho, e tocar os objetos à minha volta, até conseguir fazer frente aos fatos outra vez. Será que a vida não era toda ela uma alucinação? Será que eu era na verdade Elvesham, e ele era eu? Eu tinha sonhado na noite anterior que era Eden? Existiria de fato algum Eden? Mas se eu era de fato Elvesham eu deveria ser capaz de lembrar onde estava na manhã anterior, o nome daquela cidade onde eu vivia, e o que acontecera antes de ter aquele sonho. Lutei contra esses pensamentos; lembrei o estranho desdobramento das minhas lembranças que ocorrera na noite passada. Mas agora minha mente estava clara. Eu não era capaz de evocar nenhuma lembrança que não pertencesse a Eden.

— Isto conduz à loucura! — gritei, naquela minha voz esganiçada. Fiquei de pé, vacilante, arrastei meus membros fracos e pesados até a pia de toalete e mergulhei o rosto numa bacia de água fria. Enxugando-me com a toalha, tentei concentrar-me novamente. Nada mudou. Eu sabia, além de qualquer questão, que eu era sem dúvida Eden, e não Elvesham. Mas Eden no corpo deste!

Se eu fosse um homem vivendo em outra era, poderia ter me conformado com minha sina, atribuindo-a a algum encantamento. Mas nestes tempos céticos, milagres não funcionam. Algum truque psicológico tinha sido empregado. Aquilo que uma droga e um olhar fixo tinham produzido, uma droga e um olhar fixo, ou alguma medida equivalente, seriam capazes de desfazer. Sabia-se de casos de homens que tinham perdido a memória. Mas trocar de memórias como quem troca de guarda-chuvas! Dei uma risada, Ah, não foi um som muito saudável, mas um risinho rachado e senil. Pude imaginar Elvesham rindo da minha desgraça, e uma rajada de raiva incontida, algo pouco usual em mim, arrebatou meus pensamentos. Comecei a vestir às pressas as roupas que encontrei espalhadas, e somente depois de estar pronto percebi que tinha vestido um traje a rigor. Abrindo o guarda-roupa encontrei trajes mais cotidianos, um par de calças quadriculadas, um velho roupão. Pus na minha venerável cabeça um venerável gorro, e tossindo um pouco devido ao esforço despendido, saí do quarto.

Era talvez pouco antes das seis horas, as persianas estavam todas corridas e a casa silenciosa. O andar superior, onde eu me encontrava, era espaçoso, e uma escadaria larga, coberta por um rico tapete, conduzia à escuridão do saguão no andar térreo; à minha frente, por uma porta escancarada, eu via uma escrivaninha, uma estante giratória cheia de livros, as costas de uma poltrona de leitura, e prateleiras e mais prateleiras de volumes encadernados.

"Meu gabinete de trabalho", murmurei, e caminhei ao longo da passagem. Então, o som da minha voz chamou minha atenção; voltei ao quarto e pus a dentadura postiça, que se encaixou na minha boca com a facilidade proporcionada pelo longo uso. "Melhor assim", falei, e, apertando a mandíbula para firmá-la, voltei ao gabinete.

As gavetas da escrivaninha estavam trancadas. A parte superior, corrediça, estava descida e trancada. Não vi sinal das chaves, inclusive nos bolsos da minha calça. Voltei ao quarto de dormir, revistei os bolsos do terno, e depois os de todas as vestimentas que encontrei. Eu estava muito apressado, e quem visse o quarto, depois que terminei, pensaria que ele tinha sido visitado por ladrões. Não apenas não achei nenhuma chave, como também não encontrei uma moeda sequer, nenhum pedaço de papel, a não ser a conta que tinha sido paga no restaurante na noite anterior.

Então baixou sobre mim um curioso cansaço. Sentei na cama e olhei as roupas jogadas por toda parte, com os bolsos revirados. Meu primeiro frenesi de atividade se dissipara. A cada instante eu começava a perceber melhor a imensa inteligência com que meu inimigo preparara o seu plano, e a ver com mais clareza o quanto a minha posição era desesperadora. Fazendo um esforço, ergui-me e voltei para o gabinete. Na escada havia agora uma criada erguendo as persianas. Ela olhou com espanto, acho, a expressão no meu rosto. Fechei a porta atrás de mim quando entrei no gabinete, e, agarrando um atiçador de ferro, comecei a atacar a escrivaninha. Foi assim que me encontraram. A parte corrediça tinha sido estilhaçada, a fechadura arrombada, as cartas arrancadas para fora dos seus escaninhos e espalhadas pelo recinto. Em minha fúria senil eu tinha atirado canetas e papéis em todas as direções, e derramado a tinta. Além disso, um grande vaso que havia na platibanda da lareira estava despedaçado — como, não sei. Não encontrei nenhum talão de cheques, nenhum dinheiro, nenhuma indicação que me pudesse ser útil para reaver o meu corpo. Eu estava arrebentando as gavetas como um louco quando o mordomo, secundado por duas criadas, entrou e me conteve.

Esta é simplesmente a história da minha metamorfose. Ninguém acredita nas minhas acusações desesperadas. Sou tratado como um louco, e mesmo agora continuo sob vigilância. Mas estou são, absolutamente são, e para prová-lo sentei-me e redigi este relato mostrando da maneira mais minuciosa como todas essas coisas me sucederam. Apelo para o meu leitor para que diga se encontrou qualquer sinal de insanidade, seja no estilo, seja no método, nesta história que está lendo. Sou um jovem prisioneiro no corpo de um ancião. Mas este fato tão claro é inacreditável para todos. Claro que pareço louco aos olhos de todos que não acreditam em mim; não lembro os nomes das minhas secretárias, dos médicos que vêm me examinar, dos meus criados e vizinhos, nem desta cidade (seja lá onde for) na qual me encontro agora. Claro que me perco em minha própria casa, e sofro inconvenientes de todo tipo. Claro que faço as perguntas mais despropositadas. Claro que choro e soluço, e tenho paroxismos de desespero. Não possuo dinheiro nem talões de cheques. O banco não reconhece minha assinatura, porque eu suponho que, mesmo dando o desconto dos músculos fracos que tenho agora, minha caligrafia ainda é a de Eden. As pessoas à minha volta não me deixam ir pessoalmente ao banco. Ao que parece, não há bancos nesta cidade, e

116

eu tenho uma conta em alguma parte de Londres. Parece que Elvesham manteve o nome do seu procurador em segredo para toda sua criadagem — não fui capaz de averiguar nada. Elvesham era, claro, um profundo estudioso da ciência mental, e todas as minhas declarações sobre os fatos deste caso apenas confirmam a teoria de que minha insanidade é o resultado de um excesso de pesquisas sobre psicologia. Sonhos sobre identidade pessoal, sem dúvida! Dois dias atrás eu era um jovem sadio, com uma vida inteira à minha frente; agora sou um ancião furioso, desarrumado, cheio de desespero, miserável, vagueando numa mansão luxuosa e estranha, sendo vigiado, temido e evitado como lunático por todas as pessoas que me cercam. E em Londres está Elvesham, recomeçando sua vida dentro de um corpo vigoroso, e com todo o conhecimento e a sabedoria acumulada em setenta anos. Ele roubou minha vida.

O que aconteceu, não sei com certeza. No gabinete, há vários volumes de anotações manuscritas que se referem principalmente à psicologia da memória, partes das quais ou são cálculos ou são cifras em símbolos totalmente estranhos para mim. Em alguns trechos há indicações de que ele também se dedicava à filosofia da matemática. Presumo que ele transferiu a totalidade de suas memórias, aquele acúmulo que forma a personalidade, do seu velho e desgastado cérebro para o meu, e, similarmente, transferiu as minhas para o lugar que abandonou. Em termos práticos, eu e ele trocamos de corpos. Mas como é possível fazer uma troca assim é algo que está além da minha filosofia. Fui um materialista durante toda minha vida consciente, mas aqui, de repente, há um exemplo muito claro de que é possível a um homem desvincular-se da matéria que o compõe.

Estou me preparando para uma última e desesperada experiência. Escrevo aqui antes de pô-la em prática. Hoje de manhã, com a ajuda de uma faca de mesa que consegui subtrair durante o café, consegui forçar e abrir uma gaveta secreta de colocação bem óbvia que havia na escrivaninha agora despedaçada. Nada descobri a não ser um pequeno frasco verde contendo um pó branco. Em volta do gargalo do frasco estava colado um pequeno rótulo, e nele uma palavra escrita: "*Libertação.*" Isto pode ser, é bem provável que seja, veneno. Posso entender por que Elvesham teria colocado veneno ao meu alcance, e sei que ele o teria feito para se livrar da única testemunha que poderia ter contra si — se não fosse pelo fato de o frasco estar tão bem-escondido. O homem praticamente resolveu o problema da imortalidade. A não ser por uma grande falta de sorte, ele poderá habitar o meu corpo até uma idade bastante avançada, e então, mais uma vez descartando-o, assumirá a juventude e a força de uma nova vítima. Quando penso na sua frieza, é terrível imaginar essa interminável experiência que... Há quanto tempo ele estará assim, saltando de corpo em corpo? Mas estou cansado de tanto escrever. O pó parece ser solúvel na água. O gosto não é desagradável.

Aqui se encerra a narrativa encontrada na escrivaninha do sr. Elvesham. Seu cadáver estava caído entre a escrivaninha e a cadeira. Esta última tinha sido empurrada para trás, certamente durante suas derradeiras convulsões. A narrativa foi escrita a lápis, numa caligrafia frenética, muito diferente da letra miúda que sempre usou. Restam apenas dois fatos curiosos a registrar. Sem dúvida existia alguma relação entre Eden e Elvesham, uma vez que a totalidade dos bens deste último foi deixada de herança para o jovem. Mas este nunca entrou na posse dessa herança. Quando Elvesham cometeu suicídio, Eden, curiosamente, já estava morto. Vinte e quatro horas antes, tinha sido atropelado por um cabriolé e morreu instantaneamente, no movimentado cruzamento de Gower Street e Euston Road. Assim, o único ser humano que poderia lançar alguma luz sobre essa fantástica narrativa não pode mais responder às nossas perguntas.

A Loja Mágica

Eu já tinha visto várias vezes a Loja Mágica, a distância; já tinha passado diante da sua vitrine cheia de objetos curiosos, bolas mágicas, galinhas mágicas, cones coloridos, bonecos de ventríloquo, material para mágicas usando cestos, baralhos que *pareciam* comuns, todo tipo de coisa; mas nunca me ocorrera entrar ali até que um dia, quase sem aviso, Gip me puxou pelo dedo até aquela vitrine, e se comportou de tal forma que não tive escolha senão entrar ali com ele. Eu não lembrava que a loja ficava justamente ali, para falar a verdade — uma fachada de tamanho modesto em Regent Street, entre uma loja de fotografias e uma loja cheia de pintos recém-saídos das incubadoras. Mas lá estava ela. Eu tinha imaginado que ela ficava mais perto de Piccadilly Circus, ou depois da esquina, em Oxford Street, ou mesmo em Holborn; sempre a vira do outro lado da rua e um pouco inacessível, com algo em sua posição que lembrava uma miragem; mas aqui estava ela, agora, sem nenhuma dúvida, e a ponta do dedinho gordo de Gip batia com ruído na vitrine.

— Se eu fosse rico — disse Gip, apontando para o Ovo Que Desaparece — eu compraria aquele ali para mim. E aquele. — Era o Bebê Que Chora, Muito Humano. — E aquele também. — Este último era uma coisa misteriosa, e se chamava, de acordo com um cartãozinho pregado sobre a caixa, "Compre Um e Deixe Seus Amigos Espantados".

— Qualquer coisa — explicou Gip — desaparece embaixo de um desses cones. Li isso num livro. E ali, pai, está a Moeda Que Desaparece... só que eles a colocaram com o outro lado para cima, para ninguém perceber como é feito.

Gip, bom menino, herdou as boas maneiras de sua mãe, e não pediu para entrar na loja nem me aborreceu em qualquer sentido; mas, sabem como é, de maneira inconsciente ele puxava meu dedo na direção da porta e suas intenções eram muito claras.

— Olhe aquilo — disse, apontando a Garrafa Mágica.

— E se você tivesse uma dessas? — perguntei, e ele me olhou radiante, ao ouvir uma pergunta tão promissora.

— Eu ia mostrá-la a Jessie — respondeu ele, como sempre pensando nos outros.

— Faltam menos de cem dias para seu aniversário, Gibbles — falei, pousando minha mão na maçaneta.

Gip não respondeu, mas agarrou meu dedo com mais força, e assim entramos na loja.

Não era uma loja como as outras; era um bazar mágico, e toda a desenvoltura que Gip iria assumir se se tratasse de uma simples loja de brinquedos ia fazer-lhe falta agora. Ele deixou a conversação por minha conta.

A loja era pequena, estreita, não muito bem-iluminada, e os sininhos presos à porta tintinaram novamente sua musiquinha plangente quando ela se fechou às nossas costas. Por alguns instantes ficamos ali sozinhos e pudemos olhar à nossa volta. Havia um tigre de papel machê sobre a tampa de vidro que cobria um balcão não muito alto: um tigre sério, com olhos bondosos, que agitava a cabeça metodicamente; havia uma porção de bolas de cristal, uma mão de porcelana segurando cartas de um baralho mágico, um bom estoque de aquários mágicos de variados tamanhos, e uma cartola que exibia suas molas internas com pouca modéstia. No chão estavam pousados espelhos mágicos: um que nos reproduzia longos e finos, um que inchava nossas cabeças e sumia com nossas pernas, e um que nos tornava atarracados e gordos como peças do jogo de damas; e enquanto ríamos diante deles o lojista, suponho, entrou no aposento.

De qualquer modo, em certo momento ali estava ele atrás do balcão: um homem moreno, de aspecto curioso, pele macilenta, com uma orelha maior que a outra e um queixo como o bico de uma bota.

— Em que posso ajudá-los? — disse ele, abrindo os seus dedos longos e mágicos sobre o tampo de vidro do balcão; e com um sobressalto percebemos sua presença ali.

— Gostaria de comprar alguns truques simples para o meu filho — respondi.

— De prestidigitação? — perguntou ele. — Mecânicos? Domésticos?

— Tem alguma coisa divertida? — perguntei.

— Hmmm... — disse o lojista, e coçou a cabeça por um instante, pensativo. Então, com um gesto bem visível, retirou da cabeça uma bola de vidro. — Alguma coisa assim? — perguntou, estendendo a bola.

Aquilo foi inesperado. Eu já tinha visto esse truque em parques de diversões inúmeras vezes — faz parte do repertório de qualquer mágico — mas não estava esperando por ele ali.

— Muito bom — falei, com uma risada.

— Não é mesmo? — disse o lojista.

Gip estendeu a mão que estava livre para receber o objeto... e achou apenas uma mão aberta e vazia.

— Está no seu bolso — disse o lojista. E lá estava mesmo!

— Quanto custa? — perguntei.

— Não cobramos pelas bolas de vidro — disse o lojista, com cortesia. — Elas vêm para nós... — tirou mais uma, agora do cotovelo — ... de graça. — Tirou mais uma bola da nuca, e a colocou em cima do balcão, junto da outra. Gip examinou sua bola de vidro com olhar esperto, depois observou as duas sobre o balcão, e finalmente encarou o lojista, que estava sorrindo.

— Pode ficar com estas também — disse o lojista — e, se *não* se incomodar, fique com esta, da minha boca. *Olhe aí!*

Gip me olhou calado em busca de orientação, e com um silêncio profundo separou para si as quatro bolas, agarrou de novo meu dedo, e preparou-se para o prodígio seguinte.

— É assim que obtemos nosso material mais barato — observou o lojista.

Dei aquela risada de quem soube entender a piada.

— Em vez de ir ao armazém de atacado — falei. — Claro que fica bem mais em conta.

— De certa forma, sim — disse o lojista. — Embora sempre acabemos pagando. Mas não pagamos tão caro quanto as pessoas imaginam. Nossos equipamentos maiores, nossas provisões diárias e todas as outras coisas de que precisamos vêm todas de dentro dessa cartola. E, sabe, cavalheiro, se me permite dizê-lo, *não existe* uma grande loja de atacado, não para artigos de Mágica Genuína. Não sei se reparou no nosso letreiro: A GENUÍNA LOJA MÁGICA. — Ele puxou um cartão de visita da bochecha e o estendeu para mim. — Genuína — repetiu, apontando a palavra com o dedo. — Não há o menor engano, cavalheiro.

Pensei que ele estava mantendo a piada com bastante seriedade.

Ele se virou para Gip com o mais afável dos sorrisos.

— E você, sabia? É o Tipo Certo de Garoto.

Fiquei surpreso com o fato de ele saber disso, porque, no interesse da disciplina, nós mantemos isto em segredo, em nossa casa; mas Gip recebeu a informação com um sólido silêncio, mantendo os olhos fitos no homem.

— Somente o Tipo Certo de Garoto consegue entrar por aquela porta.

E então, como que para ilustrar o que ele dizia, ouviu-se um barulho na porta, e uma voz de criança quase guinchando se ouviu do lado de fora.

— Nãããão... Eu *quero* entrar lá dentro, papai, eu QUERO entrar lá! Nãããão...

E depois a voz cansada de um pai, cheia de consolos e promessas.

— Está fechada, Edward — dizia ele.

— Mas não está! — disse eu.

— Está, senhor — disse o lojista. — Sempre está, para esse tipo de criança.

Enquanto ele falava tive pela vitrine o vislumbre do rosto do menino, um rosto branco, miúdo, pálido de tanto comer doces e comidas açucaradas, distorcida por maus sentimentos; um pequeno e implacável egoísta, batendo no vidro mágico.

— Não adianta, senhor — disse o lojista quando eu, com meu impulso instintivo para ajudar, fui na direção da porta. Logo o garoto mimado foi levado para longe, aos berros.

— Como consegue fazer isto? — perguntei, já mais à vontade.

— Mágica! — disse o lojista, fazendo um gesto descuidado com a mão, e, presto! Faíscas de um fogo multicor brotaram dos seus dedos e sumiram por entre as sombras da loja.

— Você estava dizendo — falou ele, virando-se para Gip —, antes de entrar, que gostaria de ter uma caixinha dos nossos "Compre Um e Deixe Seus Amigos Espantados"?

Gip, com um valoroso esforço, respondeu:

— Sim.

— Está no seu bolso.

E inclinando-se sobre o balcão — ele tinha um corpo extraordinariamente longo — aquele sujeito incrível produziu o objeto no estilo habitual dos mágicos.

— Papel! — disse ele, e tirou uma folha de papel de embrulho da cartola que exibia suas molas. — Barbante! — e vejam só, sua boca tornou-se um estojo oco de onde ele começou a puxar um interminável fio de barbante, que cortou com os dentes depois de amarrar o pacote (e, ao que me pareceu, engoliu o rolo).

Depois ele acendeu uma vela no nariz de um dos bonecos de ventríloquo, colocou um dos dedos (que tinha se transformado num bastão de cera de lacrar) na chama, e selou o pacote.

— E há também o Ovo Que Desaparece — lembrou ele, e, retirando um exemplar do bolso do meu casaco, fez outro pacote, e depois repetiu tudo com o Bebê Que Chora, Muito Humano. Quando todos os pacotes ficaram prontos, entreguei-os a Gip, que os apertou de encontro ao peito.

Ele quase não disse nada, mas seu olhar era eloquente; o modo como apertava os pacotes nos braços era eloquente. Naquele instante ele era um playground de emoções indizíveis. Aquilo, sim, era Mágica *verdadeira*.

Então, com um sobressalto, senti alguma coisa se movendo dentro do meu chapéu, alguma coisa macia e irrequieta. Ergui-o, e um pombo com as penas eriçadas — um cúmplice, sem dúvida — saltou sobre o balcão e correu a se esconder, pelo que pude ver, dentro de uma caixa de papelão por trás do tigre.

— Ora, ora! — exclamou o lojista, tomando meu chapéu com um gesto hábil. — Que pássaro descuidado, e ainda por cima chocando!

Ele balançou meu chapéu e derramou na mão estendida dois ou três ovos, uma bola de gude, um relógio, mais uma meia dúzia das inevitáveis bolinhas de vidro, e pedaços de papel amassado, cada vez mais e mais e mais, falando o tempo inteiro de como as pessoas esquecem de limpar os seus chapéus pelo lado de *dentro* do mesmo modo como o fazem por fora, falando com polidez, é claro, mas com certa determinação pessoal.

— Todo tipo de coisa se acumula, cavalheiro... Não no *seu* caso particular, é claro... Mas quase todo cliente... Incrível as coisas que conduzem consigo...

O monte de papel amassado acumulava-se e erguia-se em cima do balcão até que ele ficou praticamente oculto, menos sua voz, que prosseguia.

— Nenhum de nós sabe na verdade o que se oculta por trás de nossa aparência de seres humanos, cavalheiro. Será que não somos mais do que fachadas limpas, sepulcros caiados por fora...

Sua voz parou, exatamente como quando a gente alveja o gramofone de um vizinho com um tijolo e boa pontaria; o mesmo silêncio instantâneo, e o roçagar do papel se interrompeu, e tudo ficou muito calmo...

— Ainda precisa do meu chapéu? — perguntei, após um intervalo.

Não houve resposta.

Olhei para Gip, e Gip olhou para mim, e ali estavam nossas imagens distorcidas nos espelhos mágicos, com uma aparência muito esquisita, e grave, e quieta...

— Acho que vamos embora agora — falei. — Pode me dizer quanto foi? — E depois de uma pausa, num tom mais alto: — Quero a conta, por favor, e também o meu chapéu.

Pensei ter ouvido um fungado por trás da pilha de papel amassado.

— Vamos olhar atrás do balcão, Gip — falei. — Ele está brincando conosco.

Conduzi Gip e demos uma volta em torno do tigre, que ainda agitava a cabeça, e quem acha que estava atrás do balcão? Ninguém! Somente meu chapéu caído no chão, e um coelho de longas orelhas, o típico coelhinho dos mágicos, perdido em meditação, e com uma aparência tão amarfanhada e boba como só os coelhos de mágico têm. Recuperei meu chapéu, e o coelho se afastou dando pulinhos.

— Pai! — disse Gip, com um sussurro culpado.

— O que é, Gip?

— Eu gosto desta loja, pai.

"Eu também deveria estar gostando", pensei comigo mesmo, "se este balcão não tivesse se alongado até barrar o nosso acesso à porta de saída". Mas não chamei a atenção de Gip para esse detalhe.

— Coelhinho! — disse ele, estendendo a mão para o coelho, que passou por nós pulando. — Coelhinho, faça uma mágica para Gip!

Seus olhos acompanharam o bichinho enquanto este se esgueirava através de uma porta cuja existência eu, com toda certeza, não tinha percebido até então. Essa porta abriu-se, e através dela avistei o homem que tinha uma orelha maior que a outra. Continuava sorrindo; seu olhar, ao cruzar com o meu, tinha uma expressão divertida, mas com um quê de desafio.

— Acho que gostaria de ver a nossa sala de demonstrações, cavalheiro — disse ele, com inocente suavidade. Gip puxou meu dedo, querendo avançar. Olhei para o balcão e olhei de novo o lojista. Eu estava começando a achar aquela mágica genuína demais.

— Acho que não temos *muito* tempo — falei. Mas antes que concluísse a frase já estávamos na tal sala de demonstrações.

— Todo o material é da mesma qualidade — disse o homem, esfregando suas mãos muito flexíveis. — Ou seja, a melhor. Não existe nada aqui que não seja de Mágica genuína, com todas as garantias. Se me der licença...

Ele estendeu a mão e puxou alguma coisa agarrada à manga do meu casaco, e vi que era um pequeno diabinho vermelho, que se contorcia, pendurado pela cauda. A criaturinha mexia-se sem parar, tentando morder sua mão, mas ele logo o atirou para trás de um balcão afastado. Claro que aquilo não passava de um bonequinho de borracha, mas, por um instante...! E o gesto dele foi exatamente o de quem pega a contragosto algum bichinho repulsivo e que morde. Olhei para Gip, mas Gip estava com o olhar pregado num cavalinho mágico. Alegrei-me por ele não ter visto aquela coisa.

— Veja só — falei em voz baixa, indicando Gip e depois o diabinho vermelho com o olhar —, vocês não têm muitas *dessas* coisas por aqui, não?

— Não, não é nosso! Provavelmente entrou aqui com o senhor — disse o lojista, também em voz baixa, e com um sorriso mais desconcertante do que nunca. — É espantosa a quantidade de coisas que conduzimos conosco sem perceber! — E virando-se para Gip: — E então? Algo lhe interessou?

Muitas coisas ali tinham interessado Gip.

Ele virou-se para o comerciante com uma mistura de confidencialidade e respeito.

— Aquela é uma Espada Mágica? — perguntou.

— Uma Espada Mágica de Brinquedo. Ela não curva, não quebra, nem corta os dedos. Ela pode tornar invisível durante uma batalha qualquer pessoa com menos de dezoito anos. O preço vai de meia-coroa até sete coroas e seis *pence*, de acordo com o tamanho. Aquelas panóplias são artigos para cavaleiros andantes muito jovens, e são muito úteis: escudo de segurança, sandálias de velocidade, elmo de invisibilidade.

— Oh, pai! — exclamou Gip.

Tentei me informar sobre o preço, mas ele não me deu atenção. Tinha se voltado totalmente para Gip, o qual já havia largado meu dedo, e agora estava lhe mostrando todo o seu estoque como se nada pudesse impedi-lo. Daí a pouco percebi, com alguma desconfiança e uma ponta de ciúme, que Gip estava segurando o dedo daquele sujeito do modo como geralmente segura o meu. Sem dúvida era um indivíduo interessante, pensei, e tinha um estoque interessante de truques falsos, truques falsos muito *bem-feitos*, mas mesmo assim...

Fui acompanhando os dois, falando pouco, mas mantendo sempre um olho nas prestidigitações do sujeito. Afinal, Gip estava se divertindo. E sem dúvida quando quiséssemos ir embora poderíamos fazê-lo sem dificuldade.

Era um lugar enorme, desordenado, uma espécie de galeria cujo espaço era dividido por barracas, estandes, pilastras, e arcadas que conduziam a outras divisões, onde era possível ver ajudantes de aparência esquisita vagabundeando e olhando para nós; aqui e ali viam-se cortinas e espelhos de aparência estranha. Tudo era tão fora do comum que acabei me vendo incapaz de apontar a porta por onde tínhamos entrado.

O lojista mostrou a Gip trens mágicos que se moviam sem usar vapor ou mecanismos de relojoaria, bastando ligar o sinal; e algumas caixas muito valiosas de soldadinhos que começavam a se movimentar assim que se erguia a tampa da caixa e alguém dizia... bem, não tenho um ouvido muito bom, e era um som que parecia um travalínguas, mas Gip, que tem o ouvido da mãe, aprendeu bem rápido. "Bravo!", exclamou o lojista, jogando os soldados de volta à caixa sem a menor cerimônia, e entregando-a a Gip. "Agora!", disse e Gip fez com que voltassem a se mover.

— Vai levar esta caixa? — perguntou o homem.

— Sim, vamos levar, a menos que você cobre o preço total. Nesse caso vou precisar da ajuda de algum magnata.

— Deus meu! Não! — exclamou o lojista, voltando a guardar os soldadinhos e fechando a tampa. Ele agitou a caixa no ar — e ali estava ela, envolta em papel pardo, amarrada, e *com o nome e o endereço completos de Gip!*

O homem riu ao ver o meu espanto.

— Esta é a mágica genuína — disse. — A coisa de verdade.

— É genuína demais para meu gosto — falei novamente.

Depois ele se dedicou a mostrar outros truques a Gip, truques bizarros, e feitos de um modo mais bizarro ainda. Ele explicava o método, revirava os objetos, e lá estava o meu garoto, abanando com firmeza a cabecinha, com ar de entendedor.

Eu não lhe dei a atenção que deveria dar. O Lojista Mágico dizia: "Hey, presto!", e eu escutava sua voz de menino ecoando: "Hey, presto!" Mas minha atenção estava voltada para outras coisas. Eu começava a ter uma percepção mais clara do quanto aquele lugar era bizarro; ele era, para falar a verdade, impregnado por uma impressão tremenda de bizarrice. Havia algo de bizarro em sua própria aparência, no teto, no piso, nas cadeiras distribuídas ao acaso. Eu tinha a sensação esquisita de que quando não estava olhando diretamente para aquelas coisas elas mudavam, moviam-se, ficavam silenciosamente brincando de esconder às minhas costas. E a cornija era adornada por uma guirlanda de máscaras, que eram muito mais expressivas do que era possível a uma máscara de gesso.

De súbito, meu olhar foi atraído por um daqueles estranhos assistentes. Estava um pouco afastado, e sem se dar conta da minha presença — eu o avistava em diagonal, junto a uma pilha de brinquedos e através de uma arcada; ele estava encostado a um pilar numa atitude ociosa, e fazendo as coisas mais horríveis com o rosto! A mais horrível de todas era algo que ele fazia com o nariz. Fazia aquilo na atitude de quem não tem nenhuma tarefa para cumprir e está apenas se divertindo à toa. No começo o nariz era pequeno, bulboso, mas de repente ele se projetava para diante como um telescópio, e ia se alongando e se afinando até tornar-se uma espécie de chicote vermelho e flexível. Parecia uma coisa de pesadelo! Ele ficava fazendo floreios e atirando aquilo para diante, como um pescador que atira a linha de sua vara.

Pensei de imediato que Gip não deveria ver aquilo. Virei-me, e vi que ele estava completamente entretido pelo lojista, sem imaginar nada desagradável. Os dois conferenciavam em voz baixa e olhavam na minha direção. Gip estava de pé sobre um banquinho, e o lojista segurava na mão uma espécie de barril grande.

— Vamos brincar de esconder, pai! — gritou Gip. — Você me procura!

E, antes que eu pudesse fazer qualquer coisa para evitá-lo, o lojista o cobriu com o barril enorme. Percebi de imediato o que aconteceria.

— Tire isso daí! — ordenei. — Agora! Vai assustar o menino. Tire-o daí!

O homem das orelhas desiguais me obedeceu sem dizer nada, e virou o barril na minha direção, mostrando que não havia nada dentro. E o banquinho também estava vazio! Bastara um segundo para meu filho desaparecer?...

Vocês conhecem, talvez, aquela sensação sinistra quando alguma coisa como uma mão enorme brota de um lugar desconhecido e aperta nosso coração. Sabem, portanto, que aquilo afasta de cena o Eu normal de um indivíduo e o deixa tenso, decidido, nem lento nem apressado, nem enfurecido nem com medo. Foi o que aconteceu comigo.

Fui na direção do lojista e dei um chute no banquinho, jogando-o para longe.

— Pare com essa palhaçada — disse. — Onde está meu filho?

— Está vendo? — disse ele, ainda mostrando o interior do barril. — Não há ilusão alguma...

Estendi a mão para agarrá-lo pela lapela, mas ele se esquivou, com um movimento ágil. Tentei de novo, e ele voltou a me evitar, e abriu uma porta para fugir.

— Pare! — gritei, e ele recuou, rindo. Saltei para agarrá-lo, e mergulhei na escuridão.

Thud!

— Meu Deus! Desculpe, senhor, não vi que estava aí! Eu estava em Regent Street, e tinha acabado de esbarrar num operário, um homem de aparência decente; e a um metro de distância, talvez, e também numa atitude perplexa, estava Gip. Houve um rápido pedido de desculpas, e Gip virou-se para mim com um sorriso radiante, como se por alguns instantes tivesse me perdido de vista.

E carregava quatro pacotes embaixo do braço!

Imediatamente apossou-se do meu dedo.

Por um segundo fiquei completamente perdido. Olhei em redor à procura da porta da lojinha, e vejam só, não havia porta nenhuma ali! Nenhuma loja, nada, apenas uma pilastra comum separando a loja de fotografias e a loja com os pintos e as incubadoras!...

Fiz a única coisa que me foi possível no meio daquele tumulto mental. Fui direto até a beira da calçada e ergui meu guarda-chuva, chamando um cabriolé.

— Vamos de carro! — exclamou Gip, no auge da exultação.

Ajudei-o a subir; com algum esforço lembrei-me do meu endereço para informar o cocheiro, e acomodei-me. Alguma coisa inesperada proclamava sua presença no bolso do meu casaco; extraí dele uma bola de vidro. Com um trejeito petulante, joguei-a pela janela do carro.

Gip não disse nada.

Durante algum tempo nenhum de nós falou.

— Pai! — disse ele daí a pouco. — Aquela, sim, é que era uma loja!

Aquilo me serviu de deixa para começar a examinar de que maneira ele tinha visto todo o episódio. Ele me parecia ileso, e até aí, tudo bem; não estava assustado nem desorientado, estava, sim, tremendamente satisfeito com as aventuras daquela tarde, e trazia quatro pacotes apertados de encontro ao peito.

Que diabos! O que poderia haver dentro deles?

— Hmmm... — falei. — Garotos não podem ir todos os dias a uma loja como aquela.

Ele recebeu isto com seu estoicismo habitual, e por um momento lamentei ser seu pai e não sua mãe, e não poder naquele mesmo instante, *na rua*, dentro do carro, dar-lhe um beijo. Afinal, pensei, a coisa não tinha sido tão grave.

Mas foi somente quando começamos a abrir os pacotes que me senti mais seguro. Três deles continham caixas de soldados, soldadinhos de chumbo bem comuns, mas de tão boa qualidade que Gip logo esqueceu terem sido eles, originalmente, parte de um truque mágico do tipo mais genuíno; e o quarto pacote continha um gatinho, um pequeno gatinho branco, vivo, com excelente saúde, excelente temperamento e um notável apetite.

Acompanhei a abertura dos pacotes com um alívio provisório, e fiquei por ali, pelo quarto do garoto, durante um tempo maior que o normal.

Isto aconteceu há seis meses. E agora estou começando a acreditar que tudo está bem. O gatinho tinha apenas a mágica natural de todos os gatos, e os soldados formam uma companhia tão confiável quanto a que qualquer coronel poderia desejar. E Gip?

Os pais mais inteligentes devem compreender que com Gip tenho que usar bastante cuidado.

O máximo que consegui, certo dia, foi isto. Falei:

— Não gostaria que seus soldados ficassem vivos, Gip, e pudessem marchar sozinhos?

— Os meus fazem isso — disse ele. — Basta que eu diga uma palavra que sei, antes de abrir a caixa.

— E então eles marcham sozinhos por aí?

— Oh, claro, pai. Eu não ia gostar se não fosse assim.

Não externei nenhuma surpresa inadequada, e desde então já por uma ou duas vezes me aproximei dele, sem avisar, enquanto brincava com os soldadinhos, mas não os vi se comportar magicamente.

É tão difícil perceber.

Há também a questão financeira. Tenho o hábito incurável de pagar minhas contas. Tenho percorrido Regent Street de cima a baixo, várias vezes, procurando a loja. Estou inclinado a considerar que, da minha parte, minha obrigação está cumprida, e, já que o nome e o endereço de Gip são conhecidos, posso deixar que essas pessoas, sejam elas quem forem, nos enviem a conta de acordo com a sua conveniência.

O império das formigas

1.

Quando o capitão Gerilleau recebeu instruções para conduzir sua nova canhoneira, a *Benjamin Constant*, até Badama, situada no rio Batemo, afluente do Guaramadema, para ajudar a população local a combater uma praga de formigas, ele desconfiou que as autoridades estavam zombando dele. Sua promoção se deu por motivos tanto românticos quanto irregulares; a afeição de uma proeminente dama brasileira e os líquidos olhos do capitão tinham desempenhado um papel decisivo nesse processo, e tanto *O Diário* quanto *O Futuro* haviam sido pouco respeitosos em seus comentários. Ele sentiu que em breve daria motivos para novas manifestações de desrespeito.

Era um mestiço, e suas concepções de etiqueta e disciplina eram de puro sangue português. Ele abria o coração apenas com Holroyd, o maquinista de Lancashire que viera com o barco, e apenas para praticar sua pronúncia do inglês, que era deficiente com os sons de "th".

— Isto é com efeito para me tornar absurdo! — disse ele. — O que um homem pode fazer contra formigas? Elas vêm e elas vão.

— O que se diz — respondeu Holroyd — é que estas não vão. Aquele sujeito que o senhor chamou de Sambo...

— Zambo. É uma espécie de pessoa de sangue misturado.

— Sim, Sambo. Ele diz que as pessoas é que estão indo embora.

O capitão ficou algum tempo soltando baforadas inquietas. Por fim continuou:

— Essas coisas precisam acontecer. O que é isso? Pragas de formigas e coisas assim, pela vontade de Deus. Houve uma praga em Trinidad, de formigas que carregam folhas. Todas as árvores de laranjas, todas as de mangas! O que importa? Às vezes chegam exércitos de formigas em nossas casas; formigas guerreiras; diferente tipo. Você se ausenta e elas fazem limpeza na casa. Então você volta e a casa está limpa, como nova! Nada de baratas, de pulgas, de carrapatos pelo chão.

— O tal Sambo — disse Holroyd — diz que elas são um tipo diferente de formiga.

O capitão encolheu os ombros, soltou uma baforada, e concentrou sua atenção no cigarro. Daí a pouco voltou à carga.

— Caro Holroyd, o que devo fazer a respeito das malditas formigas? — Ficou refletindo mais um pouco, e murmurou: — É ridículo.

À tarde, ele vestiu o uniforme completo e desceu à terra. Jarros e caixotes foram trazidos para o barco, e daí a pouco ele os acompanhou. Holroyd sentou no convés, aproveitando a temperatura amena do entardecer, fumando com gosto e pensando com admiração no Brasil. Estavam havia cinco dias subindo o Amazonas, já a algumas centenas de milhas do oceano, e a leste e a oeste dele via-se apenas um horizonte como o do mar alto, e ao sul nada além de uma ilha com encostas de areia e alguns arbustos.

A água fluía lenta como a de um canal, suja, espessa, agitada pela presença de crocodilos e de pássaros planadores, e alimentada de troncos de árvores produzidos por alguma fonte inexaurível; e aquele desperdício, aquele impetuoso desperdício, preenchia a alma de Holroyd. A vila de Alemquer, com sua igrejinha dilapidada, suas casas e cabanas cobertas de palha, suas ruínas descoloridas de uma época mais próspera, parecia uma coisa minúscula perdida na selvageria da Natureza, uma moedinha caída num Saara. Holroyd era jovem, esta era sua primeira missão nos trópicos, e ele vinha direto da Inglaterra, onde a Natureza é submetida a cercas, a valas, a drenos, até atingir uma submissão perfeita; e agora ele descobria de súbito a insignificância do ser humano. Por seis dias ele e seu barco tinham resfolegado através de canais pouco frequentados, onde o homem era tão raro quanto a mais rara das borboletas. Num dia avistava-se uma canoa, noutro uma estação distante, no seguinte nem uma pessoa sequer. Ele começou a perceber que o ser humano é de fato um animal escasso, e que mantém uma posse precária sobre a terra.

Percebeu isto com mais clareza à medida que os dias foram passando, e eles percorriam o trajeto tortuoso que os conduzia ao rio Batemo, na companhia daquele extraordinário comandante que tinha apenas um canhão sob suas ordens e estava proibido de desperdiçar munição. Holroyd estudava o espanhol com toda aplicação, mas ainda estava naquele estágio feito apenas de substantivos e verbos no presente, e a única outra pessoa que sabia algumas palavras em inglês era um negro que trabalhava na fornalha e não conseguia pronunciá-las direito. O imediato, Da Cunha, era português de nascimento e falava francês, mas um francês diferente daquele que Holroyd tinha aprendido em Southport, de modo que o diálogo dos dois se limitava a cumprimentos e a comentários básicos sobre bom ou mau tempo. E o clima dali, como tudo o mais naquele extraordinário mundo novo, não tinha qualquer consideração humana: era quente de noite e quente de dia, o ar fumegava, até mesmo o vento era um vapor escaldante, cheirando a vegetação apodrecida; e os jacarés e os pássaros estranhos, as moscas de todos os tipos e tamanhos, os besouros, as formigas, as cobras e os macacos, todos pareciam espantados sem saber o que o homem ia fazer numa atmosfera cujo sol não tinha alegria e cuja noite não refrescava. Usar roupas era insuportável, mas tirá-las significava ser assado pelo sol durante o dia e expor uma área maior aos mosquitos durante a noite; subir ao tombadilho durante o dia era ficar cego pela luz do sol, e ficar embaixo era sufocar. E durante o dia apareciam certas moscas extremamente espertas, e nocivas aos pulsos e tornozelos. O capitão Gerilleau, a única distração capaz de desviar a mente de Holroyd dessas desventuras físicas, acabou se revelando um sujeito insuportavelmente tedioso, contando o dia inteiro histórias de suas aventuras sentimentais, uma série interminável de mulheres anônimas, que ele desfiava como contas de um rosário. Às vezes propunha um pouco de esporte e os dois atiravam em jacarés; de vez em quando chegavam a aglomerados humanos nos confins da floresta e ficavam por um dia ou dois bebendo, sem fazer nada; uma noite dançaram com garotas mestiças, que acharam o parco espanhol de Holroyd, cujos verbos não tinham passado nem futuro, mais do que suficiente para os seus propósitos. Mas estes eram meros lampejos luminosos na longa e acinzentada travessia do caudaloso rio, daquela correnteza contra a qual as máquinas vibravam e latejavam. Uma certa divindade pagã e liberal, em forma de garrafão, era quem governava o barco da popa à proa.

Mas Gerilleau aprendia coisas sobre as formigas, cada vez mais coisas, em cada parada que faziam ao longo do trajeto, e ia ficando mais interessado em sua missão.

— Elas são nova espécie de formigas — disse ele. — Precisamos ser... como mesmo se diz? Entomologia? Grandes. Cinco centímetros! Muito grandes. É ridículo. Somos como macacos, enviados para apanhar insetos. Mas elas estão comendo o país. — Ele explodiu de indignação. — Suponha, de repente, que existem complicações com a Europa. Aqui estou eu, perto de chegar ao Rio Negro, e meu canhão está inútil!

Ele afagou o joelho e continuou resmungando.

— Aquelas pessoas, que estavam no local de dançar, vieram de lá. Perderam tudo que tinham. Formigas chegaram na casa deles uma tarde. Tudo destruído. Você sabe que quando formigas chegam a gente foge. Todos fogem e elas ocupam a casa. Se você ficasse seria comido. Está vendo? Bem, depois eles voltam, eles dizem: "As formigas foram embora." As formigas *não foram* embora! Eles tentam entrar. O filho entra. As formigas brigam.

— Elas o atacaram?

— Morderam. Rapidamente ele sai de novo, gritando e correndo. Corre para o rio. Está vendo? Entra na água e afoga as formigas. — Gerilleau fez uma pausa, virou seus olhos líquidos para o rosto de Holroyd, e bateu no joelho dele com os nós dos dedos. — Naquela noite ele morre, como se tivesse sido picado por uma cobra.

— Envenenado? Pelas formigas?

— Quem sabe? — Gerilleau encolheu os ombros. — Talvez o morderam demais. Quando eu entrei para o serviço eu vim para combater homens. Essas coisas, essas formigas, elas vêm e vão. Não é um trabalho para um homem.

Depois disso ele falou frequentemente das formigas para Holroyd, e, onde quer que eles se aproximassem de qualquer aglomerado humano naquela vastidão de água e luz solar e árvores distantes, Holroyd punha em prática seu domínio crescente do idioma para reconhecer a palavra "saúba", e perceber o quanto ela se tornava predominante nas conversas.

Ele achou que as formigas estavam ficando interessantes; e quanto mais chegavam perto mais interessantes elas se tornavam. Gerilleau deixou de lado seus antigos temas quase de repente, e o tenente português tornou-se mais aberto ao diálogo; ele tinha algumas informações a respeito da formiga cortadora de folhas, e compartilhava seus conhecimentos. Gerilleau às vezes reproduzia para Holroyd o que ele tinha para contar. Ele falou das pequenas operárias que trabalhavam e lutavam em grupo, e as grandes operárias que lideravam e comandavam, e como estas últimas quase sempre subiam na direção do pescoço, e como suas picadas tiravam sangue. Contou como elas cortavam folhas e com elas preparavam leitos de fungos, e como em Caracas os seus formigueiros chegam a ter centenas de metros de diâmetro. Durante dois dias inteiros os três homens debateram a questão de as formigas terem olhos ou não. A discussão tornou-se perigosamente acalorada na segunda tarde, e Holroyd salvou a situação indo de bote até a margem e trazendo algumas formigas para examinar. Capturou vários espécimes e os trouxe. Algumas tinham olhos e outras não. Outra discussão entre eles era: as formigas mordem ou picam?

— Essas formigas — disse Gerilleau, depois de se informar numa fazenda — têm grandes olhos. Elas não correm cegas como a maioria das formigas fazem. Não! Elas ficam nos cantos e olham o que você faz.

— E elas picam? — perguntou Holroyd.

— Sim. Elas picam. Existe veneno na picada delas.

— Ele meditou. — Eu não sei o que os homens podem fazer contra formigas. Elas vêm e vão.

— Mas estas não vão.

— Elas vão ir — disse Gerilleau.

Depois de Tamandu, há uma longa costa de baixios ao longo de oitenta milhas, totalmente desabitada, e depois dela chega-se à confluência entre o grande rio e o Batemo, a qual é como um imenso lago; e então a floresta se aproxima, chegando a uma distância quase íntima. O caráter da correnteza muda, os troncos submersos tornam-se abundantes. O *Benjamin Constant* atracou durante aquela noite preso a um mourão, sob a sombra profunda das árvores. Pela primeira vez em muitos dias foi sentida uma rajada de vento fresco, e Holroyd e Gerilleau sentaram-se até tarde, fumando charutos e curtindo aquela sensação deliciosa. A mente de Gerilleau estava ocupada pelas formigas e pelo que elas eram capazes de fazer. Finalmente ele resolveu dormir, e deitou-se num colchão ali no próprio convés, um homem desesperadamente perplexo; suas últimas palavras, quando já parecia adormecido, foram para perguntar, num acesso de ansiedade:

— O que se pode fazer com formigas? Toda essa coisa é absurda.

Holroyd ficou coçando os pulsos cobertos de mordidas, e meditando a sós.

Sentou no parapeito e escutou as variações na respiração de Gerilleau até que este mergulhou num sono mais profundo; então, o chapinhar das ondas de encontro ao casco do navio ocupou seus sentidos e lhe trouxe de volta aquele senso de imensidão que o estava invadindo desde que deixaram para trás o Pará e mergulharam no rio. O barco mantinha apenas uma pequena luz acesa. Havia um murmúrio de conversação que logo foi seguido por um completo silêncio. Os olhos dele foram da silhueta sombria do barco até a margem do rio, e dali para a negra e esmagadora presença da floresta, iluminada aqui e ali pelo brilho de um vagalume, de onde emanava continuamente um murmúrio de estranhas e misteriosas atividades...

Era a imensidade inumana daquela terra que o assombrava e oprimia. Ele sabia que os céus eram desabitados, que as estrelas eram apenas pontos luminosos na incrível vastidão do espaço; sabia que o oceano era enorme e indomável, mas na Inglaterra ele se acostumara a pensar na terra como o domínio do ser humano. E na Inglaterra ela pertence ao homem, sem dúvida. As criaturas selvagens têm uma vida difícil, multiplicam-se onde são autorizadas, e por toda parte imperam as estradas, as cercas e a autoridade absoluta do homem. Num atlas, também, a terra é do homem, e as áreas são coloridas para assinalar sua posse, em vívido contraste com o azul universal do mar independente. Ele imaginara o dia em que todas as coisas da terra, as lavouras, as culturas, as vias férreas rápidas, as boas estradas, acabariam prevalecendo num clima de segurança e ordem. Agora, começava a duvidar disso.

A floresta era interminável, aparentava ser invencível, e o Homem parecia na melhor das hipóteses um intruso ocasional, em condições precárias. Era possível viajar muitas milhas no meio da silenciosa luta entre as árvores gigantescas, os cipós estranguladores, as flores onipresentes, e por toda parte surgiam o jacaré, a tartaruga, as incontáveis variedades de aves e os insetos que ali se sentiam em casa e com a certeza de não serem despejados; mas o Homem conseguia no máximo ocupar um pequeno espaço numa clareira, lutava contra o mato, disputava com os bichos e os insetos cada palmo de terreno, era vitimado pelas cobras, pelas feras, pela febre, e acabava sendo enxotado. De muitos lugares ao longo do rio ele já tinha sido visivelmente expulso, e um ou outro riacho deserto preservava o nome de uma casa, e aqui e ali apareciam ruínas de paredes brancas e torres desmoronadas para repetir essa lição. O puma e o jaguar eram mais senhores daquele espaço do que o ser humano.

Quem eram os verdadeiros senhores?

Em algumas poucas milhas quadradas de floresta devem existir mais formigas do que toda a população do mundo! Era uma ideia totalmente nova na mente de Holroyd. Em poucos milhares de anos o Homem tinha emergido da barbárie para um estágio de civilização que o fazia sentir-se como senhor do futuro e proprietário da Terra! Mas o que impedia as formigas de também evoluírem? As formigas que conhecemos vivem em pequenas comunidades de uns poucos milhares de indivíduos, e não ousam um enfrentamento maior com o mundo à sua volta. Mas elas tinham uma linguagem, tinham inteligência! Por que iriam se deter nesse ponto, se os homens não tinham se detido na sua fase de barbárie? Suponhamos que as formigas se tornassem capazes de armazenar conhecimentos, assim como o Homem fizera com seus livros e seus registros; capazes de usar armas, formar grandes impérios, sustentar uma guerra planejada e organizada?!

Lembrou de algumas informações, colhidas por Gerilleau, sobre as formigas que estavam indo enfrentar. Elas empregavam um veneno semelhante ao das serpentes. Obedeciam seus líderes, assim como as formigas cortadoras de folhas. Eram carnívoras, e quando ocupavam um lugar não o abandonavam mais...

A floresta estava tranquila. A água chapinhava incessantemente de encontro ao casco da canhoneira. Sobre a lanterna erguida lá no alto, via-se um torvelinho silencioso de mariposas fantasmas.

Gerilleau mudou de posição no sono, e soltou um suspiro. "O que se pode *fazer*?", murmurou ele, e, virando-se para o outro lado, adormeceu novamente.

As meditações de Holroyd iam ficando cada vez mais sinistras, e ele foi arrancado delas pelo zumbido de um mosquito.

2.

Na manhã seguinte, Holroyd ficou sabendo que já estavam a quarenta quilômetros de Badama, e isto aumentou sua atenção para o que acontecia nas margens. Ele não perdia nenhuma oportunidade de examinar as redondezas. Não se via qualquer sinal de ocupação humana, com exceção das ruínas de uma casa, tomadas pelo mato bravio, e da fachada manchada de verde do mosteiro de Moju, abandonado havia muitos anos, no qual uma árvore brotava através da abertura de uma janela, e pesadas lianas se entrecruzavam diante dos portais. Revoadas de estranhas borboletas de asas amarelas, semitransparentes, cruzaram o rio naquela manhã; muitas pousaram no barco e foram mortas pelos homens. Foi apenas à tarde que se aproximaram da *cuberta* abandonada.

À primeira vista não parecia abandonada, pois ambas as suas velas estavam içadas e pendiam frouxas no ar imóvel daquela tarde; e via-se um homem sentado nas pranchas da parte dianteira, ao lado dos pesados remos. Outro homem parecia adormecido, deitado de bruços numa espécie de ponte longitudinal que esses barcos têm na parte do meio. Mas logo ficou aparente, pelo modo como o leme oscilava à toa e o barco parecia vagar de encontro à canhoneira, que alguma coisa ali estava errada. Gerilleau examinou o barco com o binóculo, e pareceu especialmente interessado no rosto escurecido do homem sentado, um indivíduo de pele avermelhada que parecia não ter nariz; estava mais agachado do que sentado, e quanto mais o capitão o examinava menos gostava do que estava vendo, e mais aplicava o olho às lentes.

Mas por fim ele conseguiu afastar a vista e caminhou até Holroyd. Depois voltou à proa e gritou na direção do barco. Gritou algumas vezes sem resposta até que as duas embarcações se cruzaram. *Santa Rosa* era o nome da *cuberta* que vinha à deriva, claramente visível.

Quando ela passou, oscilou um pouco ao ser atingida pelas ondas do barco maior, e nesse momento o homem agachado desmoronou no chão como se todas as suas juntas tivessem se desfeito ao mesmo tempo. Seu chapéu tombou, e sua cabeça não era algo agradável de se ver; o corpo descaiu, frouxo, e rolou pelo chão até ficar oculto pelo parapeito.

— Caramba! — gritou Gerilleau, e apressou-se a chamar Holroyd, que já tinha ido ao seu encontro. — Viu aquela coisa? — disse o capitão.

— Está morto! — exclamou Holroyd. — Claro que sim. É melhor mandar um bote com alguém para subir a bordo. Alguma coisa está errada.

— Você por acaso viu o rosto dele?

— Como era?

— Era... ugh... não tenho palavras.

E o capitão, dando as costas a Holroyd, assumiu o papel estridente e atarefado de comandante.

A canhoneira se aproximou, resfolegando, até emparelhar com a *cuberta*, e desceu à água um bote com o tenente Da Cunha e três marujos para a abordagem. A curiosidade do capitão o fez levar a canhoneira mais para perto enquanto o tenente subia a bordo, de modo que todo o convés do *Santa Rosa* e a parte inferior eram visíveis a Holroyd.

Agora ele podia ver claramente que os únicos tripulantes do barco abandonado eram os dois homens mortos, e embora não conseguisse ver seus rostos, podia perceber, vendo suas mãos abertas, com as carnes dilaceradas, que os dois pareciam ter passado por algum excepcional processo de apodrecimento. Por um instante sua atenção se concentrou naqueles dois montes enigmáticos de roupas sujas e membros desconjuntados. Então, seu olhar percebeu o porão escancarado, revelando as pilhas de caixas e de baús, e logo adiante a cabine, inexplicavelmente vazia. Percebeu a seguir que as tábuas do meio do convés estavam cheias de pequenos pontos negros que se moviam.

Sua atenção se fixou nesses pontos. Todos se movimentavam em diferentes direções a partir do corpo do homem caído, parecendo — a imagem lhe veio à mente de maneira desconfortável — uma multidão que se dispersa depois de assistir a uma tourada.

Percebeu que Gerilleau estava ao seu lado, e pediu:

— Capitão, tem seu binóculo aí? Pode focalizar aquelas tábuas, ali no meio?

Gerilleau obedeceu, soltou um grunhido, e passou-lhe o binóculo. Seguiu-se um longo momento de escrutínio.

— Formigas — disse o inglês, e devolveu o binóculo, devidamente focado, a Gerilleau.

A impressão que tivera fora a de uma multidão de grandes formigas negras, muito parecidas com as formigas comuns a não ser pelo tamanho, e pelo fato de que algumas das maiores entre elas pareciam envoltas numa espécie de tecido cinza. Mas o exame que fizera tinha sido muito rápido para estudar esses detalhes, e já a cabeça do tenente Da Cunha aparecia sobre o parapeito, para um breve diálogo.

— É preciso subir a bordo — disse Gerilleau.

O tenente objetou que o barco estava coberto de formigas.

— Você está de botas — disse Gerilleau.

O tenente mudou de assunto.

— Como foi que morreram esses homens? — perguntou.

O capitão Gerilleau enveredou por uma especulação que Holroyd não conseguiu acompanhar, e os dois começaram a discutir com certa veemência. Holroyd pegou de volta o binóculo e retomou seu escrutínio, primeiro das formigas, e depois do corpo tombado no convés.

Ele me fez uma descrição bastante precisa das formigas.

Disse que eram tão grandes quanto as maiores que ele já tinha visto; eram negras, e moviam-se com uma firme deliberação, não da maneira mecânica e confusa como se movem as formigas comuns. Cerca de uma em cada vinte era bem maior que as demais, e tinha uma cabeça excepcionalmente volumosa. Elas lhe lembraram as formigas líderes que supervisionam o trabalho das operárias, nas espécies cortadoras de folhas; tal como aquelas, pareciam estar dirigindo e coordenando o movimento coletivo do grupo. Empinavam o corpo para trás de modo singular, como se estivessem usando as patas da frente para algum outro propósito. E ele teve a impressão, mesmo estando demasiado distante para comprovar, que a maioria dessas formigas, de ambos os tipos, estava usando equipamentos, ou seja, trazia algumas coisas amarradas ao corpo com o que lhe pareceu serem fios brancos de metal.

Holroyd abaixou o binóculo de repente, ao perceber que a relação disciplinar entre o capitão e seu subordinado estava chegando a um ponto perigoso.

— O seu dever — dizia o capitão — é subir a bordo. Minhas instruções são essas.

O tenente parecia a ponto de recusar-se. A cabeça de um dos marinheiros mulatos apareceu ao lado dele.

— Acho que esses homens foram mortos pelas formigas — disse Holroyd abruptamente em inglês.

O capitão teve uma explosão de raiva. Não se dignou responder a Holroyd.

— Eu lhe ordenei para ir a bordo! — gritou em seu português na direção do subordinado. — Se não for para bordo agora mesmo considerarei um motim, motim da tropa. Motim e covardia! Onde está a coragem que deveria nos inspirar?! Vou colocar vocês a ferros, vou matá-los a tiros como cachorros!

E prorrompeu numa saraivada de insultos e maldições, movendo-se de um lado para o outro. Brandiu os punhos, e comportou-se como se estivesse possesso de raiva, enquanto o tenente o olhava, muito pálido e tenso. A tripulação aproximou-se, com os rostos cheios de espanto.

De repente, numa pausa do desabafo, o tenente tomou uma decisão heroica e, reunindo todas as suas forças, içou-se por cima do parapeito do barco.

— Ah! — exclamou Gerilleau; e sua boca fechou-se como um alçapão.

Holroyd viu as formigas recuando diante das botas de Da Cunha. O português caminhou devagar até o corpo do homem caído, inclinou-se, hesitou, agarrou o capote do morto e virou-o de rosto para cima. Uma multidão fervilhante de formigas saiu de dentro das roupas, e Da Cunha recuou às pressas, batendo com os pés nas tábuas do convés.

Holroyd ergueu o binóculo. Viu as formigas espalhadas em torno dos pés do invasor, e fazendo o que ele nunca antes tinha visto formigas fazerem. Elas não tinham nada dos movimentos cegos da formiga comum; olhavam para o homem, assim como uma multidão humana fitaria um monstro gigantesco que acabasse de dispersá-la.

— Como foi que ele morreu? — gritou o capitão.

Holroyd entendeu, na resposta do português, que o homem estava muito devorado e não havia como saber.

— O que há ali na frente? — perguntou Gerilleau.

O tenente caminhou alguns passos, e começou a responder em português. Parou de súbito e deu algumas batidas no lado da perna. Depois deu uns passos esquisitos, como se estivesse tentando pisar em alguma coisa invisível, e caminhou depressa para a lateral do barco. Em seguida pareceu controlar-se, deu meia-volta, caminhou com firmeza na direção da abertura do porão, e subiu para a parte superior do convés, no lugar onde são manejados os remos; inclinou-se por alguns instantes sobre o segundo cadáver, soltou um grunhido bastante audível, e depois voltou até a cabine, movendo-se com alguma rigidez. Virou-se e começou uma conversa com o capitão, num tom frio e respeitoso de parte a parte, num vívido contraste com a raiva e os insultos de pouco antes. Holroyd captou apenas fragmentos do conteúdo da conversa.

Voltou a concentrar a atenção no binóculo, e surpreendeu-se ao ver que as formigas tinham desaparecido de todas as áreas expostas do convés. Apontou as lentes para a parte escura por baixo da coberta, e teve a impressão de que ela estava cheia de olhos vigilantes.

Todos concordaram que o barco estava de fato abandonado, mas demasiadamente cheio de formigas para que alguns homens pudessem ocupá-lo e dormir dentro dele; teriam que rebocá-lo. O tenente foi até a proa para receber e ajustar o cabo, e os homens no bote ficaram prontos para ajudá-lo quando necessário. O binóculo de Holroyd continuou investigando o barco.

Ele tinha a impressão, cada vez mais forte, de que uma grande atividade, ainda que minúscula e furtiva, estava ocorrendo ali. Viu certo número de formigas enormes, que parecem ter umas duas polegadas de comprimento, carregando pacotes de formato esquisito — cuja utilidade ele não conseguia imaginar — de uma zona mergulhada na escuridão até outra. Não se moviam em colunas ao longo dos trechos iluminados, mas em linhas abertas, espaçadas, que sugeriam estranhamente as linhas de avanço de uma infantaria moderna sob fogo inimigo. Muitas das formigas estavam se abrigando por baixo das roupas do homem morto, e uma grande quantidade delas estava se aglomerando justamente no lado para onde Da Cunha se dirigia.

Ele não as viu avançar para o tenente quando ele voltou para lá, mas não teve a menor dúvida de que tinha acontecido um ataque planejado. De repente o tenente estava gritando e soltando maldições e dando pancadas nas pernas.

— Fui picado! — gritou ele, voltando para Gerilleau um rosto cheio de ódio e de acusação.

Depois saltou por sobre a lateral do barco, caiu dentro do bote, e dali pulou para dentro d'água. Holroyd ouviu o espadanar da queda.

Os três homens conseguiram puxá-lo para dentro do bote e o trouxeram de volta para bordo; e na mesma noite ele morreu.

3.

Holroyd e o capitão saíram da cabine onde jazia o corpo inchado e contorcido do tenente, e ficaram parados juntos do motor de popa, contemplando a embarcação sinistra que singrava o rio atrás deles, puxada pelo cabo. Era uma noite fechada, escura, iluminada apenas por relâmpagos distantes que clareavam áreas inteiras do céu com uma luz fantasmagórica. O *Santa Rosa*, uma mancha negra vagamente triangular, oscilava ritmicamente a reboque da canhoneira, suas velas batendo e chacoalhando, e a fumaça negra que saía dos exaustores, aqui e acolá pontilhada de fagulhas, despejava-se em borbotões sobre o seu mastro balouçante.

A mente de Gerilleau não cessava de evocar as coisas rudes que o tenente lhe dissera durante os derradeiros acessos de febre.

— Disse que eu o assassinei — protestou ele. — É um simples absurdo. Alguém *tinha* que subir a bordo. Vamos fugir dessas malditas formigas toda vez que elas aparecerem?

Holroyd não disse nada. Pensava apenas no avanço disciplinado de pequenas formas negras ao longo de um convés batido de sol.

— Era um lugar aonde ele tinha que ir — queixava--se Gerilleau. — Ele morreu no cumprimento do dever. Do que se queixava? Assassinado!... Mas o pobre coitado estava... como se diz? Demente. Não estava em seu juízo perfeito. O veneno o afetou. Hmmm.

Seguiu-se um longo silêncio.

— Vamos afundar esse barco. Vamos queimá-lo.

— E depois?

A pergunta irritou Gerilleau. Ele puxou os ombros para cima, e estendeu os braços em ângulo reto com o corpo.

— O que se pode *fazer*? — disse ele, e sua voz ficou esganiçada de raiva. Prosseguiu, num tom vingativo: — De qualquer modo, cada formiga nessa *cuberta*... eu vou queimá--la viva.

Holroyd não estava disposto a conversar. Um ulular distante de macacos enchia a noite úmida de sons ameaçadores, e quando a canhoneira se aproximava daquelas margens misteriosas juntava-se a ele o clamor inquietante das rãs.

— O que se pode *fazer*? — repetiu o capitão depois de um longo intervalo, e de súbito, num ataque repentino de atividade, por entre imprecações e blasfêmias, decidiu queimar o *Santa Rosa* sem mais delongas. Todos a bordo gostaram da ideia, todos ajudaram com entusiasmo; puxaram o cabo, cortaram-no, e incendiaram o barco com estopa e querosene. Logo o convés estava estralejando e ardendo alegremente por entre a imensidão da noite tropical. Holroyd contemplou o clarão cada vez maior daquela fogueira de encontro às trevas, e os clarões lívidos e distantes que relampejavam para além do topo das árvores, iluminando a todos por alguns instantes em vívida contraluz.

O foguista, ao seu lado, também olhava o espetáculo, e fez um esforço para ir até seus limites linguísticos.

— Saúva faz *pop*!, *pop*! — disse ele. — Há-há-há. — E soltou uma gargalhada profunda.

Mas Holroyd estava pensando que as pequenas criaturas no outro barco também tinham olhos e mentes.

Tudo aquilo lhe produzia a impressão de algo extremamente idiota e errado, mas o que se podia *fazer*? Essa pergunta retornou com muito maior peso na manhã seguinte, quando a canhoneira chegou a Badama.

O local estava muito quieto no calor daquela manhã, com suas casas e cabanas cobertas de palha, seu engenho de açúcar invadido pelas trepadeiras; não se via nenhum sinal de vida. Se havia formigas ali, a distância não permitia vê-las.

— Todo mundo foi embora — disse Gerilleau. — Mas vamos fazer alguma coisa. Gritar e assobiar.

E Holroyd gritou e assobiou.

O capitão mergulhou num dilema de dúvidas da pior espécie.

— Podemos fazer outra coisa — disse, depois de algum tempo.

— O quê? — perguntou Holroyd.

— Gritar e assobiar de novo.

E foi o que fizeram.

O capitão caminhou pelo convés, gesticulando consigo mesmo. Parecia estar com a cabeça cheia de coisas. Fragmentos de frases escapavam dos seus lábios, e ele parecia estar se dirigindo a algum tribunal imaginário em espanhol ou português. Apurando o ouvido, Holroyd distinguiu algo que se referia a munição. Mas logo o capitão emergiu dessas preocupações falando em inglês.

— Meu caro Holroyd! — disse. — Mas o que *se pode* fazer?

Os dois desceram no bote, levando o binóculo, e se aproximaram para examinar melhor o lugar. Avistaram certo número das grandes formigas, numa postura de quem parecia estar observando os dois, enfileiradas ao longo do píer rústico da beira do rio. Gerilleau tentou alguns tiros de pistola contra elas, que não surtiram efeito. Holroyd acredita ter visto algumas construções de terra muito peculiares por entre as casas mais próximas, talvez o trabalho dos insetos que tinham se apossado daquelas habitações humanas. Os exploradores ultrapassaram o píer, e então perceberam um esqueleto humano, usando apenas um pedaço de pano nos quadris; muito limpo e branco e reluzente, jazendo mais atrás. Fizeram uma pausa enquanto olhavam.

— Eu tenho que considerar todas aquelas vidas — disse Gerilleau de repente.

Holroyd virou-se e olhou para o capitão, percebendo aos poucos que ele se referia àquela mixórdia pouco atraente de raças que constituía sua tripulação.

— Mandar um grupo descer aqui é impossível, impossível. Vão ser envenenados, vão inchar, inchar muito, e depois me insultar e morrer. É totalmente impossível... Se descermos, sou eu que devo descer sozinho, sozinho com botas grossas e com minha vida nas minhas próprias mãos. Talvez eu deva ficar vivo. Ou talvez — talvez eu não precise descer. Não sei. Não sei.

Holroyd achou que ele sabia, mas não disse nada.

— Toda essa coisa — disse Gerilleau de repente — foi preparada para me fazer ridículo! Toda essa coisa!

Remaram de um lado para o outro, observando aquele branquíssimo esqueleto de várias direções, e voltaram para a canhoneira. Ali, a indecisão de Gerilleau tornou-se terrível. Ligaram o vapor e à tarde seguiram rio acima como se estivessem à procura de alguém; ao entardecer, voltaram para o mesmo lugar e ali ancoraram. Formou-se uma tempestade que caiu com força arrasadora. A noite que se seguiu foi maravilhosamente fresca e tranquila, e todos dormiram no convés. Exceto Gerilleau, que se revolvia de um lado para o outro, resmungando. Ao amanhecer ele sacudiu Holroyd.

— Meu Deus! — exclamou Holroyd. — O que foi agora?

— Eu decidi — disse o capitão.

— O quê? Descer à terra? — perguntou Holroyd, sentando-se totalmente desperto.

— Não! — disse o capitão, e por alguns instantes pareceu muito reservado. — Eu decidi — repetiu, e Holroyd começou a demonstrar alguma impaciência.

— Muito bem — disse o capitão. — *Vou atirar com o canhão grande!*

E foi o que fez! Deus sabe o que as formigas pensaram disso, mas ele o fez. Disparou duas vezes, com enorme seriedade e cerimônia. A tripulação inteira colocou proteção nos ouvidos, e se comportou no episódio com a seriedade de quem entra de fato em ação; o primeiro tiro acertou e espatifou o velho engenho de açúcar, e o segundo botou abaixo o armazém abandonado nas vizinhanças do píer. E então Gerilleau teve a reação inevitável.

— Isto não é bom — disse ele a Holroyd. — Não é nada bom. Não vai vir nada de bom. Temos que voltar para instruções. Vai haver uma confusão dos diabos por causa da munição. Oh, uma *confusão* dos diabos! Você não sabe, Holroyd...

Por algum tempo ele ficou olhando o mundo, perdido numa perplexidade infinita.

— Mas o que mais se podia *fazer*? — desabafou.

Depois do meio-dia, puseram os motores em ação e voltaram a descer o rio; e à tardinha um grupo desceu à terra e sepultou o corpo do tenente na margem, do lado em que as formigas ainda não tinham aparecido.

4.

Ouvi esta história aos pedaços, da boca de Holroyd, há menos de três semanas. Essa nova espécie de formiga tomou conta de sua mente, e ele regressou à Inglaterra com a ideia, segundo afirma, de "alertar as pessoas" a respeito delas "antes que seja tarde demais". Disse que elas ameaçam a Guiana Inglesa, que não deve estar a muito mais de mil milhas de sua atual esfera de atividade; e que o Escritório Colonial deveria tomar providências imediatamente. Afirma, em tom apaixonado: "São formigas inteligentes. Pense só no que isto quer dizer!"

Não há dúvida de que elas são uma praga das mais sérias, e que o governo brasileiro agiu certo ao oferecer um prêmio equivalente a quinhentas libras esterlinas a quem fornecer um método seguro para sua erradicação. Também é certo que, depois que apareceram nas colinas além de Badama, cerca de três anos atrás, elas já fizeram algumas extraordinárias conquistas. Toda a margem sul do rio Batemo, ao longo de sessenta milhas, está ocupada por elas; expulsaram completamente os homens que ali viviam, ocuparam fazendas e vilarejos, abordaram e capturaram pelo menos uma embarcação. Fala-se mesmo que elas, de um modo que até agora não foi explicado, conseguiram transpor a largura considerável do Capuarana e dali avançaram muitas milhas Amazônia adentro. Não há dúvida de que são muito mais racionais e têm uma organização social superior à de qualquer espécie de formiga conhecida até então; ao invés de se dispersar em pequenas sociedades, estão organizadas no que é para todos os efeitos uma nação única; mas o caráter peculiar e formidável do perigo que representam não repousa tanto nisto, mas no uso inteligente que fazem do veneno contra seus inimigos. Parece que esse veneno que empregam é de uma natureza muito próxima à do veneno das serpentes, e é altamente provável que elas próprias o fabriquem, e que os indivíduos de maior tamanho entre elas conduzem os finos cristais em forma de agulha com que atacam os seres humanos.

Claro que é extremamente difícil conseguir informações detalhadas sobre esses nossos novos concorrentes pela supremacia no planeta. Nenhuma testemunha ocular de sua atividade, com exceção de breves testemunhos como o de Holroyd, sobreviveu a esse encontro. As lendas mais extraordinárias sobre a sua intrepidez e eficiência já circulam na região do Alto Amazonas, e aumentam diariamente à medida que o avanço implacável do invasor faz o medo estimular a imaginação dos homens. A essas pequenas e estranhas criaturas atribui-se não apenas o uso de instrumentos e o conhecimento do fogo e dos metais, como também façanhas de engenharia que fazem estremecer nossas mentes do Hemisfério Norte — mesmo habituadas a casos como o das saúvas do Rio de Janeiro, que, em 1841, cavaram um túnel por baixo do rio Paraíba,

152

onde ele é tão largo quanto o Tâmisa à altura da Ponte de Londres — só que agora dispondo de um método organizado e minucioso de registro e comunicação análogo aos nossos livros. Até agora, sua ação tem sido a de uma colonização firme e progressiva, provocando a fuga ou a morte dos seres humanos nas novas áreas que invadem. Estão rapidamente aumentando de número, e Holroyd, pelo menos, está firmemente convencido de que elas acabarão por desalojar a raça humana do continente tropical da América do Sul.

E por que motivo iriam se deter na América do Sul?

Bem, aí estão elas, de qualquer maneira. Em 1911 ou por volta disso, se as coisas continuarem como estão, devem atingir a Via Férrea da Extensão Capuarana, e finalmente atrair para si as atenções dos capitalistas europeus.

Por volta de 1920 elas estarão na metade do Rio Amazonas. Calculo por volta de 1950 ou 1960, pelo menos, para que venham a descobrir a Europa.

O ovo de cristal

Até cerca de um ano atrás existia, nas proximidades de Seven Dials, uma pequena loja de aspecto encardido em cuja placa era possível ler, em letras amarelas e castigadas pelo tempo: "C. Cave — Naturalista — Negociante de Antiguidades." A vitrine exibia um conteúdo curiosamente heterogêneo, que incluía algumas presas de elefante e um conjunto de xadrez incompleto, miçangas e armamentos, uma caixa cheia de olhos de vidro, dois crânios de tigres e um crânio humano, alguns macacos empalhados roídos de traças (um deles segurando uma lanterna), uma escrivaninha antiquada, um ou outro ovo de avestruz manchado pelas moscas, apetrechos de pesca, e um aquário vazio extraordinariamente sujo. Havia também, no momento em que esta história principia, um bloco de cristal, trabalhado na forma de um ovo e brilhantemente polido. Era para ele que estavam olhando dois indivíduos parados diante da vitrine, um deles um clérigo alto e magro, o outro um homem mais jovem de barba preta, tez morena e traje discreto. O homem mais jovem falava e gesticulava vivamente, e parecia ansioso para convencer seu companheiro a comprar o objeto.

Enquanto estavam ali, o sr. Cave surgiu no interior da loja, trazendo ainda na barba alguns farelos do pão com manteiga de seu desjejum. Quando percebeu os dois homens e o objeto de sua atenção, seu rosto se fechou. Com um olhar culpado por sobre o ombro, ele fechou a porta interna com cuidado. Era um homem idoso, miúdo, com rosto pálido e olhos azuis com uma tonalidade aquosa bem peculiar; seu cabelo era grisalho e sujo, e ele usava uma surrada sobrecasaca azul, um velho chapéu forrado de seda e chinelas amassadas pelo longo uso. Ficou observando a conversa dos dois homens lá fora. O clérigo remexeu fundo no bolso da calça, examinou um punhado de moedas e mostrou os dentes num sorriso satisfeito. O sr. Cave sentiu-se ainda mais deprimido quando viu os dois entrarem na loja.

O clérigo, sem muita cerimônia, perguntou o preço do ovo de cristal. O sr. Cave lançou um olhar nervoso para a porta que dava para a sala interna e disse que custava cinco libras. O clérigo queixou-se de que era um preço muito alto, tanto para o seu companheiro quanto para o sr. Cave — e, na verdade, era algo muito superior ao que o sr. Cave tinha pensado em cobrar quando avaliara o artigo — e teve início uma tentativa de negociação. O sr. Cave foi até a porta da loja, abriu-a, e repetiu: "O preço é cinco libras", como se quisesse poupar a si mesmo do aborrecimento de uma negociação sem proveito. Quando o fez, a parte superior do rosto de uma mulher surgiu no vidro da persiana que dava para dentro, e os olhos dela examinaram com curiosidade os dois fregueses. "O preço é cinco libras", repetiu o sr. Cave, com um leve tremor na voz.

O jovem moreno tinha permanecido até então como espectador, olhando o sr. Cave com muita atenção. Agora, ele decidiu-se a falar.

— Dê-lhe as cinco libras — disse para o companheiro.

O clérigo o encarou para ver se falava a sério, e quando olhou de novo para o sr. Cave viu que o rosto deste estava pálido.

— É bastante dinheiro — comentou o clérigo, e metendo de novo a mão no bolso começou a conferir seus recursos. Viu que tinha mais de trinta xelins, e apelou para o companheiro, com quem parecia ter bastante intimidade. Isto deu ao sr. Cave a chance de organizar as ideias, e ele começou a explicar, com muita agitação, que o cristal não estava, na verdade, totalmente disponível para venda. Os dois clientes, como é natural, ficaram surpresos ao ouvi-lo, e perguntaram por que não tinha dito isto antes de começarem a negociar. O sr. Cave ficou confuso, mas apegou-se a sua história: o cristal não estava à venda naquela tarde, porque já surgira um provável comprador para ele. Os dois, considerando isto uma simples tática para aumentar o preço, fizeram menção de ir embora. Mas naquele instante a porta que dava para os fundos da loja abriu-se, e surgiu ali a dona da franja escura e dos olhos miúdos.

Era uma mulher corpulenta, de feições rudes, mais jovem e maior do que o sr. Cave; caminhava pesadamente, e tinha o rosto afogueado.

— O cristal está à venda— disse ela. — E cinco libras é um preço mais do que suficiente por ele. Não sei o que há com você, Cave, para não aceitar a oferta do cavalheiro.

O sr. Cave, muito perturbado por aquela interrupção, olhou-a raivosamente por cima da armação dos óculos, e, sem muita segurança, invocou seu direito de fazer negócios à sua maneira. Começou uma altercação. Os dois clientes olhavam a cena com interesse, divertindo-se com ela e de vez em quando oferecendo sugestões à sra. Cave. O sr. Cave, obstinado, insistiu numa história confusa e impossível, sobre uma consulta que lhe havia sido feita naquela manhã sobre o cristal; e sua inquietação acabou se tornando angustiante. Ainda assim, apegou-se ao seu argumento com uma persistência extraordinária. Coube ao jovem oriental encerrar essa curiosa controvérsia, propondo que voltassem ali dois dias depois, dando assim ao suposto candidato uma chance justa.

— E depois, eu insisto — disse o clérigo. — Cinco libras.

A sra. Cave se encarregou de desculpar-se pelo marido, explicando que ele às vezes era "um pouco esquisito", e enquanto os clientes se retiravam o casal se preparou para discutir o incidente sem nenhuma interferência.

A sra. Cave dirigiu-se ao marido com uma franqueza singular. O pobre homem, trêmulo de agitação, confundiu-se nos seus argumentos, afirmando por um lado que tinha outro cliente em vista, e por outro que o cristal, honestamente, valeria uns dez guinéus.

— E por que pediu cinco libras? — perguntou a sra. Cave.

156

— Quer me deixar conduzir meus negócios ao meu modo?! — disse o sr. Cave.

Havia um casal de enteados vivendo sob o teto dele, e naquela noite, na hora do jantar, o assunto voltou a ser discutido. Ninguém ali tinha um conceito muito elevado sobre o talento comercial do sr. Cave, e aquele episódio parecia ser o ponto culminante.

— Minha opinião é que ele já se recusou a vender o cristal antes — disse o enteado, um rapaz desajeitado de dezoito anos.

— Mas *cinco libras!* — exclamou a enteada, uma moça implicante de vinte e seis.

O sr. Cave deu algumas respostas esfarrapadas, e pôde apenas resmungar, sem convicção, que sabia muito bem o que era melhor para os seus negócios. A insistência dos dois acabou levando-o a deixar a ceia pela metade e ir fechar a loja, com as orelhas ardendo e lágrimas de humilhação por trás dos óculos. Por que deixara o cristal na janela durante tanto tempo? Que estupidez! Essa era a preocupação maior em sua mente. Por algum tempo, não pôde imaginar como seria capaz de evitar a venda.

Depois do jantar, os enteados trocaram de roupa e saíram, e a esposa subiu ao andar superior para considerar melhor as perspectivas comerciais do cristal, levando consigo uma limonada quente com açúcar. O sr. Cave foi para a loja, e ficou ali até tarde, em princípio para ajeitar as ornamentações de pedra nos aquários dos peixinhos dourados, mas na verdade com uma intenção secreta que será explicada mais adiante.

No dia seguinte, a sra. Cave viu que o cristal havia sido removido da vitrine, e estava num recanto, por trás de alguns livros de segunda mão sobre pesca com anzol. Ela voltou a colocá-lo bem visível na posição anterior. Mas não discutiu mais o assunto, porque uma dor de cabeça nervosa a deixou pouco motivada para isso. Quanto ao sr. Cave, sua pouca motivação para isso era permanente. O dia transcorreu num clima desagradável. Ele estava mais distraído do que o normal, e também mais irritadiço. À tarde, quando a esposa estava fazendo a sesta costumeira, o sr. Cave tirou novamente o cristal da vitrine.

No outro dia, ele tinha que fazer a entrega de um cação, encomendado para dissecação por um hospital-escola. Em sua ausência, os pensamentos da sra. Cave retornaram ao assunto do cristal, e para as melhores maneiras de investir aquelas cinco libras prestes a cair do céu. Já tinha planejado diversas destinações adequadas, entre elas um vestido de seda verde para si própria e uma viagem a Richmond, quando o som da sineta da porta a trouxe para a loja. O cliente era um professor particular que vinha queixar-se da não entrega de algumas rãs encomendadas para a véspera. A sra. Cave não aprovava esse ramo específico dos negócios do marido, e o cavalheiro, que viera até ali numa atitude um tanto agressiva, retirou-se depois de uma breve troca de palavras — bastante civilizada, no que lhe dizia respeito. O olhar dela voltou-se naturalmente para a vitrine, porque a visão do cristal dava-lhe a garantia das cinco libras e da realização de seus sonhos. Qual não foi sua surpresa ao ver que ele tinha sumido!

A sra. Cave foi até o local por trás do cofre, no balcão, onde o descobrira no dia anterior. O cristal não estava lá, e ela deu início a uma enérgica busca pela loja inteira.

Quando o sr. Cave voltou, depois de entregar o cação, faltavam quinze minutos para as duas da tarde, e ele encontrou a loja meio em desordem, e sua esposa, exasperada ao extremo, de joelhos por trás do balcão, remexendo em seu material de taxidermia.

Ela ergueu um rosto vermelho e furioso por sobre o balcão, ao ouvir a sineta que anunciou sua entrada, e o acusou de tê-lo escondido.

— Escondido *o quê?* — perguntou o sr. Cave.

— O cristal!

Ouvindo isso, ele, aparentemente muito surpreso, correu para a vitrine.

— Não está aqui?! — perguntou. — Deus do céu! O que aconteceu?

158

Neste momento o enteado entrou na loja, vindo da sala de estar — tinha chegado em casa um ou dois minutos antes do sr. Cave —, e vinha praguejando à vontade. Trabalhava como aprendiz com um vendedor de móveis usados, naquela mesma rua, mas fazia as refeições em casa, e estava irritado porque o almoço não estava pronto.

Ao ouvir falar do desaparecimento do cristal, porém, esqueceu o almoço, e sua raiva se transferiu da mãe para o padrasto. Sua primeira conclusão, é claro, foi de que este tinha escondido o objeto, mas o sr. Cave negou bravamente qualquer conhecimento a respeito, dando sua palavra de honra, e o bate-boca evoluiu até que ele passou a acusar primeiro a esposa e depois o enteado de o terem subtraído para vendê-lo às escondidas. Começou assim uma discussão extremamente azeda e exaltada, que terminou com o sr. Cave a meio caminho entre a histeria e a fúria homicida, e fez o enteado chegar ao trabalho naquela tarde com meia hora de atraso. O homem refugiou-se na loja para fugir à fúria da esposa.

À noite, voltaram a abordar o assunto, com menos exaltação e um espírito mais investigativo, sob a coordenação da enteada. A ceia transcorreu num clima sombrio, e culminou numa cena constrangedora. O sr. Cave acabou cedendo a uma exasperação sem limites e saiu, batendo com força a porta da rua. O resto da família, depois de se referir a ele com toda a liberdade proporcionada pela sua ausência, vasculhou a casa inteira, do sótão ao porão, na esperança de encontrar o cristal.

No dia seguinte, os dois clientes voltaram. Foram recebidos pela sra. Cave, que estava quase em prantos. Ah, ninguém *podia* imaginar tudo que havia suportado do marido durante a sua romaria conjugal. Ela fez também um relato truncado do desaparecimento do cristal. O clérigo e o oriental riram em silêncio entre si e disseram que, de fato, era algo extraordinário. Como a sra. Cave parecia disposta a tecer um relatório de toda sua história de vida, eles fizeram menção de ir embora. Ela, ainda aferrando-se a uma última esperança, pediu o endereço do clérigo, de modo que, se conseguisse arrancar alguma coisa do marido, poderia entrar em contato com ele. O endereço foi devidamente anotado, mas ao que parece veio a se perder depois. A sra. Cave não lembra onde o deixou.

Naquela noite, os Cave pareciam ter esgotado todas as suas reservas de emoção, e o sr. Cave, que tinha passado a tarde inteira fora, ceou num lúgubre isolamento que contrastava agradavelmente com os bate-bocas dos dias anteriores. Durante algum tempo os relacionamentos dentro da família Cave ficaram desgastados, mas nem o cristal nem os fregueses reapareceram.

Agora, para dizer a verdade dos fatos, temos que admitir que o sr. Cave era um mentiroso. Ele sabia exatamente onde se encontrava o cristal. Estava nos aposentos do sr. Jacoby Wace, professor assistente no Hospital St. Catherine, em Westbourne Street. Estava em cima de um aparador, parcialmente coberto por um veludo negro, ao lado de uma garrafa de uísque norte-americano. De fato, o sr. Wace é a fonte dos relatos em cujos detalhes se baseia esta narrativa. Cave tinha levado o ovo de cristal até o hospital escondido dentro do saco em que levava o cação, e ali tinha convencido o jovem professor a escondê-lo.

A princípio, o sr. Wace ficou em dúvida. Seu relacionamento com o sr. Cave era peculiar. Ele apreciava tipos pitorescos, e por mais de uma vez tinha convidado o velho para beber e fumar em seus aposentos, e expor seus pontos de vista divertidos sobre a vida em geral e sua esposa em particular. O sr. Wace também já tinha encontrado a sra. Cave, quando acontecera de o marido não estar em casa para atendê-lo. Sabia da implicância constante a que Cave era submetido, e, tendo avaliado com imparcialidade a história, decidiu receber o cristal sob sua proteção. O sr. Cave prometeu-lhe que explicaria depois as razões de seu notável apego pelo objeto, mas mencionou, distintamente, o fato de que era possível avistar coisas no seu interior. Ele veio ao apartamento do sr. Wace naquela mesma noite.

A história que contou era complicada. O cristal, disse ele, tinha vindo às suas mãos juntamente com uma variedade de outros objetos adquiridos na liquidação dos bens do dono de outra loja de quinquilharias, e, não sabendo quanto podia valer, ele o tinha etiquetado sob o preço de dez xelins. Por esse preço, o cristal ficou em suas mãos durante meses, e o sr. Cave estava pensando em "um número menor" quando fez uma descoberta singular.

Naquela época sua saúde ia muito mal — e é preciso ter em mente que, ao longo de toda a presente experiência, sua condição física era de um definhar constante — e ele estava sob considerável estresse devido à negligência, e até mesmo maus-tratos, da parte de sua esposa e seus enteados. A esposa era vaidosa, esbanjadora, insensível, e tinha adquirido um hábito crescente de beber às escondidas; a enteada era má e ambiciosa; o enteado tinha desenvolvido uma forte antipatia por ele, e o demonstrava sempre que possível. As exigências do trabalho o pressionavam, e o sr. Wace acredita que o velho não estava isento de um ou outro excesso ocasional de bebida. O sr. Cave tinha começado a vida numa posição confortável, recebera uma boa educação, e agora sofria, por semanas a fio, de melancolia e insônia. Para não perturbar a família, costumava se esgueirar da cama, quando os pensamentos se tornavam intoleráveis, e andar à toa pela casa. E no último mês de agosto, às três da madrugada, o acaso o levou ao interior da loja.

O recinto empoeirado estava imerso numa treva impenetrável com exceção de um ponto, onde ele notou uma luminescência fora do comum. Aproximando-se, percebeu que era o ovo de cristal, que estava pousado num canto do balcão, perto da janela. Um débil raio de luz se filtrava por uma fenda na persiana e incidia sobre o objeto; e isto parecia encher de luz todo o seu interior.

O sr. Cave matutou que isto não estava de acordo com as leis da ótica que ele tinha estudado na juventude. Era capaz de entender que os raios fossem refratados pelo cristal e entrassem em foco no seu interior, mas essa difusão da luz ia de encontro à sua concepção da física.

Ele se aproximou do cristal, olhando-o por todos os lados, examinando seu interior, sentindo renascer por um momento a curiosidade científica que na juventude o tinha orientado em busca de uma profissão. Surpreendeu-se ao ver que a luz não era constante, mas parecia mover-se o tempo todo no interior do ovo, como se o objeto fosse uma esfera oca cheia de vapor luminoso. Ao rodeá-lo para mudar o ângulo de visão, percebeu de repente que seu corpo tinha se interposto entre o cristal e o raio de luz, e que mesmo assim o cristal continuara a brilhar. Muito espantado, ele o retirou do alcance do raio de luz e o conduziu para a parte mais escura da loja. O cristal continuou luminoso por mais quatro ou cinco minutos, quando então começou a perder o brilho lentamente até se apagar por completo. Ele o colocou de volta sob a luz, e a luminosidade reapareceu quase de imediato.

Até aquele momento, o sr. Wace tinha sido capaz de confirmar a extraordinária história do sr. Cave. Ele próprio segurou o cristal várias vezes sob um raio de luz (cujo diâmetro tem que ser inferior a um milímetro). E, numa escuridão total (como a que pode ser produzida por uma cobertura de veludo negro), o cristal sem dúvida parecia emitir uma leve fosforescência. Parecia, contudo, que essa luz era de um tipo especial, e não era igualmente visível a todos os olhos; porque o sr. Harbinger — cujo nome será familiar ao leitor por sua conexão com o Instituto Pasteur — não conseguiu avistá-la de maneira alguma. E a capacidade do próprio sr. Wace para avistá-la nem poderia ser comparada com a do sr. Cave.

Mesmo para o sr. Cave a intensidade da luz variava consideravelmente; suas visões eram mais vívidas quando ele experimentava estados de muita fraqueza ou cansaço.

Ora, desde o princípio aquela luz emitida pelo cristal produziu uma fascinação irresistível no sr. Cave. Ele não comentou com mais ninguém suas extraordinárias observações, e isso diz muito sobre o estado de solidão da sua alma. Devia estar vivendo numa tal atmosfera de mesquinharia e inveja que confessar a existência de um prazer poderia colocar esse prazer em risco. Ele descobriu que com o avanço da aurora, quando a quantidade de luz difundida aumentava, o cristal assumia uma aparência não luminosa. E durante algum tempo foi incapaz de avistar qualquer coisa lá dentro, exceto à noite, nos recantos mais escuros da loja.

Teve então a ideia de utilizar um tecido de veludo que usava como forro para uma coleção de minérios; dobrando-o, e cobrindo com ele a cabeça e as mãos, conseguia avistar os movimentos luminosos no interior do cristal mesmo durante o dia. Tomava todas as precauções para que a esposa não o surpreendesse, e entregava-se a essa atividade somente durante a tarde, quando ela dormia no andar de cima, e mesmo assim só o fazia num espaço vazio embaixo do balcão. Um dia, girando o cristal nas mãos, viu alguma coisa. Veio e sumiu como um relâmpago, mas teve a impressão de que por um momento o objeto tinha lhe revelado a visão de um espaço vasto e estranho; e, girando-o nos dedos, quando a luz foi esmaecendo, ele vislumbrou outra vez a mesma imagem.

Seria tedioso, e desnecessário, relatar todas as fases da descoberta do sr. Cave depois desse ponto. Basta dizer que ele confirmou o seguinte: o cristal, quando observado a um ângulo de cerca de 137 graus em relação ao raio que o iluminava, produzia a imagem nítida e contínua de um espaço aberto, ao ar livre, de aspecto muito peculiar. Não se parecia com uma paisagem de sonho, pelo contrário: dava a impressão de algo muito real, e, quanto melhor a luz, mais real e mais sólida parecia aquela paisagem.

Era uma imagem em movimento, ou seja, certos objetos moviam-se dentro dela, mas devagar, e de uma maneira organizada como objetos reais, e, quando a direção da luz ou o ponto de vista mudavam, a imagem mudava também. Devia ser algo semelhante, na verdade, a quando se olha para uma paisagem através de uma lente oval, mudando a posição dela para observar diferentes pontos.

As descrições do sr. Cave, segundo me assegurou o sr. Wace, eram extremamente detalhadas, e totalmente livres daquela qualidade emocional que cerca as impressões alucinatórias. Deve ser lembrado, contudo, que todos os esforços do sr. Wace em enxergar algo com clareza dentro da luminosidade opalescente do cristal foram malsucedidos, por mais que ele se esforçasse. Havia uma grande diferença de intensidade nas impressões obtidas pelos dois homens, e é concebível que o que para o sr. Cave era uma paisagem nítida não passasse de um borrão nebuloso para o sr. Wace.

A visão descrita pelo sr. Cave era sempre a de uma extensa planície, e ele parecia estar sempre a observá-la de uma considerável altura, como do alto de uma torre ou de um mastro. Ao leste e ao oeste a planície era limitada, a uma distância remota, por vastas escarpas vermelhas, que lhe recordavam umas que vira certa vez num quadro; mas não lhe vinha à memória que quadro era esse. Essas escarpas se alongavam para o norte e para o sul (ele podia identificar os pontos cardeais pelas estrelas visíveis à noite) e se afastavam numa perspectiva quase ilimitada, sumindo nas brumas da distância antes de se encontrarem. O sr. Cave estava próximo da escarpa situada mais ao leste, por ocasião de sua primeira visão; o sol estava se erguendo sobre elas, e ele avistou, negras de encontro ao sol e pálidas contra sua sombra, uma grande quantidade de formas esvoaçantes que supôs serem pássaros.

Edifícios espalhavam-se em torno; ele parecia estar observando-os de cima para baixo, e, quando eles se aproximavam das bordas difusas e refratadas da imagem, tornavam-se indistintos. Havia também árvores de um curioso formato, bem como sua cor, um verde musgoso e um estranho cinzento, enfileiradas junto a um canal largo e cintilante. E uma coisa grande e de cores vívidas passou voando diante da imagem. Na primeira vez em que o sr. Cave avistou esta cena ele teve apenas vislumbres, porque suas mãos tremiam, sua cabeça se movia, a visão ia e voltava, tornava-se nebulosa, indistinta. E de início tinha a maior dificuldade em reencontrar uma imagem depois que a perdia de vista.

A próxima vez em que avistou uma cena com clareza foi uma semana após a primeira, sendo que neste intervalo conseguiu apenas lampejos tantalizantes e adquiriu um pouco mais de experiência. O que viu desta vez foi outro panorama, mas teve a impressão, confirmada por suas observações seguintes, de que observava aquele mundo estranho sempre do mesmo ponto de vista, embora agora estivesse virado para outra direção. A longa fachada de um grande edifício, cujo teto ele antes vira de cima para baixo, agora se alongava em perspectiva. Reconheceu o teto. Na frente daquela fachada havia um terraço de proporções enormes e de comprimento extraordinário, e no meio do terraço, a intervalos regulares, erguiam-se mastros altos e graciosos, tendo na extremidade objetos pequenos e brilhantes, que refletiam o sol poente. A natureza desses objetos não ocorreu ao sr. Cave senão muito tempo depois, quando ele estava descrevendo esta cena para o sr. Wace. O terraço se erguia por sobre um bosque da mais luxuriante e bela vegetação; e depois dele via-se um largo espaço coberto de grama onde criaturas largas, parecidas com besouros, mas muito maiores em tamanho, repousavam. Depois do gramado havia uma passarela de pedra cor-de-rosa, ricamente decorada; e além dela, margeada por densas fileiras de arbustos *vermelhos*, e alongando-se pelo vale em paralelismo exato com as escarpas distantes, via-se uma extensão de água, lisa e brilhante como um espelho. O ar parecia cheio de aves enormes, fazendo manobras em longas trajetórias curvas, e além do rio viam-se inúmeros edifícios esplêndidos, de cores vivas, onde reluziam treliças e painéis de metal, tudo isto em meio a uma floresta de árvores cobertas de musgo e líquens. De repente alguma coisa passou velozmente pela imagem, como o agitar de um leque coberto de joias, ou um bater de asas; e um rosto, ou pelo menos a parte superior de um, com olhos muitos grandes, surgiu como se estivesse próximo ao rosto do sr. Cave, do outro lado do cristal. Ele ficou tão surpreso e tão impressionado com a absoluta impressão de realidade daqueles olhos que afastou-se do cristal para olhar atrás dele. A visão que tivera o deixara a tal ponto absorto que surpreendeu-se ao ver que continuava no frio e na escuridão da sua loja, por entre o seu cheiro familiar de metilo, umidade e decadência. E, enquanto olhava em volta, piscando os olhos, a luz do cristal foi se desvanecendo até apagar-se por completo.

Tais foram as primeiras impressões do sr. Cave. Sua narrativa é curiosamente direta e circunstanciada. Desde o princípio, quando aquele vale surgiu de relance diante de seus olhos, sua imaginação foi estranhamente afetada, e, à medida que começou a apreciar os detalhes da cena que via, seu maravilhamento aumentou ao ponto de tornar-se uma paixão. Ele retornou ao trabalho desatento, perturbado, pensando apenas no instante em que poderia retomar suas observações. E foi então, poucas semanas depois de sua primeira visão do vale, que apareceram aqueles dois clientes, produzindo estresse e inquietação com sua oferta, e por pouco o cristal não acabou sendo vendido, conforme já relatei.

Bem, enquanto tudo aquilo era um segredo apenas do sr. Cave, continuou a ser apenas um prodígio, uma coisa para a qual ele caminhava pé ante pé e em cuja visão se deleitava, como uma criança se deleitaria com a contemplação de um jardim proibido. Mas o sr. Wace, sendo um jovem investigador da ciência, é possuidor de hábitos mentais especialmente lúcidos e bem-concatenados. A partir do instante em que o cristal e sua história chegaram ao seu conhecimento, e ele satisfez sua curiosidade ao constatar aquela estranha fosforescência com seus próprios olhos, numa prova da veracidade das afirmações do sr. Cave, começou a estudar o assunto de forma sistemática.

O sr. Cave contentava-se em contemplar avidamente aquele mundo de maravilhas que viera a descobrir, e vinha até ali todas as noites, das oito e meia até as dez e meia, e às vezes, na ausência do sr. Wace, durante o dia. Vinha também nas tardes de domingo. Desde o princípio o sr. Wace começou a fazer minuciosas anotações, e foi graças ao seu método científico que ficou provada a relação entre a direção em que incidia o raio inicial de luz sobre o cristal e o ângulo em que a imagem era exibida. E, cobrindo o cristal com uma caixa onde havia apenas um pequeno furo para permitir a passagem da luz e colocando tecido de holanda negro no lugar das persianas de couro, ele melhorou consideravelmente as condições de observação, de modo que dentro de pouco tempo eram capazes de examinar o vale na direção que bem entendiam.

Tendo preparado assim o terreno, é o momento de fazer uma breve descrição desse mundo que eles descobriram através do cristal. Em todos os casos essas coisas foram vistas pelo sr. Cave, e o seu método de trabalho era invariavelmente observar o cristal e relatar o que via, enquanto o sr. Wace (que como estudante de ciências tinha desenvolvido a capacidade de escrever no escuro) fazia breves anotações sobre o seu relato. Quando a luz do cristal esmaecia, ele era colocado na caixa, na posição adequada, e a luz elétrica era ligada. O sr. Wace fazia perguntas, e sugeria observações para esclarecer alguns pontos obscuros. Nada, de fato, poderia ser menos visionário e mais metódico.

A atenção do sr. Cave tinha desde logo sido atraída para as criaturas semelhantes às aves que vira, em presença tão abundante, nas suas observações iniciais. Logo corrigiu sua primeira impressão, e por algum tempo imaginou que se tratasse de algum tipo de morcego diurno. Depois pensou, de maneira grotesca, que fossem querubins. Suas cabeças eram arredondadas e curiosamente humanas, e tinham sido os olhos de um deles que o haviam sobressaltado em sua segunda observação. Tinham asas largas e prateadas, sem penas, que cintilavam quase como as escamas de um peixe fresco, com as mesmas mudanças sutis de cor; e essas asas não se apoiavam numa estrutura semelhante às das aves ou dos morcegos, conforme o sr. Wace constatou: estavam firmadas por costelas curvas que se irradiavam a partir do corpo. (A melhor descrição para elas talvez fosse: uma espécie de asas de borboleta com costelas curvas.) O corpo deles era pequeno, mas munido de dois grupos de órgãos preênseis, como longos tentáculos, logo abaixo da boca.

Por maior que fosse a incredulidade inicial do sr. Wace, logo se tornou cada vez mais plausível a ideia de que essas criaturas eram as proprietárias dos grandes edifícios e do magnífico jardim que dava ao vale um aspecto tão esplêndido. E o sr. Cave percebeu que as construções, entre outras peculiaridades, não dispunham de portas, mas as grandes janelas circulares, livremente abertas, serviam para a entrada e a saída das criaturas. Elas pousavam sobre os tentáculos, enrolavam as asas até reduzi-las quase ao formato de um bastão, e saltavam para dentro. Entre elas, contudo, havia uma multidão de criaturas com asas menores, como grandes libélulas, mariposas ou besouros voadores; e sobre os prados de um verde vívido arrastavam-se gigantescos besouros, devagar, para um lado e para outro. Além disso, nas passarelas e nos terraços viam-se criaturas de cabeças grandes, semelhantes às grandes criaturas voadoras, mas sem asas; era possível vê-las saltitando atarefadas sobre aqueles feixes de tentáculos que lhes serviam de mãos.

Já foram mencionados aqui os objetos brilhantes na ponta dos mastros que se erguiam no terraço do edifício mais próximo. Num dia de luz particularmente vívida, quando o sr. Cave estava olhando um deles com mais atenção, ocorreu-lhe que aquele objeto cintilante era um cristal idêntico àquele que ele usava para suas observações. E um exame mais cuidadoso o convenceu de que cada um dos mastros visíveis, cerca de vinte, tinha na extremidade um objeto idêntico.

De vez em quando, um dos grandes seres alados costumava voar até um daqueles objetos, e, recolhendo as asas e agarrando o mastro com os tentáculos, ficava observando de perto o cristal por um longo tempo, que chegava até a quinze minutos. E uma série de experiências, feitas por sugestão do sr. Wace, convenceu os dois observadores de que, no que dizia respeito àquele mundo visionário, o cristal através do qual eles viam as imagens estava situado no mastro mais alto do terraço, e que em pelo menos uma ocasião um dos habitantes daquele outro mundo tinha visto o rosto do sr. Cave quando fazia suas observações.

Estes são os fatos essenciais desta singular história. A menos que consideremos tudo uma engenhosa invenção do sr. Wace, temos que acreditar em uma ou duas coisas. Ou o cristal em poder do sr. Cave estava em dois mundos ao mesmo tempo, e, enquanto era levado de um lugar para outro num desses mundos, permanecia imóvel no outro, o que é claramente absurdo; ou ele estava numa relação especial de empatia com um cristal idêntico naquele outro mundo, de modo que o que era visível no interior de um deles neste mundo era, em condições propícias, visível a um observador do outro cristal no outro mundo, e vice-versa. No momento presente, é verdade, não sabemos de nenhum meio pelo qual esses dois cristais poderiam estar *en rapport*, mas hoje sabemos o bastante para compreender que isto não é totalmente impossível. Essa visão de que os cristais estariam *en rapport* foi uma ideia que ocorreu ao sr. Wace, e pelo menos para mim parece extremamente plausível.

E onde ficava esse outro mundo? Também sobre esta questão a inteligência alerta do sr. Wace não demorou a lançar alguma luz. Depois do crepúsculo, aquele céu escurecia rapidamente — havia apenas um breve intervalo crepuscular — e as estrelas brilhavam. Era possível reconhecer nelas as mesmas estrelas que vemos em nosso céu, formando as mesmas constelações. O sr. Cave reconheceu a Ursa Maior, as Plêiades, Aldebará e Sirius, de modo que aquele outro mundo devia ficar situado em alguma parte do nosso Sistema Solar, e a uma distância de, no máximo, algumas centenas de milhões de quilômetros do nosso planeta. Seguindo essa pista, o sr. Wace descobriu que o céu da meia-noite era de um azul ainda mais escuro do que o nosso céu noturno em meados do inverno, e que o sol parecia ser um pouco menor. *E havia duas pequenas luas!*, "como a nossa própria lua, só que menores, e com manchas bastante diferentes", sendo que uma delas se movia tão depressa que seu movimento era claramente perceptível à simples observação. Essas luas nunca se erguiam muito alto no céu, e desapareciam logo depois de nascer; ou seja, cada vez que davam uma volta no céu eram eclipsadas, porque estavam muito próximas ao planeta que orbitavam. E todos estes dados indicam com precisão, embora o sr. Cave não o soubesse, as condições que poderiam ser observadas a partir do planeta Marte.

De fato, parece ser uma conclusão extremamente plausível a de que toda vez que observava o interior do cristal o sr. Cave estava vendo na verdade o planeta Marte e seus habitantes. E, se for este o caso, aquela estrela vespertina que aparecia tão brilhante no céu daquela visão remota não era outra senão a nossa Terra.

Durante algum tempo os marcianos — se é que eram de fato marcianos — pareciam não ter se apercebido das investigações do sr. Cave. Uma ou outra vez algum deles se aproximava para olhar, mas logo se afastava, voando na direção de outro mastro, como se o que visse ali fosse insatisfatório. Durante esse tempo, o sr. Cave teve condições de observar os hábitos dos seres alados sem ser perturbado e sem atrair-lhes a atenção, e, embora seu relato seja necessariamente vago e fragmentado, ainda assim é bastante sugestivo. Imagine-se que impressão da humanidade teria um marciano que, depois de custosos preparativos e forçando consideravelmente a vista, pudesse observar Londres do alto da torre da Igreja de São Martinho, durante curtos intervalos de no máximo quatro minutos.

O sr. Cave não conseguiu estabelecer com precisão se os marcianos alados eram os mesmos marcianos que pulavam pelas passarelas e pelos terraços, e se estes últimos eram capazes também de usar asas se o quisessem. Por várias vezes ele avistou alguns bípedes desajeitados, com uma vaga aparência de gorilas, brancos, semitranslúcidos, alimentando-se de algumas árvores cobertas de líquens; uma vez um destes fugiu diante da aproximação de um dos marcianos saltadores e de cabeça redonda. Este último o colheu com seus tentáculos, e nesse instante a imagem perdeu luminosidade, deixando o sr. Cave ansioso no meio da escuridão. Em outra ocasião, um vulto enorme, que o sr. Cave pensou de início ser um inseto gigante, surgiu avançando ao longo da passarela que margeava o canal, com grande rapidez. Somente quando ele chegou mais perto o sr. Cave percebeu tratar-se de um mecanismo feito de chapas brilhantes de metal, e de extraordinária complexidade. Quando tentou examiná-lo melhor ele já havia saído do seu campo de visão.

Depois de algum tempo, o sr. Wace pensou em atrair a atenção dos marcianos, e na ocasião seguinte em que os estranhos olhos de um deles surgiram junto ao cristal o sr. Cave soltou um grito e afastou-se, fazendo com que as luzes fossem acesas às pressas, e entregando-se a uma copiosa gesticulação que tinha a intenção de transmitir algum tipo de sinal. Mas quando o sr. Cave examinou de novo o cristal, o marciano tinha sumido.

Era este o ponto em que se encontravam as pesquisas dos dois no começo de novembro, quando o sr. Cave, sentindo que as dúvidas da família a respeito do destino do cristal tinham se dissipado, começou a levá-lo consigo em suas idas e vindas, para que, quando se oferecesse a ocasião durante o dia ou a noite, ele pudesse mergulhar no que estava se tornando a coisa mais importante em toda sua vida.

Em dezembro, o sr. Wace começou a ter problemas de tempo, em virtude da aproximação de um período de provas, e com certa relutância os dois suspenderam as observações durante uma semana, de modo que durante dez ou onze dias — ele não tem muita certeza — ele mal viu o sr. Cave. Depois, ficou ansioso para retomar as investigações, e, já que a pressão dos exames de fim de semestre começava a amainar, ele se dirigiu aos Seven Dials. Chegando à esquina, percebeu persianas arriadas diante da vitrine do vendedor de pássaros, e também na vitrine do sapateiro. Quanto à loja do sr. Cave, estava de portas fechadas.

Ele bateu, e a porta foi aberta pelo enteado em trajes de luto, que chamou imediatamente a mãe. O sr. Wace não pôde deixar de perceber que ela trajava vestes de luto baratas, mas de grande impacto. Sem muita surpresa, o sr. Wace tomou conhecimento de que o sr. Cave estava morto e, àquela altura, já sepultado. A viúva estava em prantos, e tinha a voz embargada. Acabava de chegar de Highgate. Sua mente parecia girar apenas em torno de seu futuro imediato e das formalidades do sepultamento, mas aos poucos o sr. Wace conseguiu arrancar dela os detalhes relativos à morte do sr. Cave. Ele tinha sido encontrado morto na loja ao amanhecer, no dia seguinte à sua derradeira visita ao sr. Wace, segurando o cristal em suas mãos crispadas. Seu rosto exibia um sorriso, disse a sra. Cave, e o tecido de veludo negro que ele usava para proteger os minerais estava caído no chão aos seus pés. Devia estar morto havia cinco ou seis horas quando foi descoberto.

A notícia foi um grande choque para o sr. Wace, e ele começou a se recriminar amargamente por ter negligenciado os problemas de saúde do amigo mais velho, mas sua atenção esteve sempre focada no cristal. Ele tocou no assunto de modo hesitante, porque conhecia bem o temperamento peculiar da sra. Cave, e ficou estupefato quando lhe informaram que o cristal tinha sido vendido.

O primeiro impulso da sra. Cave, assim que o corpo do esposo foi carregado para o andar de cima, foi escrever para o clérigo amalucado que oferecera cinco libras pelo cristal, e informá-lo de que o objeto fora recuperado. No entanto, depois de uma busca furiosa na qual recebeu a ajuda da filha, ela chegou à conclusão de que essa anotação se perdera. Como as duas não dispunham de recursos financeiros para dar ao morto um velório e um sepultamento que se espera de um veterano comerciante em Seven Dials, elas apelaram para um comerciante amigo em Great Portland Street, que logo se apossou de parte das mercadorias, após uma rápida avaliação. O cálculo dos preços foi feito por critérios exclusivamente seus, e o ovo de cristal acabou incluído em um dos lotes.

Depois de algumas declarações consolatórias, pronunciadas talvez meio às pressas, o sr. Wace partiu na direção de Great Portland Street. Ali acabou sendo informado de que o ovo de cristal havia sido vendido a um homem alto, moreno, vestido num terno cinza. E é aqui que os fatos concretos relativos a esta história curiosa, e, pelo menos para mim, altamente sugestiva, chegam abruptamente ao fim. O comerciante de Great Portland Street não tinha a menor ideia de quem fosse o comprador alto, de terno cinza, nem o tinha observado o bastante para poder fornecer uma descrição satisfatória. Não sabia sequer em que direção o homem tinha seguido depois de deixar a loja. O sr. Wace demorou-se na loja, forçando a paciência do dono com perguntas desesperadas, e bufando de exasperação. Por fim, percebendo que o assunto tinha fugido completamente ao seu controle, tinha se esvaído como uma visão noturna, ele retornou devagar para seus aposentos, admirando-se ao ver que as longas anotações que fizera continuavam, intactas e visíveis, sobre sua mesa desarrumada.

Sua irritação e seu desapontamento foram enormes, é claro. Ele fez uma segunda visita, igualmente infrutífera, à loja de Great Portland Street, e passou a publicar anúncios em todos os tabloides que pudessem ser lidos por algum colecionador de quinquilharias. Também enviou cartas para *The Daily Chronicle* e para *Nature*, mas ambos os periódicos, desconfiando de um embuste, pediram-lhe para pensar duas vezes antes de publicá-las. Disseram-lhe que uma história tão estranha, e tão carente de provas materiais, poderia prejudicar sua reputação como cientista. Além do mais, os compromissos do seu próprio trabalho o pressionavam cada vez mais, de modo que dentro de um mês, a não ser por visitas ocasionais a alguns comerciantes, ele abandonou por completo a caça ao ovo de cristal, que continua desaparecido até agora. De vez em quando, no entanto (é o que ele me diz, e sou capaz de acreditar), tem acessos de zelo que o levam a abandonar seus compromissos mais imediatos e retomar as buscas.

Se o cristal ficará perdido para sempre ou não, é uma questão sobre a qual podemos apenas especular, tanto quanto o material de que era feito e a sua origem. Se o seu atual proprietário fosse um colecionador, era de se esperar que o sr. Wace, com seus esforços, já tivesse podido contatá-lo através de algum intermediário de vendas. Ele foi capaz inclusive de identificar o "clérigo" e o "oriental" a que o sr. Cave tinha se referido: ninguém menos que o Reverendo James Parker e o jovem príncipe de Bosso-Kuni, em Java. Devo-lhes agradecimentos por algumas informações que me repassaram. O propósito do príncipe tinha sido apenas a satisfação de uma curiosidade, e de sua extravagância. Ele tinha ficado ansioso para comprar o objeto apenas por causa da visível relutância de Cave em vendê-lo. É igualmente possível que o segundo comprador fosse apenas um cliente casual e não um colecionador, e que o ovo de cristal, a esta altura, possa estar a menos de um quilômetro de onde escrevo estas linhas, enfeitando uma sala ou servindo de peso de papel — com suas fantásticas capacidades ainda desconhecidas. Na verdade, é em parte considerando esta possibilidade que compus esta narrativa num estilo tal que a torne acessível aos consumidores habituais da literatura de ficção.

Minhas opiniões pessoais sobre o assunto são parecidas com as do sr. Wace. Creio que o cristal na ponta daquele mastro em Marte e o ovo de cristal do sr. Cave estavam em algum tipo de relação física, de natureza ainda inexplicável, e nós dois acreditamos que o cristal encontrado na Terra deve ter sido — em alguma data remota, possivelmente — enviado daquele planeta, para dar aos marcianos uma visão clara das nossas atividades. Talvez os cristais correspondentes aos demais também estejam em nosso planeta. Nenhuma teoria da alucinação é suficiente para explicar todos os fatos.

O Novo Acelerador

Certamente, se já houve um caso em que um homem achou uma moeda quando procurava um alfinete, esse homem foi o meu bom amigo, o professor Gibberne. Ouvi falar em pesquisadores que atingem um alvo muito além do que tinham em mira, mas nunca na medida em que ele o fez. Gibberne, pelo menos nesta ocasião, sem nenhum exagero, fez uma descoberta capaz de revolucionar a existência humana. Isto ocorreu quando ele pesquisava apenas um estimulante para os nervos, algo destinado a ajudar as pessoas mais frágeis a suportar o estresse e as pressões de nosso tempo. Já usei essa substância várias vezes, e o melhor que posso fazer é descrever o efeito que ela produziu sobre mim. Aos meus olhos, é evidente que há experiências incríveis à espera de quem está em busca de novas sensações.

O professor Gibberne, como é do conhecimento geral, é meu vizinho em Folkestone. Se não me falha a memória, seu retrato, em épocas sucessivas, apareceu no *Strand Magazine*, creio que no final de 1899; mas não posso verificar porque emprestei esse volume a alguém que até hoje não o devolveu. Mas talvez o leitor possa recordar aquela testa alta e aquelas sobrancelhas singularmente espessas que dão um toque mefistofélico ao seu rosto. Ele habita uma daquelas casas pequenas e agradáveis, afastadas da estrada principal, no estilo híbrido que faz da extremidade oeste de Upper Sandgate Road uma área tão interessante. A casa dele é a que tem empenas no estilo de Flandres, e um pórtico mourisco; é na sala com janelas envidraçadas, em forma de baia, que ele trabalha quando se encontra aqui, e ali passamos muitas noites a fumar e conversar. Ele é um sujeito brincalhão, mas, afora isto, gosta de me falar sobre seu trabalho; é um daqueles homens para quem o ato de falar serve de ajuda e de estímulo, e foi assim que pude acompanhar a concepção do Novo Acelerador desde os seus estágios iniciais. É claro que a porção maior do seu trabalho experimental não é feita em Folkestone, mas em Gower Street, no belo laboratório recém-inaugurado junto ao hospital, e que ele foi o primeiro a utilizar.

Como é sabido por todo o mundo, ou pelo menos por todas as pessoas inteligentes, a área de especialização em que Gibberne construiu sua reputação no campo da fisiologia foi a ação de drogas sobre o sistema nervoso. Ele é um especialista sem rival no campo dos soporíferos, sedativos e anestésicos. É também um químico eminente, e suponho que por entre o emaranhado de enigmas que cercam os gânglios e as fibras nervosas existem algumas clareiras abertas por ele, pequenos trechos iluminados, que, até que ele se resolva a publicar os resultados que obteve, continuarão inacessíveis ao resto dos homens. E nos últimos anos ele se dedicou de modo especial à questão dos estimulantes nervosos, onde, antes mesmo da descoberta do Novo Acelerador, já tinha obtido considerável sucesso. A ciência médica tem a lhe agradecer pelo menos três diferentes tipos de revigorante, todos perfeitamente seguros e de um valor inestimável para os homens práticos. Em casos de estafa, o preparado conhecido como Xarope B de Gibberne já salvou mais vidas a esta altura, creio eu, do que qualquer barco salva-vidas ao longo da nossa costa marítima.

— Mas nenhum desses produtos me satisfaz — disse-me ele, cerca de um ano atrás. — Ora eles aumentam a energia central sem afetar os nervos, ora simplesmente aumentam a energia disponível ao reduzir a condutividade nervosa; e todos eles são desiguais e muito específicos em sua ação. Um deles ativa o coração e as vísceras, e deixa a mente embrutecida; outro excita a mente como o faz uma taça de champanhe, mas nada traz de bom ao plexo solar; e o que eu quero, e que pretendo conseguir, se for humanamente possível, é um estimulante que atue sobre o corpo inteiro, que desperte você do topo do crânio ao dedão do pé, e aumente a sua atividade ao dobro ou ao triplo da de outra pessoa. Que tal? É isso que eu procuro.

— Deixaria um homem exausto — observei.

— Sem dúvida. Ele teria que comer o dobro ou o triplo, e tudo o mais. Mas imagine só o que isso acarretaria. Imagine que você tem nas mãos um frasquinho como este — e ele ergueu um vidrinho verde, no qual foi tocando com o dedo enquanto enumerava seus pontos — e dentro dele existe a possibilidade de pensar duas vezes mais depressa, mover-se duas vezes mais depressa, trabalhar duas vezes mais no mesmo espaço de tempo.

— Mas isto será possível?

— Acredito que sim. Se não for, perdi um ano de trabalho. Estes meus preparados com hipofosfitos, por exemplo, parecem indicar um caminho. Mesmo que fosse apenas uma vez e meia mais rápido, já me serviria.

— Claro que *serviria* — falei.

— Se você fosse um político enfrentando uma crise, por exemplo, correndo contra o relógio, precisando fazer algo com urgência, já pensou?

— Ele poderia dar o remédio ao seu secretário particular — disse eu.

— E ganhar em dobro. E imagine se você, por exemplo, quisesse terminar um livro.

— Minha vontade, geralmente, é de que jamais tivesse começado a escrevê-los.

— Ou um médico que, diante de um caso terminal, precisasse parar um pouco e examinar todos os detalhes do caso. Ou um advogado. Ou um homem preparando-se para prestar um exame.

— Cada gota valeria um guinéu — disse eu —, ou até mais, para indivíduos como esses.

— E pense num duelo — disse Gibberne. — Um momento em que tudo depende da sua velocidade em puxar o gatilho.

— Ou na esgrima — sugeri.

— Você percebe — disse Gibberne — que se eu conseguir produzir essa droga ela não causará nenhum mal, exceto talvez envelhecer o indivíduo numa proporção infinitesimal. Você terá apenas vivido duas vezes mais depressa do que as outras pessoas.

— Você acha que num duelo isto seria ético?

— Esta seria uma questão a ser debatida pelos juízes — disse Gibberne.

Insisti:

— E você acha que algo assim *pode ser* produzido?

— É algo tão possível — disse Gibberne, com os olhos fitos em algo que passou trepidando do outro lado da janela — quanto um ônibus movido a motor. Para falar a verdade...

Ele fez uma pausa e me endereçou um sorriso de profunda confiança, enquanto batia de leve na quina da escrivaninha com o vidrinho verde.

— Acho que já encontrei a fórmula. Já tenho algo encaminhado. — O sorriso ficou mais nervoso, denunciando a gravidade da afirmação. Gibberne raramente comentava suas experiências a menos que já estivesse bem na reta final. — E é bem possível, bem possível mesmo, e não me deixaria surpreso, que produza um efeito bem maior do que o dobro.

— Vai ser algo extraordinário — arrisquei.

— Sim, penso que vai ser algo extraordinário.

Mas eu não imagino que naquele instante ele fizesse ideia do quão extraordinário seria.

Lembro que voltamos a tratar do assunto algumas vezes, depois deste primeiro diálogo. "O Novo Acelerador", era como Gibberne o chamava, e seu tom ficava mais confiante em cada ocasião. Às vezes ele comentava com nervosismo alguns resultados fisiológicos inesperados que o uso da droga poderia acarretar, e mostrava-se insatisfeito; em outros momentos tornava-se francamente mercenário, e tínhamos discussões longas e ansiosas sobre a melhor maneira de usar aquilo com fins comerciais.

— É uma coisa muito boa — dizia Gibberne. — Uma descoberta tremenda. Eu sei que estou presenteando o mundo com algo, e nada mais razoável do que esperar que o mundo pague por isto. Nada tenho contra a dignidade da ciência, mas acho que eu deveria ter o monopólio do produto por, digamos, dez anos. Não vejo por que motivo *todos* os benefícios desta vida deveriam ir para os comerciantes de presunto.

Meu interesse nessa futura droga não diminuiu ao longo desse tempo. Minha mente sempre teve uma estranha propensão à atividade metafísica. Sempre me interessei pelos paradoxos relativos ao espaço e ao tempo, e o que me parecia era que Gibberne estava tentando produzir uma aceleração absoluta da vida humana. Suponhamos que fossem administradas a uma pessoa repetidas doses de um tal preparado: ela viveria sem dúvida uma existência ativa em tempo recorde, mas seria um adulto aos onze anos, um homem de meia idade aos vinte e cinco, e aos trinta estaria se encaminhando para a decadência senil. Parecia-me que Gibberne estava se preparando para fazer com os usuários de sua droga o que a Natureza fez pelos judeus e pelos orientais, que são homens feitos na adolescência e idosos aos cinquenta anos, e são mais rápidos do que nós tanto em pensamento quanto em ação. As drogas sempre me produziram imensa admiração: com elas é possível tornar um homem louco ou calmo; forte e alerta, ou então inerte como um tronco; excitar suas emoções ou apaziguá-las; e agora surgia um novo milagre para ser adicionado ao arsenal de frascos utilizados pelos médicos! Mas Gibberne parecia preocupar-se apenas com os aspectos técnicos do problema e não ligava muito para minhas especulações.

No dia 7 ou 8 de agosto ele me disse que, naquele momento mesmo em que conversávamos, a destilação final que iria decidir seu fracasso ou sucesso estava se processando. No dia 10, declarou que tudo estava concluído e que o Novo Acelerador era uma realidade em nosso mundo. Encontrei-o quando subia Sandgate Hill rumo a Folkestone; creio que eu estava indo cortar o cabelo, e ele veio apressadamente ao meu encontro; acho que estava indo justamente à minha casa para comemorar o seu sucesso. Lembro-me de que seus olhos estavam com um brilho extraordinário e seu rosto afogueado, e percebi mesmo uma agilidade fora do comum em seu andar.

— Acabou! — exclamou ele, agarrando minha mão, e falando bem depressa. — Está pronto, e mais do que isto. Venha, venha à minha casa para ver.

— É mesmo?

— Claro que é! — gritou. — É inacreditável! Venha ver!

— E ele proporciona... o dobro?

— Mais, muito mais. Na verdade, estou assustado. Venha ver o resultado. Prove! Experimente! É a coisa mais espantosa do mundo. — Agarrou meu braço e, andando a um passo tão rápido que me forçava a trotar, não parou de falar em altos brados enquanto subíamos a ladeira. Um charabã passava por nós e todos os turistas se viraram ao mesmo tempo para nos olhar. Era um daqueles dias claros e quentes tão comuns em Folkestone, dias que deixam as cores mais fortes e as silhuetas mais nítidas. Soprava uma brisa, é claro, mas não o bastante para me manter seco e refrescado. Arquejei, pedindo misericórdia.

— Não estou indo muito depressa, estou? — exclamou Gibberne, e diminuiu o passo até uma espécie de marcha rápida.

— Você andou tomando a tal poção — falei, bufando.

— Não — disse ele. — Quando muito uma gota d'água que ficou num copo, de onde eu havia lavado todos os traços da substância. Tomei um pouco ontem, é verdade. Mas isso agora é história.

— E ele acelera em dobro? — perguntei, aproximando-me aliviado da sua porta, coberto de suor.

— Mil vezes, milhares de vezes! — exclamou Gibberne, com um gesto dramático, escancarando sua porta de carvalho, entalhada em estilo inglês antigo.

— Ora! — exclamei, acompanhando-o.

— Não sei dizer quantas vezes ele acelera — disse ele, empunhando o molho de chaves.

— E você...

— Ele revela inúmeras coisas sobre a fisiologia nervosa, e nos faz considerar a teoria da visão de uma maneira totalmente nova. Sabe Deus quantas mil vezes ele acelera! Pensaremos nisso depois. A questão é experimentar o preparado agora.

— Experimentar o preparado? — perguntei, enquanto percorríamos o corredor.

— Isso — disse Gibberne, introduzindo-me no seu gabinete. — Ali está, naquele frasquinho verde! Ou você está com medo?

Sou por natureza um homem cauteloso, e só gosto de aventuras teoricamente. *Tive* medo. Por outro lado, há a questão do orgulho.

— Bem — falei, ganhando tempo. — Você disse que o experimentou?

— Sim — disse ele. — E não parece ter me feito mal, não é verdade? Não pareço estar mal do fígado, e me *sinto*...

Sentei-me.

— Dê-me um pouco — falei. — Na pior das hipóteses pouparei o trabalho de cortar o cabelo, que aliás considero uma das tarefas mais odiosas que cabem a um homem civilizado. Como faço para bebê-lo?

— Com água — disse Gibberne, pousando com força uma garrafa sobre a mesa.

Postou-se de pé diante da escrivaninha, enquanto eu ficava na poltrona; de repente ele assumiu a atitude professoral típica de um médico de Harley Street.

— É um produto peculiar, sabia? — disse.

Fiz um gesto com a mão.

— Tenho que avisá-lo desde logo — prosseguiu ele — que assim que beber deve fechar os olhos, e esperar cerca de um minuto antes de abri-los bem devagar. Continuamos a ver normalmente. A nossa visão é uma questão de amplitude de vibração, e não de quantidade de impactos luminosos; mas se os olhos estiverem abertos há uma espécie de choque sobre a retina, uma confusão, uma tontura. Mantenha-os fechados.

— Fechados — disse eu. — Muito bem, vamos.

— E outra coisa: fique parado. Não comece a se mexer. Se o fizer pode sair distribuindo pancadas muito fortes ao redor. Lembre-se de que tudo em você está funcionando milhares de vezes mais depressa do que jamais o fez: coração, pulmões, músculos, cérebro, tudo; e você pode bater em algo com muita força, mesmo sem ter a intenção. Você não vai pensar assim, é claro. Irá se sentir exatamente como se sente agora. Só que tudo o mais à sua volta parecerá estar se movendo milhares de vezes mais devagar do que jamais o fez. É isto que torna a experiência tão estranha.

— Meu Deus — falei. — Quer dizer que...

— Você vai ver — disse ele, e pegou uma pequena medida de vidro. Olhou o material sobre a escrivaninha. — Copos, água... Tudo aqui. Não deve tomar muito na primeira tentativa.

O pequeno frasco gotejou seu conteúdo.

— Não esqueça o que lhe falei — disse ele, derramando o conteúdo da medida no copo, com o cuidado de um garçom italiano calculando uma dose de uísque. — Sente-se com os olhos fechados e fique absolutamente imóvel por dois minutos. Então vai me ouvir falar.

Ele colocou dois dedos de água em cada uma das doses servidas em dois copos.

— Aliás — disse — não pouse seu copo na mesa. Continue segurando-o e deixe a mão pousada sobre o joelho. Isso, assim. E agora...

Ele ergueu o copo.

— Ao Novo Acelerador — falei.

— Ao Novo Acelerador — respondeu ele; tocamos os copos e bebemos, e imediatamente fechei os olhos.

Vocês conhecem aquela sensação vazia, de não existência, produzida por algum gás anestésico. Por um intervalo indefinido de tempo foi assim que me senti. Então ouvi a voz de Gibberne pedindo-me para despertar; tive um estremecimento, e abri os olhos. Ele estava como antes, parado à minha frente, com o copo na mão. A única diferença é que o copo estava vazio.

— E então? — perguntei.

— Não sente nada estranho?

— Nada. Uma pequena sensação de euforia, talvez. Mais nada.

— Sons?...

— Tudo está muito sossegado— disse eu. — Por Júpiter! Muito sossegado mesmo. Exceto por um ruído como o da chuva caindo em superfícies diferentes. O que é?

— Sons analisados — foi o que tive a impressão de ouvir em resposta, mas não estou seguro. Gibberne olhou para a janela e prosseguiu: — Já viu uma cortina fixa desse modo diante de uma janela?

Segui o seu olhar e lá estava a borda da cortina, como se estivesse congelada, com o canto erguido como se tivesse se imobilizado ao ser agitada pelo vento.

— Não — falei. — É esquisito.

— E aqui? — disse ele, e abriu a mão que segurava o copo. Claro que tive uma pequena reação, esperando que ele se espatifasse no chão. Mas em vez de se espatifar ele nem sequer se moveu: ficou suspenso no ar, imóvel.

— Em termos gerais — disse Gibberne —, um objeto nesta latitude cai cerca de cinco metros no primeiro segundo. Este copo está caindo agora a uma velocidade de cinco metros por segundo. Mas você pode ver que até agora ele ainda não caiu o equivalente à centésima parte de um segundo. Isto lhe dá uma ideia do poder do meu Acelerador.

Ele agitou a mão, pelos lados, por cima, por baixo, ao redor do copo, que agora parecia estar descendo muito devagar. Finalmente ele o segurou pela parte de baixo e o pôs cuidadosamente sobre a mesa.

— Que tal? — disse, e riu.

— Parece estar certo — disse eu, e comecei, meio desajeitadamente, a levantar da minha cadeira. Eu me sentia perfeitamente bem, leve e confortável, e num estado de espírito confiante. Tudo em mim estava acelerado. Meu coração, por exemplo, estava batendo mil vezes por segundo, mas isto não me causava o menor desconforto. Olhei pela janela. Um ciclista imóvel, com a cabeça abaixada e uma nuvem congelada de poeira por trás das rodas, esforçava-se para ultrapassar um charabá acelerado, que não se mexia. Observei atônito aquele incrível espetáculo.

— Gibberne — exclamei —, quanto tempo dura o efeito desta coisa?!

— Deus é quem sabe! — respondeu ele. — Na última vez que tomei, fui para a cama e o efeito se dissipou enquanto eu dormia. Garanto-lhe que fiquei com medo. Deve ter durado alguns minutos, acho, mas a mim pareceram horas. Acredito que depois de algum tempo o efeito diminui de repente.

Percebi com orgulho que não estava amedrontado; talvez porque tivesse companhia.

— Por que não vamos lá fora? — perguntei.

— Por que não?

— Eles nos verão.

— Eles, não. Meu Deus, claro que não! Ora, estamos nos movendo mil vezes mais depressa do que o truque de prestidigitação mais veloz que já foi feito. Vamos! Por onde saímos, pela janela ou pela porta?

E saímos pela janela.

Não tenho dúvidas de que, de todas as experiências estranhas por que já passei, ou que imaginei, ou li de outras pessoas que as viveram ou imaginaram, aquele passeio que fiz com Gibberne pelos campos de Folkestone Leas, sob a influência do Novo Acelerador, foi a mais estranha e a mais louca de todas. Saímos pelo portão e fomos para a estrada, onde fizemos um minucioso exame da estatuária do trânsito. O topo das rodas e algumas pernas dos cavalos do charabá, a ponta do chicote e a mandíbula do cocheiro — que estava começando a bocejar — estavam perceptivelmente em movimento, mas todo o resto do pesado veículo parecia imóvel. E silencioso, a não ser por um leve estertor que emergia da garganta de um homem! E essa construção congelada era composta por um cocheiro, um condutor, e onze pessoas! O efeito, enquanto andávamos em volta daquilo, era dos mais insólitos, e daí a algum tempo começou a se tornar desagradável. Estavam ali pessoas como nós mesmos e no entanto diferentes de nós, congeladas em poses descuidadas, apanhadas no meio de um gesto. Uma jovem e um homem sorriam um para o outro, um sorriso lascivo que ameaçava durar para sempre; uma mulher usando um capuz de tecido esvoaçante apoiava o braço na balaustrada e contemplava a casa de Gibberne com o olhar fixo de quem é eterno; um homem cofiava o bigode, parecendo uma estátua de cera, e outro erguia a mão, com os dedos esticados, para fixar na cabeça o chapéu um tanto frouxo. Olhamos para eles, rimos deles, fizemos caretas para eles, e em breve começamos a sentir por eles uma espécie de repulsa, portanto demos as costas ao grupo e saímos caminhando, passando bem à frente do ciclista, na direção dos Leas.

— Meu Deus! — gritou Gibberne de repente. — Veja isto!

Apontou, e ali, bem diante da ponta do seu dedo, deslizando pelo ar com as asas batendo lentamente, com a velocidade de um caracol excepcionalmente lânguido — estava uma abelha.

E assim chegamos à área aberta dos Leas. Ali as coisas nos pareceram mais malucas do que nunca. Uma banda estava tocando num coreto, mas todo o som que parecia produzir era uma vibração muito grave, roufenha, uma espécie de último suspiro muito prolongado que em certos momentos se transformava nas batidas abafadas e lentas de um relógio monstruoso. As pessoas estavam congeladas, eretas como bonecos estranhos e silenciosos, conscientes de si mesmas, detendo-se em posições instáveis, no meio de uma passada, caminhando sobre a grama. Passei ao lado de um pequeno cão poodle imobilizado num salto, e observei o lento movimento de suas pernas voltando a se afundar na terra.

— Meu Deus, veja *isto*! — gritou Gibberne, e nos detivemos por um instante diante de um indivíduo majestoso, com calças de flanela listradas, sapatos brancos e chapéu panamá, que se virava para piscar o olho a duas damas alegremente vestidas que iam na direção oposta. Uma piscadela, examinada com a minúcia que nos era possível, é uma coisa muito pouco atraente. Perde toda a sua qualidade de alegria esperta, e é possível perceber que o olho que pisca nunca se cerra por completo, e que sob a pálpebra que desce ainda aparece a fímbria inferior do globo ocular e uma pequena faixa branca.

— Deus me ajude a lembrar — disse eu — para nunca piscar o olho novamente.

— Ou sorrir — disse Gibberne, com os olhos pousados na dama que tinha os dentes à mostra.

— Por algum motivo está fazendo muito calor — disse eu. — Vamos mais devagar.

— Ora, siga-me! — disse Gibberne.

Seguimos por entre as cadeiras reclináveis que se espalhavam pelo gramado. Muitas das pessoas ali sentadas pareciam quase naturais em suas poses de abandono, mas os corpos retorcidos dos músicos vestidos de escarlate não eram algo muito agradável de ver. Um homem baixinho, de rosto púrpura, estava congelado no meio de uma violenta luta para aprumar um jornal contra o vento; havia vários indícios de que aquelas pessoas em atitude preguiçosa estavam expostas a uma brisa bastante forte, uma brisa que não existia absolutamente do ponto de vista das nossas sensações. Afastamo-nos da multidão, e a uma certa distância nos viramos para observá-la. Ver toda aquela gente transformada num quadro, acometida de uma rigidez que lembrava a de estátuas de cera, era algo que me deixava maravilhado.

Era absurdo, claro, mas aquilo me inundava com um sentimento de superioridade ao mesmo tempo irracional e exultante. Pensem só que prodígio! Tudo que eu havia dito, e pensado e feito desde que aquela poção começara a atuar em minhas veias acontecera, no que dizia respeito àquelas pessoas, e no que dizia respeito ao mundo em geral, no tempo de um piscar de olhos.

— O Novo Acelerador... — comecei a dizer, mas Gibberne me interrompeu.

— Lá está a maldita velha! — disse ele.

— Que velha?

— Mora na casa ao lado — disse. — Tem um cachorrinho que vive latindo. Ah, meu Deus! A tentação é forte demais!

Existe às vezes em Gibberne algo de infantil e impulsivo. Antes que eu pudesse adverti-lo ele partiu a correr, agarrou o desafortunado animal para longe das vistas de todos e partiu com ele na direção do penhasco dos Leas. Foi algo extraordinário. O pequeno bruto não ganiu nem se agitou, não deu o menor sinal de vida. Continuou imóvel, numa atitude de repouso sonolento, enquanto Gibberne o carregava pendurado pela nuca. Era como se estivesse conduzindo um cão de madeira.

— Gibberne! — gritei. — Largue o cachorro! — E depois: — Gibberne, se correr assim suas roupas vão pegar fogo! Suas calças de linho já estão escurecendo!

Ele bateu com a mão na perna da calça e deteve-se, hesitante, perto do penhasco. Fui na sua direção.

— Gibberne, solte o cão. O calor é demasiado! É porque estamos correndo! Duas ou três milhas por segundo! A fricção do ar!

— O quê? — disse ele, olhando para o cão.

— O atrito com o ar! — gritei. — A fricção. Estamos nos movendo muito depressa. Como os meteoritos. Esquenta muito. Gibberne, estou sentindo agulhadas na pele, e uma espécie de suor. Veja, as pessoas estão se movendo devagar. Acho que o efeito da substância está passando! Solte esse cachorro!

— Hein? — disse ele.

— O efeito está passando — repeti. — Estamos muito quentes e o efeito está passando. Estou todo suado.

Gibberne olhou para mim, depois para a banda, e percebemos que aquele som roufenho que ela emitia estava se tornando mais rápido. Então, com um giro vigoroso do braço arremessou o cachorro para longe; ele voou pelo espaço, rodopiando, ainda imóvel, e por fim ficou suspenso por cima de sombrinhas agrupadas de um grupo de pessoas em animada conversa. Gibberne agarrou meu cotovelo.

— Por Júpiter! — exclamou ele. — É verdade! Uma sensação de calor, de formigamento... Sim, ali está, aquele homem está movendo o lenço! Dá para perceber. Temos que sair daqui, rápido.

Mas não fomos rápidos o bastante. Para nossa própria sorte, talvez. Porque iríamos correr, e se tivéssemos corrido teríamos certamente explodido em chamas. Quase certamente teríamos irrompido em chamas! Sabe, nenhum de nós tinha pensado nisto... Mas antes mesmo que começássemos a correr o efeito da droga cessou. Foi algo que durou uma minúscula fração de segundo. O efeito do Novo Acelerador passou como uma cortina que se fecha, rápido como um aceno de mão. Ouvi a voz de Gibberne, com infinito alarme, dizendo-me para sentar. Ele deixou-se cair pesadamente sobre a grama à beira do penhasco, e eu fiz o mesmo, sentindo-me chamuscado pelo calor. Há um trecho de grama queimada bem ali, onde me sentei. Todo aquele mundo estagnado pareceu despertar quando toquei no chão, e a vibração inarticulada da banda elevou-se num brado musical, os transeuntes pisaram confiantes no solo e saíram caminhando, os jornais e as bandeirolas foram agitados pelo vento, sorrisos imóveis se transformaram em palavras, o homem concluiu sua piscadela e seguiu em frente satisfeito de si, todas as pessoas sentadas moveram-se e falaram juntas.

O mundo inteiro tinha voltado à vida, movia-se tão depressa quanto nós, ou melhor, nós é que agora não nos movíamos mais depressa do que o resto do mundo. Era como quando um trem diminui a velocidade ao se aproximar de uma estação. Tudo pareceu girar à minha volta por um ou dois segundos, tive uma forte sensação de náusea que logo passou, e isto foi tudo. E o cachorrinho que até então parecia suspenso no ar, após esgotado o impulso que Gibberne lhe dera, caiu com grande aceleração bem no meio da sombrinha de uma dama!

Foi isto o que nos salvou. A não ser por um cavalheiro idoso e corpulento numa espreguiçadeira, que teve de fato um sobressalto quando nos avistou e ficou a nos observar com um olhar cheio de suspeita, até finalmente, creio, fazer uma confidência a nosso respeito à enfermeira que o acompanhava, duvido que uma única pessoa tivesse percebido nosso aparecimento por entre a multidão. *Plop*! E de repente estávamos ali.

Nosso calor se dissipou quase imediatamente, embora a relva onde eu estava sentado continuasse quente a ponto de ser desconfortável. A atenção de todos, inclusive da banda musical da Associação de Entretenimento, que nessa ocasião, pela única vez em sua história, saiu do tom — foi atraída por aquele fato espantoso, e por um alarido e latidos ainda mais espantosos provocados pelo fato de que um cachorrinho muito bem-alimentado, que dormia placidamente num ponto a leste do coreto, tombou subitamente em cheio na sombrinha de uma dama do lado oeste, numa condição ligeiramente chamuscada devido à extrema velocidade de seu movimento através do ar. E logo nestes tempos absurdos, quando tentamos nos tornar tão paranormais, e bobos e supersticiosos quanto possível! Pessoas se ergueram e tropeçaram em outras pessoas, cadeiras foram viradas, a polícia veio correndo. De que modo o assunto foi resolvido eu não cheguei a saber; estávamos ansiosos para nos afastar daquele tumulto e ficar longe do alcance dos olhos do velho cavalheiro na espreguiçadeira, que parecia querer fazer algumas perguntas bem específicas. Assim que chegamos a uma temperatura normal e nos sentimos recuperados da tontura e da náusea, bem como da confusão mental que sentíramos, ficamos de pé e, rodeando a multidão, caminhamos apressadamente pela estrada abaixo do Metrópole, na direção da casa de Gibberne. Mas por entre a balbúrdia eu ouvi distintamente o cavalheiro sentado junto à dama que tivera a sombrinha rasgada usando uma linguagem injustificável e cheia de ameaças na direção de um daqueles funcionários que usam um boné onde está escrito "Inspetor".

— Se não foi você que atirou o cachorro — dizia ele —, então quem *foi*?

A volta súbita do movimento das pessoas e os ruídos de sempre, e a nossa ansiedade a respeito de nós mesmos (nossas roupas estavam terrivelmente quentes, e as calças brancas de Gibberne, à frente das coxas, estavam queimadas, cheias de manchas marrons) impediram as observações minuciosas que eu gostaria de ter feito sobre aquilo tudo. A verdade é que em nosso trajeto de volta não fiz quaisquer observações científicas de valor. A abelha, claro, tinha sumido. Procurei o ciclista, mas ele já tinha desaparecido quando chegamos em Upper Sandgate Road, ou estaria oculto pelo tráfego; o charabá, no entanto, com seus passageiros vivos e agitados, ia chacoalhando com boa velocidade nas proximidades da igreja.

Notamos, contudo, que o caixilho da janela por onde tínhamos saído da casa estava levemente chamuscado, e que as marcas dos nossos pés no cascalho do pátio eram anormalmente profundas.

E assim aconteceu a minha primeira experiência com o Novo Acelerador. Tudo o que fizemos, praticamente, foi correr de um lado para o outro, conversando, e fazendo todo tipo de coisas, no espaço de um ou dois segundos. Vivemos meia hora no tempo em que a orquestra tocou talvez dois compassos. Mas a sensação que tivemos foi de que o mundo inteiro havia se detido para ser examinado por nós, bem à vontade. Considerando tudo, e especialmente considerando nossa ousadia em sair da casa, a experiência poderia certamente ter sido muito mais desagradável do que foi. Ela demonstrou, sem dúvida, que Gibberne ainda tem muito a aprender antes que seu preparado se torne um produto de uso prático, mas seu funcionamento ficou demonstrado além de qualquer dúvida.

Desde a nossa aventura Gibberne tem mantido o uso da substância totalmente sob controle e, por diversas vezes, sem nenhum efeito negativo, tomei doses controladas sob sua supervisão, embora eu confesse que não me aventurei mais nas vias públicas quando sob a ação da droga. Posso revelar, por exemplo, que esta história foi escrita de um único jato, e sem interrupções, exceto uma ou outra dentada num pedaço de chocolate. Comecei às 6h25, e, agora, o ponteiro dos segundos acaba de chegar ao minuto após a meia-hora. É impossível exagerar a importância de ser capaz de um longo e ininterrupto período de trabalho bem no meio de um dia cheio de compromissos. Gibberne está envolvido agora com os aspectos quantitativos do preparado, com atenção especial à variação de seus efeitos sobre diferentes tipos de constituição física. Depois, ele espera produzir um Retardador capaz de diluir a potência excessiva do preparado atual. O Retardador, é claro, terá um efeito inverso ao do Acelerador; usado sozinho ele pode permitir que o paciente expanda alguns poucos segundos ao longo de muitas horas do tempo normal, mantendo assim uma espécie de inatividade apática, uma gélida ausência de alacridade, no meio dos mais movimentados ou incômodos ambientes. Estas duas substâncias juntas devem promover uma completa revolução em nosso mundo civilizado. É o começo da nossa libertação daquilo que Carlyle chamava "as Roupas do Tempo". Enquanto o Acelerador permitirá que nos concentremos com total energia em qualquer momento ou ocasião que exija de nós o máximo de nossa percepção ou do nosso vigor, o Retardador nos permitirá passar com passiva tranquilidade qualquer período de tempo em que predomine o sofrimento ou o tédio. Talvez eu esteja sendo um pouco otimista quanto ao Retardador, que afinal ainda está por ser descoberto, mas quanto ao Acelerador não pode haver qualquer dúvida. É apenas uma questão de poucos meses a sua introdução no mercado, num formato conveniente, controlável e fácil de assimilar. Poderá ser obtido junto a laboratórios químicos e drogarias, em pequenos frascos verdes, a um preço alto mas, considerando suas extraordinárias qualidades, nada excessivo. Deverá chamar-se o Acelerador Nervoso de Gibberne, e ele tem a esperança de fornecê-lo em três dosagens: uma de 200, outra de 900 e outra de 2.000, que poderão ser distinguidas pelas suas embalagens amarela, cor-de-rosa e branca, respectivamente.

Não há dúvida de que sua utilização tornará possível uma grande variedade de coisas extraordinárias, porque, sem dúvida, as ações mais notáveis e até mesmo criminosas poderão ser levadas a efeito dessa forma, passando, por assim dizer, pelos interstícios do tempo. Como todas as substâncias realmente poderosas, ela está sujeita a ser mal utilizada. Mas já discutimos exaustivamente este aspecto da questão, e chegamos à conclusão de que isto é apenas uma questão de jurisprudência médica, algo totalmente fora da nossa especialidade. Vamos fabricar e vender o Acelerador; e quanto às consequências... veremos.

Pollock e o homem do Porroh

Foi numa aldeia pantanosa entre os rios por trás da Península de Tumer que Pollock encontrou pela primeira vez o homem do Porroh. As mulheres daquele povo são famosas por sua beleza; são Gallinas com uma gota de sangue europeu que data dos tempos de Vasco da Gama e dos ingleses que traficavam escravos, e o homem do Porroh, também, talvez tivesse algo de caucasiano em suas veias. (É curioso imaginar que alguns entre nós podem ter primos distantes devorando seres humanos na Ilha de Sherboro, ou cavalgando com os Sofas.)[5] De qualquer modo, o homem do Porroh esfaqueou a mulher no coração como se fosse um italiano pobre qualquer, e por um triz não matou Pollock. Mas Pollock, usando o revólver para bloquear a punhalada dirigida ao seu músculo deltoide, jogou longe a lâmina, e acertou a mão do homem com um tiro.

Atirou de novo e errou, fazendo abrir de súbito mais uma janela na parede da cabana. O homem do Porroh parou no umbral, olhando para Pollock por baixo do braço. Pollock teve esta última visão de seu rosto, invertido, à luz do sol, e no momento seguinte estava só, tonto e trêmulo pela excitação do combate, na penumbra da cabana. Tudo aconteceu em menos tempo do que se leva para ler estas frases.

A mulher estava morta de fato, e assim que teve certeza disto Pollock foi à porta da cabana e olhou para fora. No exterior, a luz era ofuscante. Meia dúzia dos carregadores da expedição estavam em pé, agrupados perto das cabanas verdes que ocupavam, olhando para ele e imaginando o que queriam dizer aqueles tiros. Por trás do pequeno grupo estendia-se um lamaçal fétido que ia até o rio, um tapete verde de papiros e de plantas aquáticas, e depois a água cor de chumbo. Além da correnteza, os mangues se erguiam indistintos, por entre a névoa azulada. Não havia nenhum sinal de alvoroço no vilarejo acanhado, cuja cerca mal era visível por cima do taquaral.

Pollock saiu da cabana e caminhou cheio de cautela até o rio, olhando de vez em quando por cima do ombro. Mas o homem do Porroh sumira. Ele apertou o revólver com a mão nervosa.

Um dos homens veio ao seu encontro, apontando para o mato, próximo à cabana, onde o homem do Porroh tinha desaparecido. Pollock tinha a irritante impressão de ter feito o papel de um idiota completo; sentia-se amargo e furioso ao ver o rumo que as coisas tinham tomado. Ao mesmo tempo, teria que relatar tudo a Waterhouse, o meticuloso, moralista e exemplar Waterhouse, o qual sem dúvida iria considerar aquilo um caso muito sério. Pollock praguejou amargamente contra a própria sorte, contra Waterhouse, e especialmente contra a Costa Ocidental da África. Estava farto daquela expedição. E durante todo o tempo uma dúvida persistia em sua mente: onde, no horizonte visível, poderia estar o homem do Porroh?

Talvez pareça chocante, mas o assassinato que acabara de acontecer não lhe importava muito. Tinha visto tanta brutalidade durante os últimos meses, tantas mulheres mortas, cabanas incendiadas, esqueletos ressequidos, ao longo de todo o rio Kittam, à passagem da cavalaria dos Sofas, que seus sentidos estavam um tanto embotados. O que o preocupava era a convicção de que seus problemas estavam apenas começando.

Ele praguejou furioso contra o negro, que se atrevera a perguntar algo, e rumou para a tenda embaixo das laranjeiras, onde Waterhouse estava deitado. Ia com a exasperante sensação de um garoto indo se apresentar ao diretor da escola.

Waterhouse ainda estava adormecido devido ao efeito de sua última dose de clorodina. Pollock sentou-se num baú perto da cama e, acendendo o cachimbo, esperou que ele acordasse. Por todo lado estavam espalhados os vasos e as armas que Waterhouse recolhera entre o povo dos Mendi, e que agora estava embalando para a viagem de canoa até Sulyma.

Por fim Waterhouse acordou, e depois de se espregui-
çar meticulosamente decidiu que estava de volta ao seu estado
normal. Pollock serviu-lhe chá. Depois do chá, contou-lhe os
acontecimentos da tarde, não sem antes fazer uma porção de
rodeios. Waterhouse levou o caso muito mais a sério do que
Pollock tinha previsto. Não apenas desaprovou o que ele tinha
feito, mas repreendeu-o, praguejando.

— Você é um desses imbecis que acham que um negro não é um ser humano — disse ele. — Não posso passar
um dia doente sem que você se meta em algum tipo de com-
plicação. É a terceira vez em um mês que você bate de frente
com um nativo, e desta vez pode ter como certo que ele vai
se vingar. E ainda por cima um homem do Porroh! Já estão
furiosos com você por ter rabiscado seu nome em cima daquele ídolo. E esses sujeitos são os demônios mais vingativos que
existem sobre a Terra. Você faz um homem se envergonhar de
ser civilizado. E pensar que você vem de uma família decente!
Se eu ainda voltar a me misturar com gente jovem assim, pre-
conceituosa, estúpida, eu...

— Devagar, hem? — rosnou Pollock, num tom que
sempre deixava Waterhouse exasperado. — Vá devagar.

Com isto, Waterhouse ficou sem fala. Pôs-se de pé
com um salto.

— Olhe aqui, Pollock — disse ele, depois de um esforço para voltar a respirar normalmente. — Você vai embora
para casa. Não quero mais você aqui. Já estou doente o bastante, e você...

— Pode se poupar — disse Pollock, encarando-o. —
Estou pronto para cair fora.

Waterhouse recuperou a calma e sentou-se num
banquinho.

— Muito bem — disse ele. — Não quero briga com
você, Pollock, você sabe disso, mas é muito irritante ver os meus
projetos aqui sendo prejudicados por esse tipo de acontecimento.
Irei com você até Sulyma, e o deixarei a bordo, em segurança...

— Não é preciso — disse Pollock. — Posso ir sozinho, daqui mesmo.

— Não irá longe — disse Waterhouse. — Você não entende esses sujeitos do Porroh.

— Como eu podia saber que ela pertencia a um deles? — disse Pollock com amargura.

— Pois era este o caso — disse Waterhouse —, e o que está feito não pode ser desfeito. Você parece não entender que são os feiticeiros do Porroh que governam este lugar aqui. Eles são a lei local, a religião, a Constituição, a medicina, a mágica... São eles que indicam os chefes. A Inquisição, em seu período mais forte, nem se compara a estes indivíduos. O tal sujeito provavelmente vai jogar Awajale, o chefe local, contra nós. Nossa sorte é que nossos carregadores são todos Mendis. Vamos ter que abandonar o nosso alojamento aqui. Diabos, Pollock! E, é claro, você tem que ir embora sem cruzar com o sujeito.

Ficou pensativo, e seus pensamentos não pareciam nada agradáveis. Finalmente ficou em pé e empunhou o fuzil.

— Eu não me afastaria muito, se fosse você — disse por cima do ombro, ao sair da barraca. — Vou ver o que consigo apurar.

Pollock ficou sentado, meditando. "Só consigo viver dentro da civilização", disse ele para si mesmo. "Quanto mais cedo puder voltar para Londres ou Paris, melhor."

Seu olhar pousou sobre a caixa lacrada onde Waterhouse guardara as flechas envenenadas e sem plumas que eles tinham comprado no país dos Mendis. "Bem que eu podia ter acertado aquele vagabundo num ponto vital", disse com azedume.

Waterhouse demorou a voltar, e não estava comunicativo, embora Pollock o crivasse de perguntas. Ao que parecia, o tal homem do Porroh era um membro importante da comunidade dos feiticeiros. A aldeia estava interessada nos acontecimentos, mas não de forma ameaçadora. Não havia dúvida de que o feiticeiro tinha se embrenhado no mato. Era um bruxo experiente.

— Claro que ele está preparando alguma coisa — disse Waterhouse, e ficou em silêncio.

— Mas o que ele pode fazer? — perguntou Pollock.

— Eu preciso tirar você daqui. Eles devem estar tramando alguma coisa, senão a aldeia não estaria tão quieta — disse Waterhouse, depois de um longo silêncio.

Pollock quis saber o que eles poderiam estar tramando.

— Estão dançando num círculo de caveiras — disse Waterhouse — e fervendo alguma coisa malcheirosa num vaso de cobre.

Pollock pediu detalhes. Waterhouse respondeu de maneira vaga, e ele o pressionou. Por fim Waterhouse perdeu a paciência.

— Como diabos posso saber? — disse ele quando Pollock lhe perguntou pela vigésima vez o que o homem poderia fazer contra ele. — Ele tentou matá-lo imediatamente lá na cabana. *Agora*, pode estar planejando algo mais elaborado. Mas não vamos demorar para ficar sabendo. E não quero aumentar seu nervosismo. Provavelmente é tudo apenas maluquice.

Naquela noite, quando estavam sentados junto à fogueira, Pollock tentou mais uma vez interrogar Waterhouse sobre os métodos empregados pelos bruxos do Porroh.

— É melhor você ir dormir — disse Waterhouse, quando a ansiedade do outro ficou muito visível. — Amanhã vamos levantar cedo. E você pode precisar de toda a sua energia.

— Mas que tipo de coisa ele pode tentar?

— Não sei. São um povo cheio de recursos. Conhecem uma porção de truques estranhos. Você bem que poderia perguntar àquele diabo cor de cobre, Shakespear, talvez ele diga alguma coisa.

Houve um clarão e um estampido, na escuridão por trás das cabanas, e uma bala de argila passou zunindo pela cabeça de Pollock. Isto, pelo menos, era bastante rudimentar. Os negros e mestiços que estavam sentados bocejando em torno de sua própria fogueira deram um salto, assustados, e alguém respondeu com um tiro na escuridão.

— É melhor você entrar na cabana — disse Waterhouse com muita calma, sem se mover.

Pollock ficou de pé, junto à fogueira, e puxou o revólver. Lutar era algo que não lhe dava medo. Mas um homem envolto pela escuridão está protegido pela melhor das armaduras. Reconhecendo a validade do conselho de Waterhouse, ele entrou na barraca e deitou-se.

O pouco sono que teve foi perturbado por pesadelos, pesadelos variados, mas onde aparecia sempre o rosto do homem do Porroh, de cabeça para baixo, na posição em que ele olhara para Pollock, por sob o braço, ao fugir da cabana. Era estranho como aquela impressão passageira tinha se fixado tão firmemente na memória de Pollock. Além disso, ele sentia-se incomodado por dores estranhas nos membros.

Na névoa esbranquiçada do amanhecer, enquanto os homens carregavam as canoas, uma flecha farpada surgiu vibrando no chão, perto dos pés de Pollock. Os negros fizeram uma busca desinteressada no matagal, que não resultou em nenhuma captura.

Depois dessas duas ocorrências, a expedição começou a manifestar certa tendência a deixar Pollock sozinho, e pela primeira vez ele se viu desejando ansiosamente a companhia dos negros. Waterhouse embarcou na primeira canoa, e Pollock, mesmo desejoso de manter uma conversa amistosa com o outro, teve que embarcar na segunda. Foi deixado sozinho na proa, e teve muito trabalho para obrigar os negros, que não simpatizavam com ele, a manter a embarcação no meio do rio, deixando cerca de cem metros de distância entre eles e a margem. E obrigou Shakespear, o mestiço de Freetown, a vir para sua extremidade da embarcação e contar-lhe tudo que sabia sobre os Porroh, o que Shakespear, ao perceber que não poderia deixar Pollock sozinho, fez com entusiasmo.

O dia passou. A canoa deslizou suavemente pela faixa de água da lagoa, por entre o arrastão das folhas de fícus, de troncos de árvores, papiro e folhas de palmeira, e tendo à esquerda o vulto pantanoso do mangue, através do qual era possível ouvir de vez em quando o ruído da arrebentação das ondas do Atlântico. Shakespear lhe contava com sua voz suave e seu inglês confuso como os Porroh eram capazes de lançar maleficios; como os homens definhavam sob a sua maldição; como eles eram capazes de enviar pesadelos e demônios às mentes alheias; como eles atormentaram e mataram os filhos de Ijibu; como sequestraram um comerciante branco de Sulyma que maltratara um membro da seita, e qual o estado do corpo desse homem quando foi descoberto. E depois de cada narrativa Pollock amaldiçoava em voz baixa a escassez de missionários que permitia a existência de tais coisas, e a inércia do governo britânico que administrava aquele território pagão de Serra Leoa. À noite eles chegaram ao Lago Kasi, afugentando algumas dezenas de crocodilos para longe da ilhota onde acamparam para dormir.

No dia seguinte chegaram a Sulyma, sentindo o cheiro da maresia, mas Pollock teve que esperar ali durante cinco dias até poder seguir para Freetown. Waterhouse, achando que ali ele estava em relativa segurança, e já dentro dos limites da influência de Freetown, deixou-o para trás e voltou com a expedição para Gbemma, enquanto Pollock começava uma amizade com Perera, o único mercador branco residente em Sulyma — ficaram tão amigos, de fato, que andavam juntos para toda parte. Perera era um pequeno judeu português que tinha vivido na Inglaterra, e considerava a amizade daquele inglês como um grande elogio.

Durante dois dias, nada de extraordinário aconteceu; na maior parte do tempo Pollock e Perera jogaram "Napoleão" — o único jogo de cartas que ambos conheciam — até Pollock contrair uma dívida. Depois, na segunda noite, Pollock teve a desagradável indicação de que o homem do Porroh tinha chegado a Sulyma ao ser ferido no ombro por um estilhaço de ferro. Foi um disparo feito a distância, e o projétil já estava quase sem força quando o atingiu. Mesmo assim, o recado era claro. Pollock passou a noite inteira sentado na rede, de revólver em punho, e na manhã seguinte contou o acontecido, até certo ponto, ao anglo-português.

Perera levou o assunto a sério. Conhecia muito bem os costumes locais.

— É uma questão pessoal, não esqueça disto. É vingança. E é claro que ele está com pressa, porque sabe que você vai deixar o país. Nenhum destes nativos ou destes mestiços vai interferir a seu favor, a não ser que você faça com que valha a pena. Se você o encontrar por acaso, atire. Mas ele pode atirar em você também.

"Além disso", prosseguiu Perera, "existe essa maldita magia. Claro que não acredito em nada, é mera superstição, mas mesmo assim não é agradável pensar que onde quer que você esteja lá está um negro que nas noites de luar fica dançando em volta do fogo para lhe causar pesadelos... Tem tido algum pesadelos?".

— Muitos — disse Pollock. — Fico vendo a cabeça invertida daquele vagabundo, sorrindo e mostrando os dentes do jeito que fez na cabana; ela chega bem perto, depois se afasta para longe, depois vem de novo... Não é nada que me ameace, mas no sono me deixa paralisado de terror. São uma coisa estranha, os sonhos. O tempo todo eu sei que é um sonho, mas não consigo acordar.

— É apenas uma fantasia, provavelmente — disse Perera. — Bem, os meus negros dizem que os homens do Porroh são capazes de mandar cobras. Tem visto alguma?

— Uma, somente. Matei-a hoje de manhã, no chão, perto da minha rede. Quase pisei nela ao me levantar.

— *Ah!* — disse Perera. E depois, num tom tranquilizador: — Claro que é uma coincidência. Ainda assim, eu ficaria de olhos abertos. E há também a dor nos ossos.

— Achei que era devido à impureza do ar.

— Talvez seja. Quando começou?

Nesse instante Pollock lembrou que tinha percebido as dores na noite após a briga na cabana.

— Minha opinião é que ele não quer matá-lo — disse Perera. — Pelo menos, não por enquanto. Já ouvi dizer que o costume deles é assustar e inquietar um homem com feitiços, com ataques que falham por pouco, com dores reumáticas, pesadelos e tudo o mais, até que o homem se cansa da vida. Claro, tudo não passa de blá-blá-blá, você sabe. Não devia se preocupar... Mas fico imaginando o que ele vai tentar em seguida.

— Vou ter que pensar em alguma coisa antes — disse Pollock, pousando um olhar soturno nas cartas que Perera colocava sobre a mesa. — Não fica bem para minha dignidade estar sendo seguido, sendo alvejado, e incomodado dessa forma. Fico pensando se essa superstição dos Porroh é capaz de trazer azar no jogo. — Lançou um olhar cheio de desconfiança para Perera.

— É muito provável — disse o outro com jovialidade, traçando o baralho. — São excelentes pessoas.

Naquela tarde, Pollock matou duas cobras que achou dentro da rede, e o número de formigas vermelhas que infestavam o lugar aumentou extraordinariamente; esses incômodos o irritaram a ponto de fazê-lo chamar um valentão Mendi com quem ele já negociara antes. O Mendi mostrou a Pollock um pequeno punhal de ferro, e ensinou como golpear com ele no pescoço, de uma maneira que fez Pollock estremecer. Em troca de algumas instruções Pollock prometeu-lhe uma pistola de dois canos com um fecho ornamental.

À noite, quando Pollock e Perera jogavam cartas, o valentão Mendi surgiu porta adentro, carregando alguma coisa num pano embebido em sangue.

— Aqui não! — exclamou Pollock, apressadamente. — Aqui não!

Mas não foi rápido o bastante para impedir que o homem, ansioso pelo pagamento prometido, desfizesse o pacote e jogasse a cabeça do homem do Porroh em cima da mesa. Dali ela repicou até o chão, deixando um rastro de sangue sobre as cartas, e rolou para um canto do aposento, onde se imobilizou, invertida, com os olhos abertos voltados para Pollock.

Perera deu um salto quando a coisa tombou no meio das cartas, e no seu nervosismo começou a exclamar coisas em português. O Mendi fez uma reverência, com o pano ensanguentado na mão.

— A pistola! — disse ele.

Pollock tinha os olhos fitos na cabeça imóvel no recanto. Ela tinha exatamente a mesma expressão que o perseguia nos pesadelos. Alguma coisa pareceu se partir na sua mente enquanto a contemplava.

Por fim Perera reencontrou seu inglês.

— Você mandou matá-lo? — disse. — Por que não o matou você mesmo?

— E por que deveria?

— Mas agora ele não pode desfazer nada!

— Desfazer *o quê*? — disse Pollock.

— E estragou meu baralho, todo!

— *O que* quer dizer com "desfazer"? — disse Pollock.

— Você vai ter que me mandar um baralho novo de Freetown. Há baralhos à venda, lá.

— Sim, mas... "desfazer"?

— É só uma superstição. Eu tinha esquecido. Os negros dizem que se os feiticeiros... e esse sujeito era um feiticeiro... Mas tudo isto é bobagem. Você tem que obrigar o homem do Porroh a desfazer o feitiço, ou então matá-lo pessoalmente. Uma idiotice.

Pollock praguejou em voz baixa, ainda de olho no canto da sala onde jazia a cabeça.

— Não suporto esse olhar — disse. De repente correu na direção da coisa e deu-lhe um pontapé. Ela rolou alguns metros, e voltou a se imobilizar na mesma posição anterior, invertida, olhando para ele.

— É um sujeito feio — disse o anglo-português. — Muito feio. Eles fazem isso no rosto com umas faquinhas pequenas.

Pollock estava a ponto de chutar a cabeça novamente quando o Mendi tocou no seu braço.

— A pistola? — insistiu o homem, olhando a cabeça com nervosismo.

— Dou-lhe duas, se levar para longe essa coisa amaldiçoada — disse Pollock.

O Mendi balançou a cabeça, e insinuou que queria apenas a pistola que lhe era devida, e se daria por satisfeito.

Pollock logo descobriu que nem subornos nem ameaças eram capazes de convencê-lo. Perera tinha uma pistola para vender (o que fez com um lucro de trezentos por cento), e com isto o homem foi embora. Os olhos de Pollock, contra sua vontade, foram atraídos de novo pela coisa caída no chão.

— É engraçado, ele fica sempre de cabeça para baixo — disse Perera, com um riso inseguro. — O cérebro dele deve ser pesado, como o peso que tem naquelas pequenas imagens, que voltam sempre à mesma posição porque estão cheias de chumbo. Você vai ter que levá-lo consigo quando for embora. Bem que podia levá-lo agora mesmo. As cartas estão inutilizadas. Há um homem que vende baralhos novos em Freetown. Esta sala está imunda agora. Você devia tê-lo matado pessoalmente.

Com um esforço enorme de autocontrole, Pollock avançou e segurou a cabeça. Pendurou-a num gancho de pendurar lanternas que havia no teto do seu quarto, e foi logo cavar uma sepultura para ela. Tinha a impressão de tê-la pendurado pelos cabelos, mas devia ter se enganado, porque quando voltou para buscá-la ela estava invertida, pendurada pelo pescoço.

Ele a enterrou antes do sol se pôr, ao norte da cabana onde estava alojado, de modo a não ter de passar por perto dela no escuro, quando voltasse da casa de Perera. Antes de dormir ainda teve de matar duas cobras. Noite alta, acordou com um sobressalto, e ouviu algo que se arrastava no chão. Sentou na rede, sem fazer barulho, e tateou embaixo do travesseiro até encontrar o revólver. Ouviu uma espécie de grunhido, e atirou naquela direção. Houve um ganido, e ele avistou uma coisa escura fugindo através da vaga luz azulada do umbral da porta. "Um cachorro", murmurou ele, deitando-se para dormir de novo.

Na primeira luz do amanhecer, ele voltou a acordar, com uma sensação estranha de inquietude. A sensação dolorida nos ossos tinha voltado. Durante algum tempo ficou olhando as formigas vermelhas que fervilhavam no teto, e depois, quando a luminosidade aumentou, olhou por sobre a borda da rede e viu uma coisa escura no chão. Deu um salto tão violento que a rede virou, derrubando-o.

Ele se viu caído no chão a cerca de um metro de distância da cabeça do homem do Porroh. Tinha sido desenterrada pelo cachorro, e seu nariz estava cruelmente maltratado. Formigas e moscas agitavam-se sobre ela. Por uma estranha coincidência, estava mais uma vez em posição invertida, e com a mesma expressão diabólica nos olhos.

Pollock ficou paralisado por algum tempo, olhando aquele horror. Depois ficou de pé e deu uma grande volta, rodeando a cabeça, até sair da cabana. A luz clara do sol nascente, o sussurro da vegetação agitada pela brisa e a imagem da sepultura vazia, revolvida pelas garras do cão, aliviaram um pouco o peso sobre sua mente.

Contou o fato a Perera em tom de piada, mas uma piada dita com os lábios sem sangue.

— Não devia ter assustado o cachorro — disse Perera, com uma hilaridade mal fingida.

Os dois dias seguintes, até a chegada do barco a vapor, foram usados por Pollock para tentar se livrar daquela coisa de um modo mais eficaz. Dominando a repulsa que sentia em tocar na cabeça, ele a levou até a boca do rio e a atirou no mar, mas por algum milagre ela escapou aos crocodilos e a maré a trouxe de volta até um lamaçal próximo, onde foi encontrada por um esperto mestiço árabe, que ao anoitecer veio vendê-la como curiosidade a Pollock e Perera. O mestiço demorou-se ali por algum tempo, à luz do crepúsculo, pedindo preços cada vez mais baixos, e por fim, assustado pelo medo evidente que aqueles dois brancos tinham pela coisa, foi embora, e ao passar pela cabana de Pollock atirou-a lá dentro, onde ela foi descoberta por ele na manhã seguinte.

Nesse momento, Pollock deixou-se arrastar para uma espécie de frenesi. Decidiu queimar a cabeça. À luz do alvorecer ele deixou a cabana e antes de o sol esquentar já tinha construído uma pira com galhos de arbustos secos. Foi interrompido pelo apito do pequeno barco a vapor movido à roda que vinha de Monrovia na direção de Bathurst, e que entrava agora pela barra do porto. "Graças a Deus!", pensou Pollock, com infinita contrição, quando percebeu o que aquele som significava. Com mãos trêmulas ele acendeu às pressas a pira de madeira, jogou sobre ela a cabeça e correu para fazer a mala e despedir-se de Perera.

Naquela tarde, com uma sensação de infinito alívio, Pollock observou as margens lamacentas e planas de Sulyma desaparecerem a distância. Aquela fenda na longa linha branca da arrebentação foi se tornando cada vez menor; parecia estar se fechando e isolando-o por fim de todos os seus problemas. A sensação de medo e angústia começou a deixá-lo pouco a pouco. Em Sulyma, o ar parecia estar carregado de crença na maldade e no poder mágico do Porroh; aquela presença era algo vasto, impregnado, ameaçador, terrível. Agora, ele parecia perceber que o domínio do Porroh ocorria apenas num minúsculo espaço, uma pequena faixa escura de terra entre o oceano e as montanhas Mendi, enevoadas e distantes.

— Adeus, Porroh! — disse Pollock. — E estou dizendo "adeus", não "até logo".

O capitão do vapor aproximou-se e se debruçou na amurada perto dele, dando-lhe boa tarde, e lançando uma cusparada na esteira revolta de espumas, num sinal de rude camaradagem.

— Recolhi uma curiosidade muito esquisita hoje, na praia — disse o capitão. — Nunca vi nada parecido da Índia até aqui.

— E o que seria? — perguntou Pollock.

— Cabeça em conserva — disse o capitão.

— O quê! — exclamou Pollock.

— Defumada. A cabeça de um desses sujeitos do Porroh, toda enfeitada com cortes de faca. Epa! O que houve?! Nada? Bem, não pensei que você fosse um cara nervoso. Seu rosto está verde. Deus do céu. Você não daria um bom marinheiro. Está tudo bem?... Deus do céu, você fez uma cara... Bem, eu estava lhe contando que me apareceu essa coisa esquisita. Guardei-a junto com algumas cobras numa jarra de vidro com álcool, na minha cabine, onde guardo curiosidades assim.

O diabo me leve se a coisa não está flutuando de cabeça para baixo... Epa!

Pollock tinha soltado um grito inarticulado, agarrando os cabelos. Correu para perto da grande roda do barco, com a ideia confusa de se jogar ao mar, mas logo se controlou e voltou para perto do capitão.

— Aqui! — gritou o capitão. — Jack Philips, afaste de mim esse sujeito! Para trás! Não chegue mais perto, mister! O que diabo lhe deu? Ficou maluco?

Pollock levou a mão à testa. Não adiantava tentar explicar.

— Acho que fico meio maluco às vezes — disse ele. — É uma dor que me dá aqui. Vem de repente. Espero que me desculpe.

Estava lívido, e coberto de suor. Percebeu de repente o perigo que corria se alguém ali duvidasse de sua sanidade mental. Fez de tudo para reconquistar a confiança do capitão, respondendo suas perguntas bem-intencionadas, acatando suas sugestões, até mesmo aceitando um gole de conhaque; e, depois, iniciando uma série de perguntas sobre o seu hábito de colecionar curiosidades. O capitão descreveu detalhadamente a cabeça. O tempo inteiro Pollock lutava contra a ideia absurda de que o barco era transparente como se fosse feito de vidro, e que ele era capaz de ver a cabeça invertida olhando para ele de dentro da cabine, abaixo dos seus pés.

O tempo que Pollock passou no barco foi quase tão terrível quanto o de Sulyma. O dia inteiro tentava se controlar, a despeito da sensação intensa da proximidade daquela horrível cabeça, que parecia eclipsar sua mente. À noite, seu pesadelo voltava, até que, com um esforço violento, ele conseguia despertar, rígido de horror, e com o fantasma de um grito rouco preso na garganta.

A cabeça ficou para trás em Bathurst, quando ele se transferiu para um barco que ia para Tenerife; mas não seu pesadelo, nem a dor que lhe martirizava os ossos. Em Tenerife, fez baldeação para um navio de passageiros da Cidade do Cabo, mas a cabeça o perseguiu. Ele entregou-se ao jogo, ao xadrez, até mesmo à leitura de livros, mas sabia o perigo de beber álcool. E no entanto todas as vezes que se deparava com uma sombra arredondada, ou que um objeto redondo e escuro entrava em seu campo de visão, ele o fitava com medo de enxergar a cabeça — e acabava vendo-a. Sabia muito bem que estava sendo traído por sua imaginação, mas havia momentos em que o navio no qual viajava, os outros passageiros, a tripulação, o próprio oceano, tudo não passava de uma película fantasmagórica que se erguia, mal conseguindo dissimular alguma coisa, entre ele e outro mundo, real e horrível. E então o homem do Porroh, projetando sua cabeça diabólica através daquela cortina, era a única coisa verdadeira e incontestável. Em momentos assim ele ficava de pé, tocava em objetos, punha comida na boca, mordia alguma coisa, queimava os dedos com um fósforo, enfiava uma agulha em si mesmo.

Assim, nessa batalha soturna e silenciosa contra sua imaginação febril, Pollock chegou à Inglaterra. Desembarcou em Southampton e foi direto da estação de Waterloo, num carro de aluguel, até o banco onde tinha conta, na rua Cornhill. Ali, manteve uma reunião a portas fechadas com seu gerente, e durante todo o tempo a cabeça ficou pendurada como um ornamento por cima do consolo de mármore negro da lareira, gotejando sobre o guarda-fogo. Ele podia ouvir as gotas caindo, e ver as manchas vermelhas sobre o guarda-fogo.

— Uma bela samambaia — disse o gerente, seguindo a direção do seu olhar. — Mas deixa o guarda-fogo meio oxidado.

— Muito — disse Pollock. — *Muito* bela, a samambaia. Isso me lembra uma coisa. Pode me recomendar um médico para problemas mentais? Tenho tido um pouco de, como se chama mesmo? Alucinação.

A cabeça soltou uma gargalhada selvagem, brutal. Pollock ficou surpreso ao ver que o gerente nada percebeu — ficou apenas olhando para seu rosto.

Com o endereço de um médico, Pollock voltou à rua Cornhill. Não havia nenhum carro de aluguel à vista, de modo que ele seguiu para o lado oeste e foi até a esquina, pensando em atravessar até a Mansion House. Cruzar aquela esquina não é uma tarefa fácil, mesmo para um habitante experimentado de Londres; carros, furgões, carruagens, carros do correio, ônibus, tudo passa por ali numa corrente incessante; para alguém recém-chegado de Serra Leoa e seus desertos sujeitos à malária é uma confusão fervilhante e enlouquecedora. E quando uma cabeça em posição invertida começa a saltar, como uma bola de borracha, entre as pernas do indivíduo, deixando visíveis marcas de sangue cada vez que se choca com o chão, fica ainda mais difícil evitar um acidente. Pollock ergueu convulsivamente os pés tentando evitá-la, e depois tentou desferir pontapés contra a coisa, até que algo se chocou com violência por trás, e uma dor ardente se espalhou pelo seu braço.

Tinha sido atingido pelo varal de um ônibus, e três dedos de sua mão esquerda foram esmagados pelo casco de um dos cavalos — os mesmos dedos, aliás, que ele tinha usado ao disparar o tiro contra o homem de Porroh. Conseguiram puxá-lo de baixo das pernas do cavalo, e acharam nos dedos esmagados o papel com o endereço de um médico.

Durante dois dias as sensações de Pollock estiveram impregnadas do cheiro doce e pungente do clorofórmio; cirurgias dolorosas não lhe produziram a menor dor, e ele limitou-se a ficar deitado, recebendo comida e bebida. Depois teve um pouco de febre, e sentiu muita sede, e seu velho pesadelo retornou. Somente então ele percebeu que não tinha aquele sonho havia um dia inteiro.

— Se tivessem esmagado minha cabeça, ao invés dos meus dedos, ele teria desaparecido — disse Pollock, olhando pensativo para uma almofada escura que naquele instante parecia assumir o formato de uma cabeça humana.

Na primeira oportunidade que teve, contou ao médico sobre os seus problemas mentais. Sabia com clareza que acabaria louco se alguém não interviesse para salvá-lo. Explicou que tinha testemunhado uma decapitação no Daomé, e agora estava sendo assombrado por uma daquelas cabeças. Naturalmente, não deu o trabalho de contar o que de fato acontecera. O médico tinha uma expressão grave.

Depois de algum tempo perguntou, hesitante:

— Na infância, você teve educação religiosa?

— Muito pouca — disse Pollock.

Uma sombra passou sobre o rosto do médico.

— Não sei se você já ouviu falar das curas miraculosas... claro, pode ser que não sejam de fato miraculosas... que têm acontecido em Lourdes.

— Receio que uma cura pela fé não funcione comigo — disse Pollock, sem tirar os olhos da almofada escura.

A cabeça retorceu suas feições cobertas de cicatrizes, fazendo uma careta abominável. O médico tentou uma abordagem diferente.

— Tudo isso não passa de imaginação — disse, num tom inesperadamente brusco. — É um caso típico de cura pela fé, de qualquer modo. Seu sistema nervoso sofreu um esgotamento, e você está naquele estado crepuscular em que as alucinações brotam com facilidade. A forte impressão que sofreu foi demais para você. Vou dar-lhe um preparado para reforçar seu sistema nervoso, principalmente seu cérebro. E você deve fazer exercícios.

— Não sou alguém que se cure pela fé — disse Pollock.

— E precisa restaurar seu tônus. Vá para algum lugar com ar estimulante: Escócia, Noruega, os Alpes...

— Jericó, se preferir — disse Pollock. — Para onde foi Naamã.[6]

Assim que os dedos cicatrizaram, contudo, Pollock fez uma corajosa tentativa de seguir a sugestão do médico. Era o mês de novembro; tentou jogar futebol, mas para ele o jogo se resumia a correr pelo campo chutando furiosamente uma cabeça invertida. Não conseguia jogar. Chutava às cegas, com uma espécie de horror, e quando eles o mandaram para o gol, e a bola foi erguida na área sobre sua cabeça, ele se afastou gritando. As histórias comprometedoras que o fizeram abandonar a Inglaterra para vaguear pelos trópicos o tinham afastado de todo convívio social a não ser o de um pequeno grupo masculino, e agora seu comportamento cada vez mais excêntrico estava afastando até mesmo esses amigos.

A coisa não era apenas uma alucinação visual, agora; ela tagarelava, falava com ele. Acabou sendo invadido por um medo terrível — de que quando agarrasse aquela aparição ela não *revelasse* ser apenas uma peça da mobília, mas uma verdadeira cabeça humana. Quando estava a sós, ele amaldiçoava a coisa, desafiava-a, suplicava; uma ou duas vezes, a despeito do seu soturno autocontrole, dirigiu-lhe a palavra na frente de outras pessoas. Sentia crescer a desconfiança nos olhos de quem quer que o observasse: a dona do apartamento, a arrumadeira, o criado de quarto.

Um dia, no começo de dezembro, seu primo Arnold — seu parente mais próximo — apareceu para vê-lo e levá-lo para sair um pouco, depois que viu seu rosto amarelado, murcho, com olhos febris e atentos. A Pollock, pareceu que o chapéu que o primo segurava na mão não era absolutamente um chapéu, mas uma cabeça de Górgona que o fitava de cabeça para baixo, e cujos olhos desequilibravam sua razão. Ele arranjou uma bicicleta e, pedalando na estrada coberta de gelo de Wandsworth até Kingston, viu a coisa rolando ao seu lado, e deixando um rastro escuro por onde passava. Trincou os dentes e pedalou mais depressa. De repente, ao descer a colina na direção do Richmond Park, a aparição rolou para sua frente, sob a roda dianteira, tão depressa que não teve tempo de pensar, e, girando o guidão para evitá-la, foi atirado com violência sobre um monte de pedras e partiu o pulso esquerdo.

O fim de tudo foi na manhã do Natal. A noite inteira ele esteve febril, as ataduras envolvendo seu pulso como um cinturão de fogo, os pesadelos mais vívidos e terríveis do que nunca. Na luz fria, incerta e descolorida de antes do amanhecer, sentou na cama e viu a cabeça sobre uma prateleira, no lugar do vaso de bronze que estava ali na noite passada.

— Eu sei que é um vaso de bronze — disse ele, com a dúvida gelando seu coração. Mas não pôde mais resistir, e levantou da cama bem devagar, tremendo-se todo, e foi até o vaso com a mão erguida. Com certeza ia perceber agora que a imaginação o enganara, iria reconhecer o brilho característico do bronze. Finalmente, depois de uma hesitação que pareceu durar séculos, seus dedos tocaram na superfície da cabeça coberta de cortes feitos à faca. Ele os recolheu, num gesto espasmódico. Tinha alcançado o último estágio. O sentido do tato também o estava traindo.

Tremendo, esbarrou de encontro à cama, chutou os sapatos para longe com os pés descalços, sentindo-se envolto numa treva confusa; cambaleou na direção da cômoda, tirou a navalha da gaveta e sentou-se na borda da cama, segurando-a. No espelho viu o próprio rosto, sem cor, desfigurado, cheio da amargura terminal do desespero.

Numa rápida sucessão ele teve um vislumbre dos incidentes da sua curta história. O lar insuportável, os tempos ainda mais insuportáveis de estudante, a vida cheia de vícios que levara desde então, os atos de desonroso egoísmo conduzindo a outros; tudo agora estava impiedosamente claro, toda a sua sórdida loucura, visível na luz fria da manhã. Reviu a cabana, a luta com o homem do Porroh, a fuga ao longo do rio até Sulyma, o assassino Mendi e seu embrulho sanguinolento, suas tentativas frenéticas de destruir a cabeça, o crescimento gradual daquela alucinação. Era uma alucinação! Ele *sabia* que era uma alucinação, nada mais. Por um momento ele tentou se apegar àquela esperança. Afastou os olhos do espelho, e lá na prateleira a cabeça, invertida, sorriu e fez uma careta... Com os dedos entorpecidos da mão cheia de ataduras apalpou o pescoço, buscando a pulsação das artérias. A manhã era muito fria, a lâmina de aço estava gelada.

O estranho caso dos olhos de Davidson

A aberração mental passageira de que foi vítima Sidney Davidson, ainda que bastante estranha por si mesma, foi ainda mais notável se levarmos em conta a explicação fornecida por Wade. Ela nos leva a sonhar com as mais incríveis possibilidades de intercomunicação no futuro, com a chance de podermos passar cinco minutos no outro lado do mundo, ou de estarmos sendo observados em nossos atos mais secretos por olhos de cuja presença nem suspeitamos. A sorte permitiu que eu fosse testemunha em primeira mão do ataque que acometeu Davidson, e deste modo é natural que me caiba redigir o primeiro relato do que de fato ocorreu.

Quando digo que fui testemunha em primeira mão isto significa que fui o primeiro a chegar ao local. Tudo aconteceu no Harlow Technical College, logo depois de Highgate Archway. Ele estava sozinho no laboratório principal quando a coisa aconteceu. Eu me encontrava na sala menor, onde ficam as balanças, tomando notas. A tempestade daquela noite estava interferindo no meu trabalho, é claro. Foi depois do ribombo de um trovão mais forte que julguei ouvir um barulho de vidros quebrados no laboratório ao lado. Parei de escrever e me virei um pouco, à escuta. Por um momento não ouvi nada; o granizo estava fustigando ruidosamente o zinco corrugado do teto. Depois ouviu-se outro som, de algo se espatifando, agora não havia a menor dúvida. Alguma coisa pesada tinha sido derrubada de um balcão. Fiquei de pé num salto e fui abrir a porta que dava para o laboratório.

Fiquei surpreso ao ouvir uma risada estranha, e vi que Davidson estava de pé, meio em desequilíbrio, no meio do aposento, com uma expressão de perplexidade no rosto. Minha primeira impressão foi de que ele estava bêbado. Estava tentando agarrar algo invisível situado um pouco à frente do rosto. Estendeu a mão devagar, hesitando, e então cerrou os dedos sobre o vazio.

— O que houve? — perguntei.

Ele levou as mãos ao rosto, com os dedos esticados.

— Grande Scott! — exclamou. Este fato se deu três ou quatro anos atrás, quando todo mundo praguejava usando o nome desse personagem.

Então começou a erguer os pés de modo desajeitado, como se esperasse que eles estivessem colados ao chão.

— Davidson! — exclamei. — O que há com você?!

Ele se virou na minha direção e olhou em volta, à minha procura. Olhou além de mim, para mim e para os lados, sem dar o menor sinal de que estava me vendo.

— Ondas — disse ele. — E uma escuna muito bela. Sou capaz de jurar que era a voz de Bellows. *Alô*! — gritou, de súbito, a plenos pulmões.

Tive a impressão de que ele estava me pregando alguma peça. Depois vi aos seus pés os pedaços de um dos nossos melhores eletrômetros.

— O que está havendo, homem? — perguntei. — Você espatifou o eletrômetro!

— Bellows novamente! — ele exclamou. — Pelo menos me restam os amigos, já que minhas mãos sumiram. Onde *está* você, Bellows? — Ele andou, cambaleando, na minha direção. — Dá para andar no meio disto como se fosse manteiga — disse. Caminhou direto até se chocar com o balcão, e recuou. — Upa, esta parte não tem nada de manteiga. — E ficou parado, o corpo oscilando.

Eu estava assustado. Falei:

— Davidson, o que está acontecendo com você?

Ele olhou em todas as direções.

— Podia jurar que era Bellows. Por que não mostra onde está, se for homem, Bellows?!

Então me ocorreu que Davidson podia ter ficado cego. Rodeei a mesa e pousei a mão no seu braço. Nunca na minha vida vi um homem ter um susto tão grande. Ele saltou para longe de mim e assumiu uma atitude de defesa, com o rosto distorcido pelo terror.

— Meu Deus! — gritou. — O que foi isso?

— Sou eu, Bellows! Ora que diabos, Davidson!

Ele teve um sobressalto quando respondi, e ficou olhando — como posso dizê-lo? — através de mim. Começou a falar, não comigo, mas consigo mesmo.

— Em plena luz do dia uma praia deserta. Sem nenhum lugar onde se esconder. — Olhou em torno, com uma expressão angustiada. — Ah, não! *Desisto*!

Subitamente deu meia-volta e partiu a correr, indo de encontro ao grande eletromagneto, com tal violência que, como descobrimos depois, machucou dolorosamente o ombro e a mandíbula. Com isto, recuou e soltou uma exclamação, quase um gemido:

— Em nome dos céus, o que está acontecendo comigo?

E ficou ali parado, lívido de terror, tremendo violentamente, segurando com a mão direita o braço esquerdo, que tinha colidido com o eletromagneto.

A esta altura eu estava muito nervoso.

— Davidson — falei —, não tenha medo.

Ele assustou-se ao ouvir minha voz, mas não tanto quanto da vez anterior. Repeti minhas palavras em voz alta e firme, o quanto me foi possível.

— Bellows — disse ele —, é você?

— Não vê que sou eu?

Ele riu.

— Não posso ver nem a mim mesmo. Onde diabos estamos?

— Aqui — disse eu —, no laboratório.

— No laboratório! — exclamou, espantado, e pôs a mão na testa. — Eu *estava* no laboratório, até que houve aquele relâmpago, mas quero estar morto se estou lá agora. Que navio é aquele?

— Não há nenhum navio — falei. — Tenha juízo, camarada.

— Nenhum navio! — ele repetiu, mas logo pareceu esquecer meu desmentido. — Suponho — disse, devagar — que nós dois estamos mortos. Mas o mais estranho é que continuo a sentir como se ainda tivesse um corpo. Acho que não nos acostumamos com tudo ao mesmo tempo. O velho navio deve ter sido atingido por um raio. Tudo muito rápido, hein, Bellows?

— Não fale bobagens. Você está vivo, e muito vivo. Está no laboratório, esbarrando nos móveis. Acaba de destruir um eletrômetro novo em folha. Não gostaria de ser você quando Boyce chegar aqui.

Ele estava olhando na direção dos diagramas de crio-hidratos.

— Acho que fiquei surdo — disse. — Dispararam um canhão, estou vendo a fumaça, e não escutei o menor som.

Pus a mão no seu braço novamente, e desta vez ele ficou menos alarmado.

— Parece que nossos corpos ficaram invisíveis — disse. — Por Júpiter! Um bote está vindo para a praia! Tudo isto parece muito com o tempo em que eu estava vivo, só que num clima diferente.

Sacudi seu braço com força, gritando:

— Davidson! Acorde!

Foi então que Boyce chegou ao local. Assim que ele falou, Davidson exclamou:

— O velho Boyce! Morto, também! Que piada!

Apressei-me a explicar que Davidson estava experimentando uma espécie de transe sonambúlico. Boyce interessou-se de imediato. Juntos, fizemos o possível para tirá-lo daquele estado peculiar. Ele respondeu nossas perguntas, e nos fez algumas, mas sua atenção parecia desviada o tempo inteiro por aquela sua alucinação a respeito de uma praia e um navio. O tempo inteiro fazia observações sobre barcos, e guindastes, e velas enfunadas pelo vento. Ouvi-lo falar aquilo em pleno laboratório nos dava uma sensação estranha.

Davidson estava cego e indefeso. Tivemos de conduzi-lo ao longo do corredor, cada um segurando-o por um cotovelo, e o levamos para o gabinete pessoal de Boyce, o qual ficou a conversar com ele, incentivando-o a falar mais sobre o navio, enquanto eu prossegui pelo corredor e pedi ao velho Wade que viesse dar uma olhada. A voz do Decano deixou Davidson mais composto, mas não muito. Ele perguntava onde estavam suas mãos e como era possível estar andando se o chão lhe alcançava pela cintura. Wade o examinou por muito tempo, pensativo — vocês sabem como ele costuma franzir as sobrancelhas — e depois fez com que ele apalpasse o sofá, guiando suas mãos.

— É um sofá — disse Wade. — O sofá no gabinete do professor Boyce. Feito com crina de cavalo.

Davidson passou as mãos pelo sofá, intrigado, e acabou respondendo que era capaz de senti-lo, sim, mas não o enxergava.

— O que você vê? — perguntou Wade.

Davidson disse que via apenas uma extensão de areia e conchas quebradas. Wade deu-lhe outros objetos para tocar, dizendo-lhe o que eram, e observando-o bem.

— O navio está longe, quase não se vê o casco — disse Davidson de repente, meio sem propósito.

— Esqueça o navio — disse Wade. — escute bem, Davidson, você sabe o que significa uma alucinação?

— Mais ou menos — respondeu.

— Bem, tudo o que você está vendo é alucinatório.

— O bispo Berkeley[7] — disse Davidson.

— Não me entenda mal — disse Wade. — Você está vivo, e está no gabinete de Boyce. Mas alguma coisa aconteceu com seus olhos. Você não pode ver; você apalpa e sente as coisas, e pode nos escutar, mas não vê. Está compreendendo?

— A mim parece que vejo, e muito bem — disse Davidson, esfregando os olhos com os dedos. — Bem, e daí?

— Isto é tudo. Não deixe que isto o desoriente. Bellows está aqui, e nós vamos levá-lo para casa.

— Espere um pouco — disse Davidson, pensativo. — Ajudem-me a sentar. E agora, incomodam-se de repetir tudo?

Wade repetiu, pacientemente, enquanto Davidson fechava os olhos e pressionava as mãos sobre as têmporas.

— Sim — disse ele. — Tem razão. Agora que meus olhos estão fechados vejo que você tem razão. Aqui está você, Bellows sentado junto de mim no sofá. Estou de novo na Inglaterra. E estamos no escuro. — Ele abriu os olhos. — E agora estou vendo o sol nascer, e as vergas do navio, e o mar revolto, e um par de pássaros voando. Nunca vi nada mais real. E estou sentado numa duna, com areia até o pescoço.

Ele se inclinou para a frente e cobriu o rosto com as mãos. Depois abriu os olhos novamente.

— O mar escuro, e o nascer do sol! E continuo sentado no sofá, na sala de Boyce!... Deus me ajude!

Bem, isto foi o começo de tudo. Durante três semanas essa estranha condição que se apossou dos olhos de Davidson continuou inalterada. Era pior do que ter ficado cego. Ele estava absolutamente indefeso, era preciso alimentá-lo como a um passarinho implume, conduzi-lo pela casa, trocar sua roupa. Se tentasse andar por conta própria iria derrubar os móveis ou chocar-se contra as portas e as paredes. Depois de um ou dois dias Davidson se acostumou a ouvir nossas vozes sem nos ver, e admitiu por sua própria iniciativa que estava de fato em casa, e que Wade tinha razão em tudo que lhe explicara. Minha irmã, de quem ele estava noivo, insistiu em fazer-lhe companhia, e ficava sentada com ele horas a fio ouvindo-o falar sobre a tal praia. Segurar na mão dela parecia produzir nele um enorme conforto. Davidson explicou que quando deixamos o College e fomos de carro para sua casa — ele vivia em Hampstead Village — teve a impressão de que estávamos viajando por dentro de uma duna de areia — tudo ficou completamente escuro até que ele emergiu do lado oposto — e passando através de rochas, árvores e obstáculos sólidos; quando foi levado ao quarto de dormir sentiu-se tonto e apavorado com o medo de cair, porque subir as escadas pareceu erguê-lo dez ou doze metros acima das rochas de sua ilha imaginária. Dizia o tempo inteiro que iria esmagar todos os ovos de pássaros. No fim, tivemos que acomodá-lo na sala que servia de consultório ao seu pai, e ele passou a usar como cama um sofá que existia ali.

Davidson descreveu a ilha como sendo um lugar árido e deserto, com pouca vegetação, a não ser um pouco de turfa, e grande quantidade de rochas descobertas. Havia multidões de pinguins, e eles tornavam as rochas brancas, e desagradáveis de ver. O mar era geralmente agitado, e um dia ocorreu uma tempestade violenta; ele ficou deitado, soltando exclamações diante dos relâmpagos silenciosos que via. Por uma ou duas vezes algumas focas vieram dar à praia, mas apenas nos primeiros dois ou três dias. Davidson disse que era engraçado o modo como os pinguins passavam através dele, e como ele parecia estar bem no meio das aves sem assustá-las.

Lembro uma coisa estranha, e isto foi quando insistiu em fumar um pouco. Pusemos um cachimbo em suas mãos — ele quase enfiou a haste no próprio olho — e o acendemos. Mas Davidson não conseguia sentir nada. Depois descobri que o mesmo se dava comigo (não sei se é uma regra geral): não posso saborear o tabaco a não ser que consiga ver a fumaça.

Mas a parte mais bizarra de suas visões veio quando Wade conseguiu uma cadeira de rodas e o mandou passear, para tomar um pouco de ar fresco. Os Davidson alugaram uma cadeira e o encarregado de conduzi-la foi Widgery, aquele dependente deles, um rapaz surdo e obstinado. As ideias de Widgery sobre passeios saudáveis eram bem peculiares. Minha irmã, que tinha ido ao Dog's Home, encontrou os dois em Camden Town, indo na direção de King's Cross. Widgery ia trotando, satisfeito, enquanto Davidson, visivelmente estressado, tentava atrair sua atenção com gestos desanimados e cegos. Ele quase chorou quando minha irmã lhe dirigiu a palavra.

— Ah, tire-me dessa escuridão terrível! — disse, agarrando-se à mão dela. — Se não sair daqui, vou morrer.

Davidson não parecia capaz de explicar do que se tratava, mas minha irmã resolveu mandá-lo para casa, e dentro em pouco, quando eles subiram a colina rumo a Hampstead, o terror pareceu abandoná-lo. Ele disse que era bom poder ver as estrelas novamente, embora o sol do meio-dia fosse cegante.

— Parecia — disse-me ele depois — que eu estava sendo arrastado de maneira irresistível para dentro do oceano.

No começo não fiquei muito alarmado. Claro que no local era noite, uma noite muito agradável.

— Claro?

— Claro que sim — disse. — Lá é sempre noite quando aqui é dia. Bem, fomos na direção do oceano, cujas águas estavam calmas, brilhando à luz da lua. Uma larga extensão de água que parecia se tornar mais larga e mais plana à medida que eu descia para lá. A superfície brilhava como se fosse uma pele, e do meu ponto de vista por baixo dela podia haver um espaço vazio e eu não seria capaz de percebê-lo. Muito devagar, porque eu me deslocava numa descida suave, o nível da água foi subindo até alcançar os meus olhos. Então submergi; aquela pele brilhante pareceu partir-se e logo em seguida se recompor acima do meu plano de visão. A lua pareceu dar um salto no céu, tornando-se esverdeada e difusa, e os peixes, que tinham uma leve fosforescência, passavam como flechas ao meu redor. Havia coisas que pareciam feitas de vidro luminoso, e atravessei um emaranhado de algas que cintilavam com um brilho oleoso. E assim fui avançando e me afundando cada vez mais naquele mar, e as estrelas foram sumindo de uma em uma, a lua tornou-se mais verde e mais escura, enquanto as algas assumiam um tom vermelho-púrpura. Tudo era muito embaçado e misterioso, e as imagens tremulavam diante de mim. E durante o tempo inteiro eu ouvia as rodas da cadeira rangendo, e os passos dos transeuntes, e os berros de um homem ao longe vendendo o *Pall Mall*.

"Fui mergulhando na água, cada vez mais fundo, e ela tornou-se negra como tinta à minha volta, e nem um raio da luz vinda do alto conseguia penetrar aquela treva, enquanto os seres fosforescentes se tornavam cada vez mais brilhantes. As algas mais profundas coleavam como serpentes ao meu redor, e bruxuleavam como as chamas de um fogareiro a álcool; mas depois de algum tempo não havia mais algas. Os peixes se aproximavam, olhando-me de frente, saltando contra mim e me atravessando. Nunca imaginei que peixes assim existissem. Tinham listas de fogo ao longo das laterais, como se tivessem sido desenhados com um lápis luminoso. E avistei também uma criatura repulsiva que nadava de costas, usando uma infinidade de braços. Depois vi uma massa indistinta que se aproximava de mim através da escuridão, que ao chegar mais perto revelou ser uma quantidade indescritível de peixes, lutando entre si e movendo-se depressa em torno de algo que vogava na corrente submarina. Fui sendo conduzido naquela direção e acabei vendo, no meio daquele tumulto de formas, um mastro de navio despedaçado por sobre a minha cabeça, e um casco bojudo adernando, bem como algumas formas de brilho fosforescente que eram sacudidas e repuxadas pelas mordidas dos peixes. Foi então que comecei a tentar atrair a atenção de Widgery. Fiquei tomado de horror. Ugh! Eu iria mergulhar justamente no meio daquelas carcaças semidevoradas. Se sua irmã não tivesse aparecido! Havia grandes buracos naquelas coisas, Bellows, e... Não importa. Mas era algo repugnante."

Por três semanas Davidson permaneceu nessa singular situação, vendo o que naquele momento todos imaginávamos ser um mundo puramente fantasmagórico, e totalmente cego para as coisas ao seu redor. Então, numa terça-feira, ao fazer-lhe uma visita, encontrei o velho Davidson no saguão.

— Ele pode ver o polegar! — disse o velho cavalheiro, eufórico, enquanto vestia às pressas o capote. — Já está vendo o polegar, Bellows! — repetiu, com lágrimas nos olhos. — O garoto vai ficar bom, tenho certeza.

Corri para vê-lo; ele estava segurando um pequeno livro diante do rosto, olhando para ele e rindo baixinho.

— É espantoso — disse ele. — Apareceu um pedaço visível aí. — Ele apontou com o dedo. — Estou no meio das rochas, como sempre, e no mar aparece uma baleia de vez em quando, mas agora está muito escuro para poder vê-las. Mas se eu colocar alguma coisa *aí*... eu posso vê-la, vejo-a muito bem. É muito borrado e irregular em alguns pontos, mas posso ver, sim, como se fosse um reflexo esmaecido da coisa. Descobri hoje de manhã, quando estavam me vestindo. É como um buraco neste infernal mundo fantasma. Ponha sua mão junto da minha... Não, aí não... Ah! Sim. Posso vê-la agora. A base do polegar e um pedaço do punho da camisa. Parece com o fantasma de um pedaço da sua mão, boiando de encontro ao céu escuro. Junto dele está se elevando um grupo de estrelas em forma de cruz.

Daquele momento em diante Davidson começou a melhorar. Seu relatório sobre esta mudança foi, assim como suas descrições do estado anterior, singularmente convincente. Em algumas áreas dentro do seu campo de visão o mundo fantasma foi se tornando esmaecido, como que transparente, e através dessas áreas translúcidas ele começou a perceber o mundo real à sua volta. Essas áreas foram aumentando em tamanho e em quantidade, foram se alargando até se fundir umas às outras, e em breve havia somente alguns pontos cegos diante dos seus olhos. Ele já era capaz de se levantar da cama e se orientar sozinho, alimentar-se novamente, ler, fumar, e comportar-se outra vez como um cidadão normal. A princípio ainda lhe causava alguma confusão o fato de ter diante dos olhos essas duas imagens que se mesclavam, como nas projeções de uma lanterna mágica, mas dentro de pouco tempo ele era capaz de distinguir entre o real e o ilusório.

A princípio Davidson era só alegria, e parecia ansioso apenas em completar sua cura através de exercícios e de tônicos. Mas, à medida que a sua ilha bizarra começava a desaparecer, ele foi sendo tomado de um interesse cada vez maior por ela. Queria, em especial, descer novamente às profundezas do mar, e passava metade do seu tempo perambulando pelas regiões baixas de Londres, tentando encontrar o barco naufragado que vira à deriva sob as águas. Logo o brilho do sol no mundo exterior acabou apagando quaisquer vestígios daquele mundo sombrio, mas à noite, num aposento às escuras, ele ainda conseguia ver as rochas brancas da ilha, e os desajeitados pinguins andando de um lado para o outro. Mas mesmo estes foram se tornando cada vez menos visíveis, e depois de mais algum tempo, quando se casou com a minha irmã, avistou-os pela última vez.

E agora vem a coisa mais bizarra de todas. Cerca de dois anos após sua cura, fui jantar com os Davidson, e depois do jantar eles receberam a visita de um homem chamado

Atkins. Era um tenente da Marinha Real, um homem agradável e bom conversador. Tinha uma relação cordial com meu cunhado, e logo eu e ele iniciamos uma amizade. Ficamos sabendo que estava de casamento marcado com a prima de Davidson, e a certa altura tirou do bolso uma espécie de caixinha com fotografias, para nos mostrar um retrato recente de sua *noiva*.

— Aliás — comentou — aqui está uma fotografia do velho *Fulmar*.

Davidson a olhou casualmente, e seu rosto se iluminou de súbito.

— Deus do céu! — exclamou ele. — Eu seria capaz de jurar...

— O quê? — disse Atkins.

— Que já vi esse navio antes.

— Não vejo como isso pode ter acontecido. Ele não retorna dos mares do Sul há seis anos, e antes disso...

— Mas... — começou a dizer Davidson. E logo: — Sim, esse é o navio da visão que eu tive. Tenho certeza de que é o mesmo da minha visão. Estava parado diante de uma ilha cheia de pinguins, e disparou um canhão.

— Meu Deus! — disse Atkins, que nunca chegara a saber os detalhes da crise por que Davidson tinha passado. — Que diabo de visão pode ter sido essa?

E então, detalhe por detalhe, fomos reconstituindo a história. Descobrimos que no mesmo dia em que começara a crise de Davidson o H.M.S. *Fulmar* tinha estado de fato a pouca distância de uma pequena ilha rochosa ao sul das Ilhas Antípodas.[8] Um bote tinha sido lançado para recolher ovos de pinguins; os tripulantes se atrasaram, e como uma tempestade se aproximava eles resolveram esperar até a manhã seguinte antes de voltar para o navio. Atkins tinha sido um deles, e corroborou, palavra por palavra, a descrição da ilha e do bote feita por Davidson. Não ficou a menor dúvida, na mente de todos nós, de que Davidson tinha de fato visto aquele lugar. De alguma maneira que não conseguimos explicar, enquanto ele se movia de um lado para outro em Londres, sua visão se movia de maneira correspondente naquela ilha deserta. "Como" permanece um mistério absoluto.

Isto completa a história extraordinária dos olhos de Davidson. É, talvez, o caso mais bem-comprovado da existência da visão a distância. Quanto a explicações, nenhuma foi apresentada, exceto uma que foi proposta pelo professor Wade. Mas sua explicação envolve a Quarta Dimensão e uma dissertação sobre tipos teóricos de espaço. Falar que existe uma "dobra no espaço" me parece um mero absurdo; talvez porque eu não seja um matemático. Quando eu lhe disse que nada pode alterar o fato de que os dois lugares estão a uma distância superior a oito mil milhas, ele respondeu que dois pontos podem estar separados por um metro numa folha de papel e ainda assim se tocarem, se o papel for dobrado. Talvez o leitor possa aceitar este argumento, mas não é o meu caso. A ideia de Wade parece ser que Davidson, inclinando-se entre os polos do grande eletromagneto, sofreu alguma torção extraordinária nos elementos de suas retinas devido à súbita mudança do campo de força em virtude dos raios caídos naquela noite.

Ele acha, em consequência disto, que talvez seja possível viver visualmente numa parte do mundo e viver corporalmente em outra. Chegou a realizar algumas experiências na tentativa de provar seu ponto de vista, mas até agora tudo o que conseguiu foi cegar alguns cachorros. Acho que isso é tudo que obteve até agora, embora já não o veja há algumas semanas. Ultimamente, tenho estado muito ocupado em virtude do meu trabalho com a instalação do Saint Pancras, e não tive tempo de visitá-lo. Mas o cerne de sua teoria ainda me parece fantástico. Os fatos ocorridos com Davidson, no entanto, são algo completamente diferente, e posso garantir pessoalmente a exatidão de todos os detalhes que relatei.

O Senhor dos Dínamos

O supervisor-chefe dos três dínamos que zumbiam e vibravam em Camberwell, mantendo em funcionamento a ferrovia elétrica, era um homem do Yorkshire chamado James Holroyd. Um eletricista profissional, amante do uísque, um brutamontes ruivo e corpulento, com dentes irregulares. Ele duvidava da existência de Deus, mas aceitava a do ciclo de Carnot;[9] tinha lido Shakespeare e concluído que ele não entendia muito de química. Seu ajudante no trabalho viera do misterioso Oriente, e seu nome era Azuma-zi. Holroyd, no entanto, o chamava de Pooh-bah. Gostava de negros porque eles suportavam bem um pontapé — que eram parte de um hábito seu — e não ficavam fuçando nas máquinas para aprender como funcionavam. Holroyd era incapaz de perceber certas sutilezas da mente negra quando posta em contato com o ápice da civilização; mas no fim acabou tendo uma ideia sobre elas.

Definir quem era Azuma-zi era uma tarefa além das possibilidades da etnologia. Era um tipo talvez mais negroide do que qualquer outra coisa, embora seu cabelo fosse encaracolado e não em forma de carapinha; e seu nariz tinha uma ponte óssea bem visível. Além disso, sua pele não era preta e sim marrom, e o branco dos seus olhos tinha um tom amarelado. Seus ossos malares eram salientes e o queixo estreito, o que dava à sua face a aparência viperina de um V. Sua cabeça, também, era bem larga na parte traseira, baixa e estreita na região frontal, como se seu cérebro tivesse tido sua posição revertida em relação à de um europeu. Tinha pouca estatura e pouco inglês; durante a conversa fazia uma porção de ruídos estranhos sem muito valor de troca, e suas palavras, não muito frequentes, eram esculpidas e trabalhadas com um rebuscamento heráldico que chegava a ser grotesco. Holroyd tentou investigar quais eram suas crenças religiosas, e, especialmente após o uísque, fazia-lhe preleções contra a superstição e os missionários. Azuma-zi, no entanto, evitava discutir seus deuses, mesmo que levasse alguns pontapés por causa disso.

Azuma-zi tinha surgido, em trajes brancos mas mínimos, da fornalha do *Lord Clive*, vindo dos Estabelecimentos dos Estreitos[10] diretamente para Londres. Desde a juventude ele ouvira falar na grandeza e nas riquezas de Londres, onde todas as mulheres eram brancas e belas, e até mesmo os mendigos eram brancos, e veio, trazendo no bolso um punhado de moedas de ouro recém-ganhas, para cultuar o templo da civilização. O dia de sua chegada não foi dos mais bonitos: o céu estava acinzentado, e uma chuva batida pelo vento caía sobre as ruas oleosas, mas ele mergulhou cheio de ousadia nas delícias de Shadwell, e acabou sendo designado, com a saúde combalida, civilizado nos trajes, sem um tostão e, exceto em questões da mais imediata necessidade, praticamente um bicho bruto, para ser ajudante de James Holroyd e suportar suas pancadas, no barracão que abrigava os dínamos em Camberwell. E James Holroyd distribuía pancadas por amor a esta arte.

Havia três dínamos com seus três motores em Camberwell. Os dois que estavam ali desde o começo eram máquinas pequenas; o maior de todos era mais recente. As máquinas menores faziam um barulho razoável; suas correias zumbiam sobre os tambores, a toda hora se ouvia o som rascante e estridente das escovas, e o ar vibrava continuamente, *whoo, whoo*, entre os polos magnéticos. Um deles estava um pouco frouxo nos alicerces e fazia o barracão trepidar o tempo inteiro. Mas o grande dínamo submergia esses ruídos menores com a vibração de baixo profundo do seu núcleo de ferro, que fazia todas as estruturas de ferro vibrarem em uníssono. O local fazia a cabeça de um visitante latejar com os motores pulsando, pulsando, pulsando, o giro das grandes rodas, o movimento circular das válvulas, os ocasionais espirros de vapor, e acima de tudo a nota profunda, incessante e crescente produzida pelo grande dínamo. Do ponto de vista da engenharia esta última nota era um defeito, mas Azuma-zi a atribuía ao poder e ao orgulho daquele monstro.

Se fosse possível, o leitor deveria estar envolto pelos ruídos daquele barracão ao ler estas linhas, para que nossa história fosse contada ao som desse acompanhamento. Era uma corrente contínua de ruído ensurdecedor, na qual o ouvido era capaz de seguir ora uma sequência de sons, ora outra; havia o arquejo, o ronco e o fervilhar intermitente das máquinas a vapor, a sucção e o baque dos pistões, as rajadas surdas do vento com os movimentos dos raios das grandes rodas, a vibração musical das correias de couro quando giravam mais apertadas ou mais frouxas, e o tumulto frenético dos dínamos; e por trás daquilo tudo, às vezes inaudível quando o ouvido se cansava dele, e às vezes ficando novamente perceptível aos sentidos, o som grave e profundo de trombone emitido pela grande máquina. O chão nunca estava firme e tranquilo sob os pés, mas estremecia e vibrava o tempo inteiro. Era um lugar de incerteza e desorientação, o bastante para fazer os pensamentos de alguém se dispersarem em zigue-zagues. E durante três meses, enquanto durou a grande greve dos mecânicos, Holroyd, que era um fura-greves, e Azuma-zi, que era apenas um negro, jamais se afastaram da agitação e dos turbilhões daquele local; dormiam e se alimentavam no pequeno barraco de madeira apertado entre o barracão principal e os portões.

Holroyd fez uma conferência teológica a respeito da grande máquina logo que Azuma-zi começou a trabalhar. Teve que gritar para poder ser ouvido por sobre o estrondo. "Olhe para isso", disse ele, "em que é que seus ídolos pagãos podem se comparar a ele?". E Azuma-zi olhou. Por um momento o que Holroyd falava ficou inaudível, e depois Azuma-zi escutou: "Matar cem homens. Doze por cento. Em ações comuns. Isso equivale a ser um Deus!"

Holroyd se orgulhava do seu grande dínamo, e discorria com riqueza de detalhes diante de Azuma-zi sobre o seu tamanho e a sua potência; isto, somado ao giro incessante e ruidoso da máquina, começou a produzir estranhas correntes de ideias dentro daquela cabeça negra de cabelos encaracolados. Holroyd explicava, ilustrando com gestos, as doze (ou mais) maneiras como um homem podia encontrar a morte ali, e certa vez deu em Azuma-zi um pequeno choque elétrico como uma amostra do que estava dizendo. Depois disso, nas pausas durante o trabalho — e era um trabalho duro, porque incluía não apenas as suas tarefas, mas também a maior parte das de Holroyd —, Azuma-zi costumava sentar-se e ficar admirando a grande máquina. De vez em quando as escovas faiscavam e emitiam chispas azuladas, o que fazia Holroyd praguejar, mas todo o restante era um processo tão fluido e ritmado quanto uma respiração. As correias deslizavam sobre o metal, e por trás de quem as observasse percutia sem cessar o baque complacente dos pistões. Naquele espaçoso barracão a máquina parecia o dia inteiro estar viva, com Azuma-zi e Holroyd suprindo suas necessidades; não era uma máquina aprisionada e trabalhando como uma escrava para empurrar um barco, como outras que ele conhecera — meros demônios cativos de algum Salomão britânico — mas uma máquina instalada num trono. Quanto aos dois dínamos menores, Azuma-zi, por força de contraste, os desprezava; e tinha batizado o maior de todos, para si mesmo, como O Senhor dos Dínamos. Aqueles dois eram erráticos, irregulares, mas o grande dínamo era constante. Como era grande! Como era sereno e firme em seu trabalho! Ainda maior e mais calmo do que os Budas que ele conhecera em Rangum, e ainda por cima não era imóvel, era algo vivo! As grandes tiras negras das roldanas giravam, giravam, giravam, os anéis de metal moviam-se sob as escovas, e a nota profunda de sua bobina injetava firmeza no conjunto inteiro. Isto produzia um efeito estranho em Azuma-zi.

Ele não era afeiçoado ao trabalho. Preferia ficar sentado olhando o Senhor dos Dínamos enquanto Holroyd saía para persuadir o porteiro da noite a comprar-lhe uísque; seu local de trabalho não era propriamente no barracão do dínamo mas por trás das máquinas, e além do mais, se Holroyd o descobrisse ali iria lhe bater com uma haste feita de fios de cobre. Ele gostava de chegar perto do colosso e ficar olhando a enorme correia de couro que girava no alto. Havia uma mancha negra na correia que reaparecia a cada volta, e no meio daquele ruído todo ele experimentava uma sensação agradável quando a via surgir outra vez, e mais outra. Pensamentos estranhos o assaltavam ao ver aquelas peças todas rodopiando. Os cientistas afirmam que os selvagens costumam atribuir almas às rochas e às árvores; e uma máquina é algo mil vezes mais vivo do que uma rocha ou uma árvore. E Azuma-zi era ainda praticamente um selvagem; seu verniz de civilização não era mais profundo do que as roupas de segunda mão que vestia, do que os machucões de sua pele e do que a fuligem de carvão colada às suas mãos e ao seu rosto. Antes dele, seu pai tinha adorado um meteorito, e talvez algum sangue do seu sangue tivesse sido derramado sob as rodas de um Juggernaut.[11]

Ele aproveitava cada oportunidade concedida por Holroyd para tocar e manusear o grande dínamo que o fascinava. Polia e lustrava suas partes de metal até que elas refletissem o sol com um brilho cegante. Ao fazer isso, experimentava a misteriosa sensação de prestar um tributo. Subia até lá e tocava de mansinho as correias que giravam. Os deuses que adorara no passado estavam muito distantes agora. O povo de Londres mantinha seus próprios deuses escondidos.

Por fim, seus sentimentos confusos foram se clareando, tomando forma de pensamentos e depois de ações. Certa manhã, ao entrar no barracão, saudou com devoção o Senhor dos Dínamos, e quando viu que Holroyd estava longe aproximou-se da máquina trovejante e murmurou que era seu servo, rezou para que o Senhor tivesse piedade dele e o protegesse de Holroyd. Enquanto rezava, um relâmpago luminoso brilhou através da arcada de acesso ao barracão, deixando o Senhor dos Dínamos, que rugia e redemoinhava, envolto numa luz radiante cor de ouro. Assim Azuma-zi ficou sabendo que seus serviços tinham sido aceitos por seu Deus. Depois disso deixou de se sentir tão só quanto se sentira até então, e a verdade é que tinha experimentado muita solidão em Londres. E mesmo quando não tinha mais nenhuma tarefa para cumprir, o que era raro, ficava vagando pelo barracão.

Na próxima vez em que Holroyd o maltratou, Azuma-zi foi até o Senhor dos Dínamos e sussurrou: "Oh, estais vendo tudo, meu Senhor!", e o ronronar tranquilo da máquina pareceu responder-lhe. Dali em diante, ele passou a ter a impressão de que todas as vezes que Holroyd entrava no barracão o som produzido pelo dínamo ficava diferente. "Meu Senhor está se preparando", dizia ele para si mesmo. "A iniquidade do tolo ainda não está madura." E assim esperava, atento, pelo dia do ajuste de contas. Um dia perceberam sinais de que estava havendo um curto-circuito, e Holroyd, examinando a máquina com cuidado (era durante a tarde), tomou um forte choque elétrico. Azuma-zi, a certa distância, viu-o pular para trás e praguejar fortemente contra a bobina sacrílega.

"Ele recebeu um aviso", disse Azuma-zi para si mesmo. "Vejam como o meu Senhor é paciente."

Nos primeiros dias, Holroyd tinha explicado ao "negro" os conceitos elementares de funcionamento do dínamo, permitindo-lhe encarregar-se temporariamente do barracão durante suas ausências. Mas, ao perceber o modo como Azuma-zi ficava agora o tempo inteiro próximo ao monstro, começou a suspeitar de que algo estava acontecendo. Percebia, de maneira imprecisa, que seu ajudante estava maquinando alguma coisa, e acabou relacionando suas atitudes com o fato de que a lubrificação das bobinas com óleo tinha estragado o verniz em certo ponto; em vista disto, baixou uma ordem, gritada por cima do estrondo da maquinaria: "Não chegue perto desse dínamo grande nem uma vez mais, Pooh-bah, ou arranco sua pele!" Além do mais, se Azuma-zi sentia algum tipo de prazer em ficar perto da grande máquina, era uma simples questão de bom senso e de decência proibir que o fizesse.

Azuma-zi obedeceu daquela vez, mas algum tempo depois foi surpreendido enquanto se prostrava diante do Senhor dos Dínamos. Holroyd torceu-lhe o braço e o cobriu de pontapés, quando ele se virou para fugir. Azuma-zi parou junto à máquina e ficou olhando com ódio as costas de Holroyd, e sentiu que o barulho da maquinaria adquiria um ritmo diferente, que soava como quatro palavras em sua língua nativa.

É difícil definir a loucura, mas imagino que Azuma-zi estivesse louco. O estrondo incessante e o rodopio das peças do dínamo devem ter misturado por completo seu reduzido repertório de conhecimentos e sua grande bagagem de fantasias supersticiosas, até deixá-lo próximo de um frenesi. De qualquer modo, quando a ideia de fazer de Holroyd um sacrifício ao Fetiche do Dínamo se apresentou à sua mente, isto o encheu de um tumulto de emoções exultantes.

Naquela noite, os dois homens e suas negras sombras estavam a sós no barracão. O local estava iluminado pela luz de um arco incandescente que bruxuleava em cor púrpura. As sombras negras se erguiam por trás dos dínamos, as cabeças esféricas dos controles da máquina apareciam alternadamente na luz e na treva, e os pistões batiam de maneira surda e compassada. O mundo exterior, visto através da abertura traseira do barracão, parecia algo incrivelmente nebuloso e remoto. Parecia totalmente silencioso, também, pois o estrondo da maquinaria abafava todos os sons externos. Ao longe via-se a cerca negra protegendo o pátio, e por trás delas casas cinzentas envoltas em sombras; por cima o céu de um azul profundo e as pálidas estrelas. De súbito, Azuma-zi cruzou a parte central do barracão, por baixo das correias que fluíam sem parar, e sumiu na sombra por trás do grande dínamo. Holroyd ouviu um clique, e a trajetória do mecanismo se inverteu.

— O que está fazendo com esses botões? — exclamou ele, surpreso. — Eu não falei que...

Então ele viu a expressão implacável dos olhos de Azuma-zi, quando o asiático emergiu da sombra e veio em sua direção.

Um instante mais tarde, os dois homens estavam engalfinhados, cambaleando furiosamente diante do grande dínamo.

— Seu idiota da cabeça preta! — arquejou Holroyd, enquanto uma mão morena se cravava em sua garganta. — Fique longe desses anéis de contato!

Um instante depois ele sofria um calço e caía de costas sobre o Senhor dos Dínamos; instintivamente, afrouxou os dedos que agarravam o antagonista, para tentar esquivar-se da máquina.

O mensageiro, enviado da estação às pressas para averiguar o que tinha acontecido no barracão do dínamo, encontrou Azuma-zi perto do portão, junto à guarita do porteiro. Azuma-zi tentou explicar-lhe algo, mas o mensageiro não extraiu nenhum sentido das suas frases em inglês incoerente, e seguiu direto para o barracão. As máquinas estavam em pleno funcionamento, e nada parecia fora do normal. Então ele viu uma massa informe, de aparência estranha, amontoada diante do grande dínamo, e, aproximando-se, reconheceu os restos deformados de Holroyd.

O homem olhou aquilo e hesitou por um momento. Depois viu o rosto e fechou os olhos convulsivamente. Fez meia-volta antes de abri-los de novo, para não ver Holroyd outra vez, e saiu correndo do barracão em busca de orientação e socorro.

Quando Azuma-zi viu Holroyd morrer nas garras do Grande Dínamo ficou um pouco apreensivo com as consequências do seu ato. Mas ao mesmo tempo sentia-se estranhamente eufórico, e sabia que a boa vontade do Senhor dos Dínamos estava do seu lado. Seu plano já estava pronto quando ele encontrou o homem que veio da estação; e o supervisor científico que rapidamente se fez presente ao local chegou à conclusão óbvia de suicídio. O especialista mal registrou a presença de Azuma-zi, exceto para fazer-lhe algumas perguntas. Ele tinha visto Holroyd se matar? Azuma-zi explicou que tinha estado distante das máquinas até que percebeu algo diferente no barulho do dínamo. Não foi um interrogatório difícil, uma vez que não foi inspirado pela suspeita.

Os restos deformados de Holroyd, que o eletricista removeu da máquina, foram rapidamente cobertos pelo porteiro com uma toalha de mesa manchada de café. Alguém teve a boa ideia de trazer um médico ao local. O supervisor estava ansioso para que a máquina voltasse a ser posta em funcionamento, uma vez que sete ou oito trens tinham parado a meio caminho nos túneis abafados da ferrovia elétrica. Azuma-zi, respondendo ou compreendendo mal as perguntas das pessoas que por autoridade ou atrevimento tinham entrado no barracão, acabou sendo mandado de volta para a fornalha pelo supervisor. Claro que uma multidão acabou se formando do lado de fora dos portões; por algum motivo não identificado, uma multidão sempre aparece para rondar durante um ou dois dias o local de qualquer morte repentina que aconteça em Londres; dois ou três repórteres conseguiram se infiltrar até o local das máquinas, e um deles encontrou-se com Azuma-zi, mas o supervisor conseguiu livrar-se deles, sendo ele próprio um jornalista amador.

Por fim o cadáver foi removido, e a curiosidade popular foi embora com ele. Azuma-zi continuou muito quieto nas proximidades da fornalha, onde tornava a ver repetidamente, nos carvões ardentes, uma figura que se contorcia violentamente e depois ficava imóvel. Uma hora depois do crime uma pessoa que entrasse no barracão não conseguiria perceber nenhum sinal do que tinha acontecido ali. Espreitando do seu local de trabalho, o negro viu que o Senhor dos Dínamos continuava a girar e a zumbir ao lado de seus dois irmãos menores, que as grandes rodas continuavam a pulsar, e que os pistões ainda faziam *thud, thud, thud,* exatamente como tinham feito horas atrás. Afinal de contas, do ponto de vista mecânico tinha sido um incidente dos mais insignificantes — a mera deflexão temporária de uma corrente. Mas agora a silhueta magra e a magra sombra do supervisor científico substituía o vulto corpulento de Holroyd percorrendo a faixa de luz sobre o chão, que continuava a trepidar por baixo das correias que ligavam as máquinas e os dínamos.

— Eu não servi ao meu Senhor? — perguntou-se Azuma-zi inaudivelmente, refugiado na sombra, e a nota do grande dínamo soou forte e com clareza. Ao observar o grande mecanismo em movimento, a fascinação que ele produzia, e que tinha amainado desde a morte de Holroyd, voltou a se manifestar.

Azuma-zi nunca tinha visto um homem ser morto de maneira tão rápida e impiedosa. A enorme máquina zumbidora tinha abatido sua vítima sem vacilar um só segundo as suas batidas compassadas. Era mesmo um poderoso deus.

Distraído, o supervisor científico estava parado com as costas voltadas para ele, fazendo anotações numa folha de papel. Sua sombra estendia-se até os pés do monstro.

— O Senhor dos Dínamos ainda tem fome? Seu servo está pronto.

Azuma-zi deu um passo ágil para diante, mas se deteve. O supervisor parou de repente de escrever e saiu caminhando pelo barracão rumo ao mais afastado dos dínamos, onde começou a examinar as escovas.

Azuma-zi hesitou, e depois deslizou sem ruído até o painel mergulhado na sombra. Ali ficou à espera. Finalmente escutou os passos do supervisor retornando. O homem parou na mesma posição anterior, sem perceber o outro que se agachava na sombra, a poucos metros de distância. Então o ruído do grande dínamo foi arrefecendo, e no instante seguinte Azuma-zi saltou da escuridão sobre ele.

Primeiro, o supervisor foi agarrado pela cintura e empurrado na direção do dínamo, mas, golpeando com o joelho e forçando para baixo a cabeça do adversário com as mãos ele conseguiu livrar-se dos braços que o rodeavam, e girou o corpo, afastando-se da máquina. O negro agarrou-o novamente, apertando a cabeça de encontro ao seu peito, e os dois ficaram cambaleando e arquejando juntos pelo que pareceu um tempo interminável. Então o supervisor viu uma orelha escura diante do rosto e mordeu-a furiosamente. O negro soltou um grito feroz.

Os dois rolaram pelo chão, e o negro, que pareceu ter se libertado dos dentes do outro ou deixado entre eles um pedaço da orelha (o supervisor não soube na hora qual das duas coisas teria acontecido), tentou esganá-lo. O supervisor estava fazendo tentativas malsucedidas de agarrá-lo com as mãos ou de dar-lhe um chute, quando ouviu o som de passos que se aproximavam. No instante seguinte Azuma-zi o largou e correu na direção do grande dínamo. Ouviu-se um ruído gorgolejante por entre o estrondo das máquinas.

O homem que acabava de entrar, um funcionário da companhia, viu perfeitamente quando Azuma-zi segurou os terminais descobertos com ambas as mãos, sofreu uma convulsão horrível e depois ficou pendurado na máquina, o rosto violentamente distorcido.

— Estou feliz que tenha aparecido logo agora — disse o supervisor científico, ainda sentado no chão, olhando para o cadáver ainda percorrido por estremecimentos.

— Não é uma maneira agradável de morrer, ao que parece, mas é rápida — continuou ele.

O funcionário continuava olhando o cadáver. Era um indivíduo que assimilava as coisas um tanto devagar.

Houve uma pausa.

O supervisor científico ficou de pé, desajeitadamente. Passou os dedos pelo colarinho, afrouxando-o, e moveu a cabeça para os lados várias vezes.

— Pobre Holroyd! — disse. — Agora eu entendo.

Então, com gestos quase mecânicos, ele foi até o painel de controle mergulhado na sombra e religou a corrente do circuito. Ao fazê-lo, o corpo chamuscado perdeu contato com a máquina e tombou no chão, com o rosto para baixo. O núcleo do dínamo voltou a rugir, alto, com plena força, e as engrenagens voltaram a se agitar.

E assim terminou, de forma prematura, a Adoração do Deus Dínamo; talvez, de todas as religiões, a que teve vida mais curta. E mesmo assim ela ainda foi capaz de registrar a seu favor um martírio e um sacrifício humano.

Os Invasores do Mar

1.

Até o extraordinário episódio ocorrido em Sidmouth, a rara espécie do *Haploteuthis ferox* era conhecida pela ciência apenas de maneira geral, a partir de um tentáculo semidigerido obtido nas proximidades dos Açores, e um corpo em decomposição, bicado pelos pássaros e roído pelos peixes, encontrado no princípio de 1896 pelo sr. Jennings, perto de Land's End.

Em nenhum departamento das ciências zoológicas, na verdade, estamos tão às escuras quanto no que diz respeito aos cefalópodes das profundezas marinhas. Foi por um simples acidente, por exemplo, que o Príncipe de Mônaco veio a descobrir quase uma dúzia de novas formas no verão de 1895, descoberta que incluiu o tentáculo mencionado acima. Ocorreu que um cachalote foi abatido perto da ilha de Terceira por alguns caçadores de baleias, e em seus últimos estertores foi de encontro ao iate do Príncipe, deixando por pouco de acertá-lo; depois mergulhou, e acabou morrendo a vinte metros do seu leme. Durante a agonia, vomitou alguns objetos de bom tamanho, que o Príncipe, percebendo serem estranhos e de importância científica, conseguiu salvar antes que afundassem, pelo hábil expediente de pôr as hélices em movimento e ficar rodando em círculos em torno deles, mantendo-os presos num vórtice até que foi possível baixar um bote e recolhê-los. Esses espécimes eram cefalópodes, inteiros ou aos pedaços, alguns deles de proporções gigantescas, e quase todos desconhecidos da ciência!

De fato, parece que essas criaturas enormes e ágeis, vivendo nas profundezas intermediárias do oceano, devem permanecer, em grande medida, para sempre desconhecidas de nós, uma vez que dentro da água são velozes demais para serem apanhadas por nossas redes, e é apenas através de acidentes raros e não planejados como o que foi descrito que se pode obter algum espécime. No caso do *Haploteuthis ferox*, por exemplo, ainda ignoramos o seu habitat, como ignoramos os territórios de reprodução do arenque e as rotas marítimas do salmão. Os zoólogos não conseguem encontrar uma explicação para o seu súbito aparecimento em nosso litoral. Talvez tenha sido a pressão de uma migração em busca de alimento que os arrancou das suas profundezas. Mas talvez seja melhor evitar discussões pouco conclusivas e retomar nossa narrativa.

O primeiro ser humano a pôr os olhos num *Haploteuthis* vivo (o primeiro a sobreviver, claro, porque a esta altura restam poucas dúvidas de que a onda de fatalidades ocorridas com banhistas e os acidentes com barcos que transitavam ao longo da costa da Cornualha e de Devon no princípio de maio não pode ter outra causa) foi um comerciante de chá aposentado chamado Fison, que tinha se hospedado numa pensão de Sidmouth. Durante a tarde, ele estava caminhando ao longo da estrada que acompanha a falésia, entre Sidmouth e Ladram Bay. As falésias vermelhas daquela região são muito altas, mas a certa altura numa das faces foi construída uma espécie de escadaria. O sr. Fison estava perto dali quando sua atenção foi atraída por algo que a princípio imaginou ser um bando de pássaros em alvoroço sobre um pedaço de alimento que à luz do sol tinha uma cor rosa-esbranquiçada. A maré estava baixa, e o objeto não estava apenas muito abaixo do ponto onde ele se encontrava, mas também distante, no meio de arrecifes rochosos cobertos de sargaços escuros, por entre poças d'água com reflexos prateados. Além do mais, ele estava parcialmente ofuscado pelo brilho do mar mais adiante.

Um minuto depois, voltando a olhar naquela direção, percebeu que tinha se equivocado, porque naquele ponto circulava um grande número de aves, em sua maioria gralhas e gaivotas, estas últimas produzindo reflexos cegantes quando a luz do sol incidia em cheio sobre suas asas, e todas pareciam pequenas em relação ao objeto lá embaixo. A curiosidade dele foi estimulada, talvez, pela falta de uma explicação imediata.

Como não tinha outra coisa com que se distrair, decidiu que o exame do tal objeto seria o propósito de sua caminhada vespertina, em vez do passeio até Ladram Bay, imaginando que talvez se tratasse de algum tipo de peixe grande, extraviado por alguma razão e debatendo-se no raso, em agonia. Assim, apressou-se a descer a longa e íngreme escadaria, parando de dez em dez metros para retomar o fôlego e acompanhar aquela misteriosa movimentação.

No sopé da falésia o sr. Fison se encontrou, naturalmente, bem mais próximo do objeto, mas por outro lado avistava-o agora de encontro ao céu incandescente, na mesma linha do sol, de modo que ele aparecia agora escuro e indistinto. O que antes era cor-de-rosa estava oculto agora por uma linha de arrecifes e sargaços. Mas pôde perceber que se tratava de sete corpos arredondados, separados ou conectados uns aos outros, e que os pássaros grasnavam e gritavam ao sobrevoá-los, mas pareciam receosos de chegar muito perto deles.

O sr. Fison, roído pela curiosidade, começou a avançar por entre as rochas corroídas pelo mar, e descobriu que os sargaços que as cobriam eram escorregadios ao extremo. Parou, tirou os sapatos e as meias, e enrolou as pernas das calças até os joelhos. Seu propósito era apenas não escorregar nas piscinas rochosas que o cercavam, e talvez estivesse feliz, como ocorre a qualquer homem, por ter um pretexto para resgatar, mesmo por alguns instantes, as sensações da infância. De qualquer modo, foi isto que salvou sua vida.

Ele aproximou-se do seu objetivo com toda a segurança que os habitantes deste país sentem em relação a quaisquer tipos de vida animal. Os corpos arredondados moviam-se de um lado para o outro, mas foi apenas quando escalou os arrecifes que mencionei que a horrível natureza da sua descoberta se revelou de súbito para ele.

Os corpos arredondados afastaram-se uns dos outros quando ele surgiu no alto dos arrecifes, revelando o objeto cor-de-rosa, que era o corpo parcialmente devorado de um ser humano, embora fosse impossível afirmar se era um homem ou uma mulher. Quanto aos seres redondos, eram criaturas de aspecto horrendo, lembrando vagamente a forma de um polvo, com enormes tentáculos longos e flexíveis, que se enrodilhavam abundantemente sobre o solo. Sua pele tinha uma textura luzidia, desagradável à vista, como couro bem-lustrado. A boca rodeada de tentáculos e curvada para baixo, a curiosa excrescência presente nessa curva, os tentáculos, e os olhos grandes e com expressão inteligente davam às criaturas algo com a grotesca impressão de um rosto humano. Seu corpo tinha as dimensões aproximadas de um porco de bom tamanho, e os tentáculos pareceram àquele observador ter vários metros de comprimento. Ele calculou ter avistado ali cerca de sete ou oito daquelas criaturas, pelo menos. Vinte metros além, por entre a espuma da arrebentação da maré que voltava a subir, duas outras estavam emergindo do mar.

Os seres jaziam sobre as rochas, e seus olhos observavam o sr. Fison com uma expressão de interesse maligno, mas ele não pareceu ficar amedrontado, nem considerou que corria perigo. Talvez sua confiança se deva à aparente flacidez de sua atitude. Mas sentiu-se horrorizado, naturalmente, e cheio de indignação ao ver criaturas tão repugnantes alimentando-se de carne humana. Imaginou que elas tinham encontrado o corpo de um afogado. Gritou, com a intenção de afugentá-las, e, ao ver que não se moviam, olhou em redor, ergueu um pesado bloco de rocha e o atirou de encontro a um dos animais.

E então, desenrolando devagar seus tentáculos, todos começaram a se mover na sua direção, arrastando-se com deliberação, e produzindo na direção uns dos outros um ronronar baixinho.

Num segundo o sr. Fison percebeu que corria perigo. Gritou de novo, arremessou as botas contra os animais, e começou a correr imediatamente. Vinte metros depois deteve-se e olhou para trás: para seu espanto viu os tentáculos do líder escalando o arrecife onde tinha estado instantes atrás!

Ao ver isto ele gritou de novo, desta vez não um grito de ameaça, mas de assombro, e começou a correr, saltar, escorregar, escalar, vadear através da água ao longo daquela superfície que o separava na areia da praia. De repente as falésias altas e avermelhadas pareceram-lhe estar a uma distância enorme, e ele avistou, como se fossem criaturas de outro mundo, dois minúsculos trabalhadores entretidos em fazer um conserto na escadaria sem perceberem aquela fuga para salvar a vida que acontecia abaixo do ponto em que se encontravam. A certa altura ouviu as criaturas espadanando nas piscinas a menos de quatro metros às suas costas, e mais adiante escorregou e quase caiu.

Elas o perseguiram até o sopé da falésia, e desistiram apenas quando ele se juntou aos trabalhadores, ao pé da escadaria. Os três homens passaram algum tempo jogando pedras em sua direção, e depois apressaram-se escada acima e depois correndo pela estrada de Sidmouth, onde pediram reforços e um barco para resgatar das garras daquelas abomináveis criaturas o corpo dilacerado.

2.

E, como se já não tivesse corrido perigo bastante naquele dia, o sr. Fison subiu no barco para indicar o local exato da sua aventura.

Como a maré era baixa, foi preciso dar uma volta considerável até poderem se aproximar do local, e quando finalmente chegaram a uma posição fronteira à escadaria, o cadáver tinha desaparecido. A água continuava avançando, cobrindo primeiro um trecho de rocha e logo em seguida outro, e os quatro homens no barco — os trabalhadores, o barqueiro e o sr. Fison — começaram a voltar sua atenção da área em frente à praia para as águas por baixo deles.

A princípio foi pouco o que conseguiram avistar, a não ser uma selva emaranhada de laminariáceas, entre as quais de vez em quando um peixe passava como uma flecha. Tinham as mentes concentradas na excitação da aventura, e manifestaram em voz alta o seu desapontamento. Daí a pouco, avistaram um dos monstros nadando entre eles e o mar alto, com um curioso movimento de rolagem que lembrou ao sr. Fison os giros de um balão cativo. Quase imediatamente após, as faixas ondulantes das laminárias por baixo deles sofreram uma violenta perturbação, abriram-se por um instante, e os vultos sombrios de três das criaturas tornaram-se visíveis, disputando algo que parecia ser um pedaço do corpo da pessoa afogada. Um instante depois, as abundantes faixas esverdeadas voltaram a se cerrar, encobrindo os vultos que lutavam.

Diante disto os quatro homens, altamente excitados, começaram a bater na água com os remos e a gritar, até que perceberam um movimento tumultuado por entre os sargaços. Eles se interromperam, para observar com mais clareza, e assim que a água se acalmou viram o que lhes pareceu todo o fundo do mar, por entre as algas, cheio de olhos.

— Porcos nojentos! — exclamou um dos homens. — Há dúzias deles!

Nesse instante os seres começaram a se elevar na água em volta deles. O sr. Fison relatou depois ao autor destas linhas a extraordinária erupção que se deu no meio dos ondulantes sargaços submersos. Para ele aquilo pareceu ocorrer durante uma certa extensão de tempo, mas é provável que tudo não tenha levado mais do que alguns segundos. Por alguns momentos não era possível ver outra coisa senão uma porção de olhos, mas ele diz que logo avistou tentáculos que se estendiam e afastavam os sargaços nesta ou naquela direção. E depois, aqueles seres, tornando-se cada vez maiores, até que a areia do fundo ficou completamente oculta por aquelas formas enoveladas, e as extremidades dos tentáculos se ergueram no ar, aqui e ali, por cima da agitação da água.

Um daqueles seres investiu contra o barco e, agarrando-se à sua lateral com três dos seus tentáculos munidos de ventosas, lançou outros três por cima da amurada, como se tivesse a intenção de fazer virar o barco ou de alçar-se para dentro dele. O sr. Fison agarrou imediatamente uma vara munida de gancho e, atacando com fúria os tentáculos carnudos, o obrigou a desistir. Uma pancada o atingiu nas costas, quase jogando-o na água; era o barqueiro que usava vigorosamente o remo contra outro atacante que surgira no lado oposto. Logo os tentáculos em ambos os lados afrouxaram sua pegada, deslizaram e sumiram espadanando dentro d'água.

— É melhor cairmos fora daqui — disse o sr. Fison, que tremia convulsivamente. Ele foi até a cana do leme, enquanto o barqueiro e um dos trabalhadores sentaram-se e começaram a remar. O outro homem ficou de pé na parte dianteira do barco, empunhando a vara com gancho, pronto para atacar quaisquer outros tentáculos que aparecessem. Ao que parece nada mais foi dito entre eles. O sr. Fison tinha exprimido com concisão exemplar a sensação comum a todos. Com ânimo soturno e assustado, rostos pálidos e contraídos, eles começaram sua tentativa de escapar daquela situação onde tinham se metido de modo tão impensado.

Porém, mal os remos começaram a fustigar a água, foi como se tivessem sido laçados e presos por cordas escuras e serpenteantes, que logo envolveram também o leme; e eles viram erguer-se nas laterais do barco os tentáculos coleantes com suas ventosas. Os homens agarraram com força os remos e tentaram usá-los, mas era como tentar remar no meio de uma massa compacta de sargaços. "Ajudem aqui!", gritou o barqueiro, e o sr. Fison e o segundo trabalhador correram para ajudá-lo a recuperar seu remo.

Então o homem que empunhava a vara com gancho — seu nome era Ewan, ou Ewen — correu praguejando e começou a golpear para baixo, junto à amurada, até onde podia alcançar, ferindo aquela camada de tentáculos que fervilhava junto ao barco. Ao mesmo tempo, os dois remadores ficaram de pé para tentar puxar com mais força e recuperar os remos. O barqueiro cedeu o seu ao sr. Fison, que puxou desesperadamente, enquanto o outro abria um grande canivete e, inclinando-se sobre a lateral do barco, começou a retalhar os tentáculos enrolados sobre a outra ponta do remo.

O sr. Fison, cambaleando com as violentas oscilações do barco, com os dentes cerrados, arquejante, as veias saltadas nos braços ao puxar o cabo do remo, dirigiu de repente os olhos para o mar em volta. E ali, a menos de cinquenta metros, por entre as ondas espumantes da maré que avançava, viu um grande barco que vinha naquela direção, tendo a bordo três mulheres e uma criança. Um barqueiro remava, e um homem baixinho, com fita rosa no chapéu e roupa branca, estava de pé na popa, acenando para eles em saudação. Por um instante, claro, o sr. Fison pensou em pedir socorro, mas então pensou na criança. Largou o remo que segurava, ergueu os braços, acenando freneticamente, e gritou para o grupo no outro barco que se afastasse dali, "pelo amor de Deus!". É um testemunho da modéstia e da coragem do sr. Fison que ele não parece ter percebido nenhum heroísmo em sua atitude naquelas circunstâncias. O remo que largou sumiu de imediato lá embaixo, e depois reapareceu boiando, a vinte metros de distância.

Nesse instante o sr. Fison sentiu o barco sob os seus pés adernar com violência, e um grito rouco, um longo grito de terror de Hill, o barqueiro, o fez esquecer de vez o barco de excursionistas. Ele virou-se e viu Hill agachado junto à forqueta dianteira, o rosto convulso de terror; seu braço direito, passado por cima da amurada, estava sendo puxado para baixo. Ele soltou uma sucessão de gritos breves e agudos, "Oh! Oh! Oh!... Oh!". O sr. Fison acredita que ele estava retalhando os tentáculos das criaturas abaixo da linha d'água quando foi laçado por elas, mas é claro que agora é impossível afirmar com certeza o que aconteceu. O barco estava se inclinando, a ponto de a amurada estar a apenas uns quinze centímetros da água, e tanto Ewan quanto o outro trabalhador usavam o remo e a vara para combater as criaturas, de ambos os lados do braço de Hill. Instintivamente, o sr. Fison passou para o lado oposto para contrabalançar seu peso.

Então Hill, que era um homem corpulento, vigoroso, fez um esforço desesperado, erguendo-se até quase ficar ereto, e conseguiu puxar o braço para fora d'água. O que veio grudado a ele parecia um emaranhado de cordas marrons, e os olhos de um dos brutos que o puxavam brilharam por um instante, diretos e resolutos, acima da superfície. O barco oscilava cada vez mais, e a água verde-marrom começou a jorrar por cima da amurada. Então Hill escorregou e caiu de lado, batendo com as costelas de encontro à amurada, enquanto seu braço e o novelo de tentáculos mergulhavam de novo, jogando água para os lados. Ele rolou sobre si mesmo, e sua bota atingiu o joelho do sr. Fison quando este correu para agarrá-lo, mas um instante depois outros tentáculos surgiram e se enroscaram em torno da sua cintura e do seu pescoço, e depois de uma luta breve e convulsa, na qual o barco esteve a ponto de emborcar, Hill foi arrastado por cima da amurada. O barco endireitou-se com um solavanco brusco que arremessou o sr. Fison para o lado oposto, e ele perdeu de vista a luta que se travava na água.

Ficou de pé, cambaleando por um momento enquanto recobrava o equilíbrio, e ao fazer isto percebeu que o combate e a maré enchente os tinham carregado para perto dos arrecifes. A cerca de quatro metros uma plataforma rochosa surgia e desaparecia com os movimentos rítmicos das ondas. Num segundo o sr. Fison tomou o remo das mãos de Ewan, deu uma remada vigorosa e, largando-o, correu até a proa e saltou. Sentiu os pés escorregarem ao tocar na rocha, e, com um esforço desesperado, conseguiu saltar de novo rumo a outro arrecife próximo. Tropeçou, ajoelhou-se, e conseguiu ficar novamente de pé.

— Cuidado! — gritou alguém, e um corpo pesadão (era um dos trabalhadores) chocou-se contra ele, derrubando--o numa das piscinas naturais entre as rochas. Ao cair ouviu gritos abafados, sufocados, que naquele instante acreditou estarem vindo de Hill, e surpreendeu-se com a estridência e a variedade de sons da voz do homem. Alguém saltou por cima dele, e uma onda mais forte desmoronou em espumas por cima do seu corpo. Ficou de pé, gotejando, e, sem olhar de novo para o mar, correu para a praia tão depressa quanto seu terror lhe permitia. À sua frente, por entre as rochas planas que surgiram da água, corriam tropeçando os dois trabalhadores, um deles bem adiante do outro.

Finalmente ele se arriscou a olhar por cima do ombro e, percebendo que nada o perseguia, virou de frente para o mar. Estava atônito. Desde o instante em que os cefalópodes tinham surgido na água ele vinha agindo depressa demais para poder entender por completo suas ações. Agora, tinha a impressão de ter saltado para fora de um pesadelo.

Porque ali estava o céu, sem nuvens, reluzindo ao sol da tarde, o mar agitando-se sob aquela luz implacável, as espumas macias da arrebentação, e as longas e escuras placas rochosas. O barco deles tinha se endireitado e agora flutuava, erguendo-se e se abaixando com o balanço das águas, a uns doze metros da areia. Hill e os monstros, toda a agitação e o tumulto daquela luta desesperada pela vida, tinham desaparecido como se nada daquilo tivesse sido real.

O coração do sr. Fison batia com violência, fazendo o seu sangue pulsar até as pontas dos dedos, e acelerando sua respiração.

Alguma coisa estava faltando. Durante alguns segundos ele não soube precisar o que era. O sol, o céu, o mar, as rochas — o que seria? Então lembrou o barco de excursionistas. Tinha sumido. Pensou se aquilo não tinha sido apenas sua imaginação. Virou-se, e viu os dois trabalhadores de pé, lado a lado, sob a massa imponente das falésias altas e cor-de-rosa. Hesitou, sem saber se deveria fazer uma última tentativa de salvar Hill. A excitação física pareceu abandoná-lo de repente, deixando-o desamparado e sem direção. Ele caminhou para a areia, tropeçando, vadeando por entre a água, rumo aos seus dois companheiros.

Olhou para trás mais uma vez, e agora havia dois barcos boiando; o que estava mais longe balançava, desajeitado, com o casco para cima.

3.

Foi assim que o *Haploteuthis ferox* apareceu na costa de Devonshire. Até então tinha sido este o ataque mais grave. O relato do sr. Fison, visto em conjunto com a onda já mencionada de acidentes com barcos e com banhistas, e a ausência de peixes na costa na Cornualha naquele ano, indicava claramente a presença de um bando desses monstros vorazes das profundezas oceânicas rondando devagar ao longo da costa, aproveitando as marés. Sei que foi sugerida, para a sua presença ali, a hipótese de uma migração em busca de alimento; de minha parte, prefiro crer na teoria alternativa de Hemsley. Ele sustenta que um bando ou cardume daquelas criaturas pode ter, por acidente, adquirido gosto pela carne humana, talvez devido ao naufrágio de algum navio, e começou a se mover para fora de sua zona habitual; primeiro, tocaiando e seguindo navios, e depois acompanhando o tráfego do Atlântico até chegar às nossas praias. Mas este não é o lugar adequado para analisar a hipótese coerente e articulada de Hemsley.

Parece que o apetite do bando foi saciado por aquelas onze pessoas, porque, até onde pôde ser confirmado, havia dez pessoas no segundo barco, e o fato é que as criaturas não deram sinais de sua presença em Sidmouth naquele dia. O litoral entre Seaton e Budleigh Salterton foi patrulhado durante toda a tarde e a noite por quatro barcos da guarda costeira cujos homens estavam armados de arpões e cutelos, e, com o avançar da tarde, outras expedições igualmente aparelhadas, organizadas por particulares, juntaram-se a eles. O sr. Fison não tomou parte em nenhuma delas.

Por volta da meia-noite, gritos de alarme foram ouvidos vindos de um barco a cerca de duas milhas no mar alto, a sudeste de Sidmouth, ao mesmo tempo em que se via uma lanterna sendo agitada de maneira estranha, horizontal e verticalmente. Os barcos mais próximos correram a acudi-lo. Os ousados ocupantes dele — um marinheiro, um cura e dois estudantes — tinham visto os monstros passando por baixo deles. Ao que parece, as criaturas, como tantos outros organismos do fundo do mar, eram fosforescentes, e foram vistos flutuando a cinco braças de profundidade no negror das águas, como criaturas feitas de luar, com os tentáculos recolhidos como se dormissem, rolando sobre si mesmas, e movendo-se devagar numa disposição em forma de cunha, flutuando para o sudeste.

As testemunhas contaram sua história em fragmentos, com gestos abundantes, assim que um barco e logo outro juntaram-se ao delas. Daí a pouco oito ou nove barcos estavam agrupados naquela área, e um tumulto com o vozerio de uma feira livre circulava entre eles, quebrando o silêncio da noite. Havia pouca ou nenhuma disposição para perseguir os monstros; as pessoas não tinham nem armas nem experiência para se meterem numa caçada de resultado tão duvidoso, e por fim — talvez até com um certo alívio — os barcos rumaram para terra.

E chegamos agora ao que é talvez o fato mais surpreendente de todo esse espantoso ataque. Não temos a menor informação sobre os movimentos subsequentes do cardume, embora toda a costa sudoeste estivesse em alerta à sua procura. Pode ser significativo, talvez, que um cachalote tenha se extraviado nas proximidades de Sark em 3 de junho. Duas semanas e três dias depois dos acontecimentos de Sidmouth, um *Haploteuthis* vivo veio dar à praia nas areias de Calais. Soube-se que estava vivo porque numerosas testemunhas viram seus tentáculos se movendo convulsivamente. O mais provável é que estivesse moribundo. Um cavalheiro chamado Pouchet conseguiu um fuzil e terminou de abatê-lo a tiros.

Esta foi a derradeira aparição de um *Haploteuthis* vivo. Nenhum outro veio a ser avistado no litoral da França. Em 15 de junho, uma carcaça, quase completa, foi trazida pelas ondas até a areia perto de Torquay, e alguns dias depois um barco da Estação de Biologia Marinha, fazendo uma dragagem nas vizinhanças de Plymouth, colheu um espécime em decomposição que exibia um profundo ferimento feito com cutelo. Não foi possível precisar a causa da morte do primeiro desses espécimes. E, no último dia de junho, o sr. Egbert Caine, um artista, estava se banhando no mar perto de Newlyn, quando ergueu os braços, soltou um grito e desapareceu sob as águas. Um amigo que nadava perto não fez nenhuma tentativa de salvá-lo, mas nadou imediatamente para a praia. Este é o último fato a relatar concernente a esse extraordinário ataque vindo do oceano. Se esta é a última vez que ouviremos falar dessas horríveis criaturas, ainda é cedo para afirmar. Mas acredita-se, e certamente se espera, que a esta altura elas terão retornado, para sempre, para as profundezas sem sol do oceano, das quais emergiram de um modo tão estranho e tão misterioso.

A história de Plattner

Se a história de Gottfried Plattner deve ser acreditada ou não é uma questão interessante, no que diz respeito às evidências. De um lado, temos sete testemunhas — para ser escrupulosamente exato, temos seis pares e meio de olhos, e temos um fato indiscutível; do lado oposto, temos — o quê? Temos o preconceito, o senso comum, a inércia da opinião. Nunca houve no mundo um grupo de sete testemunhas aparentemente mais honestas; nunca ocorreu um fato mais inegável do que a inversão da estrutura anatômica de Gottfried Plattner, e ao mesmo tempo nunca houve uma história mais despropositada do que a que essas pessoas se viram forçadas a contar. A parte mais despropositada de tudo é a que ficou a cargo do digno Gottfried (porque eu o incluo entre as sete testemunhas). Deus não permita que eu seja induzido a acreditar em superstições movido pelo meu desejo de imparcialidade, tal como os admiradores de Eusapia![12] Francamente, acredito que existe algo mal explicado no caso de Gottfried Plattner, mas o que seja esse fator mal explicado, francamente não consigo perceber. Surpreendeu-me a credibilidade que este episódio encontrou nos círculos mais inesperados e mais cheios de autoridade. A melhor maneira de ser honesto com o leitor, portanto, será contar-lhe toda a história, sem maiores comentários.

Gottfried Plattner é, apesar do nome, um inglês bem-nascido. Seu pai era um alsaciano que veio para a Inglaterra na década de 1860, casou com uma respeitável moça inglesa de linhagem irrepreensível, e morreu, depois de uma vida ativa e sem fatos excepcionais (dedicada, pelo que entendi, à aplicação de tacos em assoalhos), em 1887. A idade de Gottfried é vinte e sete anos, e, graças à sua tripla herança linguística, ele ganha a vida como mestre em línguas modernas numa pequena escola particular no sul da Inglaterra. Para um observador casual, é singularmente semelhante a qualquer outro mestre em línguas modernas em qualquer escola particular. Suas vestimentas não são caras e não seguem a moda, mas por outro lado não são particularmente baratas ou descuidadas; sua aparência física, assim como sua altura e seu aspecto geral, não chama a atenção. Talvez alguém reparasse que, como acontece com a maioria das pessoas, seu rosto não é perfeitamente simétrico, sendo seu olho direito um pouco maior que o esquerdo, e sua mandíbula um tanto mais volumosa desse mesmo lado. Se algum de vocês, ou qualquer pessoa não especializada, abrisse sua camisa, tocasse-lhe o peito e sentisse as batidas do seu coração, iria considerá-lo, provavelmente, igual ao coração de qualquer outro indivíduo. Mas é nesse ponto que vocês e um observador especializado iriam divergir. Enquanto você iria considerar aquele um coração normal, o observador especializado pensaria justamente o contrário. E, quando este detalhe fosse revelado, você também perceberia facilmente essa peculiaridade. Porque o coração de Gottfried Plattner bate do lado direito do seu peito.

Bem, este não é o único detalhe singular a respeito da estrutura física de Gottfried, embora seja o único capaz de ser constatado por um leigo. Um exame cuidadoso da disposição dos órgãos internos de Gottfried, feito por um médico renomado, parece indicar o fato de que todas as outras partes assimétricas de seu corpo estão igualmente invertidas. O lobo direito de seu fígado está do lado esquerdo, o esquerdo está no lado direito; seus pulmões, também, estão colocados de maneira semelhante. O que há de ainda mais singular é que, a menos que Gottfried seja um ator consumado, temos de acreditar que sua mão esquerda tornou-se há pouco tempo sua mão direita. Desde os acontecimentos que estamos a ponto de relatar (de modo tão imparcial quanto possível) ele tem encontrado a maior dificuldade em escrever, exceto da direita para a esquerda no papel, e com a mão esquerda. Não consegue arremessar objetos com a mão direita, e às vezes na refeição fica perplexo diante do garfo e da faca; e suas ideias a respeito do fluxo do trânsito em nossas ruas — ele é um ciclista — são perigosamente confusas. Não existe a menor indicação de que, antes destes acontecimentos, Gottfried fosse de algum modo um indivíduo canhoto. E existe ainda outro fato extraordinário em toda esta inacreditável história. Gottfried nos exibiu três fotografias suas. A primeira o mostra com idade de cinco ou seis anos, com perninhas gordas surgindo sob uma bata de lã, e com a cara amuada. Nessa fotografia, seu olho esquerdo é um pouco maior que o direito, e seu queixo é um pouquinho mais volumoso no lado esquerdo. Isto é o contrário do que ele exibe em sua presente condição. A foto de Gottfried que temos com a idade de catorze anos parece contradizer esses fatos, mas isto é porque se trata de uma daquelas fotografias baratas do tipo "Gem", que estavam então na moda, tiradas diretamente sobre uma chapa de metal, e desse modo invertendo as direções do mesmo modo que faz um espelho. Uma terceira foto, tirada aos vinte e um anos, confirma o que é mostrado nas outras. Parece haver provas consideráveis de que o lado esquerdo e o lado direito de Gottfried foram trocados. E no entanto é difícil imaginar como um ser humano pode ser modificado a esse ponto, a não ser por um milagre fantástico e absurdo.

Há, é claro, uma explicação possível, a de que Plattner elaborou uma complicada mistificação, aproveitando-se do fato de ter o coração do lado oposto. Fotografias podem ser forjadas, e a escrita com a mão esquerda pode ser aprendida. Mas sua personalidade não condiz com tal hipótese. Ele é um indivíduo quieto, prático, discreto e completamente normal. Faz caminhadas diárias como exercício, e atribui uma grande importância à sua atividade como professor. Tem uma boa voz de tenor, ainda que pouco exercitada, e um dos seus prazeres é cantar árias de caráter alegre e popular. Gosta de ler, mas não com exagero, e dá preferência a histórias de ficção impregnadas de um otimismo vagamente piedoso; dorme bem, e raramente sonha. Ele é, na verdade, a última pessoa capaz de conceber uma história fantástica. Na verdade, a não ser pelo fato de ter divulgado sua história para o mundo ele tem mantido uma notável reticência sobre este assunto. Recebe os curiosos que o interrogam com uma certa timidez (seria o termo mais adequado) que desarma os mais desconfiados. Parece sinceramente constrangido de que alguma coisa tão fora do comum tenha ocorrido justamente com ele.

É uma pena que a aversão de Plattner pela ideia de dissecação *post-mortem* possa adiar, talvez para sempre, a comprovação definitiva de que os seus lados direito e esquerdo foram invertidos. A credibilidade de sua história repousa principalmente na demonstração desse fato. Não existe nenhuma maneira de pegar um homem e movê-lo *no espaço*, do modo como este é compreendido pelas pessoas comuns, que possa resultar numa transposição dos seus lados. Não importa o que se faça, seu lado direito continua à direita, o esquerdo, à esquerda. Claro que, por outro lado, é possível fazer isso com alguma coisa que seja fina e achatada. Se cortarmos um bonequinho de papel, uma figura qualquer que tenha um lado direito e um lado esquerdo, podemos inverter esses lados simplesmente erguendo essa figura, virando-a e depositando-a de volta, com os lados invertidos. Mas com um sólido é diferente. Os teóricos matemáticos nos dizem que a única maneira de inverter os lados de um corpo sólido é retirar esse corpo do espaço como o conhecemos — retirá-lo da nossa existência normal — e girá-lo sobre si mesmo em algum lugar fora do espaço. Isto é um tanto abstruso, sem dúvida; mas qualquer pessoa familiarizada com a teoria matemática pode confirmar ao leitor que é algo verdadeiro. Para exprimir este fato em linguagem técnica, essa curiosa inversão dos lados direito e esquerdo de Plattner é uma prova de que ele foi movido, para fora do espaço, para aquilo que chamamos a Quarta Dimensão, e depois foi trazido de volta ao nosso mundo. A menos que admitamos ter sido objeto de uma maquinação complicada e sem propósito, somos conduzidos a crer que foi exatamente isso que ocorreu.

Estes são os fatos concretos. Vamos agora ao relato do fenômeno que produziu o desaparecimento temporário de Plattner do nosso mundo. Ao que parece, as funções dele na

Sussexville Proprietary School incluíam não apenas o ensino das línguas modernas, mas também o da química, geografia comercial, biblioteconomia, estenografia, desenho, e quaisquer outras disciplinas que viessem a ser consideradas importantes pelo interesse inconstante dos pais dos alunos. Ele conhecia pouco ou nada sobre esses temas, mas nas escolas secundárias, ao contrário das escolas elementares, os conhecimentos do professor são, na verdade, muito menos necessários do que um caráter moralmente impecável e uma maneira polida de falar. Em química ele era especialmente limitado, não conhecendo nada, segundo suas próprias palavras, além dos três gases (sejam estes o que forem). No entanto, como seus alunos iniciavam o curso sem saber absolutamente nada, e recebiam dele todas as informações pertinentes, este arranjo não causava incômodo a nenhuma das partes, durante vários semestres sucessivos. Então um garoto chamado Whibble chegou à escola, um garoto que havia aprendido de algum parente travesso certos hábitos mentais que o induziam ao questionamento. Este menino acompanhava as aulas de Plattner sobre química com extremo interesse, e, para exibir seu envolvimento com o assunto, por diversas vezes trouxe substâncias para serem analisadas pelo mestre. Plattner, lisonjeado por essa demonstração do seu poder de empolgar as mentes alheias, e confiando na ignorância do aluno, analisou o material e fez algumas afirmativas genéricas sobre sua composição. Na verdade, ficou tão entusiasmado pela reação do aluno que se deu ao trabalho de buscar um livro de química analítica e estudá-lo durante a preparação das aulas naquela noite. Ficou surpreso ao descobrir que a química era um assunto dos mais interessantes.

Até aí, é uma história banal. Mas agora entra em cena o pó verde. A origem desse pó, ao que parece, é impossível de identificar. O jovem Whibble conta uma história desconjuntada de como o encontrou, sob a forma de um pequeno pacote, num forno de cal na região dos Downs. Teria sido excelente para Plattner, e talvez para a família do jovem Whibble, se alguém tivesse levado um fósforo aceso àquele pó, logo no primeiro instante. O jovem estudante certamente não o trouxe para a escola dentro de um pacote, mas num frasco graduado de remédios, com cerca de 250g, tendo como rolha um papel amassado. Ele o entregou a Plattner no final da tarde, após o encerramento das aulas. Quatro alunos tinham sido mantidos, após a prece de encerramento daquele dia, para que completassem algumas tarefas em atraso, e Plattner estava supervisionando o grupo na pequena sala em que se davam as aulas de química. Os apetrechos para as aulas práticas de química na Sussexville Proprietary School se caracterizam, como aliás na maioria das pequenas escolas neste país, por uma severa parcimônia. Ficam guardados num armário num recanto da sala, cuja capacidade é mais ou menos a mesma de um baú de viagem. Plattner, um tanto entediado pela sua função de mero supervisor naquele momento, parece ter recebido a interferência de Whibble e seu pó verde como uma oportuna distração, e, destrancando o armário, deu logo início ao exame do material. O aluno, para sua sorte, ficou sentado a certa distância dele, observando-o. Os quatro estudantes relapsos, fingindo estarem profundamente absorvidos pelas suas tarefas, também o observavam, de modo furtivo, cheios de interesse. Porque, mesmo dentro dos limites dos seus três gases, os conhecimentos práticos de Plattner sobre química eram, pelo que pude depreender, temerários.

Os relatos sobre as ações do professor nessa oportunidade são praticamente unânimes. Ele derramou um pouco do pó verde num tubo de ensaio, e experimentou misturá-lo com água, ácido clorídrico, ácido nítrico e ácido sulfúrico, um depois do outro. Não obtendo nenhum resultado, derramou um pequeno monte — aproximadamente metade do conteúdo do frasco — sobre uma lousa e riscou um fósforo. Estava segurando o frasco na mão esquerda. O pó começou a arder e derreter, e de repente explodiu, com um estrondo ensurdecedor e um clarão cegante.

Os cinco garotos, vendo aquele clarão e estando sempre em guarda contra alguma catástrofe, imediatamente mergulharam embaixo de suas mesas, e nenhum deles se feriu seriamente. A janela foi arremessada no meio do pátio de recreio, e o quadro-negro ficou desequilibrado em seu suporte. A lousa foi reduzida a átomos. Um pouco do gesso do teto desabou. Nenhum outro dano foi infligido ao prédio da escola ou às suas instalações, e os garotos, que a princípio não viram nenhum sinal de Plattner, imaginaram que ele tinha sido derrubado pela explosão e estaria caído sob alguma das mesas, longe das suas vistas. Pularam de onde estavam para ir em seu socorro, e ficaram estupefatos ao ver que ele tinha sumido. Ainda desorientados pela violência daquela detonação, correram para a porta aberta, ainda com a impressão de que o professor, ferido, teria corrido para fora da sala. Mas Carson, o que ia à frente, quase esbarrou no umbral com o diretor da escola, o sr. Lidgett.

O sr. Lidgett é um homem corpulento e nervoso, que tem apenas um olho. Os garotos descreveram como ele entrou na sala aos tropeções, pronunciando alguns daqueles termos enfáticos que os educadores mais irritáveis costumam usar antes que a situação fique ainda pior. "Maldito abobalhado", disse ele. "Onde está Plattner?" Os meninos confirmaram terem sido estas suas palavras. ("Maria-vai-com-as-outras", "cachorrinho chorão" e "abobalhado" são, ao que parece, o troco miúdo no comércio educacional cotidiano do sr. Lidgett.)

Onde estava o sr. Plattner? Esta foi uma pergunta repetida muitas vezes durante os dias que se seguiram. A impressão geral era de que aquela hipérbole, "reduzido a átomos", tinha acontecido de fato, naquele caso específico. Não havia uma só partícula física de Plattner que pudesse ser vista; nem uma gota de sangue ou um farrapo de roupa puderam ser encontrados. Aparentemente, tinha sido volatilizado por completo, sem deixar para trás o menor resíduo. Dele não restara, como diz a proverbial expressão, sequer o suficiente para cobrir uma moeda de seis *pence*! A certeza de seu desaparecimento total após a explosão era indubitável.

Não é necessário descrever em maiores detalhes aqui a comoção provocada na Sussexville Proprietary School, ou na própria Sussexville e arredores, por este acontecimento. É possível até que alguns leitores destas páginas recordem ter ouvido alguma versão remota e pouco nítida desses fatos sensacionais, durante as últimas férias de verão. Lidgett, ao que parece, fez tudo o que estava ao seu alcance para abafar ou minimizar a história. Ele instituiu uma penalidade de vinte e cinco linhas de redação para cada vez que o nome de Plattner fosse mencionado pelos alunos, e declarou diante deles que tinha informações seguras sobre o paradeiro do professor. Tinha receio apenas, segundo explicou, de que a possibilidade de que uma explosão ocorresse durante uma aula de química, apesar das precauções que cercam o ensino prático daquela disciplina, pudesse prejudicar a reputação da escola; e o mesmo se aplicava a qualquer aspecto misterioso que envolvesse a partida de Plattner. Na verdade, ele fizera o possível para que aquela ocorrência fosse encarada da maneira mais normal possível. O próprio interrogara as cinco testemunhas do fato, de modo tão insistente que elas passaram a duvidar das provas que seus sentidos lhes tinham fornecido. Mas, a despeito desses esforços, a história, ou uma versão ampliada e distorcida dela, transformou-se numa sensação passageira em todo aquele distrito, e vários pais tiraram seus filhos da escola alegando os mais variados motivos. Outro fato digno de nota é que um grande número de pessoas das vizinhanças teve sonhos com Plattner durante o período de agitação que precedeu a sua volta, sonhos singularmente vívidos, e que mantinham uma curiosa uniformidade entre si. Em todos eles o professor era visto, às vezes sozinho, às vezes acompanhado, andando pela região e envolto numa aura coruscante, iridescente. Em todos esses relatos parecia estar pálido e agoniado, e em alguns deles gesticulava na direção do sonhador. Um ou dois estudantes, evidentemente sob a influência do pesadelo, tiveram a sensação de que Plattner se aproximava deles com notável rapidez, e parecia olhar bem de perto para dentro dos seus olhos. Outros diziam ter fugido, junto com ele, da perseguição de criaturas extraordinárias, de forma vagamente globular. Mas todas essas fantasias foram esquecidas nos inquéritos e nas investigações quando, na quarta-feira seguinte, quase duas semanas após a explosão, Plattner reapareceu.

As circunstâncias de sua volta foram tão singulares quanto as da sua partida. Na medida em que os resumos um tanto coléricos do sr. Lidgett podem ser complementados pelos depoimentos hesitantes do professor, parece que no fim da tarde daquela quarta-feira, quase ao pôr do sol, aquele digno cavalheiro, tendo liberado as turmas de alunos da tarde, estava em seu jardim, colhendo e comendo morangos, uma fruta pela qual nutria uma especial predileção. É um grande jardim ao estilo antigo, protegido das vistas de possíveis observadores, felizmente, por um muro de tijolos vermelhos bastante alto e coberto de hera. No momento em que ele se inclinava sobre uma planta particularmente prolífica, houve um clarão no ar e ouviu-se um baque surdo; e antes que pudesse olhar em volta alguma coisa chocou-se violentamente com ele, pelas costas. Foi arremessado para a frente, esmagando os morangos que tinha nas mãos, e de forma tão rude que seu chapéu de seda — pois o sr. Lidgett é partidário do uso de vestimentas escolásticas à moda antiga — afundou-se com violência em sua cabeça, quase atingindo um dos seus olhos. Esse pesado míssil, que após o choque deslizou sobre ele e desabou numa postura sentada por entre as moitas de morangos, revelou-se como sendo o desaparecido sr. Gottfried Plattner, numa condição de extremo desalinho. Estava sem colarinho e sem chapéu, suas roupas estavam sujas, e havia sangue em suas mãos. O sr. Lidgett ficou tão indignado e surpreso que permaneceu de quatro, com o chapéu enfiado por cima do olho, enquanto esbravejava com veemência com Plattner por sua conduta tão desrespeitosa e injustificável.

Esta cena sem nada de idílica completa o que podemos chamar de "a versão exterior" da história de Plattner, o seu aspecto exotérico. Não é necessário aqui relatar todos os detalhes da sua demissão por parte do sr. Lidgett. Esses detalhes, com todos os nomes e datas e referências, podem ser encontrados nos relatórios minuciosos sobre estas ocorrências elaborados pela Sociedade para Investigação de Fenômenos Anormais. A extraordinária transposição dos lados direito e esquerdo de Plattner mal foi percebida durante os primeiros dias, e isto apenas no que diz respeito à sua insistência em escrever no quadro-negro da direita para a esquerda. Ele escondeu, ao invés de ostentar, esta circunstância curiosamente confirmatória, pois imaginou que ela poderia prejudicá-lo na busca de uma nova colocação. O deslocamento do seu coração foi percebido alguns meses depois, quando precisou ser submetido a anestesia para a extração de um dente. Então permitiu, um tanto contra a vontade, que um médico fizesse um exame superficial de suas condições físicas com vistas a uma comunicação para o *Jornal de Anatomia*. Isto esgota o registro dos fatos materiais; e de agora em diante podemos nos voltar para o que diz o próprio Plattner sobre o assunto.

Primeiro, contudo, é preciso estabelecer uma linha divisória entre a porção da história narrada até aqui, e o que virá em seguida. Tudo o que relatei até agora foi comprovado de uma maneira que mesmo um advogado criminal aprovaria. Cada uma das testemunhas ainda vive; se o leitor dispuser de tempo pode localizar os estudantes amanhã mesmo, ou enfrentar as ameaças do bravo Lidgett, e entrevistar e interrogar cada um deles até se dar por satisfeito. Gottfried Plattner, seu coração deslocado e suas três fotografias também podem ser encontrados. Considera-se comprovado que ele desapareceu durante cerca de nove dias em consequência da explosão; que retornou de modo quase igualmente violento, em circunstâncias cuja natureza aborrece profundamente o sr. Lidgett, sejam quais forem essas circunstâncias; e que retornou com o corpo invertido, assim como é invertida a imagem que o espelho nos devolve. Deste último fato, como já afirmei, deduz-se quase inevitavelmente que Plattner, durante aqueles nove dias, deve ter experimentado algum tipo de existência fora do espaço. Em torno destes fatos existem mais provas do que as que têm levado muitos assassinos ao cadafalso. Mas para o seu relato pessoal a respeito de onde esteve, com suas explicações confusas e seus detalhes contraditórios, temos apenas a palavra do sr. Gottfried Plattner. Não é meu propósito desacreditá-la, mas devo observar — o que tantos que escrevem sobre fenômenos psíquicos obscuros não se dão o trabalho de fazer — que aqui

261

passamos do terreno dos fatos inegáveis para um assunto que qualquer homem razoável tem o direito de aceitar ou rejeitar de acordo com suas convicções. Tudo o que foi relatado antes tende a torná-lo plausível; sua discordância para com nossa experiência cotidiana o inclina para o lado do inacreditável. Eu preferiria não influenciar o julgamento dos leitores numa direção nem na outra, mas apenas contar a história exatamente como me foi contada por Plattner.

Ele me fez essa narração, devo registrar, na minha casa, em Chislehurst, e assim que me deixou naquela noite fui para meu escritório e escrevi tudo de acordo com a minha memória. Depois, foi gentil o bastante para ler e corrigir uma cópia datilografada, de modo que a veracidade desta não pode ser posta em questão.

Plattner afirma que, no momento da explosão, a primeira coisa em que pensou foi que ia morrer. Sentiu-se arrancado do chão e jogado para trás. Os psicólogos acharão curioso o fato de que continuou a pensar com clareza durante esse arremesso para trás, porque imaginou que iria se chocar com o armário de utensílios químicos ou com o suporte do quadro-negro. Bateu com os calcanhares no chão e cambaleou, caindo sentado, com todo o peso do corpo, sobre alguma coisa macia e firme. Por um instante, a concussão do choque o deixou atordoado. No momento seguinte percebeu um odor intenso de cabelos queimados, e julgou ouvir a voz de Lidgett chamando seu nome. Devemos entender que durante algum tempo sua mente esteve mergulhada em grande confusão.

De início, teve claramente a impressão de que ainda se encontrava na sala de aula. Percebeu, distintamente, a surpresa dos alunos e a entrada do sr. Lidgett. Afirma isso do modo mais positivo. Não escutou o que diziam, mas isto ele atribuiu ao efeito ensurdecedor da explosão. As coisas à sua volta pareciam curiosamente escuras e indistintas, mas sua mente justificou isto com a explicação óbvia, mas equivocada, de que a explosão havia causado uma grande quantidade de fumaça. Através dessa névoa sombria moviam-se as figuras de Lidgett e dos estudantes, difusas e silenciosas como fantasmas. O rosto de Plattner ainda doía pelo clarão ardente da explosão. Ele se sentia, como afirma, "todo embaralhado". Seus primeiros pensamentos mais organizados voltaram-se para sua integridade pessoal. Pensou que estava talvez cego ou surdo. Apalpou, com cuidado, os membros e o rosto. Então sua percepção foi ficando mais clara, e ficou espantado ao não conseguir enxergar ao seu redor as familiares escrivaninhas dos alunos e os demais móveis da sala. No lugar delas, via apenas formas escuras, cinzentas, indistintas. Então aconteceu algo que o fez gritar, e pôs em atividade instantânea todas as suas faculdades. Dois dos garotos, gesticulando, caminharam na sua direção, um atrás do outro, e passaram através dele! Nenhum dos dois manifestou a menor noção da sua presença ali. É difícil imaginar a sensação que Plattner experimentou. Passaram através dele, pelo seu relato, sem fazer maior esforço do que se ele fosse feito de névoa.

Seu primeiro pensamento depois disto foi que estava morto. Tendo sido criado num ambiente de opiniões sólidas e práticas nessa área, ele se surpreendeu ao perceber que conservava seu corpo. Sua segunda conclusão foi de que não estava morto, mas os outros, sim: a explosão tinha destruído a escola e todas as pessoas nelas, com exceção dele próprio. Mas esta também era uma explicação pouco satisfatória. Voltou à sua condição anterior de apenas observar as coisas, cheio de espanto.

Tudo à sua volta era extraordinariamente escuro; a princípio tudo parecia ser feito de uma treva cor de ébano. No alto, um firmamento negro. A única mancha de luz naquele ambiente era um vago clarão esverdeado na borda do horizonte numa direção, destacando a silhueta ondulada das colinas. Ou pelo menos essa foi sua impressão inicial. À medida que seus olhos foram se acostumando à escuridão, Plattner começou a perceber um tipo diferente de cor esverdeada naquela noite total que o envolvia. De encontro a esse fundo escuro, a mobília e os ocupantes da sala de aula pareciam se destacar como espectros fosforescentes, tênues, impalpáveis. Estendeu a mão e atravessou com ela, sem fazer esforço, a parede da sala, junto à lareira.

Ele descreve seu comportamento como um esforço constante para chamar a atenção de alguém. Gritou para Lidgett, e tentou segurar os rapazes quando eles passavam por perto. Só abriu mão destas tentativas quando o sr. Lidgett, com quem (como professor assistente) naturalmente antipatizava, entrou na sala. Diz Plattner que a sensação de estar no mundo e ao mesmo tempo não fazer parte dele era extraordinariamente desagradável. Comparou seus sentimentos, de modo bem adequado, aos de um gato olhando um rato através de uma vidraça. Sempre que fazia qualquer menção de se comunicar com aquele mundo vagamente familiar que percebia à sua volta, se deparava com uma barreira invisível, incompreensível, impedindo esse contato. Então começou a dar atenção aos objetos sólidos em seu entorno. Encontrou o frasco de remédio ainda intacto em sua mão, com um pouco do pó verde ainda em seu interior. Guardou-o no bolso, e começou a apalpar ao seu redor. Aparentemente, estava sentado num rochedo coberto de um musgo aveludado. Não conseguia ver aquela região escura à sua volta, porque a imagem enevoada e pouco nítida da sala de aula se superpunha a ela, mas tinha a sensação (devido, talvez, ao vento frio que sentia soprar) de estar próximo ao topo de uma colina, e de que um barranco íngreme conduzia a um vale lá embaixo. O brilho esverdeado no horizonte parecia estar crescendo em extensão e intensidade. Ele ficou de pé, esfregando os olhos.

Ao que parece deu alguns passos na descida daquele barranco e então tropeçou, quase caiu, e sentou-se de novo sobre uma rocha irregular para observar o nascer do sol. Percebeu também que o mundo ao seu redor era absolutamente silencioso. Era tão imóvel quanto escuro; e, embora um vento frio soprasse de encontro à encosta da colina, estavam ausentes o sussurro da relva e o farfalhar dos galhos que deviam acompanhá-lo. Ele podia perceber pelo ouvido, portanto, mesmo que não pela vista, que a encosta onde se encontrava era rochosa e desolada. A luz verde ficava mais forte a cada momento, e com isto um vermelho cor de sangue, mas diluído e transparente, misturava-se a ele, mas sem atenuar o negror do céu por sobre sua cabeça e da desolação pedregosa à sua volta. Tendo em vista o que se seguiu, estou inclinado a crer que essa vermelhidão pode ter sido um mero efeito óptico devido ao contraste. Alguma coisa negra esvoaçou momentaneamente de encontro ao verde-claro lívido da parte baixa do céu, e então o som agudo e penetrante de um sino elevou-se do golfo negro que havia à frente de Plattner. Uma expectativa opressiva começou a crescer dentro dele, à medida que a luz se tornava mais forte.

É provável que uma hora ou mais tenha transcorrido enquanto ele estava sentado ali, com aquela estranha luz verde ficando mais brilhante a cada momento, e espalhando-se devagar, em dedos resplandecentes, para o alto, na direção do zênite.

À medida que ela aumentava, a visão espectral do nosso mundo ia se tornando relativamente ou absolutamente esmaecida. Provavelmente as duas coisas, porque a hora deve ter sido por volta do nosso pôr do sol. No que diz respeito à sua capacidade de enxergar as coisas em nosso mundo, Plattner, ao dar aqueles poucos passos descendo a encosta, tinha atravessado o piso da sala de aula, e agora, ao que parece, estava sentado como que suspenso no ar, na sala maior que havia no andar de baixo. Via distintamente os alunos, mas com menor nitidez do que havia visto Lidgett.

Estavam preparando suas tarefas da tarde, e ele notou com interesse que vários deles estavam resolvendo seus exercícios de geometria euclidiana com o auxílio de uma compilação clandestina de cuja existência até então não suspeitara. Com o passar do tempo sua imagem foi se desvanecendo gradualmente, à medida que a aurora verde se tornava mais brilhante.

Olhando para baixo, para o vale, viu que a luz tinha penetrado até bem abaixo das encostas rochosas, e que a escuridão profunda do abismo estava rompida agora por um débil clarão verde, como a luz de um vaga-lume. E quase imediatamente o arco de um corpo celeste gigantesco, de um verde cintilante, rompeu por trás das ondulações basálticas das colinas distantes, e as monstruosas elevações em volta dele se revelaram, esquálidas e cheias de desolação, numa luz verde que projetava sombras avermelhadas e intensas. Ele percebeu a presença de um grande número de objetos esféricos que flutuavam à deriva, como lanugens, sobre as elevações. Os mais próximos dele estavam do outro lado da ravina. O sino lá embaixo tocava com intensidade cada vez maior, e com certa insistência impaciente, e algumas luzes se moviam para lá e para cá. Os estudantes, sentados às suas mesas, estavam quase invisíveis agora.

A extinção do nosso mundo, quando o sol verde daquele outro universo se ergueu, é um detalhe curioso que Plattner reafirma com insistência. Durante a noite do Outro Mundo, é difícil andar em volta, pois é possível ver as coisas do mundo de cá de modo muito vívido. O difícil é explicar por que, se é este o caso, nós aqui em nosso mundo não percebemos esse Outro Mundo absolutamente. Deve-se talvez à iluminação relativamente muito mais vívida do mundo em que estamos. Plattner descreve o meio-dia do Outro Mundo, em seu momento mais brilhante, como não chegando a ser tão claro quanto o nosso mundo à luz de uma lua cheia, enquanto que a noite de lá é profundamente negra. Em consequência, a quantidade de luz aqui, mesmo num quarto escuro, é suficiente para tornar as coisas do Outro Mundo invisíveis, segundo o mesmo princípio que faz as fosforescências mais tênues só poderem ser avistadas na treva profunda. Tentei, depois que Plattner me fez seu relato, ter algum vislumbre do Outro Mundo, e fiquei sentado durante várias horas, à noite, na câmara escura de um laboratório fotográfico, à noite. Vi algumas silhuetas indistintas de encostas esverdeadas e rochosas, mas, tenho que admitir, de maneira muito indistinta, mesmo. Talvez o leitor tenha um pouco mais de sorte. Plattner me afirmou que desde o seu retorno ele sonhou, viu e reconheceu lugares do Outro Mundo, mas isto se deve provavelmente à sua recordação daqueles cenários. Parece bastante possível que pessoas com visão excepcional possam ocasionalmente ter algum vislumbre desse Outro Mundo que existe à nossa volta.

Isto, contudo, é uma digressão. Quando o sol verde se ergueu, Plattner conseguiu avistar, mesmo de modo indistinto, uma rua de construções escuras no fundo da ravina, e depois de alguma hesitação começou a descer até lá. A descida foi longa e indescritivelmente tediosa, não apenas por ser a encosta muito íngreme, mas também pelo fato de as pedras que a cobriam estarem quase todas soltas. O barulho de sua descida — de vez em quando os saltos dos seus sapatos tiravam faíscas das rochas — parecia o único som do universo, porque o toque do sino havia cessado. Quando ele se aproximou, percebeu que aquelas construções tinham a singular aparência de túmulos, mausoléus, monumentos, a não ser pelo fato de serem uniformemente negras, ao invés de brancas como a maioria dos sepulcros. E então avistou, emergindo da maior construção de todas, lembrando uma multidão de pessoas que se dispersa ao sair da igreja, um grande número de figuras pálidas, redondas, de cor verde-clara. Elas se dispersaram em várias direções pela larga rua onde o prédio ficava situado, algumas entrando em becos laterais e reaparecendo depois na encosta da colina, outras entrando em edifícios menores que se erguiam ao longo da rua.

Ao ver que aquelas coisas flutuavam ao seu encontro, Plattner se deteve e ficou olhando. Elas não caminhavam; na verdade eram desprovidas de membros, e tinham a aparência de cabeças humanas, por baixo das quais flutuava um corpo como o de um girino. Ele estava estupefato demais diante da estranheza daqueles seres, na verdade estava tão invadido por essa sensação de estranheza que não chegou a se alarmar pela sua proximidade. As criaturas vieram na sua direção, trazidas pelo vento que soprava de baixo para cima, mais ou menos como bolhas de sabão se deslocam com uma corrente de ar. E, quando ele observou melhor uma das que se aproximavam, viu que era sem dúvida uma cabeça humana, embora com olhos anormalmente grandes, e ostentando uma tal expressão de estresse e de angústia como jamais vira numa fisionomia humana. Ficou surpreso ao ver que essa cabeça não se virava para olhá-lo, mas parecia estar com sua atenção voltada para alguma coisa que ele não via (e parecendo segui-la). Por um instante ficou desconcertado, e então ocorreu-lhe que a criatura estava acompanhando, com seus olhos enormes, algo que ocorria no mundo que ele acabara de deixar. Ela foi chegando cada vez mais perto, e Plattner estava perplexo demais para gritar. A coisa emitiu um som de irritação quando chegou bem perto; então tocou no seu rosto muito de leve — um toque muito frio — e passou por ele, seguindo sempre para o alto, rumo ao topo da colina.

Uma extraordinária convicção se apossou da mente de Plattner: a de que aquela cabeça tinha uma enorme semelhança com a de Lidgett. Então ele voltou sua atenção para as outras cabeças, que se agrupavam, flutuando colina acima. Nenhuma fez a menor menção de reconhecê-lo. Uma ou duas, sem dúvida, aproximaram-se dele e quase repetiram o gesto da primeira, mas ele afastou-se convulsivamente do seu trajeto. Na maioria delas Plattner discerniu a mesma expressão de indizível sofrimento que vira na primeira, e ouviu delas os mesmos sons indicativos de aflição. Uma ou duas choravam, e houve uma que se elevou rapidamente para o alto da colina com uma expressão de fúria diabólica. Mas outras passavam com frieza, e algumas tinham nos olhos uma expressão satisfeita e cheia de interesse. Uma delas, pelo menos, estava quase num êxtase de felicidade. Plattner não se recorda de ter reconhecido nenhuma semelhança pessoal nas demais cabeças que viu nesse momento.

Durante várias horas, talvez, observou essas estranhas criaturas se dispersarem sobre as colinas; e foi somente muito tempo depois que elas deixaram de brotar da construção escura no fundo da ravina que ele recomeçou sua descida. A escuridão à sua volta aumentara tanto que Plattner mal sabia onde estava apoiando os pés. O céu por sobre sua cabeça era agora de um verde pálido e brilhante. Ele não sentia fome nem sede. Mais tarde, quando isso aconteceu, encontrou um córrego de águas geladas no fundo do desfiladeiro; e havia uma espécie de musgo sobre as pedras que, quando ele o experimentou no auge do desespero, descobriu que era bom para comer.

Plattner tateou por entre as tumbas que havia no fundo da ravina, procurando meio ao acaso alguma pista sobre aquele ambiente tão inexplicável. Depois de muito tempo chegou à entrada do edifício semelhante a um mausoléu de onde as cabeças tinham emergido. Ali encontrou um grupo de luzes verdes acesas sobre uma espécie de altar de basalto, e a corda de um sino, que pendia de um campanário por sobre sua cabeça, e se balançava no centro do recinto. Ao longo da parede havia inscrições em fogo, num alfabeto desconhecido. Enquanto ainda se perguntava qual o propósito de tudo aquilo, escutou um barulho de passos pesados ecoando na rua lá fora. Correu de volta à escuridão externa, mas não conseguiu avistar nada. Pensou em puxar a corda do sino, mas depois decidiu seguir os passos que ouvira. Mas, embora corresse bastante, não os alcançou; e os gritos que deu não surtiram efeito. A ravina parecia estender-se a uma distância interminável. Era tão escura quanto uma noite estrelada na Terra, ao longo de toda sua extensão, enquanto aquele dia verde fantasmagórico se estendia na borda superior do abismo. Agora não havia mais nenhuma daquelas cabeças lá embaixo. Pareciam estar todas muito ocupadas na parte superior da encosta. Olhando para cima, Plattner as viu flutuando ao léu, algumas estacionárias, outras deslocando-se rapidamente pelo ar. Aquilo lhe lembrou, como disse, "grandes flocos de neve", só que sua cor era negro e verde pálido.

Perseguindo aqueles passos pesados, que nunca se desviavam e que ele nunca alcançou; tateando através de novas regiões daquele interminável fundo de desfiladeiro; subindo e descendo aqueles perigosos barrancos; vagando pelo topo da colina; observando aquelas cabeças que flutuavam ao léu; foi assim que Plattner, segundo seu testemunho, passou a maior parte dos sete ou oito dias seguintes. Diz ele que não contou os dias. Embora uma ou duas vezes percebeu estar sendo espreitado, não trocou palavras com ninguém. Dormiu no meio das rochas do barranco. Dentro da ravina as coisas da Terra eram invisíveis, porque do ponto de vista terrestre Plattner estava dentro do chão. Nas partes mais altas, assim que o dia começava, o nosso mundo se tornava visível para ele. Às vezes se viu tropeçando por entre as rochas verdes ou detendo-se à beira de um precipício, enquanto à sua volta as árvores das alamedas de Sussex agitavam suavemente seus galhos; ou então espreitando, sem ser visto, a vida privada dos habitantes daquela área. E foi assim que descobriu que para quase todo ser humano em nosso mundo existem algumas daquelas cabeças flutuantes; e que cada um de nós, neste mundo de cá, é vigiado de forma intermitente por essas indefesas criaturas sem corpo.

Quem são eles, esses Vigilantes dos Vivos? Plattner nunca descobriu. Mas dois deles, que a certa altura o encontraram e passaram a segui-lo, assemelhavam-se à lembrança que guardava dos pais, nos tempos em que era garoto. De vez em quando outras cabeças voltavam os olhos para ele: olhos como os de pessoas já mortas que o tinham embalado, ou maltratado, ou que o tinham ajudado em sua juventude e na idade adulta. Sempre que o olhavam, Plattner sentia-se invadido por um estranho senso de responsabilidade. Arriscou-se a dirigir a palavra à sua mãe, mas ela não lhe respondeu. Sua expressão era triste, inalterável, e terna — com um pouco de censura, também — ao olhar bem nos seus olhos.

Plattner limita-se a contar sua história; não tenta explicá-la. Resta-nos especular sobre quem podem ser esses Vigilantes dos Vivos, e se são de fato as pessoas já falecidas; e imaginar por que vigiam tão de perto e com tanta dedicação um mundo que já abandonaram para sempre. Pode ser — e isto faz sentido para mim — que, quando nossa vida se encerra, quando o bem e o mal não são mais para nós uma questão de escolha, que ainda tenhamos que testemunhar toda a cadeia de consequências dos atos que praticamos. Se as almas humanas perduram após a morte, então os interesses humanos continuam vivos também. Mas isto é uma mera suposição de minha parte quanto ao significado das coisas vistas por Plattner. Ele próprio não sugere nenhuma explicação; porque nenhuma lhe foi dada. Isto é algo que o leitor deve ter bem claro. Dias após dia, com a cabeça num turbilhão, ele vagueou por aquele mundo de luz esverdeada, um mundo além do nosso; vagueou cansado e, nos últimos dias, enfraquecido e faminto. Durante o dia — ou seja, durante o nosso dia terrestre — a visão fantasmagórica do velho e familiar cenário de Sussexville, à sua volta, só conseguia incomodá-lo e deixá-lo preocupado. Não enxergava onde punha os pés, e a todo instante sentia o toque gélido de uma daquelas Almas Vigilantes pousando sobre o seu rosto. Depois que escurecia, surgia aquela multidão de Vigilantes à sua volta, e aquele seu ar de concentrada preocupação o deixava muito incomodado. Sentia-se consumido por um anseio enorme de retornar àquela vida terrestre que parecia tão próxima e estava tão distante. O aspecto sobrenatural das coisas ao seu redor produzia nele um estresse mental que chegava a ser doloroso. Sentia-se particularmente incomodado pelo pequeno grupo que o seguia por toda parte. Gritava para eles que deixassem de vigiá-lo, insultava-os, tentava fugir. Eles permaneciam mudos e inflexíveis. Por mais que Plattner corresse naquele terreno acidentado, seguiam-no por toda parte.

No nono dia à tarde, escutou aqueles passos invisíveis aproximando-se de novo, longe, lá no fundo do desfiladeiro. Naquele momento estava vagando no topo da mesma colina onde se dera sua entrada naquele estranho Outro Mundo. Virou-se para descer a encosta, tateando, às pressas, e nesse instante sua atenção foi atraída para uma cena que acontecia num aposento, numa rua que ficava por trás da escola. Ele conhecia de vista as duas pessoas que estavam naquele quarto. As janelas estavam abertas, as venezianas erguidas, e o sol poente brilhava forte no aposento, de modo que ele aparecia em imagens brilhantes, um retângulo vívido como a imagem de uma lanterna mágica de encontro à paisagem negra e à aurora lívida e esverdeada. Além da luz do sol, havia uma vela recém-acesa no quarto.

Na cama jazia um homem magro, com o rosto branco e esquálido afundado no travesseiro. Suas mãos contraídas estavam erguidas sobre a cabeça. Numa mesinha ao lado da cama, viam-se alguns frascos de remédio, um pratinho de torradas, água e um copo vazio. De vez em quando os lábios do homem se entreabriam, numa tentativa de articular uma palavra. Mas a mulher não percebia suas tentativas de falar, porque estava muito ocupada rasgando papéis em uma escrivaninha à moda antiga no lado oposto do quarto. De início aquela cena era uma imagem muito vívida, mas, à medida que a aurora verde por trás dela foi se tornando mais e mais brilhante, a cena tornou-se gradualmente mais esmaecida e translúcida.

Quando o eco daqueles passos tão pesados foi chegando cada vez mais perto, aqueles passos que ressoavam tanto no Outro Mundo mas eram tão silenciosos neste, Plattner percebeu à sua volta uma multidão de rostos sombrios que se agrupavam, emergindo da escuridão, e observando as duas pessoas no quarto. Nunca antes ele tinha visto uma tal quantidade de Vigilantes dos Vivos. Um grande número deles só tinha olhos para o moribundo no quarto, enquanto outros, com indizível angústia, observavam a mulher enquanto esta, com olhos cheios de cobiça, procurava por alguma coisa que não conseguia encontrar. As criaturas rodearam Plattner, bloqueando sua visão, golpeando-o no rosto, emitindo sons de um desespero inútil. Ele só conseguia enxergar com clareza num ou noutro momento; logo em seguida a imagem tremulava, através do véu de reflexos verdes criado pelos movimentos das criaturas. No quarto, tudo devia estar muito quieto, e Plattner afirma que a chama da vela erguia-se reta produzindo um filete vertical de fumaça; mas em seus ouvidos cada passada e seus ecos ressoavam como o estrondo de um trovão. E os rostos! Havia dois em especial, próximos à mulher: um deles um rosto de mulher, branco e de feições bem-delineadas, um rosto que em outro tempo podia ter sido frio e duro, mas que agora estava suavizado pelo toque de uma sabedoria estranha à Terra. O outro poderia ter sido o pai da mulher. Ambos estavam evidentemente absorvidos na contemplação de um ato de odiosa maldade, ao que parecia; um ato de que eles não podiam mais se proteger, nem podiam evitar. Por trás deles havia outros: professores que tinham ensinado coisas erradas, amigos cuja influência tinha faltado. E por sobre o homem também — uma multidão, mas ninguém que parecesse ser um dos pais ou dos professores! Rostos que um dia podiam ter sido rudes, mas que a tristeza tinha depurado e fortalecido. E à frente de todos havia um rosto, um rosto de menina, sem raiva nem remorso, mostrando apenas paciência e cansaço, e à espera de um alívio, conforme pareceu a Plattner. Ele afirma que seus poderes de descrição lhe faltam quando evoca aquela multidão de semblantes esquálidos. Eles se reuniram, quando soou o toque do sino; Plattner os viu todos juntos pelo espaço de um segundo. Talvez ele tenha ficado tão fora de si devido à excitação daquele momento que, involuntariamente, seus dedos inquietos tenham tirado o frasco de pó verde do bolso e o tenham segurado; mas ele não se recorda.

Abruptamente, cessaram as passadas. Plattner esperou o que viria a seguir, e, cortando o inesperado silêncio como uma lâmina fina e afiada, veio a primeira badalada do sino. Ao escutá-la, aquela multidão de rostos começou a agitar-se, e seus gemidos lamentosos voltaram a se ouvir, mais alto do que antes. A mulher nada ouviu; agora estava queimando alguma coisa na chama da vela. Na segunda badalada, tudo se tornou indistinto, e um sopro de vento gélido perpassou aquela horda de observadores. Eles se agitaram ao redor de Plattner como uma revoada de folhas secas na primavera, e à terceira badalada alguma coisa estendeu-se deles até a cama. Todos já ouvimos falar num raio de luz. Aquilo era como um raio de treva, e olhando-o melhor Plattner percebeu que era um braço e uma mão, envoltos em sombra.

Agora, o sol verde se erguia sobre o horizonte negro e desolado, e a visão do quarto se tornava cada vez mais tênue. Ele pôde ver que o corpo no lençol branco da cama se debatia em convulsões, e que a mulher se virava para vê-lo, olhando assustada por sobre o ombro.

A nuvem de observadores elevou-se como uma nuvem de poeira soprada pelo vento, e esvoaçou com rapidez na direção do templo no fundo da ravina. Então Plattner entendeu de súbito a natureza daquele braço tenebroso que se estendia por cima do seu próprio ombro e agarrava a presa. Ele não ousou virar-se e encarar a sombra que estava por trás; com um violento esforço, e cobrindo os olhos, começou a correr, e, depois de cerca de vinte passos, tropeçou numa pedra e caiu. Caiu para a frente, apoiando-se nas mãos; e com isso o frasco que segurava espatifou-se e explodiu ao tocar o solo.

Um instante depois ele se viu, atordoado e sangrando, sentado frente a frente com Lidgett, no velho jardim amuralhado por trás da escola.

Aqui termina a história da experiência de Plattner. Resisti, acho que com sucesso, à tendência natural do escritor de ficção a enfeitar um pouco incidentes dessa natureza. Narrei todos os fatos, na medida do possível, na mesma ordem em que me foram narrados por ele. Evitei cuidadosamente qualquer tentativa de produzir efeitos de estilo ou de construção. Teria sido possível, por exemplo, elaborar a cena do leito de morte inventando algum tipo de situação em que Plattner estivesse envolvido. Mas, além do caráter condenável de qualquer tentativa de falsificar uma história verdadeira e extraordinária, qualquer efeito desse tipo iria estragar, a meu ver, a impressão peculiar causada por esse mundo tenebroso, com sua luminosidade verde e lívida e seus flutuantes Vigilantes dos Vivos, um mundo que, embora não possamos vê-lo ou penetrá-lo, está o tempo inteiro ao nosso redor.

Resta-me apenas aduzir que uma morte ocorreu de fato em Vincent Terrace, próximo ao jardim da escola, e, até onde foi possível certificar, mais ou menos no momento do reaparecimento de Plattner. O falecido era um coletor de impostos e agente de seguros. Sua viúva, bem mais jovem que ele, casou no mês passado com um tal de sr. Whimper, um médico veterinário de Allbeeding. Como certas porções da história aqui relatada têm circulado oralmente em Sussexville, ela consentiu que seu nome fosse aqui mencionado, sob a condição de que eu registrasse que contradiz firmemente cada detalhe do relato de Plattner sobre os últimos momentos de seu falecido esposo. Ela não queimou nenhum testamento, diz; embora Plattner jamais a tenha acusado de fazê-lo. Diz ainda que seu marido fez apenas um testamento, e este logo após o casamento dos dois. Certamente, para um homem que nunca entrou naquela casa, a descrição da mobília do quarto, feita por Plattner, é curiosamente precisa.

Devo insistir numa última coisa, mesmo correndo o risco de me repetir e cansar o leitor; mas é para que eu não pareça estar endossando visões crédulas e supersticiosas. A ausência de Plattner do nosso mundo durante nove dias, a meu ver, está suficientemente provada. Mas isto não confirma sua história. É concebível que mesmo numa outra dimensão do espaço uma pessoa esteja sujeita a alucinações. Isto, pelo menos, o leitor não deve esquecer.

A marca do polegar

Éramos três estudantes, e tínhamos chegado cedo. Estávamos de pé junto à janela do laboratório, olhando as ruínas da casa do outro lado da rua. Era uma manhã chuvosa e de muito vento; o pavimento molhado reluzia, e o céu por trás das ruínas enegrecidas mostrava algumas faixas azuis por entre as pesadas cortinas de nuvens que passavam. O verde vívido e primaveril das castanheiras e dos lilases diante da casa contrastava estranhamente com os destroços negros que se viam por trás. O fogo destruíra totalmente a construção; a maior parte do teto tinha desabado, e através dos contornos carbonizados das janelas, que mal retinham um ou outro pedaço de vidro, era possível ver as paredes consumidas pelas chamas e a indescritível desolação que se segue a um incêndio assim. Curiosamente, embora uma parte da parede tivesse desabado sobre o pórtico de entrada, o pequeno quarto de dormir que ficava por cima estava intacto, e podíamos ver, pendurado de encontro ao papel de parede encharcado, a foto emoldurada de um soldado em uniforme.

O aluno recém-chegado, um homem pálido de cabelos negros — acho que seu nome era Chabôt —, estava mais absorvido do que os outros na contemplação das ruínas.

— Ninguém se feriu? — perguntou ele.

— Ninguém, felizmente — disse Wilderspin.

Ele soltou um grunhido.

Nesse momento Porch entrou aos gritos:

— Pessoal, já ouviram isto? Grande atentado anarquista! Londres em pânico! Por que não estão tremendo de pavor? É por causa deste abominável sistema de avaliação. Nenhum de vocês teve tempo para ler um jornal hoje de manhã.

Todos nos viramos para ele.

— Ouçam bem — disse Porch, fazendo pose. — Ontem, essa era a casa do Inspetor Bulstrode, o famoso Inspetor Bulstrode, e nenhum de nós sabia disso. Agora, olhem!

— Como sabem que isto foi obra de um anarquista? — perguntou o novo aluno, e nisto Askin entrou no aposento.

— Eles agora atribuem todos os acidentes aos anarquistas — disse Wilderspin.

— A polícia — disse Porch — tem ótimas razões para acreditar que essa atrocidade foi obra de um anarquista, é o que dizem os jornais. Mas nada transpirou por enquanto. Contudo, é muito simpático da parte dos anarquistas terem escolhido uma casa bem em frente à nossa janela. Vai nos aliviar dos rigores da maratona de serões da semana passada.

— E fez, aliás, com que Smith se atrasasse uma vez — disse Wilderspin, olhando o relógio.

— Eu o vi lá fora — disse Askin —, quando desci a rua.

— Por Júpiter! O que ele estaria fazendo lá? — disse imediatamente o novo aluno.

— Bisbilhotando, acho eu — disse Askin. — Conversava com um dos policiais, e tinha nas mãos uma caixa com alguma coisa escura dentro. Acho que vai nos pedir para analisá-la.

— Lá vem ele — disse Wilderspin.

Todos nos viramos novamente para a janela. O sr. Somerset Smith, nosso estimado professor de química, aparecera numa porta lateral e agora rodeava a casa pelo lado do portão de entrada. Carregava uma caixa com a marca "Sabão Hudson", e dentro dela um amontoado de destroços enegrecidos, incluindo, entre outras curiosidades, um frasco de vidro partido. Seu curioso rosto largo estava contorcido numa expressão inescrutável. Veio andando mergulhado em seus pensamentos, e ficou momentaneamente oculto de nós ao subir os degraus que conduziam ao nosso pórtico da frente. Ouvimo-lo subir até a sala onde fazia os preparativos dos seus materiais, ao lado do laboratório, onde entrou e bateu a porta.

Os outros quatro ou cinco alunos que completavam aquela turma foram chegando, de um em um.

Logo estávamos todos mergulhados numa calorosa discussão sobre as atrocidades dos anarquistas. Mason ouvira de alguém que tinha sido justamente Smith a descobrir que o fogo na casa em frente tinha sido obra de um incendiário, e que encontrara os restos queimados de uma placa incendiária. Askin fez uma piada óbvia a respeito. O novo aluno fez uma série de perguntas rápidas, com nervosismo. A excitação parecia estar despertando seus dotes para o diálogo, porque até então ele chamara a atenção por manter uma reserva que muitos entre nós consideravam puro mau humor. Nosso vozerio se interrompeu quando Smith entrou.

Ao contrário de seu comportamento habitual ele não foi direto para o quadro-negro, mas veio por uma das alas até perto da janela. Carregava um peso de papel de mármore negro numa mão, e na outra, certo número de tiras de papel. Estas foram colocadas sobre a mesa de Wilderspin.

Ele passeou os olhos pelo nosso grupo, por baixo de suas sobrancelhas espessas.

— Alguém ausente?

— Ninguém, senhor — respondeu alguém.

— Este fogo na casa em frente, cavalheiros, é uma ocorrência muito singular... muito singular. Talvez nenhum dos senhores saiba como foi provocado. Mas precisam saber sem nenhuma demora, creio eu, que uma suspeita muito grave paira por aqui. Uma suspeita, para ser preciso, de que o incendiário, porque nada disto foi acidente, mas um incêndio criminoso, obteve daqui os materiais que usou. Pelo que posso avaliar, a casa foi incendiada por meio de fósforo dissolvido em bissulfeto de carbono.

Houve uma exclamação por toda a classe.

— Como devem saber, cavalheiros, dos estudos elementares que fizemos no outono passado, quando o fósforo dissolvido em bissulfeto de carbono é exposto à evaporação ele se precipita num estado tão fino que entra em combustão. Bem, ao que parece foi retirada a tampa que protege o carvão, foi jogada uma grande quantidade de papel entre a lenha e o carvão miúdo que havia no piso do porão, e depois uma quantidade robusta desta solução — a qual, cavalheiros, deve ter sido preparada aqui, neste edifício — foi derramada sobre tudo. A evaporação começou de imediato, o fósforo acabou pegando fogo e inflamou o papel, e dentro de meia hora um belo incêndio estava subindo as escadas rumo ao andar de cima para acordar o Inspetor e sua família.

"Como sou capaz de afirmar isto? Em parte devido ao acaso, e em parte pelas minhas pesquisas. O que houve de acaso foi isto: ontem, às dez horas da noite, tive a ocasião de vir à minha sala de preparativos, e senti ali o cheiro bem característico do vapor de bissulfeto de carbono. Acompanhei esse odor até o depósito logo adiante, e, quando entrei, vi imediatamente que alguém tinha remexido no material. Um frasco de mucilagem de amido tinha sido derrubado, e o líquido escorria pela mesa, gotejando sobre o chão. Outras garrafas tinham sido retiradas mas não substituídas. Examinei tudo em volta, para ver se encontrava outro furto, e a princípio não percebi a ausência de nada a não ser do bissulfeto de carbono, mas depois percebi que o vidro de fósforo estava vazio. A inferência possível era que, ou um estudante estava brincando de químico em casa às minhas custas, ou que algum atentado com fogo estava se preparando. Em qualquer um destes casos eu estava ansioso para descobrir o culpado, e achei que não teria uma ocasião melhor do que aquela, quando o aposento estava exatamente da maneira como ele o deixara. Vocês sabem que nós, cientistas, temos um afeto especial por provas."

Ele olhou atentamente o nosso grupo. Eu fiz o mesmo. A não ser que fosse um fisionomista muito superior a mim, nada havia ali que pudesse ser detectado. Todos o olhavam com interesse, e todos mais ou menos desconcertados diante daquela acusação. Askin, por exemplo, estava ruborizado; Wilderspin tinha um tique nervoso no canto da boca, que estava se contraindo fortemente; e os lábios do aluno mais novo estavam lívidos.

— Agora, tenho a satisfação de dizer que quando deixei o laboratório eu tinha um palpite, que logo depois se transformou numa prova conclusiva sobre quem tinha levado meu bissulfeto de carbono; uma prova tão sólida quanto uma prova tem que ser.

Uma pausa dramática. De minha parte, eu estava um pouco assustado. Será que o sr. Smith não estaria chegando a alguma conclusão precipitada? Isso poderia ser inconveniente para alguns de nós.

— O cavalheiro, inadvertidamente, deixou uma assinatura em seu furto; deixou uma prova manual de suas ações, literalmente a sua assinatura manual, meus senhores.

Ele nos deu um sorriso esquisito. Esperamos que apontasse o dedo para alguém. Olhou por um momento as tiras de papel na mesa ao seu lado, e hesitou. A esta altura, claro, todos estávamos interessadíssimos.

— O senhor não quer dizer... — disse o aluno novo — não quer dizer que o homem que roubou o bissulfeto de carbono foi tão distraído, tão idiotamente distraído, que escreveu o nome...?

O professor, ainda sorridente, abanou a cabeça negativamente.

— Não foi bem assim — disse. Era visível que ele queria prolongar nossa agonia.

— Quando o fogo teve início no outro lado da rua — continuou ele, normalmente — suspeitei que as duas coisas estivessem relacionadas. Hoje de manhã, bem cedinho, antes mesmo de o sol nascer, fui até lá. Reconstituí o trajeto do fogo, com a ajuda dos bombeiros, até lá embaixo, no porão. Ele tinha sido aceso, como imaginei, através da grade protetora do carvão. Procurei meu frasco de bissulfeto de carbono entre as brasas e as cinzas do porão, assim que ele esfriou o bastante para permitir nossa busca; mas não o encontrei. Minha suspeita quanto à nossa ligação com o incêndio arrefeceu um pouco, mas me mantive fiel a ela. O porão estava extremamente quente, e por isto meu exame foi muito superficial, de modo que decidi repetir a busca numa hora mais avançada.

Para passar o tempo, depois do café da manhã e de um banho fui até o jardim da casa, e comecei minha caçada. A primeira coisa que achei foi uma tampa de garrafa que me era familiar, e isto me animou; depois, numa moita de lilases, encontrei a garrafa, quebrada, suponho, pela bota de um bombeiro. O rótulo, como os senhores devem lembrar do nosso depósito de material, é um rótulo largo de papel, que quase dá a volta ao frasco.

Ele se deteve e nos deu um sorriso benevolente.

— Naquele rótulo estavam visíveis as palavras "Bissulfeto de Carbono", e também ao lado, escritas a lápis por algum cavalheiro, "Fedor terrível".

— Ora, mas fui eu que escrevi isso, três dias atrás! — disse Askin, agressivamente.

— Imagino que o tenha feito. Eu disse que isto era o que havia *visível* no rótulo. Mas hão de lembrar, cavalheiros, que nosso amigo havia derrubado um frasco de mucilagem de amido. Bem, permitam que lhes recorde as propriedades da mucilagem de amido. Ela é tão descolorida quanto é possível ser, mas combinada com o iodo fornece um belo colorido azul-púrpura. É um teste para acusar a presença do iodo, mesmo que este esteja na quantidade mais insignificante.

— O azul aparece com apenas uma parte de iodo para 450 mil partes de água, de acordo com Thorpe — disse Wilderspin.

— Muito bem. Estou vendo que está pronto para a prova. Agora, antes de deixar o laboratório eu tinha notado que nosso amigo tinha molhado os dedos naquela substância, porque sobre a maçaneta da porta distinguiu o que me pareceu ser marcas de dedos, e ao testá-las com iodo fiquei alegre ao ver que estava correto. Eram, porém, ainda muito borradas para meu propósito. Mas achei que se eu localizasse o frasco certamente haveria alguma marca dos dedos do nosso amigo sobre o rótulo, pois do modo como ele certamente o segurou não havia como não deixar essas marcas. E, seguindo o mesmo raciocínio, apliquei àquele rótulo uma solução de iodo muito leve; e agora, senhores, estou satisfeito em poder dizer que tenho três marcas azuis de dedos, e uma bela impressão de um polegar.

Ele faz uma pausa para apreciar nosso espanto.

— Devem ter ouvido falar no professor Galton — disse o professor, falando mais rápido e recolhendo as tiras de papel. — Ele fez um estudo especial das linhas que há no polegar humano, e propôs um método para a identificação de criminosos. Recolheu milhares de impressões de polegares humanos molhados com tinta, no Laboratório Antropométrico de South Kensington, e não há dois seres humanos com impressões idênticas. Publicou um livro com esse material, e é um livro muito bom. Bem, como veem, eu tenho aqui um pouco de tinta de impressão misturada com óleo, espalhada sobre este peso de papel, e aqui algumas tiras de papel, e com isto resolveremos o problema em poucos minutos. Se o delinquente estiver entre nós, vamos descobri-lo; se não...

— Cuidado! — gritou Wilderspin.

Virei-me, e vi o novo aluno segurando um frasco em cada mão. O anarquista tinha se desmascarado. Estava pronto para arremessar um dos frascos, de vidro esmerilhado, que provavelmente continha algum ácido. Abaixei-me, instintivamente, e o projétil passou por cima da minha cabeça, atingiu Smith no ombro e ricocheteou com estrépito numa mesa cheia de tubos de ensaio. Sentiu-se no ar um cheiro inconfundível de óxido de nitrogênio. O segundo frasco felizmente passou longe, esbarrou num bico de Bunsen e em duas trípodes, e fez um estrago por entre os frascos pequenos de reagentes sobre a bancada de Wilderspin.

Nunca vi um grupo de homens se dispersar com tamanha rapidez. Ainda me virei com a intenção de agarrar o lunático, mas vi-o erguer um frasco de ácido sulfúrico ou vitríolo, o popular ingrediente dos filtros de amor parisienses. Isto foi demais para mim, e me escondi sem demora por trás de uma bancada. Alguns dos meus colegas tinham conseguido deixar a sala e amontoavam-se agora na escada, onde Smith também se refugiara. Vi Wilderspin, com a boca contraindo-se mais do que nunca, por trás de outro banco. Assim que tivemos uma chance, seguimos o exemplo dos outros e corremos para o patamar. Um pequeno frasco de ácido clorídrico atingiu Wilderspin no pescoço, fazendo-o dar um grito, e deixou no seu paletó uma grande mancha vermelha.

Havia algum método na loucura do Anarquista. Ele parou de arremessar coisas assim que se viu no controle do laboratório, e começou a recolher todos os frascos de ácido, sublimado corrosivo, nitrato de prata e assim por diante, colocando-os sobre a bancada mais próxima da janela. Tinha o claro propósito de vender caro sua rendição. Mas Smith era um oponente à altura. Tinha corrido para o depósito, e emergiu de lá como um garrafão do mais insuportável dos gases, o sulfeto de hidrogênio.

— Arranque o tampão e jogue isto lá dentro, rápido! — disse ele, e voltou ao depósito, em busca das pungentes qualidades de amônia.

Seguiram-se, em rápida sucessão, arremessos de um garrafão coberto de vime cheio de ácido clorídrico e outro de sulfeto de amônia, um gás cujo odor repugnante só encontra rival no sulfeto de hidrogênio. O inimigo só percebeu nossas intenções quando os vapores começaram a se espalhar na sua direção, e limitou-se a se esconder por trás de uma bancada. Dentro de trinta segundos, havia dentro do laboratório um conflito tão desagradável de odores químicos como não é difícil imaginar, e o ar estava denso com nuvens brancas do cloreto de amônia. O inimigo percebeu então nosso propósito e tentou fazer uma carga frontal. Quando o garrafão de sulfeto de amônia se espatifou no chão, vi um pequeno frasco vindo na minha direção por entre os vapores, mas ele não acertou a porta, e acabou derrubando o quadro-negro.

— Fora do meu caminho! — gritou o Anarquista, erguendo-se no meio dos vapores e da fedentina, mas nós batemos a porta, trancando-o lá dentro daquela atmosfera. Ele tentou furiosamente girar a maçaneta, e esmurrou a porta como louco. Ouvi-o pedir clemência e cair ao chão tossindo. Achei que o tínhamos derrotado, e por mim teria aberto a porta se Smith, temendo um ataque, não me segurasse. Ouvimos os passos do Anarquista retrocedendo e depois silêncio. Ficamos esperando outra arremetida dele. Uma garrafa se espatifou na porta pelo lado de dentro, e daí a pouco outra. Houve um intervalo de silêncio. Talvez tenham se passado uns três minutos. Askin estava socorrendo Wilderspin na outra sala, e os outros estávamos agrupados no patamar.

— Ele deve ter sufocado e caído — disse Porch.

— A janela! — exclamou Smith de repente. — Deve ter fugido pela janela. Não pensei nisso. Alguém ouviu a janela ser quebrada? Vocês três — ele indicou a mim, Porch e Mason — cuidem desta porta.

Os outros desceram precipitadamente as escadas, seguindo Smith. Ouvimos a porta da rua ser aberta e depois as vozes deles, gritando no pátio fronteiro. Então nos arriscamos a abrir de novo a porta do laboratório; vimos a janela do lado oposto escancarada, e as rajadas de vento agitando os vapores. O Anarquista tinha escapado. Smith tinha sido um pouco intelectual demais na sua abordagem do caso, e pouco vigoroso.

— Depois daquela marca de polegar... — disse ele, quando a classe voltou a se reunir no dia seguinte, por entre os destroços do laboratório. — Depois que a marca foi descoberta ele devia ter se rendido imediatamente. Não havia nenhum argumento que o salvasse. Pela lógica, em todo caso, ele estava irremediavelmente encurralado. Começar a arremessar ácidos em redor, francamente! Uma coisa que não fui capaz de prever. Muito desleal da parte dele. Esse tipo de coisa tira todo o encanto intelectual que há no trabalho de um detetive.

Filmer

Verdade seja dita: a invenção da aviação foi um trabalho de milhares de homens — este fazendo uma sugestão, aquele, uma experiência, até que finalmente bastou um único e vigoroso esforço intelectual para concluir o processo inteiro. Mas a inexorável injustiça da mentalidade popular decidiu que, dentre todos esses milhares de homens, um homem, e justamente um homem que nunca voou, deveria ser saudado como o inventor, assim como Watt foi escolhido como o descobridor da máquina a vapor e Stephenson o da locomotiva. E certamente de todos os nomes celebrados nenhum é celebrado de modo mais grotesco e mais trágico do que o do pobre Filmer, aquele indivíduo tímido e intelectual, solucionador do problema que deixara perplexo e temeroso o mundo ao longo de tantas gerações, o homem a quem coube apertar o botão que mudou nosso conceito de paz, de guerra, e virtualmente de todas as condições da vida e da felicidade humanas. Nunca o recorrente prodígio da pequenez do cientista diante da grandeza de sua ciência encontrou um exemplo tão espantoso. Grande parte do que diz respeito a Filmer é, e assim deve permanecer, profundamente obscuro — indivíduos como ele não atraem Boswells[13] — mas os fatos essenciais e a cena culminante são suficientemente claros, e existem cartas, anotações, e alusões casuais que permitem montar todo o quebra-cabeça. E esta é a história que se pode contar, juntando uma coisa com outra, sobre a vida e a morte dele.

O primeiro vestígio autêntico da presença de Filmer nas páginas da História é um documento em que ele requer admissão como bolsista de física nos laboratórios do governo em South Kensington. Ali se descreve como filho de "um fabricante de botas militares" ("sapateiro" na linguagem vulgar) em Dover, e enumera vários resultados de exames que comprovam sua proficiência em química e matemática. Com certa falta de dignidade procura valorizar essas conquistas por meio de uma confissão de pobreza e de grandes desvantagens enfrentadas; e fala do Laboratório como o "abjetivo" de suas ambições, um erro que dá credibilidade à sua afirmação de que sempre se devotou exclusivamente às ciências exatas. O modo como o documento está endossado comprova que Filmer conseguiu ser admitido nesse posto que tanto ambicionava; mas até recentemente nenhum traço de sua passagem por essa instituição do governo havia sido descoberto.

Agora, no entanto, foi comprovado que a despeito do seu propalado zelo pela pesquisa, Filmer, antes mesmo de completar um ano como bolsista, foi atraído pela possibilidade de um pequeno aumento em seu ordenado, e abandonou sua posição para se tornar um dos calculadores de nove *pence* por hora mantidos por um conhecido professor, nas pesquisas que este conduzia no campo da física solar — pesquisas que ainda são uma fonte de perplexidade para os astrônomos. Depois, pelo espaço de sete anos, a não ser pelas listas de aprovados da Universidade de Londres, onde ele é visto subindo gradualmente até um duplo bacharelato em ciências (em matemática e química), não há nenhum indício de como Filmer passou a vida. Ninguém sabe onde ou como morou, embora seja altamente provável que tenha continuado a se manter dando aulas, enquanto prosseguia nos seus estudos de graduação. E então, estranhamente, surge, mencionado na correspondência de Arthur Hicks, o poeta.

"Você deve se lembrar de Filmer", escreveu Hicks para seu amigo Vance; "bem, ele não mudou muito, continua com aquele murmúrio irritado e aquele queixo detestável — como é que um homem consegue ter sempre a aparência de quem não se barbeia há três dias? E sempre aquele ar furtivo de quem está fazendo alguma coisa clandestina bem na nossa frente; mesmo seu casaco e aquele seu colarinho esgarçado não dão sinal de sentir a passagem do tempo. Ele estava pesquisando na biblioteca e eu sentei ao seu lado, em nome da caridade cristã, em vista do que ele me ofendeu deliberadamente, encobrindo os papéis em que escrevia. Parece que está a braços com alguma pesquisa e suspeita que eu, entre tanta gente — com uma plaquete a ser publicada pela Bodley![14] —, pudesse querer roubar suas ideias. Ele conquistou honrarias notáveis na universidade, e as enumerou às pressas, por entre perdigotos, como se receasse que eu pudesse interrompê-lo antes que me contasse tudo — e falou em fazer seu doutorado em ciências como alguém fala que vai pegar um táxi. Perguntou-me o que eu andava fazendo, num tom que indicava o intuito de fazer comparação; e enquanto isto seu braço estava estendido nervosamente, numa atitude claramente protetora, sobre as folhas de papel que continham sua preciosa ideia, aquela em que ele depositava todas as suas esperanças.

"'Poesia', repetiu ele, 'poesia... E o que você pretende ensinar nessa área, Hicks?'

"Bem, uma cátedra na província é o que está se preparando para ele; e agradeço piedosamente ao senhor o fato de que, se não fosse pelo precioso dom da preguiça, eu também estaria indo rumo a um doutorado em ciências e à destruição..."

Esta é uma pequena e curiosa vinheta que, inclino-me a pensar, captou Filmer no momento exato, ou um pouco antes, da sua grande descoberta. Hicks estava errado em antever para Filmer uma cátedra na província. Nossa próxima informação a respeito dele é uma palestra sua sobre "A borracha e seus substitutos", ministrada para a Sociedade das Artes — ele tinha se tornado gerente de uma grande manufatura de matéria plástica. Naquela época, sabe-se agora, tinha se tornado membro da Sociedade Aeronáutica, embora não contribuísse com nada para os debates daquela entidade, preferindo, sem dúvida, amadurecer sua grande descoberta sem ajuda externa.

E dois anos após esse trabalho que apresentou à Sociedade das Artes ele estava requerendo às pressas um grande número de patentes e proclamando, através dos meios mais inadequados, a conclusão das variadas pesquisas que tinham tornado possível a construção de sua máquina voadora. O primeiro testemunho claro a este respeito apareceu num jornal vespertino de meio *penny*, através da influência de um homem que morava na mesma pensão de Filmer. Este seu açodamento final, depois de tantos anos de esforço secreto e paciente, parece se dever a um pânico desnecessário, uma vez que Bootle, o notório charlatão científico norte-americano, fizera um anúncio interpretado erradamente por Filmer como uma antecipação de sua ideia.

Muito bem. Mas em que consistia precisamente a ideia de Filmer? Era algo muito simples. Antes dele, o estudo da aeronáutica tinha se dado ao longo de duas linhas divergentes. De um lado, os balões: grandes aparelhos mais leves que o ar, com fácil ascensão, com descida relativamente segura, mas flutuando desamparados ao sabor de qualquer brisa capaz de carregá-los; do outro, máquinas voadoras que voavam apenas em teoria — grandes estruturas achatadas, mais pesadas do que o ar, que eram elevadas e mantidas nele por pesados motores, e que na maior parte dos casos se despedaçavam ao descer. Mas, deixando de lado o fato de que esse inevitável colapso final as tornava inviáveis, o peso das máquinas voadoras lhes dava a vantagem teórica de serem capazes de navegar contra o vento, uma condição essencial se a navegação aérea quisesse ter qualquer utilização prática. O mérito especial de Filmer é que ele percebeu o modo como os méritos diferentes e até então incompatíveis dos dois sistemas podiam ser combinados em um único aparelho, o qual poderia se tornar mais leve ou mais pesado que o ar, de acordo com a conveniência do usuário. Baseando-se nas bexigas contráteis dos peixes e nas cavidades pneumáticas dos pássaros, ele planejou um arranjo de balões contráteis, hermeticamente fechados, que quando expandidos levantavam do chão o aparelho com relativa facilidade, e quando contraídos pela complexa "musculatura" construída à sua volta recolhiam-se quase totalmente para o interior da estrutura; e construiu a estrutura maior que estes balões sustentavam, a partir de tubos rígidos e ocos, dotados de um engenhoso mecanismo que automaticamente os esvaziava de ar durante a descida do aparelho, e que se mantinham assim vazio pelo tempo que o aeronauta achasse necessário. O aparelho não possuía asas nem motor, como ocorrera com todos os modelos anteriores de aeroplanos, e o único motor presente era um, pequeno mas poderoso, necessário para contrair os balões. Ele percebeu que um aparelho como o que planejara era capaz de se elevar, com os tubos esvaziados e os balões expandidos, até uma altura considerável, de onde poderia contrair os balões e injetar ar nos tubos, ao mesmo tempo em que um sistema de pesos deslizantes lhe permitia deslocar-se pelo ar em qualquer direção. Ao descer, o aparelho acumulava velocidade enquanto ao mesmo tempo perdia peso, e o momentum acumulado por uma trajetória descendente podia ser utilizado, por meio do deslizamento de pesos, para fazê-lo erguer-se no ar novamente, expandindo os balões. Esta concepção, que continua a ser a concepção estrutural de todas as máquinas voadoras bem-sucedidas, exigia, no entanto, uma insana quantidade de trabalho em todos os detalhes antes que pudesse ser construída, e esse trabalho foi executado por Filmer — como se acostumou a dizer aos entrevistadores que enxameavam à sua volta no auge da fama — "sem queixas e sem reservas". Sua principal dificuldade era o revestimento elástico dos balões contráteis. Ele percebeu que necessitava de uma nova substância, e a descoberta e manufatura dessa nova substância lhe exigiram, como nunca deixou de lembrar aos jornalistas, "um trabalho muito mais árduo do que a própria invenção maior".

Não se deve imaginar que essas entrevistas ocorreram logo após o dia em que Filmer proclamou ao mundo sua invenção. Houve um intervalo de quase cinco anos durante o qual ele permaneceu em sua fábrica de borracha — parece ter dependido inteiramente do pequeno lucro advindo desta fonte — fazendo esforços mal direcionados para convencer um público indiferente de que inventara de fato aquilo que dizia ter inventado. Ocupava a maior parte do seu tempo livre escrevendo cartas para a imprensa diária, os jornais científicos, e assim por diante, descrevendo com precisão os resultados do seu trabalho e pedindo ajuda financeira. Passou todos os feriados que pôde em discussões infrutíferas com os porteiros dos principais jornais de Londres — ele tinha uma notável tendência a não despertar confiança em porteiros — e fez o que pôde para convencer o Ministério da Guerra a bancar seus esforços. Existe uma carta confidencial do major-general Volleyfire ao conde de Frogs. "O homem é um charlatão, e ainda por cima mal-educado", diz o major-general, no estilo prático e sem rodeios dos militares; e isto abriu caminho para que os japoneses garantissem para si — como acabaram fazendo — os direitos deste aspecto da indústria bélica, que retêm até hoje, para nosso desconforto.

E então, por um golpe de sorte, descobriu-se que a membrana inventada por Filmer para seus balões contráteis tinha aplicações nas válvulas de um novo motor a óleo, e com isto ele conseguiu os meios para construir um protótipo de sua invenção. Largou seus compromissos com a fábrica de borracha, desistiu de escrever cartas, e, com um comportamento secreto que parece ter sido a característica de tudo quanto fez, pôs-se a trabalhar no protótipo. Parece ter supervisionado a fabricação das peças e reuniu a maior parte delas num galpão em Shoreditch, mas a montagem final da máquina teve lugar em Dymchurch, em Kent. Não construiu o aparelho com tamanho suficiente para conduzir um homem, mas, para dirigir seu voo, fez uma utilização extremamente engenhosa dos chamados raios de Marconi. O primeiro voo desse modelo experimental teve lugar num campo nas proximidades da ponte Burford, perto de Hythe, em Kent; e Filmer acompanhou e controlou o voo a bordo de um triciclo a motor especialmente construído para ele.

O voo foi, para todos os efeitos, um sucesso fenomenal. O aparelho, trazido numa carroça de Dymchurch até a Ponte de Burford, elevou-se dali até uma altura de cerca de cem metros, esvoaçou até quase de volta a Dymchurch, fez uma descida, elevou-se novamente, descreveu um círculo, e finalmente pousou sem danos num campo aberto por trás da Hospedaria da Ponte de Burford. Durante sua descida, ocorreu algo curioso. Filmer desceu do triciclo, saltou por cima de um valado, avançou cerca de vinte metros na direção do seu troféu, ergueu os braços numa gesticulação estranha, e caiu desmaiado. Todos lembraram então o seu aspecto emaciado e os indícios de fadiga extrema que exibiu durante todo o processo, e que de outro modo nem teriam sido lembrados. Depois, na hospedaria, ele foi vítima de um acesso de choro histérico.

Ao todo não houve mais do que umas vinte testemunhas do acontecimento, a maioria delas pessoas de pouca instrução. O médico em New Romney viu a subida do aparelho mas não o pouso, uma vez que seu cavalo se assustou com o motor elétrico do triciclo de Filmer e o atirou da sela. Dois membros da polícia de Kent observaram o evento de uma charrete, em caráter não oficial; a relação de pessoas instruídas foi completada por um comerciante que circulava na região em busca de encomendas, e duas damas que passeavam de bicicleta. Dois repórteres estavam presentes; um representava um jornal de Folkestone e o outro era um entrevistador de quarta categoria e jornalista de simpósio, cujas despesas haviam sido pagas por Filmer, sempre ansioso em ter uma divulgação adequada, e agora percebendo como isto podia ser obtido. Este último era um desses jornalistas capazes de projetar uma aura de irrealidade sobre o mais plausível dos acontecimentos, e o relato semi-humorístico que ele fez do episódio apareceu nas páginas de variedades de um jornal popular. Mas, felizmente para Filmer, os métodos informais desse indivíduo revelaram--se mais convincentes. Ele ofereceu outras matérias sobre o assunto a Banghurst, proprietário do *New Paper* e um dos homens mais sagazes e inescrupulosos do jornalismo londrino — e Banghurst imediatamente tomou conta da situação. O repórter sumiu de cena, sem dúvida com uma bela remuneração no bolso, e Banghurst, ele mesmo em pessoa, com sua papada, seu terno cinzento, seu abdômen, sua voz, gestos e tudo o mais, apareceu em Dymchurch, seguindo o faro de seu enorme nariz sem rival no mundo da imprensa. Tinha percebido a coisa inteira num segundo, tudo que acontecera e tudo quanto poderia acontecer.

Graças ao seu toque mágico, por assim dizer, as intermináveis pesquisas de Filmer explodiram para a fama. Ele se tornou um sucesso magnífico e instantâneo. Hoje alguém folheia os jornais do ano de 1907 e percebe com incredulidade como os sucessos daquele tempo se alastravam rapidamente. Os jornais de julho não sabiam nada a respeito de voos, não viam nada voando, e através de um empedernido silêncio afirmavam que o homem nunca iria, podia ou devia voar. Em agosto, as primeiras páginas mostravam o voo aéreo, e Filmer, e mais voo, e paraquedas, e táticas aéreas, e o governo japonês, e Filmer, e novamente os voos, acotovelando-se na disputa de espaço com a guerra em Yunnan e as minas de ouro da Groenlândia. E Banghurst pagara dez mil libras, e depois Banghurst dera mais cinco mil libras, e Banghurst havia cedido os seus famosos, magníficos (mas até então inócuos) laboratórios pessoais e vários hectares de terra ao lado de sua residência particular nas colinas de Surrey para ajudar o esforço final de construção — bem no estilo Banghurst — de uma máquina voadora em tamanho natural. Enquanto isto, sob os olhos de uma multidão de privilegiados, nos jardins murados da casa de campo de Banghurst em Fulham, Filmer era exibido em festas semanais, dando os últimos retoques em seu mecanismo. Com uma grande despesa inicial, mas com lucro garantido no futuro, o *New Paper* presenteou seus leitores com uma bela reportagem fotográfica da primeira dessas recepções.

Aqui, mais uma vez, vem em nossa ajuda a correspondência pessoal de Arthur Hicks com seu amigo Vance.

"Vi Filmer em toda sua glória", escreve ele, com o toque de inveja natural em sua condição de poeta ultrapassado. "O sujeito tomou banho, fez a barba, vestiu uma roupa de conferencista vespertino da Royal Institution, ou seja, o último modelo em casaca longa e sapatos envernizados; de um modo geral o seu estado era uma extraordinária mistura de grande homem esquisitão e de penetra rústico constrangido a se expor à visão do público. Não há uma gota de sangue que lhe dê cor ao rosto, sua cabeça se projeta para a frente, e aqueles seus pequenos olhos castanhos olham furtivamente ao redor buscando constatar a própria fama. Suas roupas se ajustam a ele como uma luva e ainda assim têm um ar de terem sido compradas feitas. Ainda fala resmungando, mas diz, quando conseguimos entender sua voz, coisas de extrema autoglorificação. Recua automaticamente para segundo plano quando Banghurst toma a palavra; quando cruza o gramado da casa de Banghurst dá para perceber que está arquejante e tenso, e suas mãozinhas brancas vivem de punhos cerrados. Está num estado permanente de tensão, de horrível tensão. E ele é o Maior Inventor Desta ou de Todas as Eras — o Maior Inventor Desta ou de Todas as Eras! O que qualquer um percebe sem esforço é que de certo modo ele não esperava que isto acontecesse, ou pelo menos que acontecesse assim. Banghurst circula por toda parte como um mestre de Cerimônias cheio de energia em torno de sua pequena grande descoberta, e garanto que ele vai levar todo mundo até o seu jardim antes que Filmer termine de construir a máquina; ele sequestrou o primeiro-ministro ontem, o qual, Deus o abençoe!, não pareceu deslocado demais nessa ocasião. Imagine só! Filmer! Nosso Filmer anônimo e que não tomava banho agora é a Glória da Ciência britânica! As duquesas se amontoam à sua volta, lindas, as esposas dos pares do reino perguntam em suas vozes melodiosas (você percebeu o quanto as damas estão ficando perspicazes hoje em dia?) — "Oh, sr. Filmer, como *pôde* inventar algo assim?"

"Homens comuns que vivem na região fronteiriça do mundo estão distantes demais para dar uma resposta. Podemos imaginar que ele diga algo no tom daquela entrevista, que trabalhou 'sem queixas e sem reservas, Madame, e talvez, mas isto não posso saber, talvez alguma aptidão especial'."

Até aqui é o depoimento de Hicks, e a cobertura fotográfica do *New Paper* está em perfeito acordo quanto à sua descrição dos fatos. Em uma foto a máquina está em descida na direção do rio, e a torre da igreja de Fulham aparece por baixo dela, através de uma brecha entre os olmos; em outra, Filmer está sentado junto aos seus controles, e a elite mais bela e poderosa da Terra o rodeia, com Banghurst aparecendo modesta mas resolutamente um pouco atrás. A colocação das pessoas é curiosamente adequada; ocultando Banghurst em grande parte, e observando Filmer com uma expressão concentrada, meditativa, está Lady Mary Elkinghorn, ainda bela, apesar dos rumores de escândalo e dos seus trinta e oito anos, a única pessoa cujo rosto não denota a consciência da presença da câmara que estava registrando a todos.

Isto é tudo quanto aos fatos exteriores da história, mas, afinal de contas, são fatos bem superficiais. Sobre as reais motivações daquilo tudo, continuamos totalmente no escuro. O que sentia Filmer naqueles momentos? Até que ponto alguma desagradável premonição se fazia presente no interior daquela casaca na última moda e nova em folha? Ele estava aparecendo nos jornais de meio *penny*, um *penny*, seis *pence* e nos outros ainda mais caros; e era reconhecido pelo mundo todo como Maior Inventor Desta ou de Todas as Eras. Tinha inventado uma máquina voadora que funcionava, e a cada dia, lá nas colinas de Surrey, o modelo em tamanho natural estava ficando pronto. E, quando ficasse pronto, esperava-se, como uma clara e inevitável consequência de ter sido ele o seu inventor e construtor — o mundo inteiro, sem dúvida, parecia ter isto como ponto pacífico; não havia um vazio sequer naquela maciça expectativa —, que ele iria, cheio de orgulho e de alegria, subir a bordo, elevar-se com ela nos ares, e voar.

Mas sabemos agora, com clareza, que o mero orgulho e a mera alegria na execução desse ato eram coisas singularmente em descompasso com a constituição íntima de Filmer. Isto não ocorreu a ninguém naquele momento, mas confere com os fatos. Podemos especular agora, com relativa segurança, que ele deve ter ficado remoendo isto em sua mente durante o dia inteiro, e por um bilhete enviado por ele ao seu médico, queixando-se de uma insônia persistente, temos as melhores razões para inferir que lhe ocorria o mesmo durante a noite: a ideia de que, no final das contas, e a despeito de toda a segurança teórica de que dispunha, seria uma coisa abominavelmente chocante, desconfortável e perigosa para ele subir e ficar se balançando sobre o nada, a trezentos metros de altura, em pleno ar. Ele deve ter tido, bem no início do processo de tornar-se O Maior Inventor Desta ou de Todas as Eras, a visão de si mesmo fazendo tais ações com um imenso vazio por baixo de si. Talvez em algum momento de sua juventude ele tivesse olhado para baixo, de um lugar vertiginosamente alto; talvez tivesse sofrido uma queda dolorosa; talvez o hábito de dormir do lado errado tivesse lhe causado aqueles desagradáveis pesadelos nos quais se tem a sensação de estar caindo, tudo isto resultando naquela impressão de horror; mas não há, agora, a menor sombra de dúvida de que este horror existia.

Aparentemente, ele nunca tinha considerado muito a sério sua obrigação de voar, nos primeiros estágios de sua pesquisa. Seu objetivo tinha sido sempre a máquina, mas agora as coisas estavam se ramificando a partir desse objetivo, e uma das novas possibilidades era justamente esse vertiginoso rodopio nas alturas. Era um Inventor, e tinha Inventado. Mas não era um Homem Voador, e somente agora começava a perceber com clareza que todos esperavam que ele voasse. No entanto, por mais que tudo isto fervilhasse em sua mente, não se permitiu expressá-lo até o momento final, e enquanto isto andava para lá e para cá nos magníficos laboratórios de Banghurst, era entrevistado, era tratado como celebridade, usava roupas finas, comia boa comida, vivia num apartamento elegante, e desfrutava de um banquete abundante de fama e sucesso, um banquete de que um homem faminto de reconhecimento, como ele o fora, tinha todo o direito de desfrutar.

Depois de algum tempo, cessaram as festas semanais em Fulham. O protótipo tinha deixado de responder, um dia, aos comandos de Filmer, ou talvez ele tivesse apenas se distraído cumprimentando um arcebispo. De qualquer modo, a máquina de repente embicou o nariz para baixo no ar, num ângulo mais agudo do que o normal, justo quando o arcebispo singrava através de uma citação em latim, compenetrado como os arcebispos dos livros; e chocou-se com o chão na estrada de Fulham, a apenas três metros de uma charrete puxada a cavalo. Por um segundo manteve-se ali, espantada e espantosa; em seguida desmoronou, fez-se em pedaços, e no meio do processo acabou matando o cavalo.

Filmer perdeu o encerramento do elogio arquiepiscopal. Ficou de pé e observou sua invenção desaparecer para além da sua vista e do seu alcance. Suas mãos longas e brancas ainda agarravam os controles inúteis. O arcebispo acompanhou seu olhar voltado para o céu com uma inquietude pouco recomendável num arcebispo.

Então veio a queda, e os gritos, e todo o alarido vindo da estrada, o que ajudou Filmer a relaxar a tensão. "Meu Deus!", ele murmurou, e sentou-se.

Todo mundo ao redor estava com os olhos voltados para a direção onde a máquina tinha desaparecido, ou estava correndo na direção da casa.

Isto fez com que a construção do protótipo em tamanho natural fosse acelerada. Essa construção era supervisionada por Filmer, sempre um pouco lento e com modos meticulosos, sempre com uma preocupação crescente em seu espírito. Seus cuidados para se assegurar da força e da solidez do aparelho eram prodigiosos. À menor dúvida, ele atrasava todo o trabalho até que a parte duvidosa fosse substituída. Wilkinson, seu principal assistente, ficava esfumaçando de raiva diante desses atrasos, os quais, insistia ele, eram quase sempre desnecessários. Banghurst exagerava a paciente segurança de Filmer nas páginas do *New Paper*, e o descompunha quando a sós com sua esposa; e MacAndrew, o segundo assistente, aprovava a sabedoria de Filmer. "Não estamos querendo produzir um *fiasco*, senhor", dizia. "Ele sabe perfeitamente o que faz."

E sempre que se oferecia a oportunidade, Filmer explicava em detalhes a Wilkinson e MacAndrew como cada parte da máquina voadora devia ser controlada e como devia funcionar; de tal modo que eles seriam capazes, e na verdade até mais capazes do que ele, quando chegasse a hora de conduzir a máquina pelos céus.

A esta altura, eu imagino que se Filmer tivesse examinado melhor seus próprios sentimentos, e tomasse uma atitude firme com relação ao voo, poderia ter evitado com certa facilidade todo o suplício por que passou. Se pensasse no problema com clareza poderia ter encontrado as mais diversas soluções. Certamente não teria nenhuma dificuldade em encontrar um especialista capaz de demonstrar que ele tinha um coração fraco, ou algum problema gástrico ou pulmonar, impedindo-o de prosseguir (ainda estou perplexo por ele não ter seguido essa linha de ação), ou poderia, se fosse corajoso o bastante, ter declarado de modo claro e definitivo que não tinha a menor intenção de fazer aquilo. Mas o fato é que, embora o pavor estivesse presente o tempo inteiro em seu espírito, a situação não era muito clara ou nítida. Penso que durante todo aquele período Filmer continuava dizendo a si mesmo que quando a ocasião chegasse ele descobriria estar à altura dela. Era como um homem gravemente doente que continua a dizer a si mesmo que não está se sentindo muito bem mas logo vai melhorar. Enquanto isto, atrasou a finalização da máquina e permitiu que a noção de que seria ele a pilotá-la se enraizasse e florescesse com exuberância à sua volta. Chegou mesmo a aceitar cumprimentos antecipados pela sua coragem. E, a não ser por esse excesso de sensibilidade em seu íntimo, não há dúvida de que encarava todos os elogios e louvores e agitações à sua volta como um sopro delicioso de ar que o deixava inebriado.

Lady Mary Elkinghorn tornou as coisas mais difíceis para ele.

Como tudo *isto* teve início é algo que se tornou alvo de inesgotáveis especulações por parte de Hicks. O mais provável é que no começo ela tenha sido apenas "carinhosa" para com ele, com aquela parcialidade imparcial que lhe era característica; e pode ser que, aos olhos dela, Filmer, parado ali, governando os voos daquele monstro em pleno ar, tivesse uma grandeza que Hicks não estava disposto a enxergar. De qualquer modo, os dois devem ter encontrado alguns momentos de privacidade, e o grande Inventor encontrado um momento de coragem, para poder balbuciar ou gaguejar algo de caráter mais íntimo. Como quer que tenha começado, não há dúvida de que começou, e logo tornou-se algo visível diante de um mundo acostumado a ter no comportamento de Lady Mary Elkinghorn uma forma de entretenimento. Isto complicou as coisas, porque a presença do amor numa mente virgem como a de Filmer tinha tudo para tolher sua força de vontade, se não totalmente, pelo menos em parte, diante dos perigos que o atemorizavam; e dificultava qualquer tentativa sua de evitar tais perigos, coisa que em outras circunstâncias seria normal e apropriada.

Continua a ser matéria de especulação a natureza do que Lady Mary sentia por ele, e a ideia que fazia a seu respeito. Aos trinta e oito anos uma pessoa pode ter acumulado bastante sabedoria e ainda assim não ser propriamente sábia; e a imaginação ainda tem força bastante para inspirar encantamentos e produzir o impossível. Aos olhos dela, ele surgia como um homem que é o centro das atenções, e isto sempre conta; e tinha poderes, poderes que pareciam extraordinários, pelo menos no ar. Sua performance fazendo voar o protótipo tinha apenas um pequeno toque de magia, e as mulheres sempre demonstraram uma inclinação pouco razoável para pensar que quando um homem tem poderes ele necessariamente tem o Poder. Desse modo, tudo aquilo que não era bom nos modos e na aparência de Filmer transformava-se num mérito adicional. Ele era modesto, detestava o exibicionismo, mas, quando chegasse a ocasião em que os *verdadeiros* talentos fossem chamados à ação, então todos iam ver uma coisa!

A falecida sra. Bampton achou necessário externar a Lady Mary sua opinião de que Filmer, no final das contas, era um "rústico". "Ele certamente não é um tipo de homem que eu já tivesse conhecido antes", disse Lady Mary, com imperturbável serenidade. E a sra. Bampton, depois de dar uma olhadela quase imperceptível àquela serenidade, concluiu que, no que dizia respeito a dizer fosse o que fosse a Lady Mary, ela já fizera tudo o que podia fazer. Mas disse muito mais coisas a outras pessoas.

E finalmente, sem nenhuma pressa indevida, sem nenhum deslize, amanheceu o dia, o grande dia em que (como

Banghurst prometera ao seu público — na verdade, ao mundo inteiro) o primeiro voo aéreo seria realizado. Filmer viu o dia nascer, estava olhando a escuridão antes mesmo da aurora surgir, viu as estrelas tornando-se mais pálidas e as faixas de cinza e cor-de-rosa cederem lugar ao azul muito claro de um dia ensolarado e sem nuvens. Ele estava à janela do seu quarto, na ala recém-construída da mansão Tudor de Banghurst. E, quando as estrelas desapareceram e as formas e substâncias das coisas surgiram com todo seu peso de dentro da escuridão, ele deve ter avistado com clareza cada vez maior os preparativos da festa por entre os vultos maciços das faias que ladeavam o pavilhão no parque exterior; os três palanques para os espectadores privilegiados, a cerca nova de madeira crua à volta do terreno, os galpões e as oficinas, os mastros ornamentais e as bandeirolas que Banghurst tinha considerado indispensáveis, tudo ainda escuro e em repouso no amanhecer sem brisa, e no meio dessas coisas todas uma grande estrutura coberta por uma lona. Era um estranho e terrível portento para a humanidade aquela silhueta, um começo que certamente iria crescer, e se expandir, e modificar e dominar todos os aspectos da vida dos homens, mas é duvidoso que Filmer a visse a não ser de um modo muito estreito e pessoal. Muita gente o ouviu andando de um lado para o outro, ainda muito cedo, porque a enorme residência estava repleta de hóspedes do proprietário, um editor que entendia melhor do que ninguém as vantagens da compressão do espaço. Por volta das cinco da manhã, se não um pouco antes, Filmer deixou seu quarto, deixou a casa adormecida, e foi caminhar no parque, àquela altura já banhado pelo sol e cheio dos sons dos pássaros, dos esquilos e das corças. MacAndrew, que também costumava levantar cedo, o encontrou perto da máquina, e os dois a examinaram juntos.

Há dúvidas sobre se Filmer tomou um desjejum, a despeito da insistência de Banghurst. Assim que aumentou o número de hóspedes despertos ele se recolheu ao seu quarto. Depois, por volta das dez, foi passear entre os arbustos, provavelmente por ter avistado Lady Mary Elkinghorn ali. Ela caminhava indo e voltando, mergulhada numa conversa com sua antiga colega de escola, a sra. Brewis-Craven, e embora Filmer nunca tivesse sido apresentado a esta dama juntou-se a elas e caminharam juntos os três por algum tempo. Ocorreram vários intervalos de silêncio, a despeito da vivacidade de Lady Mary. Era uma situação difícil, e a sra. Brewis-Craven não conseguiu contornar essa dificuldade. "Ele me deu a impressão", disse ela depois, com uma esplêndida autocontradição, "de uma pessoa muito infeliz que tinha algo a dizer, e queria mais do que tudo ser ajudado a dizê-lo. Mas como seria possível ajudá-lo, se não sabíamos do que se tratava?".

Às onze e meia, o espaço externo montado para o grande público estava apinhado de gente, havia um fluxo constante de veículos ao longo da faixa que circundava o parque, e os convidados estavam reunidos festivamente entre o gramado, os arbustos e o recanto do parque, numa série de grupos vestidos com trajes alegres, todos em torno da máquina voadora. Filmer caminhou juntamente com Banghurst, que demonstrava uma felicidade suprema e claramente visível, e sir Theodore Hickle, o presidente da Sociedade Aeronáutica. A sra. Banghurst vinha logo atrás, com Lady Mary Elkinghorn, Georgina Hickle, e o deão de Stays. Banghurst era um indivíduo que falava copiosamente e com largos gestos, e as poucas brechas concedidas por ele eram preenchidas por Hickle com elogios a Filmer. Filmer caminhava entre os dois e limitava-se a responder quando lhe perguntavam algo. Atrás, a sra. Banghurst ouvia o discurso admiravelmente harmonioso e apropriado do deão, com aquela atenção flutuante à voz do clero da qual dez anos de ascensão e posição social não a tinham curado; e Lady Mary contemplava, sem dúvida com uma firme crença na desilusão do mundo, os ombros encurvados daquele homem igual a quem ela nunca conhecera.

Ouviram-se aplausos quando o grupo apareceu à vista da multidão na parte cercada, mas não eram aplausos unânimes nem muito encorajadores. Estavam a cerca de cinquenta metros do aparelho quando Filmer olhou rapidamente por sobre o ombro para calcular a que distância as damas caminhavam atrás deles, e decidiu fazer então o primeiro comentário que trazia pronto desde que tinham deixado a casa. Sua voz estava um pouquinho rouca, e ele interrompeu Banghurst no meio de uma longa frase a respeito do progresso.

— Veja bem, Banghurst — disse, e se deteve.

— Sim? — disse Banghurst.

— Eu gostaria... — Ele umedeceu os lábios. — Eu não estou me sentindo bem.

Banghurst parou imediatamente.

— O quê?! — exclamou.

— Uma sensação esquisita. — Filmer fez menção de continuar andando, mas Banghurst não arredou pé. — Não sei o que é. Posso estar melhor daqui a alguns minutos. Se não... pode ser que... MacAndrew...

— Você não se sente *bem*? — disse Banghurst, olhando o rosto lívido do outro. — Querida! — exclamou, ao ver a sra. Banghurst aproximar-se. — Filmer diz que não está se sentindo *bem*.

— Um pouco esquisito — disse Filmer, evitando o olhar de Lady Mary. — Pode ser que passe logo...

Houve uma pausa.

Filmer teve a sensação de ser a pessoa mais isolada no mundo inteiro.

— Em todo caso — disse Banghurst — o voo tem que ser realizado. Talvez, se você sentar em algum lugar, durante alguns minutos...

— Acho que é por causa da multidão — disse Filmer.

Houve uma segunda pausa, enquanto o olhar de Banghurst avaliou Filmer de cima a baixo, e depois percorreu o público que se espremia no cercado.

— É lamentável — disse sir Theodore Hickle, — mas, ainda assim, suponho que... seus assistentes... É claro que, se o senhor não se sente em condições, e incapacitado...

— Eu não creio que o sr. Filmer pudesse consentir *isso* por um instante que fosse — disse Lady Mary.

— Mas, se o sr. Filmer não está com os nervos em ordem, pode ser até perigoso para ele fazer uma tentativa — disse Hickle, pigarreando.

— É justamente porque é perigoso... — começou Lady Mary, e achou que tinha deixado bem claro tanto o seu ponto de vista quanto o de Filmer.

Filmer estava sendo dilacerado por impulsos contraditórios.

— Eu acho que devo voar — disse ele, com os olhos baixos. Ergueu-os e encarou Lady Mary. — Quero voar, sim — disse, e endereçou a ela um pálido sorriso. Virou-se para Banghurst. — Se eu pudesse pelo menos me sentar um pouco, longe do sol, da multidão...

Banghurst, pelo menos, estava começando a compreender a situação.

— Vamos para aquela minha saleta, ali no pavilhão verde — disse ele, pegando Filmer pelo braço. — Ali está bastante fresco.

Filmer virou-se novamente para Lady Mary Elkinghorn.

— Estarei melhor em cinco minutos — disse. — Lamento muitíssimo...

Lady Mary Elkinghorn sorriu para ele.

— Não pensei que... — começou a dizer Filmer para Hickle, mas logo obedeceu ao puxão que Banghurst lhe deu no braço.

O restante do grupo ficou olhando os dois homens se afastarem.

— Ele é tão frágil — disse Lady Mary.

— Ele pertence sem dúvida ao tipo nervoso — comentou o deão, cuja mania era considerar que o mundo inteiro, com exceção dos clérigos casados e com enormes proles, era composto de "neuróticos".

— É evidente — disse Hickle — que não há uma necessidade absoluta de que ele tenha de voar simplesmente pelo fato de ter inventado.

— Mas como ele *pode* evitar isto? — perguntou Lady Mary, com uma levíssima sugestão de escárnio na voz.

— O certo é que é muito inconveniente que ele venha a adoecer justamente agora — disse a sra. Banghurst num tom severo.

— Ele não vai adoecer — disse Lady Mary, e a verdade é que ela tinha encarado Filmer, olho no olho.

— *Você vai* ficar bem — disse Banghurst, enquanto o conduzia para o pavilhão. — Tudo que você precisa é um trago de conhaque. Tem que ser você, não é mesmo? Porque você ficaria... você seria, sabe, não ficaria bom para você se deixasse que um outro homem...

— Ora, eu quero ir — disse Filmer. — Vou ficar bem. Para falar a verdade, estou com vontade *agora* mesmo de... Não, acho que tomarei antes esse trago de conhaque.

Banghurst o conduziu para a saleta. Lá, encontrou a garrafa vazia, e saiu para buscar a bebida. Esteve fora aproximadamente cinco minutos.

A história desses cinco minutos não pode ser escrita. Pessoas instaladas nos palanques de espectadores da extremidade leste puderam ver uma ou outra vez o rosto de Filmer olhando para fora, através da vidraça, e depois recuando, desaparecendo na penumbra. Banghurst desapareceu aos gritos por trás do palanque principal, e daí a algum tempo surgiu um mordomo com uma bandeja, e se encaminhou para o pavilhão.

O aposento em que Filmer encontrou a solução final para seus problemas era uma saleta pequena e agradável, com mobília verde e uma antiga escrivaninha, porque Banghurst era um homem simples em sua vida doméstica. Nas paredes, pequenas gravuras ao estilo de Morland, e uma prateleira de livros. Acontece que Banghurst havia deixado ali, em cima da escrivaninha, um fuzil de caça com que se divertia às vezes, e num canto da prateleira havia uma lata com uns três ou quatro cartuchos restantes. Enquanto Filmer caminhava pelo aposento lutando com seu insuportável dilema, avistou primeiro o pequeno fuzil por cima dos papéis, e depois o pequeno rótulo vermelho que dizia:

".22 longo."

A ideia deve ter brotado em sua cabeça no mesmo instante.

Ao que parece ninguém associou o estampido a ele, embora a arma, detonada naquele espaço pequeno, devesse ter produzido um som bastante alto, e houvesse um grupo de pessoas numa sala de bilhar separada dele apenas por uma divisória de madeira e gesso. Mas, no instante em que o mordomo de Banghurst abriu a porta e sentiu o cheiro acre da fumaça, soube (é o que diz) o que tinha acontecido. Porque pelo menos os criados da casa tinham adivinhado um pouco do que se passava na mente de Filmer.

Durante toda aquela tarde terrível Banghurst comportou-se como sempre afirmara que um homem deve se comportar diante de uma catástrofe irremediável, e seus convidados, em sua maior parte, conseguiram não chamar a atenção para o fato — embora não pudessem disfarçar sua consciência dele — de que ele fora ludibriado de forma cabal e completa pelo falecido. O público no cercado, segundo me disse Hicks, dispersou-se como uma multidão que foi ver o castigo de um caloteiro, e ao que parece não havia uma só pessoa no trem de volta para Londres que não tivesse certeza, desde sempre, de que voar é uma proeza impossível para o ser humano. "Mas ele devia ter tentado", diziam todos, "já que deixou a coisa chegar a esse ponto".

À noite, quando se viu relativamente sozinho, Banghurst desmoronou como um boneco de barro. Disseram-me que chorou, o que deve ter sido uma cena impressionante; e é certo que ele afirmou que Filmer tinha arruinado sua vida, e vendeu a máquina inteira a MacAndrew por meia coroa. "Eu andei pensando..." disse MacAndrew no fim da negociação, e deteve-se.

Na manhã seguinte, o nome de Filmer, pela primeira vez, era menos visível no *New Paper* do que em qualquer outro jornal diário do planeta. O resto dos porta-vozes do mundo, com diferentes ênfases, de acordo com sua dignidade e com o seu grau de concorrência com o *New Paper*, proclamou o "Fracasso completo da nova máquina voadora" ou o "Suicídio de um impostor". Mas no distrito de North Surrey essas notícias foram temperadas por uma percepção de estranhos fenômenos aéreos.

Durante a noite, Wilkinson e MacAndrew tinham se envolvido numa violenta discussão acerca dos verdadeiros motivos para o gesto do seu chefe.

— O sujeito era sem dúvida um pobre covarde, mas no que diz respeito à ciência *não* era um impostor — disse MacAndrew. — Estou preparado para dar uma demonstração prática da minha opinião, sr. Wilkinson, assim que estivermos mais à vontade neste lugar. Porque não boto muita fé em cercar um experimento com tanta publicidade.

E foi assim que, enquanto o mundo inteiro lia a respeito do fracasso inevitável da nova máquina voadora, MacAndrew estava planando e curveteando com amplitude e dignidade sobre as regiões de Epsom e Wimbledon; e Banghurst, tendo recuperado a esperança e a energia, e, sem dar a menor atenção à segurança pública e à Junta de Comércio, estava seguindo suas manobras e tentando atrair sua atenção ao volante de um automóvel e ainda vestindo pijama — ele vira a decolagem da máquina quando estava fechando as venezianas do seu quarto de dormir —, equipado com, entre outras coisas, uma câmara de filmar que depois se verificou estar com o mecanismo emperrado.

E Filmer estava sobre a mesa de bilhar no pavilhão verde, com o corpo coberto por um lençol.

O desabrochar da estranha orquídea

A compra de orquídeas sempre traz consigo um certo sabor especulativo. Você tem diante dos olhos um pedaço amarfanhado de tecido vegetal marrom, e para todo o resto precisa confiar apenas no seu discernimento, ou no leiloeiro, ou em sua própria sorte, conforme lhe parecer mais adequado. A planta pode estar agonizante ou morta, mas também pode ter sido uma compra valiosa, por um preço justo, ou quem sabe — pois isto tem acontecido, o tempo todo — comece a desabrochar ali, diante dos olhos deliciados do feliz comprador, dia após dia, alguma nova variedade, alguma rara preciosidade, uma estranha torção no labelo, ou uma coloração mais sutil, ou um mimetismo inesperado. Orgulho, beleza e lucro florescem juntos num delicado talo verde, e quem sabe, até mesmo a imortalidade. Porque o novo milagre da Natureza pode necessitar de um nome específico, e que nome mais conveniente que o do seu descobridor? "Johnsmithia!" Ora, há nomes piores.

Talvez fosse a esperança de uma extraordinária descoberta desse tipo que fazia de Winter-Wedderburn um frequentador habitual desses leilões — essa esperança e também, talvez, o fato de que ele não tinha nenhuma outra coisa minimamente interessante para fazer neste mundo. Era um homem tímido, solitário, desprovido de talentos; dispunha de uma renda apenas suficiente para não permitir que passasse necessidades, e faltava-lhe a energia necessária para ir em busca de um trabalho mais exigente. Poderia ter sido um colecionador de selos ou de moedas, ou poderia ter traduzido Horácio, ou encadernado livros, ou inventado novas espécies de diatomáceas. Acontece, no entanto, que ele cultivava orquídeas, e era proprietário de uma estufa pequena e ambiciosa.

— Tenho o pressentimento — disse ele, durante o café — de que alguma coisa vai me acontecer hoje.

Ele falava lentamente, tal como pensava e se movia.

— Oh! Não diga *isto*! — disse sua governanta, que era também sua prima distante. Porque "acontecer alguma coisa" era para ela um eufemismo que tinha apenas um significado.

— Você não me entendeu. Não quero dizer nada desagradável, embora eu não faça ideia do que possa ser. Hoje — prosseguiu ele — o Peters' vai pôr à venda uma coleção de plantas das Ilhas Andamã e da Índia. Vou até lá para ver o que eles têm. Pode acontecer que eu compre algo interessante sem perceber. Pode muito bem ser isto.

Ele estendeu a xícara para servir-se de café pela segunda vez.

— São essas coisas que aquele pobre rapaz colecionava, aquele de quem você me falou outro dia? — perguntou a prima, enquanto enchia sua xícara.

— Sim — disse ele, contemplando meditativo uma fatia de torrada. — E depois de algum tempo comentou, como que pensando em voz alta: — Nunca acontece nada comigo. Fico pensando por quê. Acontecem coisas com todo mundo. Veja Harvey. Só na semana passada, na segunda-feira, ele achou na calçada seis *pence*; na quarta-feira suas crianças adoeceram; na sexta seu primo chegou da Austrália, e no sábado quebrou o tornozelo. Que turbilhão de emoções! Comparando comigo...

— Pois eu creio que passaria muito bem sem essas emoções todas — disse a governanta. — Não pode lhe fazer bem.

— Imagino que é algo que gera problemas. Mesmo assim... você sabe, nada me acontece. Quando eu era menino nunca sofri um acidente sequer. Quando cresci, nunca cheguei a me apaixonar. Não me casei. Imagino como deve ser quando alguma coisa nos acontece, alguma coisa extraordinária.

"Aquele colecionador de orquídeas tinha apenas trinta e seis anos, vinte anos mais novo do que eu, quando morreu. Tinha sido casado duas vezes, e divorciou-se uma; teve malária quatro vezes, e uma vez quebrou a coxa. Matou um homem, um malaio; e foi ferido por um dardo envenenado. E no fim de tudo foi morto por sanguessugas da floresta. Tudo isto deve ter lhe causado contratempos, mas também deve ter sido muito interessante, sabe, exceto talvez pelas sanguessugas."

— Tenho certeza de que não fez bem a ele — disse a dama, cheia de convicção.

— É, talvez não. — Wedderburn olhou o relógio. — Passam vinte e três minutos das oito. Vou pegar o trem das 11h45, então tenho tempo de sobra. Acho que vestirei o meu paletó de alpaca, que é bastante quente, e meu chapéu de feltro cinzento, e sapatos marrons. Suponho que...

Olhou pela janela para o céu sereno e o jardim banhado de sol, e depois, com algum nervosismo, para o rosto de sua prima.

— Seria melhor levar um guarda-chuva, já que vai a Londres — disse ela, numa voz que não admitia recusa. — Lembre-se de que tem a caminhada daqui até a estação, e depois a volta.

Quando ele voltou, estava bastante animado. Tinha feito uma compra. Não era sempre que costumava tomar uma decisão de maneira tão rápida, mas desta vez tinha sido assim.

— Estas aqui são Vandas — disse —, esta é um Dendróbio, e estas aqui são Falenopses.

Examinou afetuosamente suas aquisições, enquanto tomava sopa. Estavam dispostas sobre a imaculada toalha de mesa, e ele contou toda a história à prima enquanto o jantar progredia sem muita pressa. Era seu hábito reconstituir suas idas a Londres, à noite, para o entretenimento da prima e o seu próprio.

— Eu sabia que alguma coisa ia acontecer hoje. E veja, comprei todas estas orquídeas. Algumas delas... algumas delas... tenho certeza, sabe, tenho certeza de que algumas delas devem ser extraordinárias. Não sei bem o que é, mas sinto uma certeza, como se alguém tivesse me garantido que algumas delas são fora do comum.

"Esta aqui", prosseguiu, apontando um rizoma encarquilhado, "não foi identificada. Pode ser uma Falenopse, ou talvez não. Pode ser uma nova espécie, ou até mesmo um novo genus. E foi o último exemplar colhido pelo pobre do Batten".

— Não gosto da aparência dela — disse a governanta. — Tem um formato tão feio.

— Para mim ela mal tem algum formato.

— Não gosto dessas coisas estendidas para fora.

— Amanhã vou colocá-la num pote.

— Ela parece — disse a governanta — uma aranha fingindo-se de morta.

Wedderburn sorriu e examinou a muda de orquídea, inclinando a cabeça para um lado.

— Bem, é verdade que não é um objeto muito bonito — disse. — Mas nunca se deve julgar essas coisas pela aparência que têm quando estão secas. Ela pode vir a se tornar uma linda orquídea, sem dúvida. Puxa, amanhã vou estar muito ocupado. Hoje à noite verei exatamente o que preciso fazer com todas estas coisas, e amanhã... mãos à obra!

Depois de uma pausa, ele recomeçou:

— Encontraram o pobre Batten morto, ou moribundo, dentro de um mangue pantanoso, não lembro exatamente qual, com uma destas orquídeas esmagada sob o corpo. Ele já vinha adoentado havia alguns dias, com uma dessas febres nativas, e suponho que deve ter desmaiado. Esses mangues têm exalações muito doentias. E as sanguessugas do pântano, pelo que dizem, drenaram até a última gota que tinha nas veias. Ele deu a vida para conseguir uma planta, e talvez seja justamente esta.

— Nem por isso a vejo com bons olhos.

— Os homens devem lutar, mesmo que as mulheres chorem — respondeu Wedderburn, com profunda gravidade. — Imagine só, morrer longe de todo o conforto, num pântano repugnante! Imagine estar doente de febre, sem nada para tomar a não ser clorodina e quinino (se os homens fossem deixados em paz, eles poderiam viver somente de clorodina e quinino!), e tendo em volta apenas aqueles horríveis nativos!

Dizem que os ilhéus de Andamã são os tipos mais repugnantes, e em todo caso dificilmente seriam bons enfermeiros, não tendo recebido o treinamento adequado. E todo esse sacrifício para que o povo da Inglaterra tivesse orquídeas!

"Não imagino que tenha sido algo cômodo, mas alguns homens gostam desse tipo de coisa", disse Wedderburn. "De qualquer modo, os nativos que o acompanhavam foram civilizados o bastante para cuidar de sua coleção até que o colega dele, um ornitologista, voltasse do interior, embora eles não soubessem a que espécie pertencia a orquídea, e permitissem que ela ficasse ressequida. Isto torna as coisas mais interessantes."

— Torna-as mais repulsivas. Eu iria imaginar que um pouco da malária aderiu a elas. E pense só, um cadáver ficou caído em cima dessa coisa horrorosa! Não pensei nisto antes. Ora! Não posso comer nem mais uma garfada do meu jantar.

— Posso tirá-las da mesa, se quiser, e colocá-las junto da janela. Posso vê-las do mesmo jeito.

Nos dias seguintes ele esteve atarefadíssimo em sua estufa quente e abafada, remexendo em carvão, pedaços de madeira, lodo e todos os demais mistérios do cultivador de orquídeas. Na sua avaliação, estava vivendo momentos muito movimentados. À noite, conversava com os amigos sobre suas novas orquídeas, e a toda hora voltava a se referir à sua expectativa de que algo estranho acontecesse.

Algumas das vandas e o dendróbio morreram em suas mãos, mas depois de algum tempo a estranha orquídea começou a dar sinais de vida. Ele ficou entusiasmado e no momento em que fez a descoberta trouxe imediatamente a governanta, que estava fabricando uma geleia, para ver a flor.

— É apenas um botão — disse ele —, mas daqui a pouco tempo haverá uma porção de folhas ali, e estas pequenas coisas que estão saindo por aqui são as raízes aéreas.

— Parecem dedinhos saindo de dentro dessa parte marrom — disse a governanta. — Não gosto deles.

— Por que não?

— Não sei. Parecem dedos querendo nos alcançar. Eu gosto das coisas ou não gosto, não posso mudar.

— Não sei ao certo, mas não acredito que haja orquídeas com raízes aéreas como essas. Pode ser fantasia minha, claro. Veja, são meio achatadas nas extremidades.

— Não gosto delas — disse a governanta, estremecendo e virando as costas. — Sei que é uma tolice da minha parte, e lamento, principalmente porque você gosta tanto dessa coisa. Mas não paro de pensar naquele cadáver.

— Mas não era esta planta específica, foi apenas uma suposição minha.

A governanta encolheu os ombros:

— Seja como for, não gosto dela.

Wedderburn sentiu-se um pouco magoado diante do desagrado dela, mas isto não o impediu de continuar conversando sobre orquídeas em geral, e aquela em particular, sempre que lhe aprazia.

— Existem coisas curiosas a respeito das orquídeas — disse ele um dia. — Muitas surpresas à nossa espera. Sabe, Darwin estudou sua fertilização, e demonstrou que a estrutura inteira de uma dessas flores estava compactada de modo a que uma mera mariposa fosse capaz de conduzir esse pólen de planta em planta. Bem, parece que há uma quantidade enorme de orquídeas conhecidas cuja flor não pode ser usada para fertilização dessa maneira. Algumas das Cipripédias, por exemplo; não se conhecem insetos capazes de fertilizá-las, e em algumas delas nunca foram encontradas sementes.

— Então, como formam novas plantas?

— Através de estolhos e de túberas, e outros tipos de protuberâncias. É algo que se explica facilmente. A questão é: para que servem as flores? É bem possível — prosseguiu ele — que minha orquídea tenha algum aspecto extraordinário desse tipo. Se for o caso, vou pesquisar. Sempre pensei em fazer pesquisas como as de Darwin, mas até hoje nunca tive tempo, ou sempre acontecia algo para me impedir. As folhas dela estão começando a se abrir agora, gostaria que você viesse vê-las!

Mas ela disse que o orquidário era quente a ponto de lhe dar dor de cabeça. Já vira a planta, uma vez, e aquelas raízes aéreas, algumas das quais tinham agora mais de trinta centímetros de comprimento, davam-lhe a desagradável impressão de tentáculos tentando alcançar alguma coisa; e tinham reaparecido em seus sonhos, crescendo com incrível rapidez em sua direção. Ela tinha, portanto, afirmado com absoluta convicção que não iria olhar para aquela planta novamente, e Wedderburn teria de contemplar sozinho suas folhas. Estas eram de um formato comum, largas, com um verde profundo e luzidio, cheias de pequenas manchas e pontos em vermelho vivo na direção da base. A orquídea estava colocada numa bancada baixa, perto do termômetro, e ao seu lado tinha sido feito um arranjo mediante o qual a água gotejava sobre canos aquecidos e umedecia o ar. Ele passava agora suas tardes, regularmente, meditando no próximo desabrochar daquela estranha planta.

E por fim deu-se o grande acontecimento. No instante em que entrou no orquidário ele soube que a planta tinha brotado, embora sua grande *Falenopse lowii* ocultasse o canto onde estava sua nova favorita. Havia um odor novo no ar, um aroma rico, intensamente doce, que suplantava todos os outros no interior da estufa repleta e coberta de vapor.

Wedderburn percebeu isto de imediato ao caminhar na direção da estranha orquídea. E, vejam! Os longos espiques verdes exibiam agora três grandes florescências, das quais emanava aquele irresistível odor adocicado. Ele se deteve, num êxtase de admiração.

As flores eram brancas, com raias de laranja dourado sobre as pétalas; o pesado labelo se contorcia numa intrincada projeção, e nele uma tonalidade maravilhosa de roxo misturava-se ao dourado. Wedderburn percebeu de imediato que se tratava de um novo *genus*. E aquele perfume insuportável! Como o local estava quente! As pétalas pareceram oscilar diante dos seus olhos.

Tinha que verificar se a temperatura estava correta. Deu um passo na direção do termômetro. De repente tudo parecia oscilar. Os tijolos do piso pareciam dançar para cima e para baixo. Então as florescências brancas, as folhas verdes à sua frente, o orquidário inteiro, pareceram deslizar para um lado, e depois fazer uma curva para cima.

Às quatro e meia sua prima preparou o chá, de acordo com o costume invariável da casa. Mas Wedderburn não veio. "Está adorando aquela orquídea horrorosa", disse ela para si mesma, e esperou dez minutos. "O relógio dele deve ter parado. Vou chamá-lo."

Foi direto para a estufa, e, ao abrir a porta, chamou-o pelo nome. Não houve resposta. Ela percebeu que o ar estava muito carregado, e saturado de um perfume intenso. Então viu alguma coisa sobre os tijolos do chão, entre os canos de água aquecida.

Durante um minuto, talvez, ela permaneceu imóvel.

Ele estava caído, com o rosto para cima, ao pé da estranha orquídea. As raízes aéreas semelhantes a tentáculos já não oscilavam soltas no ar, mas amontoavam-se num emaranhado de cordões cinzentos, e estavam retesadas, com as extremidades coladas ao queixo, ao pescoço e às mãos do homem caído.

Ela não compreendeu. E então viu que de um daqueles tentáculos exultantes sobre o rosto dele escorria uma gota de sangue.

Com um grito inarticulado ela precipitou-se e tentou arrastá-lo para longe daquelas sanguessugas. Partiu dois dos tentáculos, e a seiva que escorreu deles era rubra.

Então o irresistível cheiro das flores começou a fazer sua cabeça girar. Como aquelas coisas estavam agarradas a ele! Ela puxou os fios, tão resistentes, e o homem e as florescências brancas pareceram balançar diante dos seus olhos. Sentiu que ia desmaiar, mas não podia deixar que isso acontecesse. Deixou-o ali e foi às pressas abrir a porta mais próxima, e depois de aspirar o ar puro por alguns momentos teve uma ideia brilhante. Erguendo um vaso de flores, despedaçou as janelas de vidro no fundo da estufa. Só depois entrou novamente. Desta vez arrastou com força renovada o corpo imóvel de Wedderburn, fazendo a orquídea cair ao chão com violência. A planta ainda se agarrava obstinadamente à sua vítima. Com uma energia frenética, ela conseguiu arrastar o homem e a planta para o ar livre.

Então ocorreu-lhe atacar aquelas cordas cinzentas uma por uma; e um minuto depois ele estava livre, e ela o arrastava para longe daquele horror.

Wedderburn estava lívido, e sangrava por uma dúzia de pontos em forma de círculo.

O caseiro estava chegando ao jardim, atraído pelo estardalhaço dos vidros quebrados, quando a viu emergir da porta da estufa, arrastando o corpo inanimado, com as mãos tintas de sangue. Por um instante, coisas impossíveis passaram pela cabeça dele.

— Traga água! — gritou ela, e o som de sua voz varreu da mente dele quaisquer suposições. Quando, com uma alacridade fora do normal, ele voltou com a água, encontrou-a chorando de excitação, com a cabeça de Wedderburn pousada no joelho, limpando o sangue do seu rosto.

— O que aconteceu? — disse Wedderburn, abrindo fracamente os olhos, e fechando-os de novo em seguida.

— Vá dizer a Annie que venha me ajudar, e depois corra a chamar o dr. Haddon, agora mesmo! — disse ela para o caseiro, assim que recebeu a vasilha com água, e completou, vendo que ele hesitava: — Quando voltar eu explico tudo.

Por fim Wedderburn abriu os olhos novamente, e vendo seu olhar espantado diante da posição em que se encontrava ela explicou:

— Você desmaiou dentro da estufa.

— E a orquídea?

— Depois eu lhe mostro.

Wedderburn tinha perdido uma boa quantidade de sangue, mas afora isto não tinha sofrido nenhum ferimento grave. Deram-lhe conhaque misturado com um extrato de carne de cor rósea, e levaram-no para sua cama no andar de cima. A governanta contou sua incrível história, de modo fragmentado, ao dr. Haddon.

— Venha até o orquidário e veja — disse ela.

O ar frio de fora entrava soprando pela porta escancarada, e aquele perfume doentio se dissipara quase por completo. A maior parte dos filamentos aéreos da planta já estava encarquilhada, por entre as manchas escuras dos tijolos. O talo da planta tinha se partido na queda, e as flores pendiam moles, com as bordas das pétalas já escurecidas. O doutor inclinou-se para examiná-la, então viu que uma das raízes ainda se movia debilmente, e hesitou.

Na manhã seguinte a estranha orquídea ainda estava lá, agora negra e putrescente. A porta batia de modo intermitente com a brisa da manhã, e toda a coleção de orquídeas de Wedderburn estava ressequida e prostrada. Mas ele em pessoa estava radiante e loquaz no andar de cima, inundado pela glória de sua estranha aventura.

A ilha do epiórnis

O homem com o rosto cheio de cicatrizes inclinou-se sobre a mesa e olhou o meu pacote.

— Orquídeas? — perguntou.

— Algumas — respondi.

— Cipripédias — disse ele.

— A maior parte — falei.

— Alguma novidade? É, achei que não. Andei por essas ilhas, vinte e cinco, vinte e sete anos atrás. Se você encontrar alguma coisa nova aqui... bem, então é nova mesmo. Não deixei muita coisa.

— Eu não sou colecionador — falei.

— Eu era jovem naquele tempo — prosseguiu ele. — Meu Deus! Como eu viajava. — Ele pareceu estar me avaliando. — Passei dois anos nas Índias Orientais, e sete no Brasil. Depois fui para Madagascar.

— Conheço de nome alguns exploradores — falei, prevendo que viria uma longa história. — Para quem você colecionava?

— Para a Dawson's. Imagino se você terá alguma vez ouvido o nome de Butcher?

— Butcher? Butcher... — O nome me parecia vagamente familiar; então de repente lembrei-me de *Butcher* vs. *Dawson*. — Ora essa! — exclamei. — Você é o cara que processou a Dawson's exigindo quatro anos de salário. O que ficou perdido numa ilha deserta...

— Seu humilde criado — disse o homem da cicatriz, fazendo uma reverência. — Uma história engraçada, não é mesmo? Ali estava eu, acumulando uma pequena fortuna naquela ilha sem fazer nada, e eles sem ter como me dar aviso prévio. Muitas vezes eu me divertia pensando nisso, enquanto estava lá. Fazia cálculos, grandes cálculos, escritos por toda parte daquele bendito atol, em letras caprichadas.

— Como foi que aconteceu? — perguntei. — Não lembro direito do caso.

— Bem... Já ouviu falar nos Epiórnis?

— Um pouco. Andrews me falou há cerca de um mês sobre uma nova espécie que ele anda pesquisando. Pouco antes de embarcar. Parece que eles têm um osso da coxa com quase um metro de comprimento. Deve ser uma coisa monstruosa.

— Acredito — disse o homem da cicatriz. — Era um monstro. O pássaro Roca, de Sindbad, foi uma lenda criada a partir deles. Mas quando eles acharam esses ossos?

— Três ou quatro anos atrás... Em 1891, creio. Por quê?

— Por quê? Porque eu os encontrei. Meu Deus! Há quase vinte anos. Se os sujeitos na Dawson's não tivessem sido tão idiotas a respeito daquele salário poderiam ter chegado na frente de todo o mundo. Eu não pude evitar que o maldito barco ficasse à deriva. — Ele fez uma pausa. — Suponha que seja o mesmo local. Um atoleiro cerca de noventa milhas ao norte de Antananarivo. Você sabe? Tem que chegar lá ao longo da costa, em botes. Você lembra, por acaso?

— Não, não lembro. Acho que Andrews falou alguma coisa a respeito de pântanos.

— Deve ser o mesmo. Fica na costa leste. E existe alguma coisa na água, não sei por quê, que impede que as coisas entrem em decomposição. Tem um cheiro de creosoto. Me fez lembrar de Trinidad. Eles recolheram ovos? Alguns dos ovos que encontrei tinham quase meio metro de comprimento. O pântano rodeia tudo, entende? E isola essa parte no interior. Há muito sal, também. Bem... Que tempo, o que eu passei ali! Encontrei as coisas meio que por acidente. Fomos à procura dos ovos, eu e dois nativos que me acompanhavam, numa daquelas canoas de troncos amarrados, e encontramos os ossos ao mesmo tempo. Tínhamos uma tenda e provisões para quatro dias, e nos alojamos num local onde a terra era mais firme. Basta pensar naquilo e o velho cheiro de alcatrão me vem às narinas. Aquele é um trabalho engraçado. Vamos sondando a lama com hastes de ferro, sabe? Muitas vezes os ovos se quebram. Fico pensando há quanto tempo será que esses epiórnis viveram de fato.* Segundo os missionários, os nativos têm lendas sobre o tempo em que eles eram vivos, mas eu próprio nunca ouvi tais histórias. O que sei é que os ovos que encontramos eram frescos, como se tivessem acabado de ser postos. Fresquinhos! Quando os levamos para o bote um dos meus carregadores negros deixou um deles cair sobre uma pedra, e ele se despedaçou. Como eu esbordoei o miserável! Mas o ovo era fresco, como um ovo recém-posto, nem sequer tinha um cheiro forte, e a mãe dele estava morta há uns quatrocentos anos, talvez. O sujeito falou que tinha sido picado por uma centopeia. Mas estou me desviando da minha história. Tínhamos levado um dia inteiro escavando a lama para encontrar aqueles ovos ainda inteiros, estávamos cobertos daquela lama negra horrorosa, e é claro que eu estava irritado. Pelo meu conhecimento, aqueles eram os únicos ovos que já tinham sido descobertos, e nem sequer estavam rachados. Depois de tudo fui ver os que eles têm no Museu de História Natural de Londres: todos rachados, e colados uns aos outros como num mosaico, e com pedaços faltando. Os meus eram perfeitos, e eu pensava em chocá-los quando voltasse. Claro que fiquei furioso quando aquele imbecil atirou no chão três horas de trabalho só por causa de uma centopeia. Bati-lhe com gosto!

O homem com a cicatriz puxou do bolso um cachimbo de porcelana. Coloquei meu saquinho de fumo à sua frente, e ele começou a encher o fornilho, distraidamente.

— E quanto aos outros? Você conseguiu trazê-los? Não lembro ter ouvido falar...

— Esta é a parte esquisita da história. Eu tinha outros três. Ovos perfeitos, frescos. Bem, nós os trouxemos até

---

* Não consta que nenhum europeu tenha visto um epiórnis vivo, com a duvidosa exceção de Macer, que visitou Madagascar em 1745. — H. G. W.

o bote, e então voltei para a tenda para fazer um pouco de café, e deixei os dois nativos lá embaixo na praia, um deles se queixando da picada que sofrera e o outro cuidando dele. Nunca me ocorreu que os dois miseráveis iriam tirar vantagem da situação em que eu me encontrava, para me desafiar. Mas imagino que o veneno da centopeia e as pancadas que eu lhe dera deixaram aquele sujeito transtornado; ele sempre tinha sido do tipo implicante; e convenceu o outro.

"Lembro-me que estava sentado, fumando e fervendo água no fogareiro a álcool que eu sempre levava comigo nessas expedições. Fiquei admirando o pântano à luz do pôr do sol. Negro, raiado de vermelho cor de sangue, em faixas, uma bela visão. E para além dele a terra se erguia, cinza e enevoada, até as montanhas, e por trás dela o céu era vermelho como a boca de uma fornalha. E a cinquenta metros de distância, às minhas costas, estavam aqueles dois malditos nativos, indiferentes a toda aquela tranquilidade, planejando soltar o bote e me deixar ali sozinho, com provisões para três dias e uma tenda de lona, e nada para beber além de um galão de água. Ouvi uma espécie de grito às minhas costas, e quando me virei eles já estavam naquela canoa esquisita, que não era propriamente um bote, e talvez já a uns vinte metros da praia. Percebi num segundo o que estava acontecendo. Minha arma estava na tenda, mas eu não tinha balas, apenas chumbo miúdo. Eles sabiam disso. Mas eu tinha um pequeno revólver no bolso, e o empunhei enquanto descia correndo para a praia.

"'Voltem!' gritei, exibindo a arma. Eles gritaram algo na minha direção, e o homem que tinha quebrado o ovo deu uma risada. Fiz mira no outro, porque estava sadio, e era quem empunhava o remo, mas errei o tiro. Eles riram. Mesmo assim eu não estava derrotado. Sabia que tinha que manter o sangue frio; mirei nele novamente e desta vez o fiz dar um pulo ao ser acertado. Desta vez ele não riu. Na terceira tentativa eu o atingi na cabeça e o homem tombou no mar, levando consigo o remo. Foi um tiro excepcional para um revólver. Creio que a distância era de uns cinquenta metros. Ele afundou como uma pedra. Não sei se o tiro o matou, ou se ele ficou apenas desacordado e afogou-se. Comecei então a gritar para que o outro sujeito voltasse, mas tudo o que ele fez foi enrodilhar-se num canto da canoa, recusando-se a responder. Ainda disparei vários tiros, mas nenhum deles passou perto.

"Senti-me como um perfeito idiota, pode acreditar. Ali estava eu naquela praia imunda e negra, com a planura de um pântano às minhas costas e a planura do mar à minha frente; o mar esfriara após o pôr do sol, e a canoa escura afastava-se lentamente. Garanto que amaldiçoei a Dawson's, e a Jamrach's[15], e os museus, e todo o resto até não poder mais. Berrei para o negro, mandando-o voltar, até rasgar a garganta.

"Não havia outra coisa a fazer senão nadar atrás da canoa e confiar na sorte contra os tubarões. Assim, abri meu canivete, prendi-o nos dentes, tirei a roupa e entrei na água.

"Assim que comecei a nadar perdi a canoa de vista, mas avancei na direção onde imaginei que ela se encontrava. Minha esperança era de que o homem lá dentro estivesse demasiado ferido para poder navegar direito, e que ela continuasse vogando na mesma direção. Depois de algum tempo ela reapareceu no horizonte, ao sudoeste. A luz de depois do crepúsculo começava a se extinguir, e a noite avançava. As estrelas apareciam por entre o azul. Nadei como um campeão, mas em pouco tempo meus braços e pernas começaram a doer.

"Mesmo assim consegui alcançá-lo quando as estrelas já enchiam o céu. Quando escureceu, comecei a ver todo tipo de coisas brilhantes na água: fosforescências, sabe como é. Aquilo às vezes me deixava tonto. Eu mal distinguia o que eram as estrelas e o que eram fosforescências, mal sabia se estava nadando com a cabeça ou com os calcanhares. A canoa estava lá adiante, negra como o pecado, e as ondulações sob o casco pareciam fogo líquido. Eu estava receoso de subir nela, claro. Queria ver primeiro a atitude do nativo. Ele parecia estar enrodilhado sobre si mesmo na proa, e a popa erguia-se um pouco para fora da água. A embarcação girava devagar, à deriva, sabe como é, parecia estar dançando uma valsa. Nadei para a popa e puxei-a para baixo, esperando a todo instante que ele despertasse. Depois puxei meu corpo para cima, com o canivete em punho, pronto para enfrentá-lo. Mas ele não se mexeu. Fiquei sentado na popa da canoa, vagando sem rumo no mar fosforescente, com toda aquela horda de estrelas sobre mim, e esperei que acontecesse alguma coisa.

"Depois de algum tempo, chamei-o pelo nome, mas ele não respondeu. Eu estava cansado demais para me arriscar a ir até onde ele estava, portanto fiquei ali sentado, e acho que cochilei uma ou duas vezes. Quando amanheceu foi que vi que ele estava morto como uma pedra, e todo inchado e roxo. Meus três ovos e os ossos estavam no meio da canoa; aos pés do morto vi o galão de água, e achei um pacote de café e alguns biscoitos embrulhados num jornal *Cape Argus*. Por baixo do corpo dele, encontrei uma lata com álcool. Não havia remos, e nada que eu pudesse usar com essa finalidade, a não ser talvez a lata, de modo que decidi ficar à deriva até que alguém me recolhesse. Fiz um exame no cadáver, proferi um veredito de culpa sobre alguma cobra, escorpião ou centopeia desconhecida, e atirei-o na água.

"Depois disso tomei um gole de água e comi alguns biscoitos, e fiquei olhando à minha volta. Suponho que alguém numa posição como a minha não pode avistar muito longe; ao menos, Madagascar estava fora de minha visão, bem como sinais de qualquer outra terra. Avistei uma vela que ia rumo ao sudoeste; parecia uma escuna, mas não cheguei a ver seu casco. O sol foi se erguendo no céu e começou a incidir com força sobre mim. Meu Deus! Quase ferveu meus miolos. Experimentei mergulhar a cabeça na água, mas depois de algum tempo meus olhos caíram sobre o *Cape Argus*; deitei-me no chão da canoa e desdobrei suas páginas sobre mim. Coisa maravilhosa é um jornal! Eu nunca tinha lido um deles por inteiro, mas é engraçado ver as coisas que a gente faz quando está sozinho, como era o meu caso. Suponho que li aquele bendito *Cape Argus*, de cabo a rabo, umas vinte vezes. O piche que havia na canoa desprendia um cheiro forte com o calor, e rebentava em bolhas.

"Vagueei durante dez dias", prosseguiu o homem da cicatriz. "Dizendo assim, parece pouca coisa, não é mesmo?

Cada dia parecia ser o último. A não ser no nascer do sol e no fim da tarde eu não ousava descobrir a cabeça, naquele calor infernal. Não vi uma vela sequer depois dos três primeiros dias, e as que avistei não perceberam minha presença. Lá pela sexta noite, um navio passou por mim a meia milha de distância, com todas as luzes acesas e as escotilhas abertas, parecendo um enorme vaga-lume. Havia música a bordo. Fiquei de pé, gritei, berrei. Dois dias depois, furei um dos ovos de epiórnis, arranquei a casca numa extremidade, de pedacinho em pedacinho, e experimentei; fiquei feliz quando vi que dava para comer. Um sabor um pouco forte, mas não desagradável, algo parecido com ovos de pato. Num lado da gema havia uma espécie de mancha circular, com seis polegadas de extensão, com filamentos de sangue e uma marca esbranquiçada que lembrava uma escada, e que achei esquisita, mas na hora não entendi o que significava; e não estava numa posição de ser muito exigente. Aquele ovo me manteve por três dias, com os biscoitos e um pouco d'água. Mastiguei grãos de café, também; bom para repor as energias. No oitavo dia abri o segundo ovo, e este me deu um susto."

O homem da cicatriz fez uma pausa.

— Sim — disse ele —, estava se desenvolvendo. Acho que para você vai ser difícil acreditar. Eu não acreditei, mesmo com a coisa ali, na minha frente. Aquele ovo tinha ficado mergulhado na lama fria durante trezentos anos, talvez. Mas não havia dúvida. Ali estava o... como se diz? Embrião?... Com sua cabeçona, as costas recurvas, o coração batendo embaixo da goela, e a gema toda franzida, e grandes membranas se estendendo no interior da casca e ao longo de toda a extensão da gema. Ali estava eu: chocando os ovos do maior dos pássaros extintos, numa pequena canoa no meio do oceano Índico. Se o velho Dawson soubesse disto! Bem que valeria quatro anos de salário. O que acha?

"No entanto, fui obrigado a comer aquela preciosidade, toda ela, antes de avistar os arrecifes; e alguns daqueles bocados foram tremendamente repulsivos. Deixei o terceiro ovo de lado. Ergui-o de encontro à luz, mas a casca era grossa demais para que eu pudesse ter ideia do que acontecia lá dentro; e, embora eu tivesse a impressão de sentir algo pulsando no interior, pode ter sido um ruído em meus próprios ouvidos, como o que a gente escuta numa concha do mar.

"Então cheguei ao atol. Ele pareceu brotar do próprio nascer do sol, de repente, bem perto de mim. Derivei bem na sua direção até estar a cerca de meia milha da praia, não mais do que isto, e então a corrente fez uma curva afastando-se, e tive que remar o mais que pude com as mãos e com pedaços da casca do ovo de epiórnis para poder chegar lá. Fosse como fosse, acabei conseguindo. Era apenas um atol comum, com cerca de quatro milhas de circunferência, onde nasciam algumas árvores e havia uma nascente de água, e uma lagoa cheia de bodiões. Levei o ovo para a praia e o pus num lugar abrigado, bem acima da linha da maré e em pleno sol, para dar-lhe todas as chances possíveis; puxei a canoa para um lugar seguro, e comecei a examinar o local. É estranho como um atol é um lugar sem atrativos. Assim que descobri a nascente de água todo o meu interesse se dissipou. Quando eu era garoto achava que nada poderia ser melhor ou mais aventuresco do que uma situação do tipo Robinson Crusoé, mas aquele lugar era tão monótono quanto um livro de sermões. Andei em volta juntando coisas comestíveis e pensando no que fazer; mas garanto que estava tomado por um tédio mortal antes do fim do primeiro dia. Para lhe dar uma ideia da minha sorte, no dia mesmo em que cheguei o tempo mudou. Uma tempestade aproximou-se do norte e balançou suas asas por cima daquela ilhota, e durante a noite despencou um tremendo aguaceiro, com um vento que não parou de uivar a noite inteira. Nem seria preciso aquilo tudo para afundar minha canoa.

Eu estava dormindo embaixo dela, e o ovo estava, por sorte, na areia da parte mais alta da praia, e a primeira coisa de que me lembro é um som como o de cem pedrinhas acertando a canoa ao mesmo tempo, e uma torrente de água sobre o meu corpo. Estava sonhando com Antananarivo, e me sentei, perguntando aos berros a Intoshi o que diabo estava acontecendo, e tateei à procura da cadeira onde costumava deixar meus fósforos. Então lembrei onde estava. Havia ondas fosforescentes erguendo-se como se quisessem me devorar, e a noite era negra como piche. O vento parecia gritar. As nuvens estavam quase ao alcance da minha cabeça, e a chuva caía como se o céu estivesse afundando e eles despejassem para fora toda a água que tinham no firmamento. Uma onda enorme veio sobre mim, como uma serpente de fogo, e eu saí correndo. Depois pensei na canoa e voltei às pressas, quando a água já recuava, fervilhando; mas ela desaparecera. Pensei então no ovo, e saí cambaleando à sua procura. Ele estava seguro, bem ao abrigo das ondas mais furiosas, então sentei-me ao seu lado e o abracei, para ter alguma companhia. Meu Deus, que noite foi aquela.

"A tempestade passou antes do dia amanhecer. Não havia sequer um fiapo de nuvem no céu quando o sol nasceu, e ao longo da praia estavam espalhados destroços de madeira, que eram o esqueleto, por assim dizer, da minha canoa destruída. Isso, contudo, me deu alguma coisa para fazer, pois, tirando vantagem do fato de que alguns troncos ainda estavam atados uns aos outros, pude improvisar com eles uma espécie de abrigo contra a chuva. E naquele dia o ovo chocou.

"Sim, senhor, chocou enquanto eu dormia com a cabeça apoiada sobre ele. Ouvi um estalo, senti um movimento e me sentei; e ali estava a ponta do ovo destroçada e uma cabecinha marrom olhando para mim. 'Meu Deus!', exclamei, 'seja bem-vindo!', e sem muita dificuldade ele saiu.

"Era um sujeitinho simpático no começo, mais ou menos do tamanho de uma galinha pequena, não muito diferente de outros pássaros, só que maior. Sua plumagem era de um marrom sujo, com uma espécie de crosta cinzenta que logo se desprendeu; e não era feita de penas, quase nada, mas de uma espécie de pelo liso. Mal posso exprimir a alegria que senti ao vê-lo. Posso lhe garantir, Robinson Crusoé não conseguiu dar a ninguém a ideia do que é sentir-se sozinho. Mas ali estava eu com aquele interessante companheiro. Ele me espiava e piscava o olho de baixo para cima, como as galinhas; soltou um chilreio e começou a bicar à sua volta na mesma hora, como se não fosse nada demais ser chocado com trezentos anos de atraso. 'Prazer em vê-lo, Sexta-Feira!', disse eu, porque naturalmente eu já tinha estabelecido que ele se chamaria Sexta--Feira, se nascesse um dia; pensei nisso quando vi que o outro ovo na canoa estava começando a chocar. Eu estava um pouco ansioso a respeito de sua alimentação, e dei-lhe um pedaço de bodião cru. Ele o recebeu, engoliu, e abriu o bico pedindo mais. Fiquei satisfeito, porque, naquelas circunstâncias, se ele fosse um pouco mais exigente eu é que acabaria fazendo dele minha refeição.

"Você ficaria surpreso se visse que bicho interessante era aquele epiórnis bebê. Desde o começo passou a me seguir por toda parte. Costumava ficar ao meu lado enquanto eu pescava na lagoa, e comia qualquer coisa que eu pegasse. E era sensato, também. Havia por ali, ao longo da praia, umas coisas verdes, cheias de caroços, que pareciam maxixe feito em picles; ele experimentou uma delas uma vez, e aquilo lhe fez mal. Nunca mais olhou para elas.

"E cresceu. Era quase possível vê-lo crescer. Como eu próprio nunca fui um sujeito muito sociável, o jeito quieto e amigável dele se encaixava no meu às mil maravilhas. Durante dois anos fomos tão felizes quanto era possível ser naquela ilha. Eu não tinha problemas financeiros, porque sabia que meu salário na Dawson's estava sendo acumulado. De vez em quando víamos uma vela ao longe, mas ninguém se aproximou. Eu me distraía decorando a ilha com desenhos feitos de ouriços-do-mar e de conchas de todo tipo. Escrevi 'Ilha do epiórnis' em volta do lugar, em letras bem grandes, como aquelas que vemos feitas com pedras coloridas nas estações de trem no interior do país; e fiz cálculos matemáticos, e desenhos de toda espécie. Costumava ficar deitado olhando a bendita ave andar por ali, enquanto crescia, crescia; e imaginava de que modo poderia ganhar a vida exibindo-o por toda parte, se chegasse a sair dali algum dia. Após sua primeira muda de penas, ele começou a ficar bonito, com uma crista, uma barbela azulada, e uma porção de penas verdes na traseira. Então comecei a pensar se a Dawson's teria ou não algum direito de querê-lo para si. Durante as tempestades, ou na estação chuvosa, nós nos abrigávamos embaixo da choça que eu fizera com os restos da canoa, e lhe contava histórias sobre meus amigos na terra natal. Depois das tempestades, saíamos juntos examinando a ilha, para ver se achávamos algo aproveitável. Era uma espécie de idílio, pode-se dizer. Se pelo menos eu tivesse ali um pouco de tabaco, pode-se dizer que seria o paraíso.

"Foi por volta do fim do segundo ano que o nosso pequeno paraíso começou a se estragar. Sexta-Feira estava então com uns cinco metros de altura, uma cabeça enorme, larga, parecida com a ponta de uma picareta, e dois grandes olhos castanhos com bordas amarelas, postos lado a lado como os de um homem, e não em oposição um ao outro, como numa galinha. Sua plumagem era bela, e nem de longe lembrava aquele estilo lutuoso dos avestruzes; lembrava mais a de um casuar, em termos de cores e texturas. Foi nesse momento que ele começou a erguer a crista para mim, e adotar uma postura superior, dando sinais de um temperamento maldoso.

"Houve por fim uma ocasião em que tive pouca sorte na pesca, e ele começou a andar à minha volta numa atitude esquisita, meditativa. Pensei que tivesse andado comendo holotúrias ou coisa parecida, mas era apenas mau humor da parte dele. Eu estava faminto também, e quando por fim consegui pegar um peixe quis comê-lo sozinho. Naquele dia o humor não estava dos melhores de parte a parte. Ele bicou o peixe e o levou consigo, e dei-lhe uma pancada na lateral da cabeça, para fazê-lo largar. Então ele partiu para cima de mim. Deus do céu!...

"Ele deixou isto em meu rosto." O homem indicou a cicatriz. "Então me chutou. Foi como sofrer o choque de uma charrete. Levantei-me e, vendo que ele não estava satisfeito, fugi a toda carreira protegendo o rosto com os braços. Mas ele me perseguiu sobre aquelas pernas desajeitadas, mais veloz do que um cavalo de corrida, o tempo inteiro desferindo sobre mim chutes como marteladas, e dando bicadas em minha cabeça como quem usa uma picareta. Corri para a lagoa, e entrei até ficar com água pelo pescoço. Ele parou na beira, porque detestava molhar os pés, e começou a fazer uma algazarra que parecia o barulho de um pavão, só que mais rouco. Começou a caminhar pela beira da água, indo e voltando. Confesso que me senti pequenininho ao ver aquele bendito fóssil caminhar como se fosse um rei. Meu rosto e minha cabeça sangravam, e meu corpo, bem, estava tão moído de pancadas que parecia uma geleia.

"Decidi atravessar a lagoa a nado e deixá-lo sozinho por algum tempo, até que a situação se acalmasse. Escalei a mais alta das palmeiras, e me acomodei lá no alto, pensando. Não me lembro de ter me sentido tão magoado por qualquer coisa, antes ou depois daquele dia. Era a ingratidão brutal daquela criatura. Eu tinha sido mais do que um irmão para ele. Eu o tinha chocado, educado. Uma ave desengonçada, fora de moda! E eu um ser humano — herdeiro de todas as civilizações, coisa e tal.

"Depois de algum tempo pensei que ele começaria também a ver as coisas por aquele prisma, e me senti triste pelo seu comportamento. Pensei que se conseguisse pegar alguns peixes suculentos, talvez, e depois me aproximar dele de um modo casual, oferecendo-os, ele poderia adotar uma atitude mais sensata. Precisei de algum tempo para aprender o quão vingativo e rabugento um pássaro extinto pode ser. Malvado!

"Não posso contar aqui todos os pequenos truques que tentei para fazer com que aquela ave voltasse a me obedecer; simplesmente não posso. Meu rosto fica rubro de vergonha ainda agora quando penso nas humilhações e nos espancamentos que sofri daquela infernal curiosidade. Tentei ser violento. Atirei pedaços de coral contra ele, a uma distância segura, mas ele apenas os engolia. Arremessei meu canivete aberto e quase o perdi, embora fosse muito grande para ser engolido. Tentei matar o bruto de fome deixando de pescar, mas ele logo se acostumou a pegar minhocas à beira da água e se sustentou com isso. Metade do meu tempo era passado dentro da lagoa com água até o pescoço, e o resto em cima das palmeiras. Uma delas mal tinha altura suficiente para me abrigar, e quando ele me surpreendeu ali fez uma festa de fim de ano com as minhas pernas. A coisa se tornou insuportável. Não sei se você já tentou alguma vez dormir em cima de uma palmeira. Aquilo me dava os pesadelos mais terríveis. Pense também na vergonha que eu sentia! Ali estava aquele animal extinto circulando pela minha ilha como um duque mal-humorado, e eu sem poder sequer pousar os pés no chão. Cheguei a chorar de cansaço e humilhação. Gritei para ele que eu não tinha a menor intenção de continuar sendo perseguido numa ilha deserta por um maldito anacronismo. Disse-lhe que fosse à luta e apanhasse um marinheiro da sua idade. Mas ele apenas estalava o bico na minha direção. Aquela ave enorme, horrenda, só pernas e pescoço!

"Não quero dizer quanto tempo aquilo continuou. Eu o teria matado mais cedo, se soubesse como. Acabei descobrindo, contudo, uma maneira de dar fim àquela situação. É um truque sul-americano. Juntei todas as minhas linhas de pesca com hastes de algas e outras coisas, e produzi uma corda forte, com cerca de doze metros de comprimento; e amarrei dois pedaços de rocha de coral nas extremidades. Levei algum tempo para terminar esse trabalho, porque de vez em quando tinha que correr para dentro da lagoa ou escalar uma árvore, quando me assustava. Quando ficou pronta, girei essa corda sobre minha cabeça e a arremessei na direção dele. Errei da primeira vez, mas na segunda a corda se enrolou nas suas pernas que foi uma beleza, dando várias voltas em torno delas. E ele capotou. Eu tinha arremessado a corda de dentro da lagoa, com água pela cintura, e assim que a criatura desabou eu estava fora da água, sobre ela, cortando-lhe a garganta com meu canivete.

"Mesmo agora não gosto de lembrar daquilo. Senti-me como um assassino enquanto o fazia, embora ainda estivesse fervendo de raiva dele. Quando fiquei de pé junto ao seu corpo, vendo seu sangue se espalhar na areia branca, as suas belas pernas longas e seu pescoço estremecendo na derradeira agonia... Bah!

"Com esta tragédia, a solidão se abateu sobre mim como uma maldição. Meu Deus! Você não pode imaginar a falta que eu senti daquela ave. Sentei ao lado do seu corpo e me mortifiquei por ele, e meu corpo estremecia enquanto eu olhava em torno para aqueles arrecifes silenciosos e desolados. Pensei no belo pássaro alegre que tinha sido ao nascer, e dos mil pequenos truques divertidos de que era capaz antes das coisas começarem a dar errado. Pensei que se eu o tivesse apenas ferido talvez fosse capaz de cuidar dele até conseguirmos um novo tipo de entendimento. Se houvesse alguma maneira de escavar aquela rocha de coral eu o teria enterrado. Sentia-me exatamente como se ele fosse um ser humano. Naquela situação, não me passava pela cabeça comê-lo, portanto eu o arrastei para a lagoa, e ali os pequenos peixes limparam seus ossos. Nem sequer preservei as penas. Então, um belo dia, um sujeito que passava ali perto com seu iate teve curiosidade em ver se aquele atol ainda existia.

"Veio na hora certa, porque eu estava cansado daquela desolação, e hesitava sem saber se deveria caminhar para dentro do mar e encerrar ali a minha história, ou devorar aquelas coisas verdes...

"Vendi os ossos a um homem chamado Winslow — um negociante perto do Museu Britânico, e ele me afirmou tê-los repassado para o velho Havers. Parece que Havers não entendeu que eles eram de um tamanho maior que o normal, e foi apenas depois de sua morte que os ossos chamaram a atenção de alguém. Chamaram-no de Epiórnis...— o quê, mesmo?..."

— *Epiornis vastus* — disse eu. — É engraçado, isto me foi contado por um amigo. Quando eles encontraram um epiórnis, com um osso da perna com um metro de comprimento, acharam que tinham encontrado o maior espécime que existia, e o chamaram de *Epiornis maximus*. Então apareceu não sei de onde outro osso com um metro e tanto, e eles o chamaram de *Epiornis titan*. Então o seu *vastus* foi achado depois da morte de Havers, em sua coleção. E depois dele já apareceu um *vastissimus*.

— Winslow me falou a respeito — disse o homem da cicatriz. — Se encontrarem mais epiórnis, ele acha que algum figurão da ciência vai ter um acidente vascular. Mas, de um modo geral, foi uma coisa estranha para acontecer a um homem... foi ou não foi?

A Pérola do Amor

A pérola é mais adorável do que as mais brilhantes das pedras preciosas cristalinas, afirmam os moralistas, porque é o resultado do sofrimento de uma criatura viva. A este respeito nada posso dizer, porque não sinto a menor fascinação por uma pérola. Seu brilho enevoado não me emociona, em absoluto. Do mesmo modo, não posso decidir sozinho este antiquíssimo debate: "A Pérola do Amor" é a mais cruel das histórias ou apenas uma fábula graciosa sobre a imortalidade da beleza?

Tanto a história quanto a controvérsia são familiares aos estudantes da prosa medieval da Pérsia. A história é curta, embora os comentários a seu respeito formem uma parte considerável da literatura daquele período. Ela foi tratada como uma invenção poética; e também como uma alegoria que significa ora isto, ora aquilo. Teólogos mergulharam fundo nela, interpretando-a, principalmente, como uma discussão sobre a restauração do corpo após a morte; e também foi muito empregada como uma parábola por aqueles que escrevem sobre estética. E muitos a consideram como a narração de um fato, um fato verdadeiro e nada mais.

A história se passa no norte da Índia, que, entre todas as terras do mundo, é o solo mais fecundo para sublimes histórias de amor. Foi numa região de sol e lagos e ricas florestas e colinas e vales muito férteis; onde, a distância, as grandes montanhas erguem-se de encontro ao céu, com seus picos, suas cristas, seus desfiladeiros cheios de neve eterna e inacessível. Havia um jovem príncipe, dono de todas aquelas terras; ele encontrou uma jovem de beleza indescritível, cheia de encantos, e a tornou sua rainha, depositando o coração aos seus pés. Eles se amaram, um amor cheio de alegria e de doçuras, cheio de esperança; um amor requintado, admirável e maravilhoso, um amor que ia além de tudo que já se sonhou a respeito do amor. Amaram-se assim durante um ano inteiro e parte de outro ano, e então, de repente, devido a um espinho venenoso que a atingiu de dentro de um arbusto, ela morreu.

Morreu e durante algum tempo o príncipe deixou-se ficar prostrado. Ficou silencioso e imóvel de tanta dor. Todos temiam que acabasse se matando, e ele não tinha nem filhos nem irmãos que o sucedessem no trono. Por dois dias e duas noites ficou deitado de bruços, sem comer, aos pés do divã onde repousava aquele corpo calmo e adorável. Depois se ergueu e fez uma refeição, e passou a se comportar como alguém que acabou de tomar uma decisão muito grave. Fez com que o corpo dela fosse colocado num ataúde feito de chumbo com uma liga de prata, e este dentro de um maior, feito das madeiras mais preciosas e mais aromáticas, ornamentadas de ouro; e, abrigando tudo, um sarcófago feito de alabastro, cravejado de pedras preciosas. Enquanto isto estava sendo preparado passava a maior parte do tempo caminhando ao longo das piscinas e dos pavilhões, nos jardins e nos arvoredos e naqueles aposentos do palácio onde os dois costumavam ficar juntos; e recordava o quão adorável ela tinha sido. Ele não rasgou as próprias roupas nem se cobriu de cinzas e de panos rústicos como era o costume, porque seu amor era grande demais para tais extravagâncias. Por fim convocou os seus conselheiros, diante do povo, e lhes disse qual era o seu plano.

Afirmou que jamais tocaria em outra mulher; não era capaz sequer de pensar nisto. Encontraria um jovem digno a quem adotaria como seu herdeiro e ensinaria os deveres do cargo, e enquanto isto cumpriria as tarefas que a realeza lhe exigia. No resto do tempo, contudo, se dedicaria com todo o seu poder, suas forças e sua riqueza, tanto quanto as pudesse reunir, à construção de um monumento digno da sua companheira tão querida e incomparável, perdida para sempre. Uma construção que deveria ser perfeita em beleza e graça, mais extraordinária do que qualquer outro edifício que já houve ou poderia haver, de modo que até o fim dos tempos fosse um objeto de deslumbramento, fazendo com que os homens o tratassem como um tesouro, falassem a seu respeito, tivessem vontade de conhecê-lo, e viessem de todos os cantos da Terra para visitá-lo, mantendo vivos dessa maneira o nome e a lembrança de sua rainha. E essa construção, disse ele, deveria se chamar a Pérola do Amor.

Seus conselheiros e o povo lhe deram permissão, e assim como ele desejou foi feito.

Os anos se passaram, e o tempo inteiro ele se dedicava à construção e ornamentação da Pérola do Amor. Vastos alicerces foram escavados na rocha, num local de onde era possível avistar as encostas remotas e nevadas das grandes montanhas do lado oposto do vale que encerrava o seu mundo. Havia ali povoados e colinas, um rio cheio de curvas e lá ao longe três grandes cidades. Ali foi posto o sarcófago de alabastro, embaixo de um pavilhão ricamente ornamentado; em volta dele foram construídas pilastras de uma pedra de estranha beleza, com grades de ferro trabalhado em arabescos, e um grande esquife de alvenaria coberto por um domo e muitos pináculos e cúpulas, primoroso como uma joia. De início, a aparência da Pérola do Amor era menos ousada e menos sutil do que veio a se tornar. A princípio era menor, menos trabalhada e com menos adornos; havia muitos biombos perfurados e grupos delicados de pilastras cor-de-rosa, e o sarcófago jazia entre eles como uma criança que dorme entre flores. O primeiro domo foi coberto com telhas verdes, mantidas no lugar por armações de prata, mas estas foram retiradas porque pareciam ficar muito próximas, não se elevavam com grandiosidade bastante para atender à imaginação cada vez mais ambiciosa do príncipe.

Porque a esta altura ele já não era mais o jovem gracioso que tinha amado uma rainha adolescente. Era agora um homem grave e concentrado, totalmente dedicado à tarefa da construção da Pérola do Amor. A cada ano de trabalho ele tinha aprendido novas possibilidades na construção de arcadas e muros e arcobotantes; tinha adquirido mais conhecimentos técnicos sobre os materiais que precisava usar e tinha tomado ciência da existência de centenas de pedras e cores e efeitos com os quais nem teria sonhado no princípio. Seu senso de colorido estava mais refinado e seguro; não ligava mais para as superfícies brilhantes esmaltadas em ouro que tanto o agradavam no começo, reluzentes como um missal coberto de iluminuras; agora estava em busca de uma coloração azulada como a do céu e das gradações sutis que essa cor adquire com as grandes distâncias; das sombras recônditas e das súbitas expansões de opalescência púrpura, bem como da grandeza e do espaço. Acabou se cansando dos entalhes e das pinturas e dos enfeites marchetados, e de todos os minuciosos artesanatos dos homens. "Eram coisas bonitas", dizia ele das decorações que abandonara; e mandava transferi-las para edifícios menos importantes, onde não iriam atrapalhar seu projeto principal. Sua arte foi se tornando cada vez mais requintada. Com assombro e deslumbramento as pessoas viam a Pérola do Amor se erguendo, das suas formas iniciais até uma dimensão sobre-humana de altura e de magnificência. Ninguém soubera ao certo o que esperar, mas nunca tinham esperado algo tão sublime. "São maravilhosos os milagres", diziam, "de que o amor é capaz". E todas as mulheres do mundo, não importa os amores que tivessem, amavam aquele príncipe pelo esplendor de sua devoção.

Pela parte central do monumento se estendia uma grande alameda, como um mirante, que recebia cada vez mais atenção por parte do príncipe. Da parte interna da entrada ele olhava ao longo de uma imensa galeria, ladeada por pilastras, que cruzava a área central de onde as colunas cor-de-rosa tinham sido retiradas há muito tempo, e avistava o topo do pavilhão sob o qual jazia o sarcófago; através de uma abertura de desenho deslumbrante avistava as neves distantes da grande montanha, a maior de todas, a mais de duzentas milhas. As pilastras e os arcos e os arcobotantes e as galerias erguiam-se e flutuavam de cada lado, perfeitos e discretos, como grandes arcanjos, de guarda nas sombras diante da presença de Deus.

Quando os homens viam pela primeira vez aquela beleza austera eram tomados de êxtase, e depois estremeciam e abaixavam a cabeça. Eram muitas as vezes em que o príncipe ia até ali e contemplava aquele panorama, profundamente emocionado mas ainda assim não totalmente satisfeito. Ainda havia algo, ele sentia, que precisava ser feito na Pérola do Amor, antes que seu trabalho estivesse completo. E todas as vezes ordenava que fosse feita alguma pequena mudança, ou que alguma alteração recente fosse desfeita. E um dia disse que o sarcófago ficaria mais elegante e mais simples sem o pavilhão; e depois de contemplar demoradamente o resultado, ordenou que o próprio pavilhão fosse desmontado e removido.

No dia seguinte voltou até lá e não disse nada; e no outro dia, e no outro. Então passou dois dias sem aparecer. Depois voltou, trazendo com ele um arquiteto e dois mestres artesãos, além de um pequeno séquito.

Todos ficaram agrupados, olhando em silêncio, no meio da vastidão serena de sua obra. Não se via naquela perfeição toda nenhum vestígio de trabalho. Era como se o Deus que cria tudo que é belo na Natureza tivesse se apropriado da criação deles.

Somente uma coisa perturbava ainda aquela harmonia absoluta. Havia uma certa desproporção em torno do sarcófago. Ele nunca tinha sido aumentado, e como poderia tê-lo sido, desde os primeiros dias? Atraía o olhar; produzia um ressalto naquelas linhas tão harmoniosas. Naquele sarcófago estava o ataúde de chumbo e de prata, e no ataúde de chumbo e de prata estava a rainha, a amada imortal que tinha dado origem a toda aquela beleza. Mas agora o sarcófago parecia não ser mais do que uma forma oblonga que jazia, incongruente, no centro do grande panorama da Pérola do Amor. Era como se alguém tivesse depositado uma valise sobre a superfície cristalina do oceano celeste.

Durante muito tempo o príncipe meditou, mas ninguém veio a saber os pensamentos que cruzaram o seu espírito.

E por fim ele falou, apontando com o dedo:

— Tirem essa coisa daí.

Referências bibliográficas

"O País dos Cegos" ("The Country of the Blind") (primeira versão: *Strand Magazine*, abril de 1904; segunda versão, incluída nesta edição: *Golden Cockerel Press*, 1939)

"A estrela" ("The Star") — *Graphic*, dezembro de 1897. Em livro: *Tales of Space and Time* (1899)

"O encouraçado terrestre" ("The Land Ironclads") — *Strand Magazine*, dezembro de 1903. Em livro: *The Door in the Wall and Other Stories* (1911)

"A história do falecido sr. Elvesham" ("The Story of the late sr. Elvesham") — *The Idler*, maio de 1896. Em livro: *The Plattner Story and Others* (1897)

"A Loja Mágica" ("The Magic Shop") — *Strand Magazine*, junho de 1903. Em livro: *Twelve Stories and a Dream* (1903)

"O império das formigas" ("The Empire of the Ants") — *Strand Magazine*, dezembro de 1905. Em livro: *The Door in the Wall and Other Stories* (1911)

"O ovo de cristal" ("The Crystal Egg") — *New Review*, maio de 1897. Em livro: *Tales of Space and Time* (1899)

"O Novo Acelerador" ("The New Accelerator") — *Strand Magazine*, dezembro de 1901. Em livro: *Twelve Stories and a Dream* (1903)

"Pollock e o homem do Porroh" ("Pollock and the Man of Porroh") — *New Budget*, 25 de maio de 1895. Em livro: *The Plattner Story and Others* (1897)

"O estranho caso dos olhos de Davidson" ("The Remarkable Case of Davidson's Eyes") — *Pall Mall Budget*, 28 de março de 1895. Em livro: *The Stolen Bacillus and Other Incidents* (1895)

"O Senhor dos Dínamos" ("The Lord of the Dynamos") — *Pall Mall Budget*, 6 de setembro de 1894. Em livro: *The Stolen Bacillus and Other Incidents* (1895)

"Os Invasores do Mar" ("The Sea Raiders") — *Weekly Sun Literary Suplement*, 6 de dezembro de 1896. Em livro: *The Plattner Story and Others* (1897)

"A história de Plattner" ("Plattner's Story") — *New Review*, abril de 1896. Em livro: *The Plattner Story and Others* (1897)

"A marca do polegar" ("The Thumbmark") — *Pall Mall Budget*, 28 de junho de 1894.

"Filmer" ("Filmer") — *Graphic*, dezembro de 1901. Em livro: *Twelve Stories and a Dream* (1903)

"O desabrochar da estranha orquídea" ("The Flowering of the Strange Orchid") — *Pall Mall Budget*, 2 de agosto de 1894. Em livro: *The Stolen Bacillus and Other Incidents* (1895)

"A Ilha do epiórnis" ("Aepyornis Island") — *Pall Mall Budget*, 13 de dezembro de 1894. Em livro: *The Stolen Bacillus and Other Incidents* (1895)

"A Pérola do Amor" ("The Pearl of Love") — *Strand Magazine*, janeiro de 1925. Em livro: *The Door in the Wall and Other Stories* (1911)

Notas

A estrela

1 Plutão (que recentemente perdeu a condição de planeta) só foi descoberto em 1930.

O encouraçado terrestre

2 Os *Pedrails* descritos por Wells são uma invenção de Bramah Joseph Diplock. Ver: http://en.wikipedia.org/wiki/Pedrail_wheel

3 Charrete com assentos pendurados lateralmente, virados para as margens da estrada.

4 Categute: fios ou cordas feitas com tripas de animais.

Pollock e o homem do Porroh

5 Soldados-escravos que serviram no Exército do império do Mali.

6 Personagem do Velho Testamento, que se curou de uma doença semelhante à lepra mergulhando no Rio Jordão.

O estranho caso dos olhos de Davidson

7 George Berkeley (1685-1753), filósofo que questionou nossa interpretação visual dos objetos e da distância entre eles.

8 Arquipélago vulcânico ao sul da Nova Zelândia.

O Senhor dos Dínamos

9 Teoria da termodinâmica sobre a otimização da conversão de energia térmica em trabalho.

10 Territórios britânicos no Sudeste asiático.

11 Referências aos carros de algumas procissões cerimoniais hindus, que esmagavam os fiéis prostrados diante deles.

A história da Plattner

12 Eusapia Paladino (1854-1918) foi uma das mais famosas e polêmicas médiuns espíritas europeias de sua época.

Filmer

13 James Boswell (1740-1795) é autor da célebre biografia do escritor e dicionarista Samuel Johnson (1709-1784), *Life of Samuel Johnson*; seu nome tornou-se sinônimo de "biógrafo".

14 The Bodley Head foi uma editora londrina fundada em 1887; Wells foi colaborador de sua revista *The Yellow Book*.

A Ilha do epiórnis

15 Charles Jamrach (1815-1891) foi um grande negociante londrino de material ligado às ciências naturais: animais, pássaros, conchas etc. Dawson parece ser criação do próprio Wells.

Este livro foi impresso
pela Lisgráfica para a
Editora Objetiva em
abril de 2014.